芹沢光治良 戦中戦後日記

芹沢光治良 著
Kojiro Serizawa

勉誠出版

芹沢光治良戦中戦後日記

【校閲の方針】

本書は、以下のような方針に立って校閲を行なった。

・日誌の日付は原資料に基づいたが、月の省略されている場合はこれを補った。なお、「疎開日記」には一部に日付の記載がなく、記述内容等から、明らかになった範囲でこれを記し、不明については一定期間の記事とした。なお、当該日に関連する歴史的事項を参照できるように付記した。

・旧漢字体は新漢字体に、旧仮名遣いは新仮名遣いに直した。ただ、送り仮名は正則に従わない場合もそのままとした。

・作家等の歴史的人物や交友範囲の人物で、姓または名のみの場合は、必要に応じて姓または名を［ ］内に補った。

・言及された著書や雑誌新聞には『 』を、著作には「 」を付けた。芹沢本人のものについては、［ ］内に書誌情報を補った。

・明らかな誤記については訂正し、判読できなかった箇所は□□とした。

付記　一部に不適切と考えられる表現があるが、執筆時の時代状況に鑑みて、そのままにした。
本文中の写真は沼津市芹沢光治良記念館の提供による。

昭和十六（一九四一）年

中野区小滝町の家

一月二十二日

日誌はほんの物覚えに書いておけばよかろう。毎日つけてみるに限る。毎日つけてみよう。一日淋しかった。この淋しさは一人で死路を辿るような淋しさだ、してみると我慢しなければならないだろう。それをあまえた根性で他人にどんな形でも訴えかけてはいけない。

工場の木下君と職長とが来た。彼等の話は僕を信用しての話だから聞かなくてはならない。高山君が人間を人間とも扱わない態度に対する非難である。

名古屋の父［藍川清成］が一時に帰った。老人がここを宿屋のように心得ているのは困ったものだ。人間らしい感情の少ないのには閉口である。話しても分らないところが多分にのこって、どうにもならない。『マホメット伝』は難解だ。

一月二十三日

「少年物語」［「林檎とビスケット―わが少年物語の一節―」昭和17年5月］を書こうとして、はじめられず、橋本氏を訪ねて、一緒にホテルへ誘って話す。工場のことでは閉口した。

一月二十九日

東亜公論社の大島君来たりて、二百円借りたいと言う。聞く方が辛い。『幸福の鏡』［昭和14年9月刊］の印税もいただかない、その上、一昨年の暮二百円借りたいと言って貸した。それからずっと返済して来ない。悲しいことである。言って来る方も辛かろうが、言われる方も辛い。作家は金を得るのにどんな苦しみをしているか知らないようで、それが不快である。事業がよく行っていた資金というならばまだよい。二百円でつなぐというような金をたてかえるのは、なさけない。いつ返せるかも分りません――そう言っているのは正直心であろうが、なめられた感もある。大島君がそう感じさせるのは、大島君がいけない。

二月二十一日

○改造の出版部長に会う。日本文学全集に、たいてい秋には出してもらえそうな話だった。その前に短篇集を欲しいと言っていた。しかし原稿がもうない。
○銀座で食事を一人する。二三人の若い作家に会ったが話すこともない。孤独にてっしようと思う。
○紅卍字会に出る。心電現象について非難した。言わないでもいいくらい非難した。心電というのは見るのでなく感ずるのだと説いてみた。特に神と関連して心霊を現象化しようとする愚を説いてみた。議論になった。呉清源君が僕に賛成した。松井［七夫］中将もそうだ。
○暖で夜雨が降って帰りは弱った。

九月五日

一昨日山から帰った。

○山を降りる前に大江［賢次］君に文学態度について真面目な手紙を書いておいた。（彼の如何にわれら生くべきに関して）彼のあゆする態度がよくないと。今日訪ねてくれての話では、その手紙の意図がのみこめなかったらしい。この点ではいくら話しても、はじめから通じないのかも知れない。通じ合えない人間に真剣に、わがまことをぶつけることは、十年間もしたら、もうあきらめた方がいい。後は人情だけで接して、文学者としての交渉はないも同じだから。

○阿部光子女史が子供の勉強をみることをご免こうむりたいと言って来た。こんなことは手紙で言って来べきことではない。女流作家らしいよくないなげやりである。理由は文面に書けないいろいろのことがあるだろうが、夏一緒に暮していたのだから、話してくれてもよかったことである。

○店先でならぶことが、ならばせる商店の名誉のように心得ているらしい。不愉快なことだ。

九月六日

高山新助氏来たりして、橋本氏に一万五千円出さなければ印をしないと伝えて欲しいと言う。なだめても聞き入れず。

石川年君来たりして、文学のだんあつ甚だしく、書く感動をなくすと言う。しかし、だんあつは噂と言葉だけで、五月号の『改造』の林芙美子の小説を読めば、こんな作品が出るのだから、だんあつで作品が書けないというのはあまえた精神のように思われる。書かないではいられない欲求と愛情とがあれば、どんな形でも小説が書けるし、書かないではいられないと思う。ただ喜びする精神が悲しいのである。

防火弾なるものを三ケ買わされる。しょうい弾が部屋に落ちた時には自然に消せるという。しかし、これは子供騙しの玩具である。こんな種類のものを買わせて敵機襲来にそなえるということは、ただ不安な精神を益々不安にするだけである。人心を不安にして、この際、何かを実行させてしまおうというのは便乗主義だが、政府が最大の便乗主義である。国家と国民と政府ということを、本当に考えてみなくてはいけない。

末とし〔芹沢末敏〕君と〔芹沢〕茂君とが来て、不得要領に夜十二時までいる。どこか末とし君のあまえた精神にはいけないところがある。〔芹沢〕真一君が彼をあやまらせたところもあるらしい。油の問題で。真一君の考え方といおうか、生き方にはまことが足りないところがある。まことというのはむずかしい。彼の場合では、謙虚なこと以外にまことはない。

九月十二日

今日『中央公論』に「高原」（四十枚）〔昭和16年10月〕を渡す。この小説の不出来なことを考えると、死にたいほどの悔恨がある。どうしてこんな作品が産れてしまったか。神様おゆるし下さいと伏したい気持である。

今日防火弾がまやかしであると新聞に書いてある。まやかしなものを半強制的に買わせる隣組である。

アメリカのルーズベルトの二十五分間の大放送あり、海洋の自由の強調。独伊の軍艦及潜行艇に発射する命を出したこと、これも結局、ドイツが西半球に暴威を振うことを未然に防ぐこと。日米問題には意味ありげに触れず。不思議なことに英米に於ては日本公債が暴騰していることである。八月二十何日かに近衛［文麿］氏のメッセージがアメリカへ行ってから、日米関係は不思議に変化したようにも——公には発表はないが——考えられる。

九月二十一日

日蝕なので、子供等とともにみたかの天文台へ行く。観測があるので、参観は許可できないという。庭の芝生の上で弁当を食べる。深大寺の方へ歩いて出る。途中畑の老人にさつまいもを六十銭わけてもらう。吉祥寺行のバスを一本松の下で待つ。松の下に新しい家があり、そこの井戸で梨を洗って食べる。その家の客人か、三十歳ばかりの跛の男が葱をつけて自転車で帰って行った。十月号の『中公』に書いた小説のなかで、跛の青年が自転車を立派に乗りまわして、跛でないように見えることを書いたが、その点に自信がなかったが、その男の自転車にのって走るのを見ると、全く跛でなくなっていた。自信を持つ。井の頭公園で下りて、散歩する。公園のなかの人の多いのに驚く。日蝕は、子供がくもり硝子まで作って行ったが、午後は雲って、どうも観測には不便らしかったが、いよいよ三時四十分には、公園のなかにいて、日蝕のことも忘れてしまった。二里ばかり歩いたせいか疲れた。

十月二十二日

防空演習がやかましく言うし、疲れていけないから、箱根へ来た。強羅ホテルに泊った。中学四年の時と（秋）「ブルジョア」［昭和5年4月『改造』］が発表になって間もない頃と（春）来た限りである。紅葉は早くて、まるで秋らしいものはない。山と川との重なりあったような景色は、はじめて見るような感がする。

夕方ホテルに着いた。夜雨が降る。ホテルは気に入らない。温泉は赤い湯ではいる気にならない。ホテルはサービスはよいが、食事が悪い。

三笠宮［崇仁］の御成婚式の日である。

小説のことを考えようと思ったが考えられない。清書さえできない。不思議に落着かない。寒くもない。

十月二十三日　晴

朝、早雲山へケーブルでのぼる。そこから大湧谷まで山路を歩く。十八町。細くてけわしい路。十銭で杖を買う。若い女や男が多い。バスあれど混雑して、順番を待つのが大変であるから歩いた。

大湧谷は中学生の時見た記憶は凄まじかったが、今日は近づけないし、たいしたことなし。もとは谷底のような感がしたが、山の中腹で、すぐそばに労働者の小屋一軒あり。硫黄の臭気も昔ほどでなし。女学生の団体にいくつも会うが、どの団体も元気なし。

昼前にホテルに帰り、宮の下の富士屋ホテルにすぐかわることにした。富士屋ホテルは食物はよし、落着けそうだ。強羅ホテルは一泊十一円、朝食一円、夕食三円五十銭、十八円ばかり支払う。

箱根の地図を持って来なかったのは失敗。

宮の下の街を散歩したが見るべきものなし、ただ山と渓流とはよし。

十月二十四日　金　晴

庭のなかの小滝の音でねむりかねた。大雨のような錯覚である。ところが朝はあくまで澄んでいた。空も大気も。急に思いたって八時十五分のバスで芦の湖へ出た。中学生の頃よりずっと小さかった。箱根町から元箱根まで歩いた。杉並木もよし。所々売地の広告柱あり。小さな空地にさといもを植えて、何々班空地利用地としてある。田舎に来て空地利用は異様の感あり。

湖を塩尻まで船で渡る。富士が美しい。あまり美しくないドイツの女が三人船の上で林檎をかじっていた。南洋あたりから来たドイツ人なるべし。塩尻から強羅までバスで出るのだが、木炭車は気の毒なほど動かない。大湧谷下でついに動かなくなった。同乗のドイツの女や日本の女は歩いて大湧谷へ行った。

私は修理する運転士を一人で眺めていた。塩尻から空のバスがのぼって来たのでそれに乗せてもらう。強羅からケーブル、電車を使って、十二時半頃ホテルに帰った。ホテルのテラスに椅子を出して読書していると、昔、ユラ山脈のなかのホテルにいた時を思い出す。空気と言い、景色と言い、ユラ山脈のなかのようである。

十月二十五日　土　晴

午前、大湧谷までふとバスで出て、それから小篠滝へおりてみた。それから山道を宮の下へ出たが、途中二度上りの道に湧出する温泉があった。分譲地なので見せてもらった。暑いくらいである。

四時二十分に宮の下を出た。五時七分発の汽車で帰る。

臨時議会を招集することに決定した由（政府は）。

防空演習が終った。隣組ではお祭騒である。よいことではない。

十月二十六日

この孤独感はどうだ。淋しさのきわみだ。

ジードの『女の学校』と『ロベール』を読む。

「巴里に死す」〔昭和17年1月～12月『婦人公論』〕を書きはじめようとして、その気力なし。

「孤絶」〔昭和16年10月～17年4月、6月～9月、11月『文學界』〕のつづきを書こうとして元気なし。

自分をかりたてるような激しい火が欲しい。

昨日もホテルのテラスでぼんやり空を見ていたが、あんな風に空に没したようにしているのもよい。

仕事をしなければと思うことが怺えられない。

十月二十七日　月　晴、北風

寒いがゴルフに相模に出掛けた。晴れわたり、北風強し。小田急に幼稚園の遠足団あり。母親はめいめいの子供だけしか愛しむ者がないかのように、わが子だけの席を心配し、わが子とのみ語る。母性愛とはいえ、あさまし。

帰途、中央林間駅前の八百屋でさつまいも五百匁買って帰る。三十五銭だと言う。

十月二十八日　火　晴

一昨日から庭師がはいっていたが、今日は灯籠をたてた。三ケ月も前から灯籠がせめて一基なくてはと、熱心に庭師が言っていた。古いのがあったらと答えていたが、百年ぐらいたったものだというのを、百円のを買って来た。四人かかってたてた。庭の趣味があるわけではないが、たててみると、庭に中心ができたような落着が出た。

十月二十九日　水　晴

・朝、文展へ行ってみる。一回り歩いてみるだけで疲れた。日本絵では、雑誌の表紙絵のようなものが多い。
・十月号に発表した小説（「秘蹟」〔昭和16年10月『文藝春秋』〕と「高原」）についての批評があちこちの雑誌で見る。「秘蹟」をほめて「高原」をけなす者、「高原」をほめて「秘蹟」を無視する者、作意をくめずにでたらめの評をする者、批評家とはおかしい人間だ。
・お昼から赤羽へ行く。
・ホテルのグリルも食物が悪くなった。パンも小さくなった。何も彼も悲しくなった。
・新内閣――而も大に張り切った内閣になったとたんに、魚が各家庭にはいらなくなった。米は外米、野菜はなし、砂糖はなし、肉はなし、今度は魚がないと言う。毎日天気がつづいて漁はあるのに、魚が何処か闇から闇へ行く。
・私にはもう幸福はない、よい小説を創るということ以外には。

十月三十日　木　晴

・十時の電車でさがみに行く、天野君に二十年振りに会う。パートナーもなし、キャディーが二人で一人だというので、喜んでplayする。天野君も僕ぐらいの下手さだ。
・駅前の八百屋でさつまいもを買う。今日はかくしてはなく、店頭に出ていた。一貫匁三十六銭と書いてあった。五百匁風呂敷につつんでおいてくれとたのんでおいたら、二百匁ぐらいしか入れないで五百匁だという。この前五百匁三十五銭とったので、都合が悪かったのだろう。
・「巴里に死す」、その他を書かなければならないのに、書く気がしないで弱った。愛する人がない不幸であろうか。
・日銀は制限外の紙幣を発行しなければならないと、今日の新聞は書いている。

十一月一日

真一君来たりて、その夜、大阪へ立つので五十円「貸せ」という。貸せとは、彼の場合は出せということである。灯籠を買ったので、金があるだろうという、その考えが、私はいやだ。

高木君、結婚して上海から来たる。ホテルで昼食す。上海の旅も、近頃判でおしたようである。常会に出た。

十一月二日

天気がつづく。子供等をつれて、横浜の波止場を見に行く。ホテルで昼食せんとしたが、食料品なしという。波止場に多くの船の碇泊せるは海外貿易がなくなったしるしであろう。バスでさんけい園に出る。考えていたとは方向がちがったが、切り開かれたようなところに海のあるのはいい。ドイツ人の植民地の観あり。

十一月三日

天気。「巴里に死す」、を書く。ややすすむ。

十一月四日

「巴里に死す」、大にすすむ。改造社より十二月号の小説を書けというが、忙しいと辞る。今年は『改造』に書く機会を与えられず。夕方新宿に出る。

十一月五日

朝から雑誌記者、大江君など来たりて仕事できず、ゴルフに行けばよかったと思う。大江君とは文学者としての交渉は持たない決意をする。

真一君大阪より帰って、親さん〔井出クニ〕の噂をする。十日頃御上京の由。上京なさっても自動車はなし、お困りのことならん。

夕方新宿に出る。当もなく町に出る癖ができたのはいけない。

十一月六日

ゴルフに行く。天野君に会う。退官した役人が近頃ゴルフ場に多い。ゴルフでもしなければ、時間を持てあますそうだ。

統制をする役所に勤めているからとて、近所の商人などが無あいさつであったが、辞めたと話したら、とたんに今までかくしてあったビールなども出して来て売ってくれるという。

制度さえ設ければうまく行くと考えている。制度よりも人間であることを、近頃の魚不足、肉不足、野菜不足が最もよく教えている。

ゴルフの帰りに、ゴルフ場で土産にさつまいも一箱くれた。電車がこんで立っていたが、一時間立っていることは、一ラウンドゴルフしたように疲れる。

「孤絶」を書く。

十一月七日

・朝、『大陸』講談社員来たりて、新しく発行する大衆雑誌に小説を書くようにという。ことわる。雑誌の減頁のある際に新しい大衆雑誌が発行せられるというのは、どうした意味か。

・博文館の石光［葆］氏来たりて、『憩いの日』［昭和17年2月刊］の装丁の相談あり、南薫造氏に先ずあたってみることにする。『憩いの日』は未だ印刷所には行っていないらしい。

・文芸家協会より来たりて、南九州に講演に行くようにとの話。九州へは行きたいが、十三日からとの話で、行けないことが分る。

・阿部女史が就職したことを知る。悲しい知らせである。

十一月八日

『愛と死の記録』［昭和16年10月刊］、五千部増刷さる。

十一月十日

曇って寒い。冬のようで書斎に火鉢を入れたが、夕方から炭火の炭酸瓦斯で、頭が痛んだ。「孤絶」昨夜書き終り、今朝、「巴里に死す」の最後の三枚書き終る。

午後石川年氏来たる。雑誌は廃刊しない由。昨夜、『都』の夕刊で、雑誌の統合は中止すると報ぜられ

ためである と。東峰書房の三ノ木君来たる。随筆集の校正を全部持って来る。

B.K.から電報で、十三日の夜、「遥かなる祈り」〔初出不明、昭和15年10月刊『若き女の告白』所収〕を放送したしと。

パナマ政府は「黄色人種は好ましからざる人種」であるとして、全日本人を追放すると通告して来た。

本日電話で「女の運命」〔不詳『婦人日本』〕を十二日まで、新潮社同じく十五日までと電話あり、二つの作品、何れも未だできず。「女の運命」二枚書き上ぐ。

十一月二十四日

日記を十日ばかりつけない間に、大きな事件あり。

十六日朝、作家二十七名に公用徴集あり、二十二日出発。仏印へ行けという。フランス語ができるので、私もこの次には出征の心組をなす。

十四日、親様御上京、十九日、お泊り。

「女の運命」と、「遠い国の近い話」〔昭和17年5月刊『少年文学選』所収〕とを書き送る。

『憩いの日』の校正来はじめる。

玲子、軽い疫痢のようで心配せり。

いつでも死んで行けるような状態で毎日を暮したい。

十一月二十五日　火　雨

帝海鉄工所の重役会。あまり儲かってもいない。五千円程度の儲けである。赤字でないのを喜ぶのみ。計算あって銭足らずとはよく言ったもの。

昨夜、新潮社の衛藤氏来たりて、家庭新倫理の書きおろしをせよという。うっかり引受けて、考えてみて大変なのを知る。夢にも見たり。

健康の衰えたるを知る。注意しなければならない。

日米会談は楽観のようだが、新聞雑誌の論調は激しい。島木君帰りたる由。

十一月二十六日

ハル国務長官が日本側乙案を拒否し中国撤兵要求を提議（ハル・ノート）
南雲機動艦隊が単冠湾を出港

米国は我大使に文書を手渡す。

十一月二十八日

午前中なま暖かな南風に激しい雨をまじえて、気味悪い天候。午後、風雨止めて、急に寒くなる。風邪の気味であるが総会なれば出席する。

総会前に橋本氏から密談あるというので三十分早目に出ず。小林さわの件。会社をやめて欲しいと言うことである。

夜、会社のことを熟慮してねられず、やはり文学者の一筋道を歩む――というよりも、純化するより他にないことを肚におさめて、漸く心穏やかになる。橋本氏の仕事から手を引く覚悟をする。

十一月二十九日　土曜日

風邪気味。親様を訪ねようとして果さず。親様は大宮へ行かれたる由。

「女の運命」二回分を少し書く。

十一月三十日　日曜日

親様、十二時五分発で離京。

明日より増税というので、銀座の表も裏も反物屋は女達が一ぱいで、すさまじい。数日前、デパートで火鉢を買おうとしたが、家具は全部売切れていた。

さわ来たりて、工場の内部を語る。

十二月一日

日米会談破局に近づく感あり。ルーズベルト大統領、急きょ別地よりワシントンへ帰るという報。東條

〔英機〕総理の中華民国一周年記念会での演説に対する反論であるという。

終日家居して、「女の運命」二回分大体書き上ぐ。今日は好調なり。この分ならば、今月は約束の原稿が出来そうだ。

常会に出席す。婦人ばかりで、語ることもなく、時間潰しなり。かや〔賀屋興宣〕大蔵大臣の常会放送のなかで、「空襲時にも必ず預金の支払を停止することはないから、安心して貯蓄せよ、大臣がその点たいこばんを押しておくから、現金を手もとにおくな」ということを、くどくど述べたが、却ってみんなを不安にした。「大臣の言葉なんか信用できない。いつやめるか分らないし、電気を統制した時の大臣の嘘を思い出せば分る」と言う婦人があった。

国家を信用して、政府を信用しないとも言った。

十二月二日

橋本氏に会って、文学者としての精神から企画に関係することの問題を語り、鉄工場をはなれたい旨を伝える。

近頃怒りぽくて困る。

妻は言葉や動作に、刺があって、それが私を無益にいらだてて困る。

神様、もう少し、家のなかを静かにして下さい。

「孤絶」の四回目を書きはじめる。

十二月三日

アメリカ会談と南太平洋問題に、私達の注意は全部集っている。子供まで、クルス大使が今日はハル長官ではなくてウェールズ国務次官に会った、と言う。

内容はさっぱり分らない。勝つことが分らない戦争、勝利が何か設定せられない戦争はしてはならない。『婦人公論』の湯川〔龍造〕氏来たりて、痩せたと言う。近頃会う人が痩せたという。肉を食わないこと、一ケ月余、魚も一日置き。西洋料理を食べても、肉はない。痩せてもしかたない。

新宿に出て、菓子を食う。菓子さえ十六銭のを食べるために、新宿の不二家まで出掛けなければならない。やけになって、きの国屋で翻訳小説ばかり六冊買った。十五日頃までに書かなくてはならない小説が四つある。

十二月八日

日本軍のマレー半島上陸および真珠湾攻撃で太平洋戦争（大東亜戦争）開戦、対米英宣戦布告

記念の日。

十二月十二日

日本政府、『支那事変（日中戦争）』も含めて戦争名称を『大東亜戦争』と決定

特高で調べられる。海軍に従軍するらしい。覚悟はできた。

十二月十五日　雪

『改造』の小説［「収穫」昭和16年12月］は不出来、雪のなかをさまよう。

十二月十七日

遺書を書くつもりの小説を書こう。

十二月二十日

名古屋より父及伊藤氏来たりて（十七日より）家中をさわがす。漸く帰れり。落着かず。
神様、立派な小説を書かせて下さい。それ以外にもう生きる甲斐もなし。

十二月二十四日　晴、暖

一時から翼賛会の講堂で文学者の愛国大会あり。

四時頃、宮城に行軍して、万歳を唱う。

（文学者の愛国大会が菊池寛一派の意思表示のように感じられるのはどうしたことか。日本の文学は菊池寛一派によって毒せられることはないか）夕刊を見ても日々新聞が大きく報道して、朝日が一行も書かないことが面白い。文学者の愛国大会が文藝春秋と日本新聞社との意思表示であれば、それにおどらされた日本文学者は悲しい役目を果したことになる。

「憩いの日」のノートを書き終る。

疲れていけない。身体が悪いらしい。

十二月二十五日　晴　　日本軍が香港占領（英軍降伏）

朝、青木君来訪。

午後、子供等をつれて、新宿に出る。書物を買い与えんとしたが、本屋はこんで書物の選択さえ出来なかった。通りも人でうずまっていた。

十二月二十六日

子供四人あって、なお、この妻［金江］と結婚すべきではなかったと思うのは悲しいことだ。香港夜七時降参。

十二月二十七日

朝、沼津の父〔芹沢常晴〕来訪。五十円小使として渡す。

石川君来たる。一緒に街へ出て昼食す。一日ためにくれる。

銀座は人通り多くて、歩けない。文学者の会があるが出席しなかった。「女の運命」三回分を十枚ばかり昨日より書く。

精進すること。何も思わずに仕事ばかりに精進すること。あす召されてもよいような仕事を一日一日しておくこと。

昭和十七（一九四二）年

東中野の自宅前。年月不詳

一月一日

晴天、風なし、よき正月なり、今年もよき年であれ。

大江君来たり、明朝早く出発なりと別れに寄らる。今更言葉なし。

「巴里に死す」を書きはじむ（三回）二枚。

昼後兄の家へ行く。マージャンを一回す。

浅野君来たる。

妻気持悪しとて午後ねる。

夜、子供等が可哀想なので、ともに十一時頃まで遊ぶ。

本年は健康を今少し注意して長生きすることを念としたし。創作もよきもののみを書くことにしよう。

思ったことははっきり言って実行することにしよう。もう何も恐るることはなし。

二月三日

節分なれど豆もなし、米不足して、夕飯二杯食べず。子供等には鰻飯を街よりとり与えたれど丼の米また少なくして、足らずと言う。我慢せよと妻口ぎたなく言う。家中侘し。

「けなげな娘達」［昭和17年1月～12月『少女の友』］を夜おそくまで書きて寝たれど、空腹にてねつかれず。

昼——午後一時より、国民文学会の会合あれど、国策上作家を統一せんとする意図のみ多くして、悲し。

よき小説を書くより他になし。されどよき小説とは何か。書きにくき世の中なり。

三月五日　　東京に初の空襲警報発令

朝から飛行機が飛んで寝ていられない。八時前に起きた。八時十五分頃、突然空襲警報が鳴り響いた。ラジオも空襲警報を知らせると同時に、とまってしまった。すぐに防空壕当番を見晴所へやる。三十分の当番だが家が当番の筈だと思ったので、子供達が学校へ行って十分もたたないが、大丈夫か心配した。二階上ってみると、電車は走っている。空は垂れこめて小雨が降りはじめた。飛行機の爆音は聞えるが形は見えない。高射砲らしいものの音が聞える。九時半頃、空襲警報は解除になる。その一時間ばかりの間、くそ落着に落着いていた。十時のニュースを聞いたが、報告はない。

上って「孤絶」三枚書く。やはり落着かないことが分る。昼のラジオで分った。四日未明、南鳥島が敵機三十機の空襲を受けたが、敵味方か判明しない飛行機の飛行するのを見たという報告のために、南関東地区と北関東地区とに空襲警報が発令されたという。

安心する。午後仕事す。

沓掛の佐藤氏に百五十円送る。

「けなげな娘達」の稿料百二十円来たる。

雨のなか駅へ出てみる。各家に物々しくはしごをかけ空襲にそなえて緊張している。子供等無事に帰りて、空襲について恐怖を語る。

夕に到りて突然の南風にてむしあつし。

「新しき家庭」［不詳］書かんとして書けず、うつうつとして夜をすごす。

三月六日

晴れて五月のような空である。暖なり。

石川君、銀座より電話あり、行きて、new grand で昼食す。十二時十分前に行きて一時に漸く卓をもらう。人こみて、昼食を得ることも難しい。食卓の空くを待つ間、人々生活の苦しきを囁き合う。

町に出ずれば陽のみ輝きて、街に売るべきものもなし。上野に出でて、独立美術を見る。みな色のよどみたるは何のためか。美しきは児島善三郎一人のみなり。川口軌外もくすんで淋し。よどみたるは顔料のためか精神のためか。ただ、ひたむきに絵のなかに生きんとするのは、好感を持てるのみ。

石川君も漸く自己の本質を生きぬこうと決意したらし。もはや作品を待ってその決意の如何なるかを知るより他なし。

「新しき家庭」、漸く夜にいたりて書きはじむ。三枚。ハワイの九勇士についての発表あり。

夜半十二時五分前に突然空襲のサイレン鳴りて目をさます。町内さざめきたち、起き出でたりしど誤報なること二十分後に判明す。ゆゆしきたわむれなり。

三月七日

心晴れやかならず。天気も悪し。

「新しき家庭」進まず。

富士書店主来たる。贅沢本を出したしという。

午後思い切って朝子文子をつれ新宿三越にいたり、好きなだけ書物を買い与う。三越の各階に人少なし。食物をあさるところにのみ人群がる。呉服部は二階とも客のかげなし。

三月八日　日曜

日本軍がラングーンを占領

日本軍がニューギニアのラエ・サラモアに上陸

「新しき家庭」、二枚書けたり。

記念日という意識を国家が強制することは、どうであろうか。今日はその疑問を特にはげしくす。

常会す。生活難の声、やかまし。巷に不平充満す。シャボンが買えずに、小さい店をとりかこんで、硝子を破りて、我勝ちに取りたれば、店主はシャボンを道路になげたる大さわぎを演じたり。

常会はこのままでは不平会となるべし。

茂君来たりて、話して十二時（夜）近く帰る。

三月十一日　晴

暖かり。昼、玲子の手を引きて町に出ず。

「新しき家庭」書けず。三月四月総ての原稿をことわる。

夜、兄のところへ行く。沼津より父来たりてあり。元気なり。

三月十二日　晴、暖

父を教会に訪ねて午前中、話す。元気で話好きになっている。宗教家の使命ということを説いていた。喜んで毎日をくらしたいと、それだけが生きる信条らしい。それでいいのだ。それに徹したところが立派である。小使をやる。

午後、「新しき家庭」、書けず。雑誌二社にことわる。

蘭印陥落を祝賀する日なり。町にも出ず。通りに百姓が車を引きて通りに来て、さつまいも一ケ十五銭に売る。あたりの人々が群がって、奪い合う如し。百姓の婦は巡査の来たるを惧れて見張っている。売りつくすと、車を引いていそいで逃げ去った。

昼を食べない者多し。

今日も昼食にいもがゆなり。

夜六時頃から、警戒警報が出る。

祝うけれど喪に服すつもりがいる。

若い女の人は、男がなくても生きる覚悟ができたと話している。

三月十三日　晴

暖なり。終日警戒警報発令されていた。

「新しき家庭」の、恋愛の部十四枚書き上ぐ。

不満なり、破ろうとして止める。

『文藝』の加藤君来たる。小説の依頼なり。書けぬという。五月まで休むという。

加藤君も病気にて半年ばかり休みて大連で静養せりと聞く。

毎日よろこびもなくして暮すよりは、従軍したし。よろこびは自然に湧くのではなく、自らつくるものなり。「新しき家庭」がなければ、旅に出たし。

三月二十三日　暖

家にありて、仕事す。妻の愚かなるために苦しむこと甚だし。すでに心ではも早去りたり。ただ子供をあわれと思うのみ。

夜、鈴木文史朗氏にいづゐにご馳走になる。

三月二十四日

なま暖かき風吹く。

一日家庭、『乙女の径』〔昭和17年4月刊〕の見本出来、久保田氏持参す。立派ならず。

「女の運命」五枚書く。

「新しき家庭」を書かんと努力す。

暖かき風のために、庭のびゃくれん一日にして白く咲き出ず。

四月九日

バターン死の行進

午前中、机上を整理す。

一時頃、昼寝していると『朝日新聞』の伊藤さんから電話で、安田晃君がラングーンで戦死したが、両親の住所を知りたいという。声がふるえてどうにもならない。戦死の模様はよく分らないと言う。間違いであればよし。腹立たしくてどうにもならず、戸板君と浅野母堂に電話で知らせようとしたが、双方ともお留守。戦死の報が誤報の前兆のような気持がする。

午前に整理した手紙のなかに、安田君の最後の手紙のあることを思い出し、すぐひろってのりではる。事務的な手紙であったが、最後のものなので記念とする。しかし、戦死の知らせはうそであれ。

夜、中村君来たる。

名古屋の父、社員と来たり一泊す。

十時すぎまで起きて「孤絶」他を書く。

四月十日

『朝日』に安田君の記事大きく出る。それならば戦死ではなかろうと思い、鈴木文史朗氏に電話で聞く。戦死の由。戦死である故に最後をかざるために、トップ記事としたのであると聞く。言葉なし。

生暖かな南風吹いて気持悪し。

戸板君に電話で安田君のことを知らす。話すうち涙が出てかなわない。

昼頃『朝日』より社会部員来たる。記事をとりに。

名古屋の父、三時で帰名す。

中村君来たる。安田君のことを語れども通じず、ビールをのみて酔いていねんとす。

四月十一日

今日も戦死のこと発表にならず、生きていてくれと、愚かなことを祈る。

二時より東亜塾にて講義す。講義は声を高くして悲調を帯ぶ。集る者、若き女性三十名余り。みな小説家志望なりと。怖るべし。美しき娘あり、みにくき娘あり。みな熱心に聴講す。

題は小説の作法という。小説には作法などという便利なもののないことを力説す。書くこと、読むこと、人間をみがくことより他になしと言う。

夕は神谷氏邸に子供等三人を伴いて、鮨の御馳走になりに行く。御令息の誕生日なりという。御令息の友人七人の鮨を食うことおびただし。鮨屋が出張して座敷に於てにぎる。

八時半頃帰宅。

四月十二日　日曜日

南風甚だし。

落合に午前中一寸行く。安田君の戦死いよいよ今朝刊で発表せらる。最後の記事もあり。感慨深し。悲しみにたえかねて、寝る。

起きて片山〔敏彦〕氏の『ロマン・ロラン』を読む。『ロマン・ロラン』によりて、今日の悲しみをなぐさめらるる。

午後、茂、木下君と来訪。二人を激励す。

二人に夕食をご馳走す。米なくして、他人にご馳走するのは大変なり。物資足りず。

夜、高橋幀一君来訪。木下君を紹介す。初の顔合わせなるべし。苦学する木下君には、よき先輩の例を見たるなるべし。

不思議なる夢を見る。神の恩寵を余りに信じすぎてはいけない。安田君の考えていたバラ園の廃したること――ああ彼を小説に生かすことで、私は悲哀からのがれんと思う。

四月十三日　月曜日

晴れて、風なし、緑の空気で五月の如し。

午前中、手紙を数通書く。奉仕のつもりで手紙を書かなければいけない。訴えられて応じないのはよくない。丁寧な心で手紙を書くことにしよう。

『ロマン・ロラン』を読みつづける。そのことで安田君を失った悲哀をしずめる。もうこの悲哀を小説にして、自分を慰めるばかりか、安田君の霊をなぐさめる以外にない。

午後は小さい子供の手を引いて散歩する。仕事に追われた生活をやめよう。

バタン半島の制圧がなったというラジオである。今日も鰯を九人に十三尾配給あり。一尾ずつバターであげて、夕食をする。さつまいものおやつを、子供等喜ぶ。郵便局員来たりて、貯金と公債購買とを説くこと長し。

「女の運命」、五月号稿料二百十七円着く。

四月十四日　火曜日

安田晃君の戦死が悲しくて、仕事が手につかない。

私の仕事の弟子のような人であった。もっと彼の魂とむすびついていれば、或は助けられたのではなかったか。

まだお互に生きてお互の心をくみつくす日があるものと期待していたために、魂の底までくみつくさぬものがある。それが残念である。私は死後、家のことや仕事のことを託しようと思っていたのに残念でたまらない。

終日仕事が手につかない。

昼は寝た。起きて五歳になる子供の手を引きて一時間歩く。白い兎を見て子供はよろこぶ。もう八重桜も散った。久振りにバナナを一本食べたり。そのおいしいこと。紅茶を飲みたかったが、お砂糖が心配で、のまず。

生活のなかに孤高を生かしきりたし。妻の愚かさも思わず、子供等のことは神に委すべし。ただ魂の上に良いものを加えるように生きたし。『ロマン・ロラン』は読んでよき書物なり。

夜十一時頃、親様の御上京を（今朝）知らさる。

四月十五日

毎日二三時間は書くことを必ずしたいと思う。

真面目に書くこと。書くこと以外に自分の魂をみがくことはない。目に見えない精神の世界をつくるような努力をしたい。小さい卑俗なことは考えないにかぎる。

親様来たる。お祭なので出掛ける。

安田君についてのお言葉は不可解である。

精神的なつながりのある世界をのみ、これからは希求したい。

戦争に参加することのみが人間をみがくことであると考えているらしいが間違いである。

人間を画一的にしようとすることのみが、愛国的だと考えられている。個性をなくすことが、国家を強くすることだと考えている。真理とか学問とかが忘れられた悲しい時代である。

四月十七日

親様がおいで下さるというので一日待つ。同行十人というが、その人々のために食事の心配することの苦労。

魚や野菜をととのえるには大心配であった。おいで下さる時間が不明のために、朝から落着かない。

三時半頃おいで下さる。同行九人。後に三人来たるというが、そのために食事に心配する。

十一時頃お休みになる。しかし、おやすみになったのは四時頃ではなかったろうか。

安田君の遺骨が明日来たると、安田君の御両親より電報あり。

四月十八日

東京へ空襲。牛込・小石川・品川・淀橋・王子・荒川・葛飾に被害
空母発進の米陸軍機16機が東京・名古屋・神戸などを初空襲（ドーリットル空襲）

親様十時半に家を出かけらる。自動車をやとえたことをよろこぶ。お見送りして、ほっと安心するとともに、力をなくしたように疲労を感ずる。ただ天気よく、末敏と前田知慧とを二人相手に家中ひなたぼっこす。

十二時過ぎて昼食をしようとしている際、真近く庭の椎の梢すれすれに、美しい飛行機が飛び来たるのを見て、子供等に飛行機を見よと庭へ呼ぶと、末敏が叫んで言う。「アメリカの飛行機なり」と。そう言われたが、まだ敵機だとは思えず、星のある飛行機はゆるやかに飛び去る。

同時に「大変だ」と私は叫んだ。二階の戸を閉じ、水の用意をと叫んだが、その頃高射砲の音が聞え、漸く空襲のサイレンが鳴る。二階に上って見れば、戸山ケ原の辺に二ケ所黒煙があがっている。家の内部を注意したが異状はなし、やや安堵す。

親様ご滞在中に空襲でなくてよかったと思う。兎に角家の内部をも見回り、昼食にする。文子は十二時五分前に学校から帰ったが、万里子、朝子来たらず、心配する。玲子は「朝子ちゃん、万里子ちゃん、かわいそうね」としきりに言う。文子は「朝子ちゃんはおこりんぼうで、今日まで好きでなかったけれど、途中で可哀想ね」としきりに言う。末敏などは、今日の空襲は手ぬかりがこちらにあったのだろうと言う。

妹は「日本の海軍が飛行機を東京へ行れたのはいけない」と、良人が海軍の飛行団様なだけにしきりに言って、逗子にある家のことを心配する。二時頃解除となる。弟妹はいそいで帰る。

長女、次女、無事に帰りて喜びあう。

芹沢賢太郎君、三時頃来たりて、相談す。やや病的な話振りなので、妻君に会って、いろいろ話してみようと思い、明日来たれと語りて送る。この空襲時代に、夫婦げんかを持ちこまれることの不合理さよ。

四月十九日　日曜日

前夜二時、空襲警報あり。起き上り、着換えて庭にはいりて待機す。寒い夜。四時解除。星の美しさを二階の窓より眺む。一つ一つの星が飛行機の光かと、一寸あやしむ。すでに敵機を恐れる心の生じたるなるべし。

九時頃、家全体起きる。疲れている。

十時、芹沢賢太郎君夫妻、子供をつれて来たる。夫人の話に涙ぐむ。賢太郎君が短気だと判断す。

夫人の話に――二十五歳の女のあわれさと母のあわれさあり、鮨をご馳走す。昼になって、空襲警報あり、警報中を二人は帰って行く。賢太郎君の解かれない心を感ず。家中門まで見送りたり。

末敏君、正民君来たり。親様を訪ねるという。茂君が電話ありたれば待つ。空襲のために茂君来たらず、二時頃解除。三時半頃二人は去る。

安田君の遺骨来たるか社に電話す。このさわがしさに上海に待機すという。

三時、倉崎君来訪。一人話してはずかし。

六時、倉崎君帰る。七時、末敏君等三人来たる。

今夜も空襲を覚悟して眠る。

四月二十日

警戒警報も解除となる。夜のあけたる気持。

ただ前日の空襲警報についての発表のないのを心配す。十八日の空襲についても発表は不充分なり。流言はかなり横行す。敵機は墜落したるを見ざるに、九機墜落せりと発表したり、しかし墜落したる場所も様子も発表は全くなし。ただ夕に到りて、簡単に発表ありて、航空母艦三隻遥か洋上にあらわれたるが逃げ去りたること、敵機で支那本土に逃げ去りたるもののあること、被害の軽微なることを言う。しかし、あちこちの被害は口から口へ伝わる。明瞭に発表した方がよかろうに！

学校及病院を攻撃したというが、その被害についても発表なし。

終日、ぼんやりして暮す。いたずらにねむい。心がちかんしたのであろうか。感激がないのであろうか。

トラックでまきを運んで来た。まき二百八十円なりという。まきにあらず、材木のかけらなり、その高いのに驚く。やがて小雨となりて、何も思わずいねたり。

四月二十一日

朝日新聞から朝電話で、安田君の御両親が上京したといって、宿を知らせてくれた。電話をかけてみた。電話でも泣けそうで困る。

朝昼を食べて、ふたば屋へ出掛けて挨拶する。

四時半、羽田空港に着くと聞く。朝日からご一緒に行くというので、三時までペンクラブで用をする。

安田君の親友戸板君を電話でさそってみる。戸板君の来訪ややおそくて気がもめて、すきや橋に立ちつくす。

羽田空港に着いた時には、丁度飛行機がおりたったところである。あわててかけよる。安田君の写真は半そでシャツに黒めがねで、ややふとっているが安田君のようでなし、まして、白い遺骨が安田君と思えず。朝日航空館上で焼香して、すぐ本社へと出掛ける。朝日の車で本社へ行く。

七階の講堂に安置す。五時半頃から読経があった。焼香する。前の頃から警戒警報発令される。ああこんなことを、みんな安田君と語ることがあればと思う。

通夜をしたいけれど、社のことではあり、夕食の心配もあって、六時半、社を出る。new grand で一人淋しく夕食する。再び社へ行こうかと思ったがやめにする。

家に帰っても仕事は手につかず、茫然として早く寝る。

四月二十二日

晴れて、緑は美しい。総ての樹木の緑の美しさは花よりも美しい。もえているような美しさだ。午前中何もせずに、窓からその緑を眺めていた。こんなに自然は美しいのに戦争をしているのだ。若い安田君は戦死してしまった。

午後、寝てしまった。安田君の御両親来訪さる。安田君のことを語っていれば限りなく話がつきない。安田君の御両親を親様のところへご案内しようと思ったが、大井町に不発弾がおとされていて危険なので、避難なさった由。

高見君来訪、四時間とどまる。話がなくてとどまるので、疲れた。

四月二十三日

晴れて、美しい日である。過日の空襲のことが、政府は発表しないが、いろいろ耳にはいって来る。発表しないからいけないのかも知れない。九機おちたのではないということも聞えて来た。二三機であるということも。空襲サイレンの鳴り方のおそかったことも。或る小学校では運動場でラジオ体操していて、敵機が低空飛行したのに、万歳とかんこしたことも……とまれ、為政者は為政者のみで国家が成立していると考えているらしいが、今度の空襲で人民の力を知ったことと思う。

昼頃、親様から電話で、安田君の母堂とお姉さんとを高砂へ案内する。それから、夜は朝日講堂でおつやする。親様はいつもつれている人々のために、その光をおおわれることはないだろうか。親様のところへ、市河さん（大阪の）三郎さんが三月十日戦死したという通知があった。悲しいことである。

四月二十四日

晴れている。晃君の葬儀がある。早昼をすませて、築地本願寺へ行く。本願寺ははじめてである。立派である。一時から葬儀。南京から晃君の荷物が到着したという。そのなかに遺書あり。親様や両親へ「平和の時も戦の時もまことが人間になくてはならぬ」と書いてある。言やよし、しかし、切々たる心情を聞きたいようにも思う。葬儀は盛大なり。

親様も二時においでになり、一時間本堂裏の遺族控室でねむっていられた由。私は一時間本堂内に立つ。静かに焼香者の様子を見ていると、その人々の心があらわれていて面白くもある。黒い洋服で焼香して、立ち去りがてにしていた若い娘は誰か。

三時半から二時間街を歩いて、松葉屋旅館に御両親をたずねて、僕へ宛てられた日誌をもらいに立ちよる。さそわれて夕食をともにす。総て今日のことを晃君と語りたし。夜、晃君の日誌を読む。十一月二十日から四月五日まで。心情は書いてないが、旅から旅への多忙な生活の苦痛が切々とあらわれていて、悲しい。二度読んだ。二度とも感動する。私は一人の大切な友をなくした。

四月二十五日　土

靖国神社の臨時大祭である。学校が休みで家中朝寝をしたために、晃君の遺骨が帰国するのを見送ることができなかった。庭に椅子を出して、済んだ空を眺めて二時間ばかり過す。はるかに晃君の戦死した土地を偲ぶ。南京から［小山（芹沢）］武夫君の手紙が届く。安田君の死をいたむ手紙である。

昼から子供等をつれて、隅田川にポンポン蒸気に乗ろうとする。永代橋に行ったが、石油がなくて、ポンポン蒸気はずっと前からなかったという。岸につないだポンポン蒸気の機関士は笑って手を振った。永代橋から浅草に行ったが、浅草へ行く路が分らないので困った。浅草は埃と人とで、折角の晴天がくもっていた。子供等はただ吃驚して、双方の腕にしっかりつかまって歩く。怖ろしいところだ。靖国神社参拝の遺族が多く、仲店で土産を買っている。遺族達の服装を注意して見ると、たいていの人が、染めたばかりの黒の紋付を着ている。無理をしてつくるのではないか知ら。浅草から地下鉄で銀座へ出て、資生堂、青柳、不二家と次々三軒へ寄って、やっとおやつを食べられた。三越の四階で書物を買う。

おぎんという二十五の女中、機嫌が悪くて寝ているため（一種のふてねなり）家中の空気乱る。女中の機嫌で家が左右せられるような事がないようにありたいものだ。

一人のよく識れる友をつくるのは一生を要するほどの難事である。その友が忽然と亡くなるのは、自分が少しずつ死ぬことである。

四月二十六日　日曜日

朝から女中の問題でごたごた家がして、子供等を何処へもつれても行かれず、勉強も仕事もしなかった。お互に仲よくして行けないものか、家内が家のなかをちゃんとできないのがいけないのだが、困ったものである。鈴木［公平］さんという人の選挙演説に奈良へ行って欲しいと北井氏がたのみに来たる。うか

うか承諾したことになってしまった。何のためか分らず、安田君が戦死してから人には親切にしようとい
う、ぼだい心のえいきょうである。

四月二十七日　夜、銀行（選挙）

四月二十八日　タンバ市デ

四月二十九日　小学校

四月三十日　南部からつばめ

五月一日　曇

昨日までの旅行の疲労多く、仕事出来ず。鈴木公平氏の弟、お礼に来たる。当選を祈るけれど、非推薦は当選困難ではないかと思われる。地方民は推薦でない候補者に投票することはanti政府を表明することのように考えて恐怖していたように考えられる。鈴木氏の当選は困難ではないであろうか。しかし、今明日の約束を分るものであるから、余り意見をのべられず。

午後、ペンクラブの用で［島崎］藤村氏宅に行く。出掛けに、『文藝』の加藤氏来たりて、『文藝』に小

説を書けという。加藤氏の熱心には感心す。書いてやりたく思う。

藤村氏邸に集ったもの、有島〔生馬〕氏、谷川〔徹三〕氏、勝本〔清一郎〕氏、清沢〔洌〕氏なり。ペン倶楽部は藤村氏の意思を重んじて、縮小することに決定す。この会合での柳沢〔健〕氏についての報告は不快なり。次第に官僚を信ずることができなくなる。

親様、離京さる。ああ、安田君は何故戦死したのか。

『愛すべき哉』〔昭和16年9月刊〕の印税二千部分、三百二十円届く。

『少女の友』の稿料百円届く。

五月二日　土曜日　晴

大掃除だという。人夫五人来たる。大掃除だからとて、人夫もやとわず簡単に行う方がよかろうと思うが、家内は名古屋の家の例などを持ち出して、大掃除にはどうするという方式があるから、こちらの意思に従わず。天気のよいのを喜ぶより他になし。

十時半頃I君来たる。一緒に出て、昼食をする。彼の話には、もう魅力がなくなった。じっくり落着いて勉強するより他にないということがなかなか分らないらしい。世の中へ出るのをいそぐ気持も分るが、世の中へ出るということはそれ自身どうにもならないことだが。

選挙の結果が分る。推薦候補が圧倒的に勝利する。

今日のような状勢では当然であろう。鈴木公平氏が落選したのは気の毒だが当然である。文士を選挙応援をさせたところに落選のうきめを見なければならない。

大掃除で疲れた。ビールを半瓶のむ。ビールをのめば読書の欲望もなくなる。酒は少量でも精神の仕事にはよくない。

五月三日　日曜日　小雨

新聞はもう国民の声を伝えずに、政府の声のみ伝える。

新聞は対外宣伝機関に化した。政府の御用をつとめることに汲々としている。新聞も統合や用紙のことで政府におどかされているのであろうが、もう新聞の使命は終った。今度の選挙の結果についての論説や報道は新聞人はどんな心でしているのであろうか。

橋本弟君来たりて、南へ転出を命ぜられるので、田舎（沼津）へ家族をおきたいので家を探して欲しいと言う。家があるかどうか分らないが、父にでも頼んでみよう。

午後、桜間金太郎の「道成寺」を見る。これはなかなか面白いお能なり。お能はみがかれる芸術なれど、どうして、どれもこれも、同じ種類のたいくつを伴うのであろうか。会場で久振に菊池氏に会う。帰途探したれど会わず。新宿へ出て、花屋で、なす、サラダの苗を買う。夕早ければ、庭の畑に植える。新宿でレモン一円二十銭買う。

『愛すべき娘たち』〔昭和15年5月刊〕の千部の印税百十円届く。

五月四日　月曜日　曇天

朝九時頃、警戒警報が発令された。この前の不名誉を取りもどそうとするかのように、陸軍機が低空飛行をして、その音響はすさまじく、落着いて仕事ができないくらいである。

マンダレーの陥落が発表になる。ビルマ戦線の困苦のほどが新聞記事で痛いほど分る。朝日の記者がまた戦死した。ビルマは大変のところらしい。

終日梅雨のようにうっとうしい。昼寝してから銀座へ出て、新響の切符を受取る。

「けなげな娘達」を書いているが、はかばかしくない。疲れているせいか、仕事への熱情がないせいか、どうもいけない。感動をもって、一日一日新鮮な心で生きたいと思う。

神様、どうしたら、人間は神様と二人でいるように感動をもって生きられるのでしょうか。

前線にいる人のみが戦争をするという考がある。

五月五日

英軍がマダガスカルに上陸（マダガスカルの戦い）

昨夜からなま暖かく気持がよくない。それに、警戒警報が発令していて、何となく不気味である。

向いの家では、防衛司令部のトラックが来て、大谷石をどんどんおろしていた。たずねてみると、防空壕をつくるのだという。十人入りで三千円であるが、それでも爆弾を直射されては用をなさないと言っていた。

午後一時頃になって警報は解除された。何故発令せられ、何故解除されたかは発表にならない。

午前と午後と二回、二三十分ぐらい歩いてみた。一日に一時間歩いたらと思う。

渡井老人朝から来たる。人間として最もいけないところばかり出している。この人間が来たら一日不愉快にしてしまう。この人は死ぬより外にもう幸せはない。

「けなげな娘達」二十一枚書き終る。余りよく書けなかったが、やむを得ない。客の一人もないということは落着いてよい。庭の野菜の虫をとる。

五月六日　水

八時頃、突然空襲警報が発令になった。警戒警報なしに空襲のサイレンである。さあ大変だと、食事を中止して、水を出し、洋服に着換えて準備す。それへ、渡井老人来たりて、三万円貸せと言って、玄関に座りこむ。腹立たしさに怒鳴って帰るように言う。旅費十円をくれと言って動かず。五円でもよしと言う。情けなくなる。漸く五円持って帰る。九時頃、警報解除。夜の発表によれば、味方の飛行機を見あやまりたりという。

十八日（四月）のにこりたためであろうが、人民を動揺させた罪は誰が負う。

今や上に立つ者は責任を負うことを知らず、明治時代の精神もなくなりたり。上に立つ者に日本精神がなし。

帝海本社に重役会あり、帝海も苦闘したれど、ついに石川島に買収してもらう以外になかるべし。橋本氏にその肚が漸くできたことを喜ぶ。

『希望の書』〔昭和15年9月刊〕、検印紙千枚送る。「けなげな娘達」書き終り、漸く、「巴里に死す」を書きはじむ。しかし警戒警報中にて落着かず。

これを書く頃、再び警戒警報発令、何の意味ぞ。

五月七日

終日雨が降ったが、夕方まで警戒警報は解除されぬ。何となく無気味な日なり。午前中、「巴里に死す」を書く。わりに書きよし（七回分）四枚書く。

昨夜寝床でエッケルマンの『ゲーテとの対話』を読んで十二時過ぎたし、寝つこうとすると、省線電車の警笛が空襲サイレンに聞えて、よくねむらず、昼寝せんとしている時に後藤愛子さんが訪ねて来た。不思議な聴音が聞えなくなって、大変元気そうであった。キリスト教をすてるということを言っていた。その話には実に時代的に面白いところが多かった。

後藤さんが帰ったので一眠りしようとしたら、安田君のお父さんが御礼に来られた。安田君のことについて語った。安田君のことを語っていると時間のたつのを忘れた。

夕、豪雨をおかして、新響を聞きに子供等と行く。行く時は子供等への義理で進まなかったが、今夜の新響はよかった。音楽は忘我に誘う。シュトラウスの「ドン・キホーテ」は、日本での初演だそうだが、みごとであった。

五月八日　金

昨夜北風の雨になったから、今日は天気だと期待したが、終日小雨、膚寒い。フィリピンのコレヒドール島の陥落が朝の新聞に報じられていた。

夜のニュースでは、さんご島海域でアメリカの母艦二隻、敵艦三隻、沈没させたという。八日の記念日の度に、何かビッグニュースをつくろうとするのは、政府も軍も疲れはしないだろうか。これも国内が、私共の知る以上に不安であるためであろうか。

イギリスのマダガスカル島不法占領は、どう考えても、許しがたい。フランス人の憤激を思う。

客一人もなし。「巴里に死す」進展す、六枚書く。

『ゲーテとの対話』面白し。

『女の運命』〔昭和17年5月刊〕、検印一万五千枚郵送す、日曜日につくであろう。田中氏に発行日についての注意をする。

夜十時、名古屋より藍川氏来たる。我儘なのは閉口、いつもながら。

他人に親切にしようと考えるのは、時には罪悪だ。能力に限界があることをうっかり忘れる。

五月九日

小雨がやみそうであった。名古屋の父は朝帰って行った。この父を尊敬も愛することもできないことが悲しい。人間としての醜悪面を露骨に持っているし、その醜悪な性根をそのまま妻が持っているので堪えられない気がする。

昼から天気になった。二時から昭和文学塾で講義す。身体が熱ぽかった。講義は気がすすまなかった。

夜、鈴木公平氏の残念会があったが出席せず、彼から礼を言われべきではあっても、こちらからは挨拶すべき筋合いならず。

夜、明子氏のお母さん来訪、K君との結婚をすすめて欲しいと話して帰る。

さんご海海戦の詳報あり。四月十八日の爆敵機が北より来たのであったことを知る。新潟、大湊等もやられたのであったと。

五月十日　日曜日

五月晴のよい日である。子供等を何処かへつれ出してやりたくて、『東京郊外ハイキングコース』という小誌のなかのやさしい場所を探してみた。二子たま川から、調布たま川までが四粁でよさそうである。すしをすしやで二円五十銭つくらせて、三人の子供をつれて、行ってみた。たま川べりで弁当を食べる。川べりの緑の原はなかなかによし、魚を釣る人もいる。一万人ぐらいの人が出ていたが、広くて人の多い気がしない。この川原つづきに、一面のれんげそうでも播種したらどうであろう。もっと東京人のたのしめる所をつくらないと東京人は可哀相だ。

この川原をも増産だというので麦や菜を植えて、しかもその何れもが成育悪く、たてふだのみ立って、他人の作りたるもの盗む者は罰すると、かなしい文字があちこち目につく。それよりもれんげ草でも咲かせて自由に遊ばせたらよかろうに。読売のパラシュート生が人々を集めていた。日光浴を思う存分した。

夜、落合の梅子氏、流産で危篤におちて、矢口病院に入院、驚く。

五月十一日　月

落合のマダムは流産で、今日は稍安心する。

「巴里に死す」の七回目、漸く書き終る。

庭に出て暫く草花に水をやって、悲しい心をまぎらす。ロマン・ローランの『ミケランジェロ』を読む。心を慰められる。制作者としての苦労が、私はまだ足りない。家庭内のことにとらわれてはいけない。彼女には彼女の行き方があり、私と結婚したので不幸になったと思っているのであり、あわれと思うべし。何ももとめてはいけない、もとめるから不平が出るのだ。

生暖かい日で、誰も不機嫌になるのであろう。自分だけは不機嫌にならないように努力したい。

明子氏の結婚のことで、武夫君に手紙を出す。何と返事来たるか心配なり。

五月十二日　火

颪あり、暖かくして湿度高く快からず。

あたご書房の山崎氏来たる。来てみたら一高時代の友人なり。老いざることに驚く。岩見君来たる。石光君来たる。吉川君来たる。岩見吉川二君と鮨屋に行って昼食をす（三円五十銭）。鮨はまぐろなくて、まずい。留守中に加藤君来たる。

仕事一行もせず。

夜は三和商店の久保さんとホテルで会食す。夫人も来たる（二十二円）。親様の話をする。夫人曰く「もう私は他人には不平を申しませんが、まだ家内では不平を言いますの、これをなくすように努力しています」と。才ありて、心はげむ様見るからよし。

全国書房短編集の企画書を封入して来たる。

新潮社、「新しき家庭」について言葉なし、もう書かないことに決心す。ジャーナリズムのために仕事するのは止めにすること。

石光君の原稿は前に読みたれど明日来たるというので再読せんとしたが、心すすまず。

五月十七日　曇

曇りて暖かというよりむし暑し。庭に出て植木をいじる。石光君来たる約束なれば、待つ、一時間以上おくれ来たる、多少落着かず。「演奏会」という小説の批評なり。余り感心せず。何というべきか困ると正直に話す。

午後加藤君来たる。『文藝』へ小説の依頼なり。加藤君と話していると書いてやらないではいられない気持になる。不思議というべし。同君は魚も買えず、バターを買いたる喜びを語る。お茶をのみバターをなめて、元気が出たと。悲しい話である。病気はいいのだろうか。顔色は悪く疲れているらしい。静養させてやりたい。

庭の金魚が二匹死んだ。昨日水をかえてやろうとして、バケツ一杯の水をついだが、そのバケツが石炭がらがはいっていたので、そのためであろう。他の二匹はさっそく清水のなかにうつした。ひふを白いものが一面おおっている。助けてやりたいと思うがどうだろうか。魚や虫や草木の命について、近頃考えさせられる。

五月十四日

・夜中に雷雨あり。敵弾かとおどろき狼狽して起く。子供等全部もアメリカの飛行機と言ってはね起きたりと言う。

起きぬけに関東軍報道部より公用の文書あり、徴用であろうと、一寸おどろく。小説を『つわもの』へ書けということであるが、その文章の大袈裟であるのも面白いし、純情小説とことわってあるのもほほえまし。

・朝、田中氏より電話で三時頃来るというので待ったが、四時一寸前に電話で来れないとことわって来た。手持無沙汰でやむなく、子供を伴って新宿へ出て、バラの苗とトマトの苗とを買って、畑に植えた。畑は野菜をつくっても作れずに、次第に花壇と化して行くであろう。

・昼頃M氏来たる。話すのも面倒な気持がした。一頁だけ氏の原稿を読めというので読んでみた。なっていないので、そう言った。スタイルということについて話した。話はどうやら通じないらしかった。

五月十五日　金

涼しい風が吹いて晴れていた。天気もよし。勉強しようとしていると、Ishikawa氏が来たる。鮨を取って昼食。その頃、『婦人画報』の塾の人々五人来たる。若い女性が五人応接間にはいられると、圧倒する。恐ろしいくらい。原稿を読めという、読まんと思う。

I君と銀座に出て、三ケ所の個展を見る。I君の話は、もう新聞記事以外になくなった。高い精神について語ってくれなければ、興味がないが、低い精神になっている。むりもなし、早く文学で世に出てもらいたい。責任を感ず。

夜、実業之日本のkurasaki君来たる。この人のよさは、まだ失われず。

明子氏の母君来たる（九時半）。十一時半まで明子さんの結婚問題を話す。感情的で、まだしらべていないのが、不思議である。御両親はほんとうに娘の将来を真剣に考えているのか知ら。

五月十六日　土

・晴天、さわやかなり。「巴里に死す」（八回）を書きはじむ。好調なり。
・庭のばら花をつけたり。花の香は茶の間にもみつ。野菜は赤土のために失敗するらしいが、畑を次第に花壇にすることになるだろう。庭の金魚全部死す。石炭灰のあくが水のなかに混入したのであろう。水をかえさせたが、底に少しのこしておいたという。折角生きかえらせた最後の一匹であったのに残念である。
・午後とも子、れい子をつれて散歩す。よき日なり。
・ロマン・ローランの『ミケランジェロ』を読み終りたり。
・有島［生馬］氏の「蝙蝠の如く」も読み終る。

五月十九日　火

・子供等遠足あり。しかし雨にて行けず。朝五時に起きたりという。三女、学校からゴムマリを配給せられて帰る。第一次戦勝祝賀と丸く赤い印をおしてある。よろこんで、畳の上でも台所でも所かまわずつきまわる。一つのまりによろこぶ様を見れば、昔はよき日ありと思う。その一つのまりを次女も四女も羨めど、三女は大切にして貸せず、配給品なることを知れば、五歳なる四女も強いて借りたしとは言わず、欠乏の時代を子供は最も鋭敏に善処するものらし。

鈴木さんのお友達の子供来たる。一高に入学したれど、一高生のあまりにききとしている様に反発するとともに、人間へのけんおで学校に行く気になれずと言う。この少年の話には感動すること多し。時代のかげを思う。人間を尊ぶことを忘れる時代は、他にどんなよいことがあろうと、正しい時代ではない。人間の解放である。

・『女の運命』の見本二冊来たる。思ったよりよし。読んでみて、二字誤植あり。
・『乙女の径』、七千九百部検印紙を郵送す。
・仕事はかばかしくできないのは何故ぞ。

五月二十日　水

小雨、梅雨には少し早いようだが、梅雨らしく寒い雨だ。子供等は朝四時半頃から起きて、遠足があるかないかさわいでいた。そのために女中が寝不足で、不機嫌な様子である。自分の機嫌を外へ出すことはよくない。周囲の者をもその機嫌にまきこんでしまう。

仕事をしようと思いつつできない。「巴里に死す」、三枚しか書けない。他の仕事にかかろうと思って出来ないので、「巴里に死す」をつづけたのであるが。何か生理的な原因らしい。時々は、人間に肉体がなければいいと思う。何処か遠い旅に出たい。雨で訪ねて来る人もない。「マタイ伝」を読む。

五月二十二日　金

朝から天気よし。山辺先生についての物語を書こうと漸く心が動く。題は「若い人」〔「旅のあと」昭和17年7月〕にするか。『オール讀物』に発表しよう。五枚書く。

午前十時、I君来たる。I君はいつもこの時間に来るが、最もいけない時間だ。昼間の全部をそのためについやしてしまう。長編を出版するのだという相談であるが、相談というよりも、報告である。結構であるというより他にない。しかし、I君としてみれば、出版したいのはもっともなことである。その交渉がまとまればよいと思う。そして、よい本が出ればいいが。

小学館より、「孤絶」を出したいと言って来る。三回までしか読んでないと言う。それではやるとは答えられない。

夕方、偕成社の久保田君来たる。書きおろしの少女小説を書いて欲しいとのことである。今度は立派な本をつくりますと、しきりに言っていた。

『基督教の起源』（波多野〔精一〕博士）を面白く読む。

五月二十三日　土　快晴

十時に東部電力の総会がある。最後であり、一度も出席したことはないが、解散後の心配などもあるので出席してみた。株式会社の総会というものにはじめて出席した。一種面白い空気あり——すぐ小説家らしい興味をもってはいけないことだが。

昼を一人で new gland で食事す。小松ちゃんが色を真黒にして、海軍報道班という赤い腕章をしていた。

昨日帰った由。十二時を待つ間、苦心談をきく。

帰って一人庭へ椅子を持ち出して読書す。トンネルの話を読みおわった。

夜、短編を書こうとしたが茂君来たりて十一時までいたためにできず。北井君の来ての話に武夫君が二十七日に南京より社用で帰国する由を告げる。

五月二十四日　日　むしあつし

・午前中は仕事をしようと努力せり。どうもすすまない。心のなかによろこびのない毎日である。それに気持がよくない。天候に気分が左右されるのは、フレニ□の結果、ごく僅かであるが、体中の空気を外へ逃がしたからであろうか。
・午後岸辺照雄さんの告別式に行く。南の建設のために出向いて、大洋丸がアメリカの潜行艇にやられたために沢山の犠牲者を出したが、その一人である。二十七歳であったろうか、帝大を出て二年目である。愉快の青年であったから惜しい。両親は目を泣きはらしていた。
・帰ると、明子さんの妹のフィアンセ矢野さんの戦死の公報がはいって、明子さんが泣いていた。さんご海海戦の犠牲者である。有名な青年将校であったのに。妹さんは将来どんなにして暮せるか。四月下旬には帰国して結婚式を挙げることになっていたのに！
・武夫君は二十八日の朝、東京着である。船でなく飛行機であって欲しいと、お母さんが電話で心配して話していた。

五月二十八日　木　晴

今日は晴れてさわやかである。

『オール讀物』の原稿を書かんと思う。気に入らなくてすすまない。こんな小説を書いていると堕落するのであろう。自分で不幸を摑むような気がする。

武夫君、今朝南京より帰ったという。

愛宕書房の山崎君来訪。ことわるべきものをことわらないのは弱気だ。第一書房の編集者来たる。ことわると（原稿八枚）三時間もいられた。一寸まいった。それで疲れて、もう小説が書けない。

五月二十九日　金　晴

武夫君のために晩餐に招かる。小山〔松寿〕氏を訪ねる。

小山氏を訪ねる序に石川〔年〕氏の家に寄る。中村佐喜子氏は小説が書けるようになったら、痩せて気の毒な感がある。石川君が小説の単行本を出そうと多少あわてているのは分る。長編小説の出版をことわられたと言っていた。

小山氏で大先生の話がゆっくりなって、十一時半までお邪魔する。ご馳走はなし、ただ、武夫君が健康であり、やす子君がおとなしく、一家幸福そうに機嫌よく迎えてくれれば、それにましたる幸福なし。

『女の運命』の印税二千七百円はいる。

『愛と死の記録』の検印紙五千三十部来たる。

五月三十日　土　晴

小山大先生より朝電話で、新聞統合の問題ではお二人によくお話したいことがあるという。家兄が出社する前に寄ってもらうことにする。

『オール讀物』の小説は「旅のあと」と題して三十三枚渡す。

学芸通信社の社員来たりて小説を書けという（地方新聞へ）。悲しいことなのでおことわりする。もうのこすような本格的な仕事をしたい。

夜、末敏君来たりて、十一時まで帰らず、疲れたり。

五月三十一日　日曜日

小山大先生が武夫君と三時頃来るという知らせあり。つづきものを書かなければと思うができず。大先生四時に来たる。へんとうせんで、頬をほうたいしていた。新聞統合案について語られる。

六月一日　月

今日は天気がむしあつくていけない。梅雨になったのであろうか。

「けなげな娘達」、五枚半書き上げた。

大阪の錦城書院で来て、書きおろし長編小説を書けという。まるで製造できるかのようないい方だ。ゆううつで、ぼんやり新宿の人通りのなかを歩いてみた。

早稲田の詩をつくる学生来たる。詩を五つ読む。詩ではないのだろうと思わず言ってしまう。フランス文科にいるそうであるが、ほんとうにフランス文学をしているのかと聞きたいような気がした。

六月二日　快晴

「けなげな娘達」、漸くすすむ。

『ますらを』編集部員来訪。関東軍報道部長から小説を書けという命令書を送りたることの苦境を述べて詫びる。南方ばかりに国民の目が向くならば、北方でも作家を徴用しようと意気込んでいると聞く。こんな感情的な動機で徴用があってよいものだろうか。南方であれ、北方であれ、我々は徴用とあらば征こう。ただ正しく使われたい。有意義にご用をたてたいのみ。

夜、末敏君、結婚したいと言って相手の女子を同伴して突然来訪す。驚く。相手の女子は三十歳にして、飾らざる女性なり。二人とも夕食もせずに九時まで話している。気の毒なことをした。

六月三日　晴

仕事せんと机に向っていると、岩見君来訪。話したいことがあるという。話したいことというのは、学校へ行ってもつまらないということであった。小説を書くのだから学校がつまらないという考え方には賛成できない。どんな日常生活にも強くはいって闘いぬける精神と、平凡な生活のなかにもよろこびを発見できる精神がなければ、作家にはなれないと話した。この大学の二年半に一行の小説をかかなくてもよいが、この二年半に充分栄養を吸収しなければ（知的に）作家になってもしかたないと話した。

六芸社出版部来たりて、書下し長編小説を書けという。

昼、武夫君に会いに帝国ホテルに行く。三時まで語る。

夕方、天理時報社の平野君来訪、『道の友』に書けという。長編小説を書けという。創作家を製造会社の如く考えている。

夜、末敏君来訪。楯岡君が信頼できない人物であると武夫君の伝言を話す。二十五歳の青年が三十歳の女と結婚する理由はないと武夫君は言う。その言もそのまま伝える。末敏君は家庭が欲しいだけである。

六月四日　雨

新宿のアボンヌマンだと必ず雨になる。

「ひろい海」〔昭和17年8月『少国民の友』〕、十二枚一日で書き上ぐ。子供のものはたのしい。文子によんできかせると面白いと言う。

『文藝』の加藤君来訪。改造社の不幸を語る。社長の心事を察して同情する。人間は何処に死があるかわからない。気の毒である。しかし、社長はこんな不幸にあって、ただ権益を考えたらまちがいである。運命について思いをいたし、人間改造、自己改造をはかるべきである。戦争は恐ろしいことだ。

六月六日

「孤絶」の九を書きはじめる。

文林社員来たる。単行本を出したしと言う。小一時間午前中ねばられると、もうあと午前中仕事はできず。

昼はまた心様悪し。上の二人の子供をつれて新宿へ出る。夜、「孤絶」を書く。一枚半。

リルケの詩を読む。

六月八日

『文學界』の小野君来訪。「孤絶」を書く約束。中山〔義秀〕君の結婚の話を聞く。真杉〔静枝〕さんの心の純潔について疑惑を持つ（〔中村〕地平さんのことなど考えて）。

夜、道友社の招きで柳光亭に行く。天理教の人にこんなところでご馳走になるのは心外だ。やけくそになって酒をのむ。

信仰をこの人々は次第になくして、事業家になった。私は父のことを思うから、こんな場所へ来てもご馳走になる。こんなこともいけないことだった。腹が立って帰ってから、「春の記録」〔昭和17年7月『婦人公論』〕を書きはじむ。

六月九日　火

婦女界社の出版部の柴さんが、朝、『希望の書』〔昭和15年9月刊〕の印税百五十円持参する。天理時報社の出版部長来訪。そこへ兄と父と来たる。武夫君に会いたしという。電話で交渉して、前田君がマニラより来たので、全部でホテルで昼食を食べることにする。仕事が忙しいけれど止むを得なし。前田君は多少痩せたれど、元気なり、十八日の飛行機で再びマニラに立つという。武夫君元気なし。父もやせて元気なし。

二三日前より、時々腰部痛み、カリエスかと秘かに心配す。今日は痛まず。

武夫君と銀座を歩いている時、片岡鉄兵君に会う。同君明朝の飛行機で南京に立つという。武夫君を紹介す。

明子さんの写真は□方なので、家にあるのをさがす。

入梅のような日なり、小雨そぼ降る。暑し。父は午後沼津へ帰りたる由。

婦女界社速達で『希望の書』の二千部増刷のためのきかく届を送り来たる。

（銀座よりの帰途、朝日新聞社により、河合社会部長に会い、安田君のことを話す。河合氏のよさを感ず）

六月十日　水　晴

「孤絶」を書き終る。安心す。

夜、お能の観賞会、野口兼資の「松風」、感心す。

「お化粧」［初出不詳、昭和16年9月刊『魚眼』所収］、放送したしと協会より電話あり、許可す。

六月十一日　木　晴

朝、仕事せんとして机に向った時、岩見君来訪一時間半。学校に出席しているらしいのは、この前の注意が守られたるなるべし。

「春の記録」、二枚書く。

三時、帝海の総会に出席せんとせしに、実印の紛失を知る。今期は無配当なり。夜、錦水で会食。ご馳走多し。驚くべき種類なり。

『愛と死の記録』の印税五百三円来たる。

『美しき秩序』［昭和16年4月刊］と『愛すべき娘たち』の検印紙来たる。

この二者の検印紙の来たりたる所以分らず。

六月十五日　月

・「春の記録」をこの数日書きて忙し。

・夏の如くあつく、風もあり、三十度なり。

・全国書房の田中氏来訪。書おろし小説をまるで手軽に書けという。田中氏の熱心には感心す。

・福島君すいかずらを持って来てくれる。庭の横に植えたり。
・実業之日本社、『男の生涯』〔昭和16年7月刊〕三千部の検印をして行く。新潮社の斉藤君来たり、書おろし評論をせかす。真面目に扱わない方法をとるにしかず。
夕方、あわてて小学校に行きて市会議員の選挙す。強制的な選挙はやりきれない。

六月十六日　火

暑くして、何をする気力もなし。「春の記録」を大体書き上ぐ。

前田ちゑ子来訪。前田君、十八日にマニラに立つ由。マニラの木綿物を土産にもらう。コーヒー一缶ありがたし。

「お化粧」が放送せられた（八時）。かなりよし。

創元社社員来たりて、「孤絶」の出版をたのむ。

六月十七日　水

加藤君に「春の記録」四十枚渡す。よきできに非ず。

『婦人公論』より、「巴里に死す」を十九日にもらいたいと言う電話あり。十二枚しかできていない。

夜、ホテルに菊池寛氏に招かれて御馳走になる。

帰って「巴里に死す」を書く。あつい夜に十二時まで仕事す。

六月二十四日　水

明子氏の結婚問題で倉崎君に三回も電話す。

相手が小説を書くことをもっと早く言ってくれればよかったが、遠慮だったと言うのは残念である。人間はいつわりやかざりを除いて、本心でいつも接しないといけない。

『産れた土地』［昭和17年9月刊］を大体手を入れた。

石川君の原稿、「まだ知らぬ土地」を読む。その下手なのに驚く。どこか間違いをおかしている。小説について。余り考えすぎたからであろうか。

六月二十五日　木

雨である。夜は月があるのに昼間は雨である。

戦争が日常生活になって、日記に書くこともない気になる。不思議だが、恐ろしいことだ。

愛宕書店主来訪。出版する書物はない。書物製造人にはなりたくなし。

『産れた土地』の終章、大体二十枚ばかりできる。

アリューシャン諸島のうち二島占領の発表あり。その苦闘は大変だが、どうしたわけか、身のしまるような感動もない。

貯蓄週間で、うるさく保険屋が何人も来る。それでいて、高額所得者だからとて、寄付金をおおせつけに来る。わずらわしいことおびただしい。

食べるものが魚も肉も終日なし。越前より塩一升送って来たことを、まるで天から恩寵でも受けたように家人は喜んでいた。

七月一日　水　暑い

九大の菊池〔勇夫〕君とホテルで落合わして昼食する。

十二時になるとみんな食堂へがきのように殺到して、なかの植木鉢を倒した。おいしい昼食でもないのに大変のことである。一皿ずつはこぶのも、いそいで、早く次の者に卓子を使いたいという様子が見える。今日は親切感謝週間だというのに、親切なんてものはなし。食後、菊池君から九州の米不足を聞いて涙ぐむ。お母さんは一日に二杯ぐらいしか食事しないで、四人の男の子にくれている由。菊池君も二貫目へったそうだ。年齢のせいでもなさそうだ。

外務省に安東君を訪ねた。ともに。

全国の米屋の団体が国民服にはたを持って二三百人——食糧増産行進をしていた。外務省の前を通っていた。偉いお役人には米が足りないということが数字で分っても、生活には分っていない。

『春の記録』〔昭和17年8月刊〕の後書を終る。『女の運命』、二千部増刷検印来たる。『男の生涯』の印税三千部来たる。

七月二日　木　暑い、晴

「けなげな娘達」を書く。

加川陽子なる未知の女性の手紙に丁寧に返事を書いたら、その返事が来る。小説を書きたいが是非会いたいというのに対して、会うことよりも立派な小説を書いて見せてもらいたい、会ってもしかたがない、小説は書かないではいられない意欲がなければ困るというようなことを書いて出したところ、会ってくれないのはひどいというような返事だ。うらみごとである。うとまし。それでいて、私の小説は一つか二つか読んでいるにすぎない。

M閣のS君にまたどうやらだまされた。だまされるのは承知だが、だまされた後は不快である。

Hさんの日誌（二）を読む。発表するために書きなおしたような日誌なのが、読んでいて胸のなかをあまずくして、いやらしい。清々しいものを、この人の作品には感じなくなった。感情のなかにも作為が多く目立つからであろう。魂のひびける作品をものしなくなったからであろう。

一つ一つのことがいらいらする日である。

『産れた土地』の書きかえた部分が足りないと言ってくる（文林社）。どうともなれ、いつできるか分らん。

七月三日　金　曇、暑い、梅雨ぎみ

人間を疑ってはいけないと思う。それなのに人間嫌になるようなことのみ多い。人間を信じられなくなったら、生きている喜がなくなる。たった一回生きているのであるから、美しいものだけをこの世で探して生きていたい。もう醜いことは、醜い魂の者に委せて、この美しい魂のさがすもののみをさがそう。

「けなげな娘達」を書き終った（八月分の）。

『春の記録』の校正をした。

子供をつれて、新宿に出てアイスクリームを食べた。ダリヤがきれいで一本十銭であった。一坪野菜の豆のために、竹を十銭三十銭で買った。持って帰るのに困った。

七時、突然警戒警報が発令された。暑いのに、暗幕をした。なかなか大変だ。

独軍がアレキサンドリア港にせまり、セパストポール陥落して、東部戦線に大攻撃に出ると報じていた。独乙がこの一年ロシアとの戦で失った将兵三十万と発表した。三十万！

七月五日　あつい、曇天

米八郎君、義妹をつれて来た。

電話で倉崎君を午後お招きした。二人で夕食に出た。街は暗い。

阿部さん、長い原稿持参。

昨日石川君来たれり（原稿をその場で読んだ）。

暑い、神経がいたんで怒りぽくて困る。

七月六日　日　暑い

天理時報社の『道の友』の支那布教者の座談会はいろいろ感ずるところ多く、本部に向ってうったえたいものが胸にうずまいて困った。

『孤絶』の出版について、実業之日本社の専務に電話す。心よく引受けてくれる。

創元社の秋山君来たる。『孤絶』〔昭和18年10月刊〕はいよいよ創元社から終り次第出版することに決定した。

警戒警報解除でほっとする。

七月七日

万里閣の杉山君来たる。『美しき秩序』の印税二百四十円受取る。杉山君は約束を破って心痛まぬ人らし。『祈りのこころ』（金星堂）〔昭和14年10月刊〕を再版するために、社員来たる。表紙を見せられた。あまくてよくなし。ただ三千部刷るというのであり、再版なれば、これもよからんと思う。

あつくて寝苦しい。

武夫君より手紙あり。

支那事変五周年記念日なり。生活益々苦しい。

月曜日の夕、末敏君来たりて二貫目へりたりと言う。日曜日の夜来たりて、一貫匁へりたれど病気ならんかと言う。みな体重のへるなり。食うもの少なくて、心労すること多ければ。

『孤絶』（氷河）書き終る。

七月九日

『春の記録』の装丁画来たる。不満足。やがて田中氏よりも電報あり。中止すると。「巴里に死す」の九月号書きはじむ。家の中おもしろからず。妻が今少し心にデリカシーさえあれば、家中和ぎあらんに。

親切週間というもの今日からはじまる。かかる週間をもうけなければ、うまく運ばないほど、親切が地を払ったからであろう。文林社の少女来訪。女とは不思議なものなり、その存在によって、ただそれだけで、接する人を幸福にするものと不幸にするものとあり。持って産れたる徳もあれど、みがいたる人徳によるのであろう。

七月十日　金曜日　晴れて暑し

暑い、息ができない。凪もない。「巴里に死す」十枚書く。『競馬会』なる雑誌随筆をくれとて、毎日の催促なれど、あつくして感想もなし。

大江君の最初の南方便りあり。

七月十一日　晴、三十五度

沓掛へ行かないつもりであったが、この暑気では、やはり行く決心をする。「巴里に死す」書き終る。

三木清君の『読書と人生』とを贈らる。一気に読む。

愛宕書房の山崎君来たる。

偕成社の久保田君来たる。

相手の心を察しようとする性癖を矯めたし。相手は相手、こちらはこちらだ。

常夫君の細君、百円もらいたいという手紙だ。手紙は下手だから、却ってあわれである。

沼中の本年卒業生、書生において欲しいと言って訪ねて来た。受験生である。受験のためには、沼津の家で勉強せよと懇々話す。よく分ったとすなおにもどって行った。成功して望みの高校に入学してもらいたいものだ。わさびをもらう。からいわさびなり。

七月二十三日　水　晴、二十七度（二十一日来沓）

文子の誕生日なれば、朝九時五十五分のバスで、文子、朝子をつれて軽井沢に出て、昼食す。軽井沢は人影少し。町で開かざる店多し。バターを買う。ジャガイモ四百匁、トマト（二十銭）、ほうれんそう（二十銭）、とうなす（三十銭）買う。肉を買おうとしたが、午前中だけで帰途買えず、魚買えず。

ここにありたる古いフランスの新聞を読みて、感ずること多し。約七八年前の新聞のみなり。

実りあらしむるものとは、即ち自然を愛する心と、そして誠実（シンセリテ）です。ロダンの言葉をリルケはそのまま信じた。

八月二十三日に沓掛より帰京。国民学校、女学校は八月三十日よりはじまりたり。

九月七日　晴れ

やや涼し。

七時半、全国書房の田中氏来訪。そのお話、後で考えれば物足りなし。この幾年間の仕事を見る他になし。午前中落着かず、帝海の重役会に行く。ともに昼食して別れる。

アナトール・フランスの書物三冊買いて帰る。

『改造』の小説、漸く書きはじめたり。間にあえばよしと思う。心配す。昨今ずっと健康勝れず、睡眠不足のせいなるか。

九月八日　晴れ、暑し、三十度

六時から隣組の防空くんれんあり（男子の）とて、早朝より出掛ける。バケツの操作など子供のするようなことを一時間半なす。愚かしい事である。これもお役目であるから無理にさせるのだという様子なり。しかも、バケツの持方までとやかくやかましく注意する。

『改造』の小説を書く（終日）。

万里閣来たり、『沈黙の薔薇』〔昭和15年11月刊〕二千部の印税を受く。月末に『美しき秩序』、二千五百の検印紙をもらいたしと言う。企画届を出さずして、どしどし出版して（増刷）よいものか。疑問に思うこと多し。

岡村氏来訪。佃書店より何でもよしとて出版できるものを強くもとめらる。

スターリングラード陥落しそうでなかなか陥落せず。日に六七千人の死傷者ありと、ソビエトは発表せり。

戦争はどんな言いわけがあるとも罪悪なり。日々物は足らず餓死を漸くまぬかれている様を見てもそれを思う。

町々では小商人が店を閉づる者多し。田舎に帰るのですと、どの人も言う。さて帰るに田舎のない者はどうするか。

九月十七日　木

昨日から涼しくなった。原稿を一日二日書かないですんで、せいせいした。昼食をグリルで食べた。東宝に白衣の勇士が四五百人総見するらしく、前の道路にならんでいたが、何かしらぞっとして立ちすくんだ。そのうちの二三人が日東紅茶の方へかけこんで、看板婦をてこずらせていた。

二科会と院展をみる。描かずして表現するという絵に興味をそそられる。

谷〔正之〕氏外務大臣となる。満州国建国十周年。

支那へ三使節今朝出発。

九月十八日

昨夜夜半せきにて目がさめて寝つかれず、終日家居す。この間に読書す。面白きもの少し。

午後、海軍省より電話あり、一週間以内に徴用したいと言う。

兎に角、一週間以内に仕事をしあげてしまえという。明朝訪ねてお話を聞くことにする。いよいよ御用をつとめる時が来たと思う。ただ、従軍することが身体に――今の健康にかなうか疑問に思う。明日一色中尉にあってよく訪ねよう。しかし、落着かず。

九月十九日　土　雨

雨のなかに九時、海軍省へ行く。

南海に行くため徴用してもよいかという。

病弱なれど命令ならば征かんと答う。しかし、半ケ年の艦内生活は堪えられないだろうと思う。

家に帰りて、寝る。風邪気味で熱あり。行かば行け。

九月三十日

名古屋より〔藍川〕清英君の書信あり。徒に名誉欲ありて高慢なり、堪えがたし。弟と思えば腹も立つ。謙虚な心なし。今日よりは他人だと思うべし、さもなければ不愉快なこと多くて堪えがたし。

十月三日

秋らしい晴れた日だ。もう海軍の方は今回はのがれたらしい。畑のなすをこぎとった。畑の土をほって、うずめた。つゆ草の花が近頃実によく咲いて、きれいである。柿が二十三なったが、今日柿盗人がはいって四つとられた。果物の少ない時なので、柿を取って行くのもやむを得ない。防空避難所を点検にした人も、「ああこんな所に柿がなっていては罪だ」と言っていたとか。

「孤絶」五枚書きあげた。客一人もなし。新宿へ一寸出た。東中野駅に、五歳ばかりの女の子のすて子あり。可愛い洋服を着て、風呂敷包には、二三枚の着物がはいっていたが、育てて下さいという紙片もはいっていた。女の子はお母さんと夢中と泣き叫んでいた。

新宿では高野の前では行列が一町もつづいていた。きのくにや書店は店をしまうのか、書物が日に少なくなって行く。女店員もめっきりすくなくなった。税金が多いので閉じるというのではないかしら。

十月四日　日　曇　二十一度

昨夜やや咳をして、早五時半に目をさます。清しいほど美しい朝やけであった。ああ、朝日の美しさなどを忘れていた。

風邪気味なり。玲子と文子とをつれて、家兄の家へ行ってみる。家中で喧嘩していたらしい形跡。庭に乾してあった魚を、あわててしまってしまった。魚が余分にあることをかくさないでもいいのに、みんなあさましくなりたり。

石川夫人来たれり。瘦せて老いたり。痛々しい。よい作品が産れかしと祈る。

昼からずっと庭にいた。マンスフィールドの『日誌』を読む。

（床下に防空壕を掘るの掘らぬのいさかいなりし由）

兄弟でも、各自の生活に追われて、相手の心をはかることはなし。人間はみな一人一人になってしまった。おぞまし。

『愛と死の記録』の企画書を新潮社に送る。八月十七八日に送りたる分はどうなったか知らず。

十月五日　月　秋晴

朝子が電車のなかで気持悪くなって千駄谷の駅で下車したからと、駅長が電話をくれた。迎えにやる。

中村先生に見せる。（一日二日気持が悪いと言っていたが熱もなかったので安心していたが）悪いところなしと言う。メンスがある兆候か、かい虫の仕業かという。

昨夜は私は咳が甚だしく（朝かた）このまま死ぬかしらと思った。息ができなかった。熱はないので気持がよくないが例の会へ行く。防空の演習で新橋では芸者衆が自転車にのっていた。

味の海、二円八十銭もらう。

帰って寝る。土居君来たりて二時間半。疲れて、仕事せず。

十月六日　秋晴

昨夜も二回、咳の発作で目がさめた。百日咳のようで、寝ていられないほど苦しかった。

午前はねてしまった。

午後、和辻〔哲郎〕氏の『偶像再興』を読み、自己を反省し、感心した。「孤絶」を五枚書く。手紙も来たらず。面会も謝絶して休養した。早く寝ることにしよう。

十月七日

昨夜は咳がなかった。助かった。

沼津の父が帰途一寸よる。叔母が危篤であるから見舞に行くようにという話である。行く決心をする。防空演習で大変であるが風邪気味であるから、寝ている。

午後、海福君が百合子さんと来たる。明子さんとの見合である。五時半までいて、話したが、結果はどうか知ら。

どうも身体の調子よくなし。「孤絶」を書き終り度く思う。

『偶像再興』を読み終り、和辻氏の孤高の精神から感ずるところ多し。

十月十一日　日　晴

九時二分の沼津行列車で、沼津に行く。晴れて暖かな日である。

おきわさんのところに寄って、見舞をする。一年も寝ていて、どこが悪いというところもないという。村の人々の話では、医者もよい薬は兵隊のところへやって、病人に使うものがないのだという。食物もなし、こんなことならば、みんな死んだ方がいいくらいだと。

あちこちの親類によって、夕方の汽車にのるために歩いて駅へ行く。のどかな景色である。山の色の美しいこと。町で食糧品をさがしたがどんな店にも一品もない。

熱海ホテルに一泊、非常灯火管制でホテルは真暗で、仕事をしようと思ったのに（「巴里に死す」を書かなければならないのに）読書もできない。枕元のスタンドの電灯の燭光を強いのと換えてもらおうとしたが、きき入れず。食物はまずく、客の扱いは悪くて、どうにもならない。早く寝てしまう。不幸の日である。

我入道では、こんな晴れた日も漁にも行かずに、休みの日のようだった。近海にはもう魚が来なくなったと言っていた。

十月十二日　月　曇

朝の海はよかった。しかし、とても仕事はできそうもない。八時五十五分の汽車で帰京することにする。

昨日から汽車の中で『神々は飢ゆ』を読む。フランスの革命後二三十年後死の巴里の市民生活と昨今の東京の市民生活との間に、あまりに多くの共通点を発見して驚く。

昼、風月で食す。一ケ月ぶりでビフテキを食べる。その肉片たるやうすく小さくて、すきやきの肉片の如し。しかし牛肉のうまかったこと。

帰って、「巴里に死す」の終章六七枚書く。夜、十時頃、名古屋の父来たる。来たとたんに家内騒然たり。果物なければ、庭の柿を一つもぎ取りて、それを四人で夕食後食えり。

十月十四日

名古屋の父、朝帰名せり。

秋晴の日なり、「巴里に死す」を書き終る。いと幸なり。一年間よくも書きつづけたり。連載物として、最も自信あるものなり。

昨日文教の学芸部の人と会う。皆若い。若い人々が出版部数査定をなす。理想にもえているけれど、不安な感あり。『神々は飢ゆ』のなかの若い画家のようなことになりはしないか。

人生とはこんな風にして終るものか。身体は衰えたり。

十月十五日

仕事終りたれば、朝、散髪し、苺の植換をせり、暖かな日に打たれて心よし。

昼後、秩父書房来たりて出版せよという。或る他の書店来たりて書下しをせよという。出版につき何も考えたくなし。

何処かをふらふら歩きたし。又は己を燃焼させるような仕事をしたい。

夜、沼津の父落合に来た。一合の酒をも飲めぬのは不幸なれど、ご教祖様のように、塩と水とで貧しさを堪える心懸けがなければ、この戦は勝ちぬけずという。父は館山より帰りて風呂敷に林檎一ケとさつまいも一ケとを土産にして入れてあり。

十月十六日

靖国神社の臨時大祭の休みである。子供等がぼんやり家にいるのを見て、何処かへ行きたく思い、箱根か江ノ島へつれて行ってやろうとしたが、女中が朝寝したので行けず。子供等の行きたいのは、結局、おいしい物を食べたいということなので、ホテルで食事することにする。出掛けに阿部女史偶然来たる。四谷から迂回して歩いて日比谷に出る。東京の街も歩けばなかなか面白いところあり。

食後、銀座から日本橋まで歩く。四時過ぎ帰る。

『孤絶』の前半を書きかえんとする。

十月十七日

祭日なり。朝から小雨降る。昼ベッドで秋雨を聴いていれば、淋し。感動もなく、徒に心いらだちてかなわず。

妻は思うことを泡のように吐き出して、人々の心を徒に乱す。静かに、暖かに溢れる人をめとらざるは人生最大の不幸なり。

十月十八日　日曜日　暑、寒し

『孤絶』の前半書きなおす。

茂君来たる。十円欲しいと言う。与う。

全国書房田中氏来訪。松茸をもらう。文学論の催促なり。企画届のみ渡す。

夕方、新宿へ出る。人でうずまる。みな目の色を変えて食糧品を探す。あさましと言うべきか、同情すべきか。高野の前には二三町人がならんで、柿を買う順番を待つ。

十月十九日　月　晴

朝、田中氏が会いたしという。丁度ホテルへ行く用があるので、十分間会う。やはり信用をどこまでしていいか分らない。こちらの気持をはっきり言わなかった。特配の申請をするのだという（文学論を）。

三時、改造社の人々の告別式があるので、その時間まで持てあます。熱があるらしく気分が悪かった。芝の増上寺というのに、行くこと二度目なり。

また風邪気味だ。

四月十八日の東京爆撃の日本へ引渡されたアメリカ飛行士の重刑について発表あり。福井より送り来たれる新米で、はじめてうまいご飯を食う。子供等もみな、白米のうまきことをさんたんす。

十月二十日　晴

風邪気味で、終日、家にいて、床にある。小説部会の総会があるというにも欠席した。床にあってさまざまの書物を読む。子供のもの、「小犬と白兎」〔不詳〕とを書き上ぐ。後藤俊君来訪。『美しい秩序』——二千検印、『希望の書』一千検印。

十月二十一日　晴

今日も終日家居、風邪がよくなった自信持ちたし。長女朝五時より夕五時半まで勤労奉仕、帰ってすぐ寝てしまった。している仕事については親にも話すなといわれたと。悲しい話だ。満州に出征している芹沢弥太郎という兵隊から「歴史物語」〔昭和17年10月『改造』〕の感想を書き来たる。父の死す前に「お父さん桓武天皇様の末裔でした」と言いたかったとある。散歩していたら、町の果物屋で林檎を紙袋に入れて売っていた。一円で買ってやや得意に帰ると、内からはくさった柿が三つ出て来た。

「椿」［不詳］書きかけ。四枚。

十月二十二日　晴

朝、仕事をして一枚書いたところへ石川君来たる。

間もなく井上朝彦君来たる。専務と喧嘩して、南方へ行きたいために運動に上京したのだそうだ。三人でホテルで昼食す。食べるようなものなし。石川君と四時までカネボーの上で語る。彼の仕事のできないのは歯痒いくらいだ。

六時から、新響に行く（長女勤労奉仕でつかれて動けないと言うのをむりにつれて行く）。

十月二十三日　晴

靖国の例大祭なり。児等休む。児童に学業を励む習慣を失いたるは不幸なり。戦争の罪なり。

終日家居。玲子の手を取りて三十分歩く。秋空を眺めて忘れようと思う。生きる感激をなくしたる勿体なし。（朝、板倉君来たる。後、高木君来たる）若き日はよきかな。「椿」書き終る。

十月二十四日　小雨

寒し。終日家居、大きな仕事をはじめようと思う。

誰も客なし。毎日の如く雑談。

『美しき秩序』の印税三百四十円。

海福君が三週間ぶりに小山宅に来たれる由電話あり、明日明子氏と散歩させたしと小山よりの話。安心せり。

十月二十五日　晴

寒し、冬晴と言いたい天気。海福君十一時半に来たる。明子氏朝から用意して落着かず。昼食後二人外へ送る。明子さんの風邪を心配す。海福君は沼津で歩きすぎて、多少跛を引いていたが、それが又気にかかる。心配することはないと思うが、何かしら御都合主義のように結果がなって申訳ない気がする。

昼食後落着かないままに、下の三人の子供をつれて豊島園に行ってみる。全園人にうずまる。大人の練成会に子供がついて来るので、何処も大人が運動会をして、子供が応援しているが、子供の泣声の方がい い。たのしく歩いている者が見当らない。

帰りの停車場の混雑の怖ろしかったこと、豊島園前で五回往復を待つ。いつ帰れるか不安になった。電車のなかで、父を求める子、母を求めて泣く子、大変なり。

夜、茂君来たる。六十円渡す。

十月二十六日　火曜日

南太平洋海戦

晴れていた。健康がどうも弱った気がするので再び徐々にゴルフをしようと思い立つ。出掛けに、『少女の友』の記者来訪。明日の座談会の出席を求められる。弱気で引受けて後悔する。

ゴルフ場は暖で空は高く晴れて、キャディーはなかったが、ぼんやり一ラウンドする。帰りに駅前の野菜屋で、サツマイモ二貫とホーレンソー五十銭買う。ゴルファーみな風呂敷を行きにおいて行って、帰りにさつまいもをさげて帰る。この八百屋の前にはさつまいもの俵が十俵もつんである。東京には野菜が一つもないし、いもを一ケも買えないというのに。

夜九時、南太平洋海戦の戦果の発表あり。あの日海軍省の御言葉を受けていたらば、この海戦に会えたのにと、感慨無量なり、身体のよくないことの悲しさを思う。

十月二十七日　水曜日

ゴルフはあれでも（一ラウンドだけでも）疲れすぎて、夜寝足りなかった。しかし、気持はなかなかさわやかである。最後の「孤絶」が来たので、それを訂正していると、午前中かかったが、兎に角、出版元へ渡せるので安心した。

『少女の友』の座談会へ出ない方法はないかしらと後悔していたが、しかたがない。秩父書房の斉藤さんが来たり。岩見君が午後来て四時間までいて疲れた。

座談会は不愉快だったが、内山さんが明日南へ立つので、そのお別れと思えばそれでよかった。多少風邪気味だ。栄養がよくないので風邪がからっとよくならない。

毎日毎晩乱読。作家としての嫉妬心をなくすこと。

十月二十八日

内田百閒さんのものを昨夜読みながらねた。はじめての百閒さんが面白く、朝六時頃目がさめて読んだら一冊読んでしまった。読んでしまって何ものこらない。面白いというのがこれではいけないはずだ。

朝食をしていると、大阪の田中さんから電話だ。文学論の催促だが、もう出版したくなっていたので、手紙を書こうとしていてうっかりしていた。どうも私のものぐさは大きい欠点だ。速達を出したが、それで午前中すごした。

午後創元社の秋山君が来た。『孤絶』を渡した。総て創元社に委せることにした。

十月三十日

仕事しかかると、婦人画報社来たる。朗読文学を五六枚書けという。朗読文学ということが叫ばれるとすぐみんな朗読文学を書けという。おぞましい日本文学ジャーナリズムである。僕の文学のスタイルはエロカンスから遠いからとて、おことわりする。そのことわりに一時間半かかって、午前中仕事せず。昼、畑の苺を植えかえた。文春の吉川君来たる。時局物でない小説を新年号に欲しいと言う。「孤絶」をほめていた。吉川君と入れかわりに小山の百合子君来たる。海福君のことを心配してなり。夕方まで話しこむ。

これで終日一歩も外へ出でず。カロッサの『湯治客』を読み終る。

十月三十一日　土

天気よし、庭で苺を植えかえた。「けなげな娘達」の最後の部分を書かんとして書けず。馬鹿らし。妻不平のみ言って不快なり。昼過ぎ朝子を伴れて銀座に出て、小山のやす子さんのお祝の反物を松屋で買う。四十八円なり。そめは悪し。風邪気味なり。悲しいような気持なり。

十一月一日　日　雨

庭のはぎの葉が色づきて美しい。雨があたって一葉ずつ散る、眺めていてあきず。田中氏来訪す。

十一月二日　晴

文学論を朝わずか書く。橋本氏をたずねホテルで会食す。田中氏に会う。企画届をもらおうとしてホテルの部屋に待つ。二時間の間いろいろ話す。用紙配給と氏の仕事熱心とを面白く聞く。やむなく二人で神田の文協へ行く。それより再び橋本氏の事務所に行きてサントリー一瓶三十円でもらう。『愛と死の記録』三千部の検印をなす。

十一月三日　火　晴

晴れたるよい明治節なり。大東亜文学者大会あり、帝劇に行く。
午後帰りて風邪にて寝る。
『愛と死の書』に千部検印紙来たる。

十一月四日　水　晴

文学者大会があるというのに、風邪でねていた。偕成社の久保田君来たりて、書下小説について語る。明子氏海福氏を訪ねて行けり。家内は常会に行きたるため、夜、玲子と遊ぶ。

十一月五日　晴

文学者大会に朝から出席した。日本代表は、みな「自分達は東洋精神を知らなかった、日本精神を忘れていた」と懺悔しているようで、みっともなかった。而も嘗て左翼の思想家がみな大袈裟にそう叫ぶのは、時に合わせようとする努力のあわれさが目に見えた。不愉快でもあった。
親様が御上京になった。海福君に電話して明日上京するようにおすすめした。夜、落合に行く。

十一月六日　曇、寒し

朝、名古屋の父来たる。親様に電話すると早朝福島へお立ちという。海福氏に電話で御上京中止を申すが、氏はすでに出発した後なり。東京駅に氏を迎えに行きて会えず。品川で乗換えたる由。午後、岡村氏をお招きして会見を終る。午後四時半までなり。それより赤坂の兄の事務所へ行き、三人で会食す。

十一月七日　晴

夜、水島［治男］氏のお祝に行く。みな酒をのみて十一時まで大騒ぎす。酒をのめぬ者は寂し。

十一月八日　日　暖

何処へも行かず。

昭和十八（一九四三）年

東中野の自宅にて。1939年

二月二十二日　月　晴

・終日家居。モダン日本社出版部の□君来訪。
・中央公論社の『巴里に死す』〔昭和18年3月刊〕の装丁画をもって来たる。中央公論社からは爾後書物は出すまいと思う。
・多少風邪気味。
・『文藝手帖』〔昭和18年4月刊〕の初校全部終る。
・「純情記」〔昭和18年1月〜4月『週刊婦人朝日』〕、十四回分書き終る。もう一回なり。
・新潮社、『愛と死の記録』五千部の稿料、五百円来たる。

二月二十三日　火　晴

『文學界』の小説を書こうとして、一行も書けず。

阿部光子氏、二時一寸前に来たる。

三時に光綱寺で黒崎氏の三周忌あり、阿部さんと半時間ばかり語りて、急いで出掛ける。四時に法事は開始さる。

六時より松本楼でご馳走になる。〔荒井〕寛方さんから仏書について面白いことを聞く。

七時から新響あり、八時に行く。ベルリオーズの「幻想交響楽」すばらし。夜は月よく寒し。

新潮社の斉藤氏へ『純情記』〔昭和18年8月刊〕の出版について手紙を出す。
終日家居。

二月二十四日　火　北風寒く晴れ

・『文學界』の小説、一日一枚なり。
・斉藤氏手紙の返事を電話でなす。切抜を送って、それで決定する由。社では誰も読みたるものなきよし。
・長崎〔謙二郎〕君来たる。子供をもうけんとしている由、離婚の話は聞きたれど再婚の話は聞かず。新しき妻君に子供の産るるなるべし。二時間いたり。
・鈴木文史朗氏より手紙あり（ジャワ）。「純情記」をほめてくれた。御子息の入試についての御心は父の心として感謝すべきことなるべし。
・終日家居。八ケ月振りにコロッケを食べたり。コロッケもうまきものなり。
・フランスが支那の租界をてっしょうせり。
・ガンジー死せず、ほっとす。

二月二十五日　水

・気持悪し、仕事できず、昼過ぎ寒いけれど新宿に出る。中村屋で珍しくしるこを一杯食べることを得たり。美味ざれど。三月十三日のピアノを買う。

・留守に創元社の秋山君、『孤絶』の校正をおいて行く。夜も仕事できず。「純情記」を八回まで送る（切抜を新潮社へ）。

二月二十六日　金　晴

五時にくんれん警戒警報発令、七時まで練習。ふだん口幅ったいことを言う人の無責任なることよ。歯痛で殆どねむらず、朝起きたら右頬はれたり。

「純情記」稿料八、九回分二百四十円来。『文學界』七枚書く。つらし。

二月二十七日　土　晴

朝起きたら風邪気味である。『文學界』の仕事をす。七枚書く。誰も訪ねて来ず。心安し。孤独にてっしなければいかん。

茂君来たる。創元社へ『孤絶』の校正を送る。

偕成社より『乙女の径』三千五百部の印税届く。三時に中村屋の菓子一ヶ食う。その味のよさ。

二月二十八日　日　晴、暖なり

風邪ではなつまるが、心持はさして悪からず、『文學界』七枚書く。百合子君一寸寄らる。植木屋二人来。三日目なり、藤を買えとすすめたり。

青木君の書信あり、中村佐喜子さんの「知られざる花」の三回目を読みて感心す。女がよく出たり。なかなか高い作品なり。

三月一日　月　暖

・昨夜、風邪のためはなつまりて、殆どねむれず。
・終日家居。『文學界』七八枚書く。「とらわれの人々」〔昭和18年4月、「孤絶」第二部「新生」第三回〕と題す。
・感激をなくしてはならぬ。
・家の雑事をはなれたし。牛肉を五円持って来た人あり。
・今日より総ての物の消費税の増額。外食もできず。買いだめをしなかったために大変だと感じるのは、感じる方が無理か。

三月二日　火　暖

朝、愛宕書房主来訪、風邪気味を二時間妨げらる。
『文學界』大体書き終る。よき作品にあらず。

兵役法改正公布、8月1日施行

三月三日　水

今朝も万里閣来たりて二時間妨げらる。

庭に藤の花木を植えたり、意味なし、植木屋を助けるためなり、七十円なり。

「純情記」十二回と、「とらわれの人々」とを郵送す。

ガンジーの完全独立祈願断食の終りたるや目出度し。

風邪大体によし、ただ健康に留意すべきなり。

名古屋の家の人々は、わが心のなかで総て死せり。今日よりは心穏やかならん。

おひな様に鮨を買いてあぐ。玄米の鮨味なし。

菓子もないひな祭なり。

三月四日　木　晴、寒し

子供の作品を書けり。終日家居。植木屋と時々語る。門から出でざること幾日ぞ。

今日も無事に生きおおせたることを喜ぶべし。

国友さん（紀元社）来たる。鷗外の「阿部一族」を読みたり。むだのない文章に感心するが、こんな文章を今書いてはいけない。

三月五日　金　晴　暖

水洗式の便所より汚物噴出、大騒動なり、漸く西原研究所より人夫来たりてなおす。用紙粗悪なるため、各家庭に起きる珍事なりと。ここにも戦争の影響あり。

昼後はじめて外出、新宿の小さい小屋で La Dame aux Camelias を見る。超満員なり。古い映画なるに人はこんなものにも慰安を求むるか。筋も簡単にしてなさけなきものなるに。

映画は心を堕落するものなり、見たる後で食事をする熱情なし。

「新生」［昭和18年1月～4月、6月『文學界』］の稿料九十二円着く。一枚四円なり。

三月六日　土　寒し

・「冬の旅」［昭和18年?月～?『日本女性』、昭和22年10月刊］七枚書きたり。心もとなきなり。

・浅野英男君来たる。宮城内の防空にあたることになったと。五六月が危険の由。同君が兵役で苦労して修養にはなるが、人間としてパンを得る技術を身につけていないことをなげくのには、感動せり。

・同君を送りて駅に出ず。よき一等兵になりたり。もてなすに、一つの菓子も紅茶もなけれど、お互に話し合えるのだけでも幸福として感謝すべきであろう。

「冬の旅」三月号の稿料百二十九円三十五銭来。

三月七日　日　寒し

「冬の旅」、やや書き上ぐ。この回は低調のうらみあり。

よろこびのない毎日は何故か。

鈴木文史朗氏の留守宅訪問す。

「純情記」の十、十一回稿料着。

筆無精になりたり。

三月九日　火

朝早く岳父伊東氏と来たる。名古屋の人々死したると思いたれば心らくなり。朝雪降りて寒気甚だし。

全国書房の田中氏来訪せり。一ケ月以上目に会う。

天理時報社の人々に招かれて、不思議な場所で酒の御馳走になる。『時報』に小説を書けとのことなり。

酒屋は店の戸を内部より鍵をかけて休業のようにして、特定の客にのみ酒や魚の御馳走す。世の中は悪くなった。

三月十日　水

岳父、伊東氏早朝帰名。ために早起きす。晴れてよき日なり、午後風が出る。午後五時〜七時防空演習なり、ゲートルなければ、背広にて出ず。岩見君来訪せり。

三月十一日　木　晴れてよき日なり

誰にも会いたくなし、庭に出たるのみ。

クルテュースの『フランス文化論』読み終る。面白し。

祈るような心でいたい。

三月十二日　金

井上朝彦君来訪。昼食を出したいが、家になにもなしというので急ぎともに出て、N．G．に行く。街を歩き、上野に出て独立展を見る。画具とカンバスとが悪くなったためか、よきもの少なし、児島氏のもの林武氏のものに見るべきものあり、児島氏の浮世絵を取り入れんとするものは、やや危険なり。留守に「純情記」のために、二回電話ありたりと（社より）。二人を戦死させたるためか。

三月十三日　土曜日

暖なり、「純情記」を終らんとすれど、なかなか書けず。

夜、井上とローゼンストックのピアノ連弾を聴く。女学生デーなり。

三月十四日　日曜日

暖かで雨もない、よい日なり。庭に打水をす。女中は働かず、神経のみたつ。「純情記」二三枚書く。夜、岩見氏来訪。魚も肉も食わざること久し。

三月十九日　金曜日

暖かなり、防空演習で毎日大変である。家内中総出なれど、自分が出なければ他の者は動かず。雨なくして、山火事の記事のみ。街にはこそどろ氾濫す。

理髪屋に行けば、シャボンを持参しなければ洗髪もできないと言う。美容師はいかん、理容師と看板を塗りかえよと注意ありたる由。美がいけないと言う。おぞましいことかな。

四月一日

寒し。「新生」の十を書きはじむ。恥多き生き方はもうしないですみそうな気がする。三人の子供をつれて街へ出る。今日は細筆も封筒も街からかげをひそめて、買うことを得ず。総てのものが足りなくなる。恐ろしきことなり。

四月二日

漸く暖かな風。一度に庭のもくれん咲く。

時間を大切にしようと思う。

夜、ペン倶楽部にて大倉〔喜七郎〕男爵に御礼の会で八百膳に行く。みな食物の話なり。

時代に取りのこされるもよし。じっくり座ってよい仕事をしよう。

四月四日

突然警戒警報発令。

四月十九日　月　雨

第三月曜日なれば、例会に出る。涙もろくなった。

人間の心をタンチしたのはしたものの罪なり。

武夫君夕方来たる、晩食す。

書卸し乙女小説を書く。

五月三十日　日　曇

アッツ島の日本兵ついに玉砕すというラジオを夕聞く。遥かに北方の孤島に散った二千の兵を思う。

寒し。「懺悔紀」〔昭和18年6月6日～19年5月28日『天理時報』〕を書く。

五月三十一日　月　曇

・モンテーニュの『随想録』を読む。面白し、何故今まで読まなかったか後悔するほどだ。これから読みつづけよう。
・『カラマゾーフの兄弟』を読む。
・「懺悔紀」五枚書く。
・茂君に八十四円渡す。
・『巴里に死す』、ようやくできあがって見本来たる。装丁よし。

六月一日　火　曇

今日も世界大戦が行われているのだと思うと不思議な気がする。終日食するに魚も野菜もなく。庭のこかぶの成長を待つのみ。
植木屋来たりて、庭の水苔をすすむ。

六月二日　水　晴

今日も「懺悔紀」を書く。昨日まで心持が悪く仕事をする元気もなかったが、今日は気分よく、仕事もはかどる。モンテーニュ益々面白し。『カラマゾーフ』は前に読んだことがあったが、疑わしい場所である。

人生とはこんな風にして終るのであろうか。

長女、次女帰宅おそし、尼さんの先生が問題を起したという。宗教と今日の時局とが一致しないために、色々生徒の間に問題を生ずるらしく、なかなか大変なり。

六月十八日　金　雨

むし暑し、木下〔（梶川）敦子〕女史来訪、『ガルガンチュア物語』を読む。

六月十九日　土　曇

朝、清文の結婚通知状来たる、突然なり、名古屋に不快の情を抱く。佳成君夫妻突然来訪、これ又ただ騒がせたる如し、不快なり。

午後、岩見君来訪、四時間居る、恋愛と結婚を打明けられる、驚く、目出度しと言えず。

小説原稿三編読みて読後感を加えて郵送す。

夜、「第九シンフォニー」を聴く、佳し。

チャンドラ・ボース独乙より来訪のこと発表になる。

六月二十日　日　曇

気持悪し。朝沼津の父来たりて新茶をくれる。

『天理時報』の「懺悔紀」を喜んでいる、それだけでもこれを書きたることを喜ぼう。

『ガルガンチュア物語』を読む。

午後、朝子と新宿に出て、さつまいもの苗を買わんとす。二時半に出て一時間には売切れるという。殆ど店は閉じてあるに、人は通に氾濫するほどなり、食物を探る者なり。

六月二十一日　月　曇

元気なし。『ガルガンチュア物語』を読む。特に面白いというでもなし。『ガザに盲いて』を読む（一一〇頁まで）

昼寝をした。夕、千里亭で『婦人日本』の廃刊の悲観会あり。玄屋女史、新居、片岡、にわ、村岡〔花子〕女史等。酒をのみたり。

六月二十二日　火　曇

昨夜二時頃までねむれず、気持悪し。

朝の郵便で所得税の決定あり、思ったぐらい。

放送局より「旅のあと」を小山氏に脚色させるという電話あり、先方の言うままを総て一委す。

新宿にさつまいもの苗を買いに出る。東中野駅で大谷〔藤子〕女史に会う。僕を訪問したというので引きかえそうとしたが、矢田〔津世子〕さんを訪ねるのだからとて、別れる。矢田さんは昨今の気候で病気がよくないと。矢田さんのことを思っていて他のことが考えられなかったと言う。さつまいもの苗を植えたり。昼おかゆで、新宿で何か食べられると期待したが何もなく、空腹なり。独ソ開戦二年なり、この二年間にソ連の戦死者四百万人という。

六月二十四日　晴　涼し

・玲子幼稚園にはしゃいで行く。
・石川年氏来訪。
・名古屋の清文の結婚式に行かないことに決す。
・読書、午後、正民君来たる。

六月二十五日　金

・「懺悔紀」の稿料八十四円（一回）という通知あり、六十円でよしという返信を書く。
・午後、長女次女をつれて鈴木鎮一氏を訪ねたり。（帝国音楽学校へ）ピアノの教師をたのむ。玲子を秋から鈴木氏に頼むことにする。
・安田君の尊父来たる。

六月二十六日　土　晴

・「懺悔紀」の稿料着、二百四十円もらって、九十六円かわせをつくって返送した。仕事ができないので午後街へ出る。コーヒも飲めず、I君に会う。

六月二十七日　日　晴

毎日読書なり。

六月二十八日　月　梅雨

下痢して、床にいる。ゲンノショーコをのむ。読書、閑暇を持つことは仕合わせなり。庭に植えたサツマイモ漸く根づきたる如し。

六月二十九日　火　梅雨

辻本氏来たり、娘さんの結婚問題をきかさる。明日娘さんをよこすと言う。『美しき秩序』三千部検印。

六月三十日　水

下痢ややよくなりたり。辻本氏の娘さんに会う。大滝氏に手紙を書く約束す。午後町に出て、絵の展覧会を見る。

　この十日間読書のみする。漸く創作する熱情うちより湧き上る。

七月一日　木　曇

漸く書きはじむ。六枚書いた、題はきまらないが、山辺物なり。

時計のとまるほどの大地震あり。（二時五分前）この地震がもう少し大きかったら、大東亜戦争も負けになるところだった。市電は停りたる由。但し地震について発表はなし。神様、日本をお守り下さい。

東京都となる。

七月三日　金　曇

　昨日のつづきを書く（五枚）。よい作品が書けない。頭のなかに何かつまっているようでもあり、気持が晴れない。阿部女史に手紙を出そうと玲子をつれて局へ行こうと戸口に出ると、阿部女史に会う。『猫柳』ができてわざわざ持って来て下すった。装丁もよく、なかなかよし。まだ読まない最後の作品を読んで感心する。ただ何のために書いたか不明なれど、好きで好きでたまらなくて書いたのであろう。羨ましいほどのんびりしているのもよし。序文［「猫柳の序に代えて」］を校正しなかったので心配していたが、誤植が二つあったが、明らかに誤植であると分るし、あの序文はあれでいいのだと思う。

　午後木下嬢来たる。今度突然お父さんをつれて来るという。大変なことになったが、木下君の一所懸命な態度はいい。

七月三日　土　雨

大変な雨である。阿部さんとの約束があるので十一時に大東亜会館に行った。昼食をするのに十一時に向うへ行っていなければならないとは困ったことだ。而もご馳走は殆どなくなった。阿部さんの『猫柳』の出版記念会であろう。山室〔武甫〕氏は何事にも興味を持てないようで、とりつくしまのない人である。今日の阿部さんは美しかった。結婚はする、処女出版はする、喜んでいられたからでしょう。山室さん宅の大変さの一端を僅かに聞かされた。

しかし阿部さんは、どんな生活にも順応して、すぐ光をなげてしまうような人だ。昨夜一巻を通読して感じたことは、阿部さんは日本的な物語作家としての良い素質を持っている。

帰りにホテルに田中さんを訪ねて、一時間話す。多忙らしいが、いよいよ満州行きが決定したらしい。大阪人の仕事熱心には感心する。

銀座に出て、清光会を見る。去るにしのびないほどの作品を二点見る。

夜、末敏君来たる。十一時まで滞在す。『純情記』の校正全部来たる。

七月四日　日　雨

今日からやや勉強できそうなのは、健康がややよいからならんか。

朝から大雨である。『純情記』を校正していると、辻本光子さん来たる。洋装である。話していると頭脳は明晰だが神経質で、大滝君には不向きで落着いていられないのであろうと思う。

午後、W大のX君来たる。四時間雑談するが、何となく悲しいことである。それで午後は何もできず。

校正を終り、追加すべき短編を探すために、わが著作集を読む。

七月五日　月　曇

常会の会なので出掛けようとしていると、大滝君が訪ねて来た。辻本さんの問題である。誤解があったらしい。結婚問題は難しい。第一印象で決定して、おことわりしてあったと、大滝君の方は言う。辻本さんの方はこれから交際するということにあったらしい。仲介に立った人の方に恐らく誤解があったらしい。とまれ、出掛け前であわてて出た。昼を食べるというのが、今では一分を争う事件なので、実に大変である。常会は何もなし、意味なく出て来たようなものである。

街に出た序に、偕成社に検印紙を、万里閣へ校正を渡そうと電話する。双方社員に出て来てもらって渡す。

『巴里に死す』が手に入らないで困るという投書が多いので、中公社に電話で訊ねると、発売日には三万部の申込者があったので、五人に一冊しか渡らなかったから、店には出なかったという。困ったことだ。

家内が客にお茶を出すから、瓦斯がいりすぎるというので、怒鳴った。客を嫌う彼女がとても困る。

七月六日　火　曇

辻本光子さんに速達を出しておいた通り午前中に訪ねてくれた。前日の大滝君の返事を告げた。この問題はこのまま解決して赤の他人となるにしても、綺麗にしておくべきだと私は解した。光子さんはあくまで未練がましい様子であった。それは大滝君に未練があるというよりも、自分の生き方に疑惑を持たされるので、大滝君の辞り方が不可解だというようであった。

『週刊朝日』より小説を十七枚書けという。

読売新聞社から自作を朗読せよという。

文報から貯金奨励用のコント［「或る婦人の話」か。昭和18年8月刊『辻小説集』所収］を早く書けと言って来る。

中央公論社からそれでも『巴里に死す』を二三部届けてくれた。

これで阿部女史に贈呈できる。『山室軍平伝』や『機恵子伝』などを読んで感ずること多し。その生き方に感心するが、軍平氏がけんきょなところの少ない人ではなかったかという疑問を抱く。ほんとうに日本人らしい平民になりきれない、何か表に立っていないではいれない人ではなかったろうか、その点軍平氏の書いたものは、どうも好きでない。

七月七日　水　曇

庭に防空壕を掘ることを決意する。頭をかくす程度のものでもよいから、作ることにする。

こんな風に涼しい日がつづいて農作物にいいものだろうか。

仁藤の金七がニューギニアで軍艦の沈没とともに戦死して、十日に、市葬があるという便あり、生花料を送っておくことにした。読売の朗読文学は性急で、すぐ何をするかという電話である。心を乱されることおびただしい。

アメリカ軍のレンドバ島、ニュージョージヤ両島の上陸（三十日）以来の毎日のニュースは、日本も大戦果として発表するが、アメリカの果敢な様子も怖るべきものである。独での東部戦略の夏季攻勢らしいニュースが、やっと今日からはいる。

自信を力につけるより以外にはもう生きる道なし。

支那の変から六周年目だ。日本もよく頑張りつづけている。六年も実に簡単にすぎたような気がする。こんなことをして、死んでしまうのだろうか。いい作品を書くことしか考えないことにしよう。世界が終るともよい。作品を書いていよう。作品が何のためになるなどと考えることももういらない。書いてさえいればたのしいと言いきれるようになりたい。

七月八日　木　曇

「冬の旅」を書こうとしていると、家兄が寄る。朝三時間ばかり。仁藤金七の葬儀のことである。それと入り代って大江君来訪。午前中書けない。

『八雲』を読む。面白い。

午後二時間ぶらっと新宿に出る。何か食べたいと思ったからだが、新宿にも何もなかった。あまいものが食べたい。

七月九日　金　晴、二十九度

「冬の旅」、この月分書き終る。不満足なできだが書き終ったことはよい。『乙女の径』の前書を書きなおして、偕成社に送る。昨日何が生活にあったか考えても空々漠々たる思いである。今日が生涯だと思って生きなくてはならない。暑いのと試験なので子供皆神経をたかぶらせている。家のなかが一二オクターブ高いようで、誰かがしずめなければ、家中おかしくなろう。名古屋の人々のことは思うまい。夕方、逗子の妹より電話あり、清が二十日前後に結婚すると。聞いていないので驚く。

毎日大戦果の発表あれど、人おどらず。正宗〔白鳥〕氏の『根なし草』を読む。

七月十日　土　晴、二十九度

植木屋来たりて防空待避所をつくる。庭を半分こわしてしまった。折角、さつまいもが根づいた時なので、残念である。もり土だったために崩れるうれいあり、竹でかこうべきであろう。

明子さんの母君来訪。明子さんは三週間ぐらい帰れない由。明子さんも我儘になった。もう女中さんだと扱う以外にない。性格によくないところがあると思われる。長女に悪い影響があるのではなかろうか心配する。

うまい物を食べたいと思う。あまい物を食べたいと思う。人と感動にふるえるほどの話をしたいと思う。今日が生涯であるから、今日をよく生きなければならない。真実まことであること以外には、言葉を使うまいと思う。

原稿二つつみ来たる。読むのが面倒なり。『巴里に死す』の稿料着。

七月十一日　日　曇

本格的な夏の気配となる。曇ってはいるが暑さが甚だしい。例の作品（題未明）漸く書き上げた。悪作なり。子供等いつ沓掛に行くかと訊ねて、かまびすし。不決断になりたり。

植木屋さんは萩などをきって、灯ろうを座敷より見るようにした。困った趣味なり。

座敷などの障子を外して見た目に涼しくす。

七月十二日　月　晴

向いのマダム終日子供をつれて、表や道路にうろついていた。主人と喧嘩して、うるさくて家へはいれないのだと、家の娘にまで言った由。主人は血圧が高くて、毎日寝ていて、病院にかよっている。わが家では、今日は風は荒れず。

新しい短篇集に入れる「つゆ子の手記」〔不詳〕を書きはじめて、奮闘である。

七月十三日　火　晴、三十度

いつ沓掛に行くかと子供等朝からせめたてる。

十時、日向で常会、十五日十六日の空襲練習のためである。木下女史来たる。「女の海」〔不詳、昭和13年10月『オール讀物』〕の校正来たる。午後荒木〔巍〕君来たる。山辺先生の手記よく書ける。夕方、家中の水槽の水を換える。毎夕子供等をつれて散歩す。子供等お三時がなくて、のりを三四枚食べている。そののりも普通の人には手に入らぬ由。

七月十四日　水　晴、三十度

おぼんで一人の女中帰る。明子女史がいないので家中大変である。八雲書房より出る書物は『家庭』〔不詳〕と題しようと思う。落合さん来たる。堕落したくない。

労働のできない女性は、もう女性のうちで下等だと痛感する。労働のできない女性に限って、愚痴が多い。

七月十五日　木　晴、暑し、三十三度

待避訓練の第一日である。暑気甚だしい。十一時に文報の甲賀さんから突然電話あり、伊東隆治君が南京から来ているが、文報の仕事でお手伝願っているので昼飯直に頼んでいるので、すぐ文報本社へ来て欲しいと言う。伊東君の友人だからという次第で。

もみじで会食。伊東君がみごとな外交官になっていた。僕などあまり膚にあわない人であったが。昼なのにビールが出た。日本も支那と同様に、顔と闇になったと、伊東君の悲嘆振。南京では毎日肉食責めで（宴会ばかりで）皿のなかで野菜をさがしているとの話。南京付近には餓死する住民が多いのに。東京でも普通の家庭はおかずがないと語っているのに。みんな役人になり、指導者になりたがる訳だ。

二時にもみじを出たが、赤坂見附で敵機の襲来にあった。あつい日でりのなかで待機して二十分。やむなく、地下電で渋谷へ出て帰った。

三時半、芹沢純子さん来たり、五時の訓練時間前に帰られる。夜中の二時に起きなければならないので早く寝たが曇天で風なく、むし暑くてねつかれなかった。

七月十六日　金　三十二度

二時に起きて、見張をして、三時まで外にいた。

終日練習あり、午後二時半にまた見張に立つ。四時に終ってほっとする。終日疲労感あり。但し晴天。

七月十七日　土　三十二度

暑さきびし、伊東君に木曜日会ったことは、どうやら林房雄君のために謝罪するためらしい。あの日、河上〔徹太郎〕君は『文學界』も文藝春秋に奉還したと言っていたが、そのことが気になった。文藝春秋は文報を組織し、日本の文壇に覇道を行う。あな恐ろし。
六時より読売新聞の朗読文学の会で、『巴里に死す』の一部分を読む。朗読文学について感あり。主催者側に熱意あるや疑う。

七月十八日　日

『家庭』の序文を書く。堀川とかいう不思議な人物来たりて、怪談して午前中より午後一時までねばる。一時十五分、大滝君来たり、四時まで快談。大滝君の話にはけい発されること多し。然し疲れたり。夕食後、少しばかりの牛肉が手にはいったので小山家へ行く。武夫君は九時の汽車で、東北へ立つ。大先生は治療後一年とて元気なり、話す。帰途青木君宅に寄りて十一時辞す。青木君快談。朝からあおられる日なり。

七月十九日　月　雨後晴

梅雨のような日なり。昼、例のホテルの会あり、別にこれということもなし。海軍関係の雑誌の統合について面白いことを聞く。暑くて元気なくそのまま家に帰る。『家庭』の原稿を全部渡す。夜、子供等をつれて縁日（戸塚）へ行ってみたり。無風流な縁日にただ子供等が集まるのみ。長女の夏休中の勤奉のことで杉立氏に電話す。

七月二十日　火　雨、三十一度

仕事する気力もなし、訪問客あれば元気に会う。低気圧が近くに来たりたるような日なり。時に時間あれば蝉鳴く。水槽の金魚みな一時に死せり。水を換えてみたり。鈴木鎮一氏に返事を出す。

七月二十一日　水　雨、晴、三十三度

朝子、早朝軽井沢へ出発。友人の家へ七人で会合する由、timide な彼女としては珍しいことである。彼女のためによいことであろう。

七月二十八日記

二十三日、夜中家中夕食の油アゲにあたって、下痢のさわぎあり、二十四日中、寝る者あり、しかし、二十五日の午後には思い切って出発する（沓掛へ）。二十四日夜、清君落合に来たるとの知らせで、十一時まで落合へ行く。清君の結婚の成功なれかしと祈る。二十五日午後、未来の細君を伴って訪問するということであったが、切符などの関係で失礼して旅に出る。日曜日の切符なので、前日買うのに苦労した。十二時五十分上野発、六時沓掛の家に着いたが、汽車は意外にすいていて、家内もいつになく汽車に酔わず。持参したマホー瓶のなかのコーヒーのおかげなるべし。清君に出発の朝五十円お祝として落合に持参した。もっとやりたかったが、日曜日ではあり銀行の便はなし、旅の費用からさいたので、一寸困ったことである。

二十八日になっても、まだ米の配給もなく弱る。魚は東京よりもなし。ただ野菜は豊富でありがたし。生活のことについて不平は言うべきにあらねど、食物がまずくて、どうにもならない。胃を悪くしたようである。

九月十日

八月二十四日に家中、帰る。後一人のこって自炊生活して、十日までいた。隣りの小山千鶴子さんの御世話に大になる。東京はまだ暑し。伊太利の無条件降服はにがにがし。

九月二十四日より二十九日

再び沓掛に行きて自炊す。ごはん焚きは最もやさしい。

十月六日

朝、植木屋来たる。瓦斯が使えないので、外へかまどをもうけたいからである。植木屋も先月の請求書には、前ぶれもなく、日当五円と書いて来たので、かまどをつくるくらいで、植木屋をたのむのは損だと家内は言っていた。しかし、外にたのむ者もない。かまどだけでは仕事が少ないから遊んでしまうというので、自転車入れ場をつくってもらいたいと家内は言っていた。そんなことをたのめば、二三日はきっと来るからと注意したが、一日分の仕事だと主張していた。案の定、二三日来ますと言って、夕方帰って行ったそうだ。

岩見君が十時に来て三時半までいる。二十日頃徴兵検査に帰ったら、もう上京できないと言うので、或はこのまま一生会えないかも知れないと考えられて、その長い間座りこまれたことも苦にはならなかった。前からあさがやの本屋を紹介してもらう約束にしてあったので、三時半になったので誘ってあさがやへ行く。書店員が外出中で会えなかった。間もなく帰るというので付近を散歩してみる。その付近に下宿屋の多いのに一驚する。その建物の具合が、みな同じような、安価な文化住宅で、近頃新宿裏の文化式女郎屋を思わせて、侘びしい限りである。十三四日前までは、下宿に空間をさがして、三四日間この辺を歩いたが、どこにも発見できなかったと、岩見君は言っていたが、どの部屋にも空間ありという札が出ていた。中條さんの声明から、学生がみんな故郷へ帰るようになったのであろう。

十二時一寸過ぎに、秋山君が『孤絶』の見本を持って来てくれた。一年ぶりである。今日としては贅沢本であろう。六千刷る。申込がすでに一万八千あって、発売当日売切れるであろうと。五十部だけもらうことを頼んでおく。

夜、末敏君来訪す。日航に履歴書を出して、この四五日中には就職決定の予定であると。今少し謙虚になってもらえるように、話した。

魚屋が鮮魚を十五円持って来たと台所は大喜びである。魚を食わざることすでに十日にもなろうか。その鮮魚を買ったことが、前の家と隣の家との細君が問題にしていたとか。どこの家も魚を食べないために、猫のように嗅覚が発達したのであろうか。えびのてんぷらはうまかった。

十月七日　曇天

この二三日仕事ができない。「懺悔紀」さえ書きつづけていない。理由はない。何か心落着かないのだ。文学者はみんな餓えるだろうと、昨日も秋山君は言っていた。餓えてもよし、よい仕事をのこしておきたいと堅い決心をしているのに、これではよくない。

礼節は今や地を払った。

今日も落合の家から電話で糸をもらいたいと言って来たそうである。それならマッチをもらいたいと答えたところ、十本ぐらいなら貸してもよいと返事があったとか。それを又大袈裟に言って、怒り合っている。人間がその権威と品位をなくしてしまった。

隣家の猫を殺して、その肉で客を招き、その骨でスープをつくった人の話も数日前に聞いた。人間の堕落もきわまった。お上ではむやみに法律をつくって、厳しい罰則ばかりもうけている。世に時めく人は大言壮語している人ばかりだ。それに対する憤で仕事ができないのであろう。心をしずめるために昼寝した。

昼寝のあとで街に出て古本屋にはいってみたが、本もない。大江君が訪ねてくれたが、彼が軍のスパイだと聞いて、話もできない。

十月八日　金　小雨

朝から意味のない防空くんれんをするというので、気持が落着かない。この時代にどうしてこんな大きな無駄をするのであろうか、不思議でならない。

仕事もしないでうつうつとしていた。「汽車の旅」［不詳］という随筆を書いた。木下さんが訪ねるという電話であったがやめてもらった。

板倉君来たる。覚悟はできているという。しかし、落着かないのは、学校が明瞭な指示をしていないかららしい。

夜、常会に出る。常会も雑談会になってしまった。しかしその雑談がみなせっぱつまったことである。

ニーチェを読む。『古事記』を読む。人々はやぶれかぶれだ。

長生俊良氏から手紙来たる。安田君の親友であるという。濠北派遣軍とは、何処にいる軍隊であろうか、不思議な感動があった。安田君の日であり、墓詣りしたいと思ったが、止めにした。風邪が去らなかったから。

十月九日　土　雨

朝から雨である。藤田晴子さんを本郷のお宅へ訪ねた。若くて少女のようなのに驚いた。おとなしくて、お母さんのかげにかくれているようなところに厚意を持った。

子供等のピアノの教師ということであるが、おいで願えまいとすると、なかなか子供をかよわせるのは近頃のように交通難ではあり、警報でもあっては困るので、とにかく、村瀬女史に頼みたいこと、来年は村瀬女史は良人がお帰りになって教授をしないから、来年はお願いしたいことをたのむ。本郷の銀杏の並木はおそろしいほど成長した。しかし雨の日で並木どころではない。

藤田さんのお母さんと林檎を小諸から背負って来た話をする。その林檎を三切いただく。

午後、木下女史来たる。女の子はもう就職以外には関心事がなくて、稽古事にかよっていても会う人々は、どこに就職するかそればかり話している由。男の子が兵隊に行っているのに若い女の子が遊んでいられないということらしい。今日も電車のなかで国防服の男が二人で、前に掛けた若い娘の服装を口ぎたなくのしっていた。心の長そでをきれとか、お化粧がどうのこうのと、聞いていて困った。女の子ももんぺいでなければ外出できないと、木下さんがかこっていたが、さもありなん。

からだがあまり痩せて心細い。

十月十日　日　雨はげし

風邪気味であるのに防空演習指導のために警察署に行ってくれというので、八時にならんで雨のなかを歩いて行く。着くまでにすっかり下半身ぬれた。消防、救護、待避に分れて講義を聞くことになる。

私の受持は待避である。百人ぐらいであろう、話を聞いたが、今までに聞いているところとたいして異なりたるところなし。これだけのことを話すのに、これだけの人数を集めたる訳が分らず。十時になると、産奉の人々のために講堂が使われるというので、私たちは地下室へ囚人のようにうめられる。地下室で講義があるのかと思ったが、そうではなく、講堂があくまで待つのである。十一時二十分、ようやく講堂があいて再び話を聞くが、別めあたらしいことなし。最後に伏せをする練習を一人一人させる。その愚劣なことと言ったらお話にならない。一時五分前解散。集った人々は主として婦人であるが、主婦たちの忙しさに同情したい。雨と風とのはげしい中を歩いて帰る。ならんで歩いて帰ると言って、指導員は叫んでいたが、みなばからしさに集ってならぶ者もなく、どんどん歩いて帰ってしまった。全身ぬれねずみである。昼食をすませた時は二時。

井上女史が待っていた。親様の話をする。

落合で男子が産れたという電話あり。

十月十一日　月　曇

朝、一ケ月ぶりに肉の配給が一円八十銭あったのを、台所に入れて、五分もたたない間に、あっと叫んだ拍子に猫にさらわれてしまった。猫も近頃痩せて、うろうろして歩いたが、その素早さに家中茫然としてしまった。ある医者は、せっかく十日振りに配給した魚をさらって行った猫を怒って、捕えて肉にして食べてしまったということを、先日話していたが、人間には人間らしい品位がある、まさか猫を食べたいとは、如何に怒っても思わない。

沼津から老父が来た。何のもてなすものもなし。お茶を出しただけで、十一時半に帰って行った。昼に出すものがないのだった。

夜は板倉君の壮行会のつもりでニューグランドへ行く。四時に行って申込みをして、五時から食堂が開くのだが、さしたる食べ物もなくて、夕食がすんだとたんに空腹を感じた。

身体がやせてかるくなったようで、大風でも吹けばどこかへ吹きとんでしまいそうな危険を感ずる。勉強、勉強といっているが、この衰弱には怖ろしくなる。

十月十二日　火　晴

久振りに秋晴れのよい日で、終日客がなくて安かな気持であったが、夕方、岩見君がひょっくり訪ねて来て十時過ぎまでいた。入営前の落着かない気持であろうが、こちらも入営前だと思うから、我慢して話をしている。仕事を中断されても。

長女が、ピアノをレオ・シロタにほめられたと喜んでいた。好きなことだからさせてやりたい。一週間分ずつ暗譜したのをほめられたのであろうが、熱心ならば何かどうにか達する。ただ熱心に細かに聴くという注意が足りないのではないか心配する。

内閣で学生の問題や人口そかいの問題を決定して、今夜発表するというのであったが、岩見君の長居で、ラジオをきけなかった。

「新生」を書きなおし、書き上げようと思う。『古事記』を読んでいるが、人々のさわぐほど面白くもない。近頃はみなが、物事に対して問いかける精神を忘れたようである。軍隊は問いかけることを禁ずることに発足するのであるが、国をあげて軍隊になったのであろうか。

風邪がやっとぬけたような気がする。

十月十三日　水　やや晴

イタリアのバドリオ政権、連合国側に立ってドイツに宣戦布告

昨日の閣議の決定事項が発表になったが、十二月一日入学する学生の将来の問題については詳らかではない。政府が一国の文化について考え方が低いところにあることが、今朝の声明から強く感じられた。政府は戦争に自信があるのならば、もっとおおどかな処置をとるべきだが、百年の計を想う政治家がなくなったのではないかしらと怖れる。

成子内親王の結婚に相応しい穏やかな日であった。

岩見君の壮行会のつもりで、ホテルのグリルで夕食した。三時に出掛けて四時に予約をしなければならない。不便であったが、料理はなかなかおいしかった。四円五十銭というが税があって、二人で十五円である。出掛け前に水島君の友人で森君という青年来たる。何のためか分らなかった。

明子さんが相談があると言って来たが、やはり出掛けであったから明日にしてもらった。

銀座に出た序に Field: Nocturne Bdur を長女にたのまれたが、どこの楽器店にもなかった。通で石川［達三］君に会う。三十分ばかりしかなかったのにお茶をのもうと珈琲の専門店に誘われた。珈琲がなくて、水のようなカルピス（といっても米のとぎ水に酸と砂糖を加味したようなもの）をのまされて、四十五銭払わ

された。石川君には誘われても払ってもらったことが一度もないが、これは又どうした訳か。

十月十四日　木　晴

秋らしくなったと思うと涼しさが甚だしくなった。

フィリピンの独立の日なり。家には雨もりの後しまつにぶりき屋来たりて、その払のために家内が終日ぐちを言えり。トタン板も配給にならないので、闇で買ったので、高いとぶりき屋の言うなり。

明子氏来たる。妹さんの結婚についての相談というが、相談というほどのこともなく、何のためか知らず、ただ父と母とを信頼できないと言うことらし。信頼できないことは不幸であるが、親に孝行をするというたてまえで事を処するように忠告す。四十六歳の田中勇氏に形付きたいと、妹さんは熱意を持っているらしい。田中氏の熱意のほどが分らず。

茂君来たりて、七曜塾にいてよきか心配す。心せまく考えるにはあたらないことを話す。キリスト教を知ろうと努力することはよいことであり、キリスト教を知る機会であるからと語る。

夜、砂崎〔徳三〕氏の次男三男来訪す。職業について、水産局の井出局長に頼んで欲しいと言う。一応引受く。

十月十五日　金曜日　晴

六時半より十時まで、久振りに話しは面白し。

秋晴の日である。植木屋が薪作りにはいっている。妻がいつまでも贅沢をすてられないのは困ったものだ。

庭のあま柿一つとる。よく熟してうまし。家内中に分かち食べる。柿の木は本年一ケの実をつけたのみだ。ざくろはじめてなる。その一つをとってみる。徒にすくて、果物と言えないが、果物ないのでみな喜ぶ。

戦ながくて、人々の心に暗いものがあるためか、毎日心はずまない。今日は散歩もしなかった。人にも誰も会わない。

十月十六日　土　晴

靖国神社の臨時大祭で休日、新祭、一万九千九百柱という。終日家居。訪ねて来る人もなく閑居。読書と仕事（「懺悔紀」）。「懺悔紀」を一回分書き上げた。風邪はよくなったようだが、どうも熱ぽくて弱った。栄養がなくて、回復力がないのであろう。少年の頃、貧しくて栄養も気にかけなかったが、そのために背も低く、今日のように弱いのである。子供等にはせめて栄養をとらせたい。

午後、兄の家を見舞う。その白々しい態度に、もう二度と訪ねまいと決心する。赤坊は静夫と名づけた由。

今日の夕焼の美しかったこと。空一面の秋雲が焼けて、その光で二階の書斎のなかが真赤に映えた。

今夜も向いの中根さんの奥さんは、痛みのために泣き叫ぶのであろうか。もう幾晩も一時頃になると、その悲しい泣声がかすかに聞えて寝つかれないのだが。

十月十七日　日　雨

新嘗祭である。日曜日と重なったが、朝から子供等は何処かへつれて行って欲しいと熱心に言ったが、行くところもなし、そのうちに雨になった。ストリンドベリ『ダマスクスへ』を読んで午前中読む。

午後は鈴木鎮一氏を訪問しようとしているところへ、大江君来たり。読売のことを話していた。しかし恐らく大江君から話したのであろうし、どこまで信じてよいか分らない。

鈴木氏の家は渋谷で玉川電車にのり、上町で下車して、郵便局前で東宝行きバスで、整備学校前で降りるとすぐだった。バスが三十分に一台とか言っていたが不便であるがなかなか田舎で、近頃のように防空の大変な時には幸せそうな場所だ。特に鈴木さんの家はすばらしく大きくて立派で、庭が広大だから大丈夫だ。弟さんの文夫さんにも会う。文夫さんのお子さんがはれものができたのを治療していたと言っていたが、鈴木さんは岡田茂吉という人の門下生になって、心霊治療をはじめているが、なかなか熱心で話していて愉快であった。文夫さんの子供はすぐになおったらしい。お力をもらえば、飛行機が来ても大丈夫だと自信があった。鈴木さんは確かに純一なところがある。七月お会いした時にはずっと胃が悪いと言って、薬瓶をさげていたが、今日はすっかり元気で、日本が神国だと一心に説いていた。岡田さんの結核問題と其解決策という著書をもらって帰った。

十月十八日　月　曇

今日は沼津へ法事で行く。朝一番の霧で夜来の雨はやんだが、天気をあやしむ。雨ならば防空くんれんがないのにと家人は言っていた。

七時十分に家を出た。八時四十分にのるつもりであったが、沼津は汽車制限をしていたので。三等は切符売切で二等にしたが、列車はがらすきであった。茂君も同じ汽車にするつもりらしかったが、八時十分に駅へついたら勿論なくて、原まで行って、原から沼津へ引きかえしたと言っていた。

沼津へは一年振りだ。川岸に出て墓参した。法事は二時から式をして、四時までかかった。四時半からご馳走だが、魚料理の豊富なのには驚いた。思い切り御馳走になった。夜は大橋屋という旅館に一泊した。三島館が海軍に徴用せられて、他に泊るところがなくなったが、ひなびてなかなかよい。裏の柿をもぎとってくれたり、翌朝は黒鯛をつったと言って、食前にのせてくれたり、心をつかってくれた。茂君と二人で一千円であったが、安からず高からずだ。法事というのは、祖先と天理教につくして亡くなられた人々の法事である。のりとで一人一人呼び出された時は涙ぐんでしまった。

十月十九日　火　晴

沼津は暖かである。午前中、兄が寝ているのでぼやぼやしてしまった。父は喜んでいた。

三時四十分発の汽車にする。お土産をたくさんもらって帰る。叔母達が親切にしてくれるのがうれしかった。

○従弟の一人がガダルカナルから帰っていた。餓死しそうなので、草や虫を食べていたため、腹部がふくれて今も静岡の病院で重患である。その兄の見舞をしてからの話の真剣さに打たれた。

○従弟の一人はムンダから帰って来た。その話も打たれた。従妹の一人の縁付いた家で十九日に入院した家人がある。道楽息子なので、みんなで神様に御願いして、もう帰還しないように祈っていると。

○叔父の一人は漁師をしているが、この二年間に十万円のこしたと言っていた。沖へ出て何でもよし、釣り上げさえすれば金にかわる時代だと言っていた。昔私がいた時の貧乏な時代はなくなった。

○兄は大きなさめをもらって帰った。帰ろうとすると、丁度舟がはいったばかりで、さめを釣って来たと言って。そのさめのきもから食料油をとるのだ。きもを小さくきって、とろ火でにると油が出るそうだ。十八日の夜、その油であげたあげものを食べたが、軽くてなかなかうまかった。

○香貫の伯母は七十九だが、あまり祖母に似てしまって驚いた。まるでそっくりだ。見た瞬間飛びあがる気持がした。みんな年をとった。

十月二十日　水

晩に一高の同窓会があった。異とするところはなかった。みな年をとらないのに驚いたが、銀行家の多いのが不思議だ。大東亜会館。エレベータなしで五階まで上った。食物もたいしたことはないのに十四円はおどろいた。しかも六時には火をおとして、七時半には追い出されたのには、かなわない。何も話さなかったような気がする。帰途、同方向へ帰る者と三人電車のなかで、近頃の食事難について語る。その一人は毎日朝食抜きで出勤するという。しかも昼食にあぶれる時もあるとか。三人ともこの一年に一貫五百匁へったと話していた。帰ったら雨。

十月二十一日　木　　学徒出陣壮行会挙行（明治神宮外苑競技場）

今日も雨かと思ったが、午後からはれてよかった。

日響を聞いた。神谷和男君を誘った。草間嬢のサンサーンスはなかなかよし。

家に帰ると、茂君と木下三郎君とが来ていた。

沼津からうどんを二十束とらっかせいと米ぬかとを持って来てくれた。沼津では昨日ガダルカナルの戦死者が発表になった由。静岡駅で二千八百名で、新聞の静岡版には一頁半もその氏名が出ても足りないくらいで、翌日に分載したと。静岡市だけで四百名あったとか。我入道では四名で、そのうちの一軒は長男が香港で戦死したので二人の戦死者を出し、お母さんは、外国人を見たらば、くらいついてやると叫んでいたそうである。木下君の小学校の同窓生であるとか。

末敏君も昨日より日航へ決定したと言って来ていた。

みんなが帰ると雨になった。雷鳴さえ聞えた。

七月二十二日　金

八雲書店から突然訪ねて来て、例の短篇集のきかく企書をおいて行く。許可になるかどうか疑問に思うが、行きがかり上出してみることにする。

昨夜の雨のためか、珍しい秋晴である。高田馬場の魚屋から突然電話で、何もないけれど何かやれると言うので家内が行って、チーズ、ブドー酒、サントリーとをもらって来た。三十六円だというがすこし高すぎると思った。魚屋も店を閉じて幕を垂れて、主人らしい人が一人でやっていたそうである。他は全部徴用されたとか。

昼から晴天であるから出掛けて、帝展を見ようと思ったが、大滝君来たりて（一時に）五時まで話して行った。疲れた。満州へ行かれる由。数日前に左翼の者の検挙があったと話していた。東條さんをねらっていたのだとか。

十月二十三日　土　靖国神社大祭

午前中はやや晴れていたが、午後から雲ってしまった。それに寒いこと冬のようだ。急に冬が来たようだ。

午後たのしみにしていた庭のいもほりをしたところ、一つもいもがつかなかった。五ケ月庭に植えたさつまいもは、ただ葉を繁らせたのみに終った。おやつにいもをふかすことをたのしみにしたが、子供等は泣き笑いだった。やむなく、畑にたがやし、うねをつくり、苺を植えた。子供等が自転車にのるというので、いっしょに出た。

天理時報社から二十一日に二ケ所教内の検閲にひっかかって削除したという通知があった。「総てのものをすてなければ神の道を通れないという厳しいお掟」というところと、「甘露台の建設が一時信仰の最終の目的であった」というところ。どんな風に訂正されたか分らない。

今日から外米のなかに麦がまじった。

ビルマだっかいを狙う重慶軍を、雲南方面に先ず先手をうって攻撃した日本軍の進撃振りが報じられた。これからビルマ作戦であろう。印度の仮政府成立して、日本が先ず認めて全幅的な支援を約した。

兄のところの毅一君が蔵書を総て蜜柑箱に入れて田舎へ送ったという。

十月二十四日　日

今日は曇って寒い。子供はどこかへ行きたいという。何処へ行く処もなし。昼食後直に、下三人の子供をつれて新宿に出る。チューリップの球根を買う。一ケ十五銭也。

買うものもないのに人々は通りを右往左往している。食べるものもなし。それでも歩いて帰れば喜んでいる。三時にはさつまとじゃがいもをふかして食べる。留守中に三ケの生菓子が配給になった由。二十一歳の者に一ケずつだった由。馬鹿にしたような配給である。

神谷夫人、和男君と二人で訪ねられる。

岩見君も二十九日三十日が検査であり、再び上京できないからとて、お別れに寄る。『孤絶』の見本を寄贈す。

自分たちが命をすてれば、この戦争が解決するというならば、今でも命をすてますとも言っていた。誰も生きて帰るとは思っていませんとも言っていた。仮卒業証をもらいたくはありませんとも言っていた。僕たちの帰る時は、日本が勝った時だとも。

かごしまで結婚するとも話していた。十六の弟君が二十日に荒鷲の卵となって入営したばかりなので、大連のご両親のことをお気の毒に思う。

魚屋がえび十八ひき七円で持って来る。十二軒の隣組に三枚の酒券が来てくじびきしたら、二等があたり、一升瓶の合成酒を配給せられた。

三村女史来たる。「秋思」を読む。批評して、文章について一枚一枚こまかに話そうとすれば、さけられる。それならば熱心に読んだことが無駄になる。本気で創作する気があるのか、創作するということを何となくたのしむ気なのか、なかなかに人柄はよい人なのに、分らない。

十月二十五日　月　雨

万里子は風邪で休んだ。この子は何事も不注意でいけない。寒い日である。「鎮魂歌」を加筆して、「たらちねの記」とした。短篇集、『愛情』〔不詳、昭和21年12月刊か〕の企画届を東京八雲書店に送った。

隣組長の会を東中野小学校で夜七時から開いた。小滝町会は、山の上と下とで、人気がだいぶちがうようだ。

くみとりが一ケ月来ないで、はんらんした苦情と、ころっけを、中野区の住人であるから大町市場で売ってくれない苦情とは、なかなかしんこくであった。

昨日私の家でくじであてた一升五円のびんづめが貴重品であることが、今夜の常会へ行ってはじめて分った。

くだもの屋が柿をたくさん持って来てくれた。

未知の人から相談を受けたが答えられない。肺病になったが、どう療養してよいかという問いである。若い産業選手だ。医者が不親切なことがその文章に出ていた。

天理時報社の原稿用紙代は総てで五六・三八円であることが分った。

ドイツの東部戦線がどうなるか、気が気ではない。キエフはどうやらロシアに占領されたのではないかしら。

南方の戦線はだいぶ活発になったらしい。議会は開かれたが、三日間、代議士諸君はただ集まるだけであろう。議会でも討議が行われないのでは、もう国民は口はあれど語れず、総てただ従っているに等しくなろう。論ずるところに道の開けるところも起きるであろうに。いざばくはつしたらば、この不平はどうであるか、政府は一度も考えたことがないのか。東條さんは幕府のような悪い人になったか。陛下のみ光を下へさえぎったら、恐ろしいことだ。

学生に仮卒業証書をわたすというようなこそくな手段をとって喜ばせようとする。壮行会で見た東條さんも文部大臣も信頼できなかったと、昨日も××君は言っていた。総ての大学生がそう言っていたと言う。

十月十六日　火　雨

暖かい。不思議なくらい暖かい。午前中は短篇集『愛情』のあとがきを書いたりして、くれてしまった。『孤絶』がやっとでき上ったと言って秋山君が九部届けてくれた。一日で売りどめをしたと言う。四十部まだ本社にのこしてあるので寄贈先に署名しに行こうかと思って、帝展に行き帰途寄ることにして出た。帝展は日本画洋画、多いこと多いこと、三時間以上もかかって疲れて、創元社によれなかった。日本画には魂を打ちこんだものが少ない。〔川合〕玉堂の雨後は小品ながら、画面に風のそよいでいるのが感じられて、さわやかであった。〔橋本〕関雪の猿も人間のような面魂をもって、美しかった。

洋画の方は一所懸命なものが多い。しかし印象にのこるものは少ない。彫刻は男の裸像が非常に多いことが目立った。外へ出ると夕陽が美しかった。夕映のした空で子供のあげる模型飛行機が高く翔んで、人々が見上げていた。展覧会で見て来たどの絵よりも美しい光景である。感動をなくして絵をかいているから、あんな風にさくばくたるものが感じられるのであろう。

長女はシロタにほめられた言っていた。前夜は風邪と稽古が心配でねむれなかったと言っていたが。案外ピアノはものになるかも知れない。

この日、開院式の御詔勅は畏れ多いが立派であった。

東條さんの演説は新しいものは何もなくて、感心しない。いつもながら、その調子やよくようなども、下品で、どこか思い上ったところがあるようで感心しない。海軍大臣の報告は音声も冷静で、好感を持てた。わざとらしさや思いあがった点がなくてよい。

十月二十七日　晴

急に暖かである。おかしな天気である。散髪す。床屋もむしタオルをしないし、冷たい水でしかもきたないタオルを顔にあてる。いつもの主人も元気なく、もう仕事がいやでかなわんという様子である。総ての人が己の仕事にあいたし、意識がないという調子になったら、いけない。床屋ばかりでなく、直接戦争に関係ある仕事をしていない人々は、殆ど全部、元気というものをなくしている。どうしたわけか。

創元社に行って四十人の知人に『孤絶』を寄贈する。このうち幾人が礼状をくれるか疑問である。礼状をくれないものには、もう送らないことにしよう。『孤絶』は全部一日で売り切れてしまった。再版はいつするか分らず。

夜は常会である。意味なく十時までいる。医者の妻君が最もよくない。生活の苦しみを知らないようだ。

『春の記録』千部刷る。

十月二十八日　木　曇

今日はまた寒い。九時から防空演習だ。この前の待避くんれんを、僕が全員に指導することになった。

ふせの姿勢を全部の人にしてもらう。それからはしごの稽古とバケツの水をかけるれんしゅうである。実際一時間のところを二時間半もかかった。はしご登りはこの前練習した時とちがって、改悪である。

夜はペンクラブの役員会である。正宗氏の会長就任の件は正宗氏が引受けてくれたそうである。それならば役員会を開くこともなかったろうが、たまに会うのはまたよいことだ。

七時には追い出された。何処かでもっと語ろうと、谷川君などと銀座へ出たが、お茶一ぱいのむところもない。暗い街をあちこち歩いただけである。来年の今頃はエーワンで洋食も食べられないだろうと話した。ドイツは堪えられるかしらと心配しあった。日本は蔣介石と手を握る以外に手がなくなった。それ以外にもう助かる道はないとも語った。出版の行きづまりと文学者の困苦をも語った。

佐々木〔信綱〕博士の近代文学を読みつづけた。面白い。

田舎に帰って畑でもつくりたいと思うが、もう私には帰るべき田舎さえなくなった。沼津ではもう畑や田は手にはいらないのだ。

十月二十九日　金　晴

朝から珍しく晴れて暖かなので、さがみに行ってみる気になって朝十時の電車に乗る。快晴でなかなかのゴルフ日よりであり、キャディなしでも、四本ぎりかついで疲れなかった。ただ、付近の八十八連隊の兵隊がくんれんをしているので、プレイする気持をなくす。飛行機は上を翔び、下の芝生には兵隊がふせをし、かけ足をし、つっこみをしているので、その間にプレイするのは心ない感である。二時半の電車で帰ることにした。駅前の八百屋で食堂のマダムに聞いて来ているので、とにかく裏にあるだろうと信じて、売って欲しいとたのむと、フロシキに入れては途中しらべられる惧があるから、鞄ならばと言う。小さい鞄のなかへ一貫も入れてくれたろうか、風呂敷にはとうなす三ケ買って入れた。全部で一円五十二銭であった。電車のなかにも買出部隊あり。ゴルフの空の鞄が十ケばかり八百屋の店先にあったが、あれには全部帰りにいもがはいるのであろう。いもは沢山あるのだが売れないのだそうだ。今にくさらせてしまいますと言って、八百屋のおかみさんは心配していた。

生田付近の柿の葉は紅葉して美しいが、柿は一つもなかった。本年も柿は市場に出ないうちに、なくなったのであろう。去年はゴルフ場の食堂には柿もあり、菓子もあったが、今年は食べる物はない。去年は十一月三日には、さつまいもの土産を、全メンバーに出したものだった。

ゴルフ場で着物を換えていたら、向うから言葉をかける人がある、どうしても思い出せない。無礼だと思ったが、誰か訊ねたところ、貴方の愛読者だと言う。鈴木英一という名刺をくれて、『文藝手帖』の装丁のよくないことを言った。『文藝手帖』まで読んでいるのだと、この老人は文学好きだろうが、一寸困った感がした。こんな人にまで、自分というものが見まもられているのでは。

十月三十日　土　快晴

今日も寒いが秋晴である。八時から防空演習、主としてたんかの練習ということであったが、女中を出して行かなかった。木曜日に出したおのぶという女中は、折角よくなりかけたリューマチが金曜日から再び起きて行けなかった。家の前の露路で、号令をいさましくかけていた。指導員は形式にとらわれている。

大江君一寸訪ねてみたがいなかった。帰ると石川君が待っていた。石川君の弟君の縁談でいろいろ苦労したのでお辞りに行こうとしているところで、喜んだ。ところが他に二つ口があって、一つをことわり他の口がまとまりかけているという話であった。話をすすめなくてよかった。

同君をさそって、三井コレクションを見た。四谷から歩いた。この路は秋らしくてよかった。コレクションは特に変ったものはなかったが、日本人の洋画が理づめのようにたのしくないのが、妙にはっきりさせられた。

銀座まで歩いて、一杯の冷たいジュースを前に一時間話した。紅茶もなかった。石川君は再び何処へかつとめたいと言っていた。徴用をのがれるためである。意気地がない。家に帰ったが気持がはえなくて腹立たしくて誘った。

夜、小山の弟から電話で、昨朝女児出産したという知らせて来た。弟はマニラから帰ってから会わない。あしたは箱根へ近衛公に会いに行くので訪ねられないとも言っていた。丈夫であればそれでよし。

十月三十一日　日　晴

昨日発表せられた日華同盟のことで、新聞は全面をうずめている。ロシアドイツ戦線の模様も、ニューギニア戦線も皆目分らない。日華同盟は新聞の報ずるように景気のよいものではなく、日本の一歩退歩とれなくもない。支那事変のために戦死した人々の英霊は安んじられるものであろうか。

山本実彦氏二女の結婚の祝の品を三越に買いに行く。塗物の宝石入を買う。三十円なり。帰途神田の地下鉄入口で菊を買う。省線がこんで菊花はこわされた。

夜、伊藤佳子という読者来たりて、病気なれば五円めぐまれたしと言う。かつて岐阜女学校の先生をしていた頃、時々手紙をくれたことあり。会わんとすれば、見るにたえない服装であるから会いたくない、五円恵んでいただけばよしと言うのみ。五円渡す。寒い夜である。

午前中大江君来たる。さつまいも一貫ばかり土産にもらう。さつまいもには土がついていたが、何処で買ったろうと、家人は訝る。さつまいもが此頃最もおいしいものであるからだが、大江君に売る処をきいて、買いに行こうという所存であるらしい。

十一月一日　月　晴

秋らしい佳き日である。午前中読書した。静かに読書し、物を想う日が少なくなってはいけない。

ブーゲンビル島の戦い

隣組長を今日からするので、家中騒然としている。

午後、山本氏邸に祝の品をとどけに行く。総て簡素にして、申訳ないと思う。

大濱長六さんが海軍に徴せられていて、思いがけなくハガキをくれる。「科学的才能の欠乏している私にとって、軍隊の諸々の学科は、辛うございます。だからといって覚えないわけにはゆきません」と書いてある。海軍工機学校とはどんなところか。慶応を出てから湯屋の主人になったら長六さんはさぞつらかろう。時々手紙をくれたが、ついに会わないでしまった。

夜、末敏君来たる。与えるものもなし、『孤絶』を贈呈して、蜜柑一ケを食べてよろこんで帰って行った。新しい勤場所に勇気を出すように話した。

十一月二日

昨夜、石川君が履歴書を送って来たので、外務省にたのみこんでみたが、どうもうまく行かないらし。その足で、余りの元気なのでサガミに行った。それも、家に野菜がないので駅前の八百屋につんであったかぼちゃでも欲しいと言う。さもしい心から。ところが山のようなかぼちゃはみな売切れて、何もないとおかみさんは悲しそうな顔をしていた。主人が出て来て、自家用のかぼちゃだがと奥から二ケ出してくれた。ゴルフは十二ホールまわった。ゴルフ場の花園をつぶして、さつまいもやそばを植えてあったのを、女の子たち（キャディ）は収穫して、キャディは仕事だと言っていた。いもを見ると、どのゴルファーもみな欲しがると言って、女の子たちは笑っていた。天気がよいからだろうが、子供や細君づれのゴルファーが三組もあったが、その子供や細君はそのいもが欲しそうに、畑に集って行った。日常性を超克しなければならないが、この日常性に、余りに深刻な故に微笑ましくなる。

上林暁君からいい手紙をもらった。いい手紙は美しい花のように幾度ながめてもあきなくて、心をたのしませてくれる。

十一月三日　水　晴

・よい明治節である。よいというのは天気で穏やかということだが。おむかいの中根夫人、昨夜死亡して朝病院から帰られた。頭のよい夫人であったが、わがままな夫人でもあった。神経痛だったらしく、一年病臥していた。よく痛い痛いと叫ぶ声が、夜半など書斎へ聞えて来たことがあるが、看護婦もいてがなくて、主人が総てしなければ気に入らなかった由。死は解放だったのかも知れん。隣組を代表して弔問す。夜は夫人連がお通夜す。それならば仲よくすればよかったのにと、私は二三人の夫人が中根夫人と争いつづけたいきさつなどを思う。死んだら総てが終るものとあっさり考えているらしいが。

・晴天なのに家にあって、ルーサロメの『リルケ』を読み終る。徒らに疲れたが、殆ど意味をなさない文章のれんぞくで、何が何かさっぱり分らない。土井〔虎賀寿〕という若いドイツ語の先生らしいが、はなもちならない文章だ。文章が分るように書けないのは、ほんとうはルーサロメの書こうとしていることが分らないからだろう。

・『純情記』第二版五千部の検印来たる。沢山すってもらいたい書物が刷れなくて、総てが反対だ。立派な書店に紙がないのだろう。『孤絶』か『巴里に死す』がせめて一万部刷ってくれたらと思う。『巴里に死す』は古本で百円している。

・今迄に子供にピアノを教えていた人々はみな不誠実な人であったことを、今にして知る。女の教師というのはどうしてこうも不誠実なことを平然とつづけていられたのであろう。

・三女と四女をつれて夕方通りを散歩していたらば、八百屋のおかみさんがそっと三女に近づいて、「暗くなったらねえやさんをよこして下さい」と囁いた。きゅうりをくれたそうだ。

・毎晩のように夢をみて困る。現実に夢をなくし、創作もしないでいるために、夢をみるのであろうか。

十一月四日　木　曇

寒い。一夜で庭の萩が色づいた場がある。狭い庭にも秋がたけなわである。一本の菊もないが苺の葉も色づいた。

カロッサの『指導と信徒』を読んだ。前に読んだ時に感じなかった激しいものを（内にこもった）受けとった。そして、落着いて勉強していればよいのだということを、益々肚にしみて思った。三木清君から『孤絶』の礼状がとどいた。無事で落着いて勉強していると書いてあった。これだけの便りでも安心できるような世の中になった。数人の人が『孤絶』に対して礼状をくれたが、一気に読んだといってくれたのも三木君一人だ。私の作品中でも優れたものであろうと評してあった。

夜は山本さんの令嬢の結婚式に行く。早目に出掛けて、銀座でバッハの「プレリュードとフーガ」とを買った。その二階で生活文化の仲間の展覧会があったが、昨年に較べて小品であり、全体的にみんな動揺していることが画面に出ていた。昨年絵を買うように言われたが買う気にならなかったが、今年は麻生君も井上君も通知状さえくれなかった。

銀座は五時というのに店を閉じて暗く、待避壕におちないためには用心を要した。結婚式は急に会場を変更したとみえて、正面の大食堂を使って混雑していた。陸海軍の大将が五人いたとか、山本さんらしい盛大であった。文壇人では川端〔康成〕君と木村〔毅〕さんとしかに会わなかった。石坂君の夫人と令嬢とが着かざっているのが目にとまった。料理は質素であったが酒が豊富で、久しぶりの御馳走だった。

十一月五日　金　晴

大東亜会議のあることが発表になった。支那事変以来さまざまな苦労をへたが、ここまでたどりついたという感慨である。ここへ来て、勝ちぬかなかったらと、それを思う。ただ、今日三時に発表せられたブーゲンビル島沖海戦は、大東亜会議のためにあげた花火のようで目出度し。しかし米国の戦意の旺盛なことも反面分って、悲しい。

この会議に出席することになっていた武夫君が発熱で寝ていたというのは気の毒である。牛肉を五円手に入れたので、彼のマニラからの帰還を祝おうとしたが、そんな訳で、肉をとりに来てもらった。明子さんが訪ねて来たが、この娘さんはもう時代からおきざりにされた人として、相手にしてはいられない気がした。

ジャン・ジオノの Grain を読む。『牧羊神』と訳していたが、訳文もよい。作品はなかなかすぐれたものである。こんな作品がもっと読まれて、若いフランス人の生活のなかへ生きていたらば、フランスは今日の不幸をなめないですんだのではなかったろうにと、惜しまれる。作者が生命をそそいで書き、国民に教えたろうが、読者はただ物珍しい読物として読みすてたのではなかったか。作品と読者ということに就いて、考える材料を提供している。

十一月六日　土　曇

昨夜、石川年君から速達で、ホテルのグリルで昼食したいからと招待で、指定よりもやや早く十一時二十分にホテルへ行く。石川君はいないし、食堂前では売切れの札を掲げてある。待つこと二十分、彼は来たらず。近頃の食事難を思えば、家へ帰ろうかと思う。しかし、一時半に万里閣の編集社員にジャーマンベーカリーに会うことにしてある故、家へ帰ることもできない。漸くグリルの前に佇んで待ったが、人々は大東亜会館ならば大丈夫といって急いで去る。止むなく大東亜会館へ行くことにする。十二時十五分前。漸く予約して、家へ電話しておく。パンはなくて、ジャガイモである。一箇ふかしてパンの代りについている。こうしと書いてあったが、くじらである。こうしのようにやわらかいからと言う。コーヒーの代りにこぶ茶である。げに戦時中であるかなだ。しかも、大東亜会館の食堂は銭湯のようにこんでいる。時間があったので楽器屋によって、十日の切符を予約する。モーツァルトの「ソナタ」を買う。

万里閣の女史に会って検印紙を渡して、千円の小切手をもらう。編集部も営業も男子は全部徴用せられたと言う。ここでも戦争なるかなだ。町へ出ると、航空母艦二隻撃沈その他の戦局が報道せられていた。

家にもどると間もなく、斉藤氏が『文藝手帖』の検印を二千部という。これは出版会のあやまりからの増刷である。夕食後茂君来たる。第三乙だということである。石川君詫びに来たる。石川君は九時に茂君は十時に帰る。茂君に二十円渡す（小使として）。

菊池武一君、栄養不良で消耗しているという便りあり。
安倍能成氏の『巷塵抄』を読み終る。氏のいっこくなところが出ていて面白いが、随筆としての味にとぼしくて、且思想家としての深さの不足するところ、不満であった。再読したき部分はなし。

十一月七日　日　寒　北風

大東亜会議は昨日で終ったと報じている。六国の主権者が集ったのであるから、陛下の御詔勅でもあろうと期待したがあらず。何かしら首相の独断のところがにおって、陛下の光をくもらせているのではないかしらと、秘かに心を砕く。忠君を口にする人々には、真に陛下のありがたさ、貴さを思わない者が多いのではないか。黙々として、陛下のことを口に出さないものこそ、陛下のありがたさを思っているのだ。勿体なさすぎるから徒に口にしないまでだが。陛下がこわいのでなくありがたいのだが、どうも現首相には、そのあべこべではないかと考えられる。

昨夜から父が落合に来ているというので、下の子供三人をつれて訪ねた。焼栗十粒もらう。昼から帝劇に「三笑」を見たいと思ったが、切符がないというので見あわせた。突然中村博君面会に来たる。一ケ月でみごとな主計少尉殿となっている。その一ケ月のくんれんはなかなか大変だったらしい。つづいて砂崎兄弟来たる。博君は遅刻を心配していそいで帰る。次の日曜日の昼食の約束をして。砂崎さん達はいつもの依頼である。課長にそんなになりたいものだろうかと不思議に思う。新村出氏の『日本の言葉』を読む。

どうにもならない。大なる夢をはらんだ時代であるが、一人一人は夢をなくしている。そこにあやまりがある。

大谷藤子さんの手紙には涙する。矢田さんへの友情のせつなさに。この幾日か何も書いていない。「懺悔紀」も書けない。

十一月八日　月　晴

早朝、名古屋より父、中村社員と来たる。米一升酒五合持参。中村氏は米二升持参。まことに生活も大変である。父は八ケ月目である。風邪と腰痛といっていたが、仕事以外わがままなり。家中騒然となる。おぞまし。

相良和子氏より初めて手紙来たる。なかなかに心を明るくする手紙であった。童話作家として成功しているという。

［小泉］八雲の『日本の面影』を贈与せられたので半読む。失った夢をなつかしむような気持になるが、文章にか、美しさが足りない気がする。

前の入歯突然にぬけたり。デンティストにかようことを思うとゆううつになる。二日便通なし。

十一月九日　火　冷雨

父が上京中は生活の秩序が乱れるためか、どうも身体の調子がよくない。寒い雨である。父は腹痛と風邪のために午前中家居していたが午後鉄道省に行けり。歯医者に行って、前歯の手入をなす。万里閣来たりて、『冬の旅』〔昭和19年4月刊〕の出版の話をする。契約書はわたしたが許可になるか不明である。それに書きたさなければならない。ジードの『地上の糧』を読む、感動を伴わない。長女はレオ・シロタから帰って、エレジーもバッハもチェルニーもみなあがったと喜んでいた。大出来である。今一二年前からシロタにつけておけばよかった。順田博さんから鴨一羽贈らる。かやの宮様から御下賜の品をお裾分である。しかし、今日は食物豊富なり。

十一月十日　水　晴

父は朝帰宅した。酒井君が口癖の如く言っていた博君との結婚について父に話す。父はやすのさんに話しておいた方がよかろうと言う。自然に委すべきであろう。歯科医に行く。例の鴨一羽の処分に窮したらしく、近所二軒に分けたり。臓物すでに腐敗して、一日もおけないと言う。しかし、鳥屋の釜らしく、煮て食べたところなかなかうまし。

木下女史来たる。学校にも小説を書いていることが知れたと、それを重大事の如く言う。母君が羨望するらしく、いじめるという。あわれな言葉であるが、その業々しさは胸にしみない。同じ時刻に辻本女史二百枚近い作品を持参する。序文のようなもので、これからが本文であると、予め弁解している。辻本女史は保険会社に勤めていることを初めて語る。毎日調書の作製で疲労し、漸く昨日終ったので、今日は休んだのだという。つかれたる表情である。

夜は長女と次女とをつれて音楽会に行く。草間〔(安川)加寿子〕女史のフランクのピアノと、井口〔基成〕氏のコンチェルトは音響が貧弱であったが、余裕あるものであった。草間井口という現日本人で最もよいピアニストの演奏方法の相違も面白かった。帰路月がよかった。

十一月十一日　水　曇

今朝も歯の治療である。後で痛んで午後二時間ねてしまった。午後阿部光子氏から久振りに便りあり。病気か婚家とうまく行っていないか心配していた矢先なので、安心した。ただ忙しかったということである。夕方、芹沢常夫君来たる。軍艦に乗りこんでから六年であり、特に航空に関する部門にありながら無事であったことは目出度い。もてなすものもなかったが、南洋での話は面白かった。たのもしい青年になったものだ。十円与う。

十一月十二日　金　晴

今朝も歯の治療である。終ってから玲子をつれて小淀町まで歩いて、書店で『神皇正統記』と亀井〔勝一郎〕君の『大和風土記』を買い、暗い花屋で菊花一円を買う。よく晴れた秋の日であったから歩く気持になったのだ。

臥仰しながら脚部の日光浴をした。『神皇正統記』を読む。十月に読んだ『古事記』を思い出しながら。これは明らかに読ませる相手を意識していることが面白くもしているが、また、つまらなくもしている。

午後、気の毒な炭坑夫来たりて、門前でおうおう泣く。かつて名古屋鉄道で工夫をしていたが炭坑夫の方が賃金が多いので北海道へ渡ったが、手を怪我をして働けなくなったから、名古屋へ帰る途中だとて、衣料切符を買ってくれという。切符によれば偽名でもなさそうである。切符には七点しかなし。切符は買う訳には行かないが、五円を与えてかえす。

他に訪問客はなし。いとのどかなり。

夜、末敏君来たる。二十円かりたしという。

十一月十三日　土　晴

秋晴なり。やっと「懺悔紀」に筆をつづける気分になった。八日（十二日）の音楽会の切符を売出す日であるから午後銀座に出る。ショパンの全楽譜を買おうかどうか迷う、九十円だということだ。

松村女史は今月中休みだとハガキをくれたが、無責任でよくない。

夕方、武夫君夕食がてら来るという。夕食だというので家内愚痴をのべた。怒鳴っておいた。別にごちそうするのでもないのに、人が来ると不平を言う。己は食べなくても人と偕にたのしむという情がない。

夜茂君来たる。十五日帰国するという。五十円与う。

武夫君と話して益々東條さんを信頼できなくなった。

十一月十四日　日　晴

よい天気だが朝八時から防空演習ということで、家の者三人で出る。学校横の広場でポンプ（手押）の使用法を練習した。十四五分でおぼえることを三時間かかった。くだらないと思うが、日向ぼっこしながら、人々が順々に練習するのを眺めているとなかなか面白い。女の人はどうも動作もおそく、これでは手押ポンプなど実際にはなかなか使えないだろうと思う。総て防空演習が形式になって、実際役にたたぬことを、忙しい婦連を集めて教えているように思われてならない。

中村博君が昼食に来る約束なので、ご馳走をして待っていたが、ついに来なかった。一時まで待って来ないので昼食にした。棒倒で怪我でもしたのではなかろうか。

岩見君突然来訪。大連へ帰れなかったので、再び上京したのだそうだ。思いおくところがあってはと思って、東京へ来たと言っていた。その言葉のなかに覚悟のほどが響いていた。

茂君来たる。入営ときまって心残りがあるのであろうか、夜壮行会とする。大学の総長からもらった国旗に家中で署名して、「大君の命かしこみ磯に触り　海原わたる父母を置きて」という万葉歌を書き与う（国旗に）。国旗は純絹なり。午後三時に第四次ブーゲンビル海戦の捷報が発表せられた。

それにしても、米国の拗いほどのラバウルに向っての進撃である。負けたら大変だが、また勝つことの難しい戦だ。

十一月十五日　月　晴

親様が御上京で、高砂のお祭りというので、下女達までお詣りをしたいと言っていたので家中出掛けて、留守居する。長女は学校を休んで留守居をする。皆の帰ったのは午後五時半である。お祭でも食事が出なくて、空腹をやっと我慢して来たという。総て配給の世ではさもありなん。

留守中は内玄関を閉じて表玄関を開けておいた。長女はピアノをするためである。午後三時頃になって中村光宏君、友子さんと来たる。入学するのでお別れである。昨日お母さんなどと上京して博君に面会した由。そのために博君が破約したのだということがわかる。お母さんも二人の子供を兵に送ってはさぞ淋しかろうと思う。温室葡萄をもらった。停車場へ送って出ると、茂君に会う。五時二十分の汽車で沼津へ帰るという。みんな入営する前のあわただしい気持らしい。

夜、朝子をつれて高砂にお詣りする。九時についた。親様は十八日においでになるという御言葉である。おつとめをすませて十一時帰宅。途中下駄のはなおをきって弱った。

酒井君に会う。久保夫人は長女を十月失ったそうである。お気の毒で言葉のかけようもなし。家に帰ると、兄から親様が明日お出でになってお泊りだからという電話があって、家中寝ないで支度をしていた。

十二時にみんなねる。

十一月十六日　火　曇

朝、家兄が寄る。親様の話をする。マンガンの山へ一万円ばかり出さないかということを、さも出すことに決めたように話している。もう山や池に金を出させようとするのはやめないものだろうかと、秘かに思う。家内は末女をつれて神谷さんへ行く。長女の就職問題である。

正午に高砂から電話で、親様が寄られるという。さっそく家中大がかりで夕食の用意にかかる。午後私は歯科医のところへ行かなければならないし、留守中においで下すっては申訳ないと落着かないのに、一時間待たされる。十八日で終るだろうと言われる。

帰りに大江君に会う。私の宅を訪ねたのだというので、ともに家に来て、一時間ばかり話して帰られる。台所では大騒ぎである。家内が自ら手を下さないので、新しい女中達ばかりで弱っている。やむなく皿や茶碗や膳などを出して、手順をきめて、酒までついでおく。

四時半頃お立寄りになる。兄の方には電話しておいたが来ない。すぐお帰りというのを、むりに上っていただいて、ご飯を差上げることにする。偶然に板倉君が入営帰郷のために別れに寄る。招じ入れて、乾杯に引合わせる。感動して両親を助けてくれと言う。

親様は六時にお帰りになる。自動車不足のために、お忙しいこと、申訳ない。板倉君は夕食をすませて帰られる。兄夫婦来たる。兄は残り酒二合に顔色を赤くして、十時半までマンガンの山について、地図など出して話をする。雨になって、やっと帰って行った。私は自分の胸のなかに湧き上る様々な邪念が悲しかった。この邪念がある間はなかなか助からない。
土屋良三君から第一乙の通知がある。なかなか立派な手紙で感動す。

十一月十七日　水　晴暖

暖かなので朝苺畑の土をいじりながら日光浴をした。親様がもう戦争のことも語らなくなったのは、人間はどういっても仕方がないということだろうと考えたりした。木下女史が来たので、会う。「海岸」の批評をした。竜話を持って来た（それを子供を前にして音読してみたが、言おうとするところはよいが、みがかれていない）。昼までいた。
午後は暖かではあり、銀座へ出て楽譜をみようと思って出掛けに、東中野駅で砂崎夫人に会う。家を訪ねるところだというので、引返してご案内する。茂樹さんのことを依頼していた。祐□と茂樹さんを親様にお会わせして欲しいということである。三時半頃までいられた。亀井君の『大和古寺風物詩』を読んだ。なかなか高い調子の文章である。夜は「懺悔紀」を書く。第五次ブーゲンビル島航空戦の戦果が発表になった。七通手紙を書いた。

十一月十八日　木　晴後曇　イギリス空軍４４０機によるベルリン空襲

午前中に「懺悔紀」の三十二回を一ケ月ぶりに書き上げた。心がすがすがしい。午後入歯ができ上る。

入れたら口のなかに義歯がいっぱいのようで、食事するにも上下の歯が前でつかえて、噛めないような気がする。不快である。

長女をつれてレオ・シロタの家へ行くことになったが、出掛けに阿部光子女子と木下女史とつれだって来た。阿部さんは半年振りのような気がする。御本人はいつもかならず呑気だと言っていたが、なかなかふけてやせられたのは、新しい生活のなかに御苦労があるだろう。二十分ばかりで大さわぎで引返して行った。二人で新宿で会って突然訪ねて来たのだが、三時半に目白に子供を迎えに行くのだと言っていた。

レオ・シロタの家で売ピアノを見せてもらうためであった。外国製で四千五百円という話であったが、行ってみるとAtsumiと書いてある。日本製らしくて、不安になる。土曜日朝訪ねる約束をしてもどる。帰って大急ぎで夕食して、日響のバッハの「マタイ受難曲」を聴きに行く。北風になって、寒く、小雨さえまじって、おどろおどろしい宵であった。

この曲は日本語で歌われたために色みをなくしたが、実に理解しよかった。キリスト教の教義の血にない日本人には切ない祈りや歎きは或は強く感じられなかったかも知れないが、僕は幾度か涙ぐんだ。

偕成社より『乙女の誓』一万部の検印来たる。

十一月十九日　金　晴、寒

今日はシロタ氏にピアノを辞りに行くつもりであった。朝がよいので、朝出掛けるつもりが、防空演習で出れなかった。防空演習も女中を出して失礼することにしていたが、前夜女中はタドンを部屋に入れたまま寝て頭痛がするというので防空演習どころではなさそうだった。八時から十一時半まで三時間半、家の前の露路に集って、三角布の使い方などを習っただけで、徒らに雑談していた。タンカの使用法も練習したが、総て形式的にながれて、実際の用をなさないことばかりである。これでいいのか。僕はたってばかになっていた。ただ寒くて足が凍りつきそうだった。

午後三時にシロタ氏を訪ねた。シロタ氏は昼寝しているので十五分待ってくれというので外を歩くことにした。乃木邸を参観してから、ゆっくり車道を六本木の方へ歩いてみた。

みごとな貯水池ができていた。ポプラの並木は黄葉して、異国の街のように美しかった。四時十分前にもとのシロタ氏へ帰った。ピアノの音がしていた。藤田晴子さんが練習していた。偶然来あわせたウイリー・フライがやまはのグランドを一万円で売りたいということだった。日曜日にフライ氏を訪ねることにして別れた。フライ氏は小柄で肥って、風采があがらない。

十一月二十日　土　晴

朝、神谷和男君来たる。国旗に署名して、三時間ばかりして帰る。召されて行く者の一つの場合を、和男君でも知る。途中でレオ・シロタ氏が訪ねて来た。フライ氏の山葉を買うよりも自分のビスタインのグランドピアノを一万三千円で買ってくれという話である。外人が持物を売りはじめたのは生活に追われ出したのではないか。買いたいと思うが、これからの文筆業の困難を思うと、ピアノどころではない気にもなる。

午後銀座へ出て、楽器店で麻生君達の展覧会を見る。麻生君のものはなかなかよくなった。感心する。日響の切符を買い、山野に出て、ショパンの予約をした（六十円払った）。

それからペン倶楽部の総会に出る。半時間おくれた。四時開会ということだった。五時に閉会された。正宗氏が会長に就任したが、尤もらしく就任の挨拶をする正宗氏に厚意を持てた。徳田〔秋声〕氏が昨日亡くなって、正宗氏一人が大家では残ったようである。ペンクラブは近頃の会のうちで最もたのしいものである。料理も多かった。七時閉会。

昨日の防空演習に半日外に立っていたために風邪をひいて、朝頭がいたかった。夕方からはなが出た。久振りに風呂のある日だが用心して入浴しなかった。風邪をこじらせないようにしたい。

十一月二十一日　日　晴

徳田秋声氏の葬儀が正午から青山斎場であった。しめやかで淋しかった。こんな風に死んで葬られるということも自分の身にも感じた。芸術品が永続する行為であるのならば、作者が死してなお生きる作品を書くより他にないのだと、つくづく思う。しかし、秋声氏が息のたえんとした中で、うわごとで「小説は難しい」と言ったというが、永続する作品を創ることは至難にちがいない。神の助けをかりるような苦を経なくてはならない筈である。文壇のふはくな風潮をはなれて努力をしなければなるまい。それにしても秋晴の空の下で樹々のあざやかな黄葉の美しいことよ。死とはねむることだというが、ねむって後に自然のこの美しさはどうだ。

午後、鈴木鎮一氏を長女と訪ねた。五時まで稽古というので五時に着く。稽古中なので戸外で暫く佇んでいたら開けてくれた。一時間待つ。実にみごとなヴァイオリンの音がしている。その奏き方、音色等から大人の稽古を予想したが、それが国民学校四年生と二年生だったと聞かされて驚いた。そう言えば、門をはいる時に、赤坊をおぶったみすぼらしいお母さんが十ばかりの少年と出て来た。少年はヴァイオリンをさげていた。

六時半まで話して真暗い道を上町まで歩いた。夕食を八時に食べた。

十一月二十三日　火　曇、寒し

どうした訳か昨日と今日とは腹立たしくて、長女や次女を叱りとばした。家内がもっと神経をこまかく使ってくれればなんでもなくすむことが、家内が家のなかへ暴風を吹きよせて来るのだ。朝から防空演習で、洋服をつけたままいた。いつでも出れる用意である。夜八時に爆弾投下で飛び出した。真暗いなかで活動はなかなかだ。水はかけられるし、ぬれた土の上にふせて寝た。ほんとうに敵機が襲来したらば、どんなことになるか分らない。

ギルバー島に米軍が上陸したという。そのために海軍のあげた戦果が発表になったが、上陸されたことは確かだ。どうぞ米兵を駆ちくしてもらいたいものだ。密林も山もない島々であるというだけに、敵の空爆を一週間前から受けたというのは、大変であろう。

長女は一万三千円のピアノを買わないと言って悲しんでいるが、ピアノどころではない。しかし、女なればピアノに精進して、これだけのことはお国のためにしたと、ピアノを上達していなければいけないのだ。

十一月二十四日　水　曇、寒し

保田〔與重郎〕君の『機織る少女』を読む。国学について教えられるところが多い。契沖についてもっと識りたいと思った。

「懺悔紀」三十三回書き終る。

神谷和男君の入営祝のために夕食をとることにして、ホテルのグリルに三時に予約に出向くと、総て売切れだという。ここに落合う約束であるので閉口する。ニューグランドホテルに行く。四時でなければ開かないという。街を歩いた。四時になって行ってみると、沢山の人だ。やっと予約して、それから五時まで又街を歩いた。五時前にホテルの横で神谷君を待って、ニューグランドへ引返した。そんな面倒をしても食べるものといっては殆どなかった。しかし、送ることができた。第三乙で入営するかしないか分らないので落着かないと言っていた。暗い町だった。

午前中に久保田君来訪、『乙女の径』の検印一万部を渡す。こんな小説が印刷になるのも、これが終りかも知れない。出版者関係には大徴用があって、印刷所も製本所も人手がなくて、大変らしい。

十一月十七日　土　晴

家では防空演習というのに、名古屋の亡母の七回忌のために、朝の七時の急行で下る。八時十分に出掛けたが、東京駅で仮想敵機襲来にあって、ホームへ出る階段で五十分待機させられた。汽車は空いていた。しかし急行券を二日前に発売して、制限しているからであろう。名古屋には夕方着いた。名古屋の家は三年前と内部がすっかりちがってしまった。清英君の傲慢さには鼻持ちならない。親父を真似ていればいいと言うのだろうが、若いのに老人振って、一人天下らしい態度には気持が悪い。岐阜の人々が清英君に取入る態度の露骨なことと、寺島成子がおよっさんをたてている様子も虫ずがはしった。夜は早目に引込んで寝床で『ウェルテル』を読む。一時頃まで寝つかれない。

十一月二十八日　日　曇

ルーズベルト・チャーチル・スターリンによるテヘラン会談開催（12月1日まで）

七時前に起きる。八時墓参する。十一時から家で供養、十二時半から狭い家で食事（七十三人の客）。何かと派手で他人の目を意識しての営み方は面白からず。

夕方、岐阜党は一切岐阜へ逃げて、清英君は約束があるからと言って、出た。夕方頃小雨。ややんだので、八時頃土屋氏を訪ねる。十一時までとどまる。土屋氏も仲子氏も清英君の日頃の不遜の態度に激憤していた。座なかばに、天津の鉄雄君から電報で、病気入院金送れとある。病気はリューマチであるという。仲子氏心配す。夜の十一時で電車はなかなか来たらず、歩いて帰る。暗くて、待避壕に陥ちないためには用心が大切である。

十一月二十九日　月　晴、風

朝八時前に起きて、富貴に行こうと急いだが、清英君の朝食がおそいので、電車は十時十五分になってしまった。富貴とは名古屋から遠くて淋しい村であった。その淋しさには大に驚いた。充宏君が入営というのでお祝をして、酒居君の御焼香をする。田舎料理の御馳走になる。

一時十五分の電車でおいとまする。早目においとまして、海岸に出たが、風景がよいというのでもなく、わびしい海岸である。名古屋にはガダルカナルの英霊が二千柱着いたとか言って、街中喪の表情である。市内電車は所々立往生して、行列の通過を待った。空が急に曇って、風とともに時雨さえ降った。かなしい街の表情である。それに名古屋という小街は人の少ない街だ。

大津町へ寄らずに、ずっとひょうたん山の清隆君の家を訪ねた。そまつな家であったが家中で迎えてくれたのにはよろこんだ。清隆君の穏やかな家庭の様がしのばれて、実に心持がよかった。大津町の人々のなかに、清貧にあまんじているのがこのましい。

夕食は岐阜の人々と街で御馳走になるというので帰りをいそいだが、帰ってみると、岐阜の人々は帰らず、清英君と外食すると言って留守であった。不愉快であったが、夕食後ホテルに神谷様を訪ねて、和男君を激励した。

十一月三十日　火　晴

朝の急行で立つことにしてあったが、急行券を萩野君に買うように頼んでいたところ、買ってくれず、八時三十六分にかろうじて間に合った。いけない萩野だ。あれほどたのんでおいたのに。八時三十五分に間に合わなければ、大事件だった。沼津には従って、予定よりも一時間おくれた。列車はガダルカナルの英霊と入営する学生とで、各駅での歓送もみごとだった。

席を同じくした英霊を奉持したお百姓の話した言葉は胸につまされて、涙がこぼれた。沼津から更正車にのったが、のっていられなかった。何かしら苦しそうで気の毒で。それ故、帰りまで待ってもらうつもりだったが、帰賃をやって、帰ってもらった。壮行会はなかなか賑やかだった。魚や肉を買うのさえ大変だったと話していたので、あれだけ盛大にするのには、ずいぶん苦心だったろう。名古屋のようにてらっているのではなく、家中がみんな喜んでしているのが何よりだ。七時二十五分の汽車にのる。六時十四分に家を出て、駅までまるで駆けるようにして、やっと汽車に間に合った。きわどい芸当だったが、汽車に乗りこむとすっかり疲れて、うとうとした。でも寒い汽車だ。

十一時に家に着く。ベルを押したが、家では盗賊と思って開けてくれず、十五分も外にいた。寒くて便気をもよおして弱った。

十二月一日　水　晴　　　　学徒出陣第一陣（陸軍）

落着のない名古屋の家、貧しいが親和した沼津の家、そして我が家のことなど、何となく心にしみて思う日であった。

午前中、何かと疲れて暮してしまった。午後は末女をつれて散歩に出た。空しく時がすぎるのがわびしい。第四次ギルバート沖航空戦の戦果発表せられる。これが大戦のさなかであるのかと自分を省みる。

十二月二日　木　晴

「懺悔紀」三十五回を書く。よい仕事のできないのが一番不幸だが、この回はよし。人類はこんな戦争をしている愚をさとらないのだろうか。人間にはもうどうにもならないというようだ。

秋ばらの花が家の垣によくさいた。春からくずを肥料として丹念にやったからである。文学の方でも、今は肥料を自分にやる時だと思っていよう。

鈴木公平氏、ビルマよりハガキをくれる。昨年の春、選挙応援から初めての便りである。懐郷の念がペンをとらせたものであろう。一日に一つでよいからよいことをしたいと思う。末女と通りに出たら『文學界』が店頭にあった。未着なので買った。

孤高になれろ。

十二月三日　金　晴

板倉君よりはがきあり。入営しないことを嘆く。倉崎君より手紙あり、家を持って義妹と暮されると。

ギルバート島の勇士を思うと、眼前に名古屋で見た英霊（二千柱）を迎えた光景が浮ぶ。庭の枯葉を集めて焼けり。灰を畑の肥料とする。長女の音楽学校のために伊藤義雄氏来訪するというが、藤田晴子氏のピアノのために待つことができない。藤田さんのピアノはデリケートでなかなかよし。フォーレのものが最もよかった。少女音楽家の演奏会にこれほど集まるとは驚くべきである。伊藤氏の話では、音楽学校に入学すれば、シロタ氏からはなれなければならないことが明瞭になった。困ったことだが明日、再び伊藤氏に会うことにする。

十二月四日　土　晴

長女をつれて、伊東氏を訪ねて、音楽学校のことを問う。真面目なよい人である。ただ、お話で音楽学校に入学させてもらう気にはなれなかった。音楽学校の先生には音楽学校の先生らしい物の見方があるらしい。広い人生を考えさせたいと思う。

音楽学校へ入学させないとすれば、白百合の専攻科に入学させなければ困るが、そちらは願書を受付けないという。家内が校長を訪ねたが、面会できないで帰る。

十二月五日　日　晴

長女は勤労奉仕に朝早く出掛けた。母親は校長に会いに行った。どうやら専攻科に入れてもらえそうに言う。やや安心したが、結局政府の方針が不安定なために女学校も困っているらしい。神谷和男君は即日帰郷になったという便である。九州の菊池君が電話で、明日沼津へ寄って近藤〔政吉〕氏を訪ねるから行かないかと誘う。行く約束をする。毎日がかくも侘びしいのはどうした訳か。神様どうぞ私に力と歓びとをお与え下さい。夕方になって明夕、入営する土居良三君と約束あるのを思い出す。電話しておゆるしを請う。

十二月六日　月　晴

八時四十分発の沼津行に乗る。偶然汽車で水野さん夫婦に会う。熱海までいろいろの話をする。三等車は混んで大変だった。水野さん達は伊東へ行くのだった。熱海を出て、持参の握飯を食べたら、前の老人夫婦が蜜柑を二ケくれた。二人の息子が出征しているので神詣に行っての帰りだと言っていた。伊豆の人だった。沼津で下車したら、菊池君もつじどうから乗りこんでいた。二人で近藤さんまで歩いた。

二十三年振りにお訪ねするのだ。僕は死んだつもりで何処へも行かなかった。そんな覚悟でなければ何もできないからだった。二十三年振りに会った人々はなつかしい。偶然前田〔雛〕夫人が訪ねて来られて会う。いい夫人になっていられた。帰りは蜜柑をたくさんとお弁当までもらって、菊池君と東と西とに別れた。帰りの汽車は二時間おくれたとか言っていたが、こんだこと、こんだこと、驚くばかりだった。

十二月七日　火　雨、曇

余り寒いので書斎へこたつをいれた。こたつをいれれば、落着いて仕事ができるかも知れない。若い女性の原稿、「羊群」を読むことにした。二百枚。なかなか読むことは辛い。

宮坂勝氏十三日から個展をするからと言って、寄られた。画家は絵を売ることにのみ熱心である。芸術について、昨今の苦悶を聞きたかった。それについては一言も聞けなかった。伊東義雄氏を訪ねた。とにかく長女に音楽理論を教えてもらうことにする。

夜は家で隣組常会を開いた。常会も不平会になった。

十二月八日　水　晴

今日も朝からこたつで送られた原稿を読む。時間つぶしだと思うが、書いた人の志を思うと熱心に読む。他人のために一日一つよいことをしたいと思うからだ。この心を徹底したい。難しいことだが、そんなことにも生き甲斐はあるものだ。しかし、今日読んだ「せいじ色」という長編は三部作で、二百八十枚だが、読んでいて心が荒れる作品だ。作者たる婦人の心が荒々しいためであろう。十六日に会いに来ると書いて来たが、会いたくないという返事を書いた。

十六年の十二月八日を思って、その日のことを話す。戦はいつまでつづくものか。神様、どうぞ早く平和をこの世に来させて下さい。神とはそんな力がないものであろう。

夜は二人の子供をつれて、飛行機献納音楽会に行く。日響も井口基成のピアノもなかなかよかった。月が凍るように清々しく寒い夜だった。

十二月十三日　月　晴

名古屋の人々が来たために、日誌をつけなかった。どうして名古屋の人々は私の生活を乱すのか。運命的な気がする。困ったものだ。

しかし、子供等が大きくなるにつれて、あの人々の生活態度を見ならったならば大変である。人間は安きにつき易いから。物資に魅力を感じ易いから。

満州にいる芹沢弥太郎君や中村博君や岩見君に手紙を書いた。若い人々がみな兵になった感が強い。

「冬の旅」の完成をいそいで、十枚を昨日から書いた。

それについて辻山博士を訪ねようと電話したら、鳥山病院をすでに辞めて静岡に行っていると分った。辻山夫人方は東京だった。毎日がこんな風に味気ないことでよいものだろうか。勝本君が那須に移られたと通知来たる。人々次々に都落をして、難をさける。東京の生活はもはや荒寥たるものだからだろう。実際一日生きたらばただ喜ぶより他にない。

十二月十四日　火　暖

宮坂勝君が銀座で個展をしていたので見る。一年の制作二十点ばかり出していたが、面白い絵が少ない。本格的な絵だが、個性がなくて面白くない。本格的に描くというのは——ここまでは画学生のなすべきことで、ここから抜け出ることが大切であろう。抜けようと努力の見えないのがもの足りない。帰途、岸田劉生の絵を二三十枚二十五年記念の展覧会で見た。本格的な絵ではないが面白い。この面白いことが絵画というものの本道ではないであろうか。宮坂君は娘さんのための（娘さんは十五日結婚する由）展覧会らしかった。その娘さんのためにお祝をと思ったが、絵は買いたいものはなし、祝儀袋に入れたものを差出したがあっさり受けとられて安心した。

今朝の新聞によると、日本音楽協会では、全会員に厳命して、外国人の音楽家と同じ音楽会に立つことを禁止したという。従って、クロイッツァもシロタもローゼンストックも日本人とは音楽会に出ることはできなくなったという。これは恐らく日本の音楽のためには損失であろうに、音楽の世界にもせまい日本主義がはいったためであろう。欧州大戦当時、皇后陛下が上野の音楽学校に行啓になった時、ドイツの音楽をご遠慮したのを、陛下は、音楽に敵はないからとありがたいお言葉があったと、当時の新聞は報じた。それが日本流だ。外国から日本の土地をたよってそこに永住しようとする外人を、たとえ敵国人であっても救済の手加えるのが、昔からの日本流だ。今度の日本音楽協会の処置は日本的ではない。

長女がピアノの稽古から帰っての話である。稽古なかばに、クロイッツァが訪ねて来て、シロタとべらべら話していたが、シロタはそれからすっかり機嫌が悪くて、稽古もしどろもどろだったらしい。会話の内容は分らないが、今朝の新聞の記事についてであったらしいと。

十二月十五日　水曜日　晴

午前中仕事をしようとしていると、木下敦子さんが訪ねて来た。就職がきまって、あしたから東京高等学校へつとめることになったという。継母のために神経を痛めるよりもつとめはらくだと言っていたが、どんなものか。同級生は半ば急ぎ結婚して、半ば職業にいそぎついたと話していた。就職した女の子たちも、皆朝四時頃から起きて家のことをしてから勤めに出るとも話していた。去年までは女中をたよりにしていたお嬢さん達だが、変ったものだ。

午後、次女三女を藤田さんに紹介してピアノをおたのみした。お茶の水で落合わして、バスで。思ったよりも交通は不便ではなく二十分あれば行ける。安心した。二人とも兎に角みてもらって、来週から水曜日に稽古してもらうことに決めた。他にお弟子がないと思ったが一人もいなくてそれも安心した。ただ藤田さんはおとなしすぎそうで、子供等がなめてしまわないか心配だ。

国恒君、夜分たらいを返しに来て、兵隊になるので遺書を書いたが書くことがないで困ったといっていた。悦子さんは女高師に、久美子さんは女子医専に受験するので一時まで勉強だと話していた。何も彼も大変な世のなかになった。

古い外套を探し出して、長女に与えた。かびくさいので藤の木の方に終日つるして置いた。植木師がはいって玄関横のもちを坊主にした。貝虫がついたのだ。庭師は虫がついたと注意するまで突然来ても知らぬ顔をしてすませていた。駆除もしないで、注意すると丸坊主にかりこんで、これでは枯れましょうと言う。誰も彼も親切というものをなくした。凄まじい世の中になったものだ。

十二月十六日　木、雨

ラジオの時報の時にマーチがあれば、タワラ島方面の戦場ではないかと胸をときめかす。たえて久しくあの方面の消息が聞かれない。アメリカ軍に占領せられて、兵はみな玉砕したのであろうか。今日の昼のニュースも、印度軍への空爆のニュースであった。「冬の旅」を書き加える。まだ百枚ぐらいは書かなければならない。

夜は日響である。ローゼンストックの指揮もやがて聞かれないだろうが、ローゼン氏もそのためか実に熱演であった。聴衆のなかには学生がめっきり減って、一種の淋しさを感じさせる。

私は小さい時から家庭がなかった。そのためによき家庭をつくるということを、結婚をする時に忘れていた。

十二月十七日　金、晴

全国書房の田中さんが七時頃訪ねるという電話なので、朝六時半に起された。しかし、訪ねて来たのは八時半だった。大阪の出版所の統合が決定して、全国書房はのこることになったのだという挨拶であった。「冬の旅」が今日はだいぶ書けた。十五日から汽車の小荷物を扱わないことになったので、十四日に出したものらしい荷物が三ケ着いた。越前のかにが二箱ついたが、荷物がふくそうしておくれたために、多少悪くなっていた。

明年度から競馬は当分休むことにしたと閣議で決定したという。競馬がまだあったかという感がするほど、昨今の生活は苦しくなっていた。総理が昨日経済界の人々を前に、明年こそ決戦だと語ったそうだが、明年こそ戦争が終ってもらいたい。今夕刊には、敵側の発表では、敵味方戦死者はすでに七百五十万、空襲のための死亡者千万人であるという。これが文明人と自称する人々のすべきことか。戦争でなくて、お互に話し合って解決するまでに、人間は偉くなれないものか。

十二月十八日　土曜日

出版統制に関する記事が新聞に出ている。九十五軒になることに決定したらしい。これからが大変だ。執筆者はこれから食べられなくなるだろう。

偕成社の久保田君、『乙女の誓』の見本持参する。製本の悪いことなど、もう不平を言えない気がした。印刷所も製本所も徴用で人手が不足してどうにもならないと聞く。話題は出版統制のことである。

風邪気味である。寒さが厳しい。

文報の挺身隊の小住町、小滝町、在住所の常会を開くことになって、家をかす。十三人集るべくして僅か四人、各自米を持参した。家にも木炭がなくて弱っていた。集ったが班長の話も殆どなく、意味なし。挺身隊の発会式の折も、形式のみなりし由。文報も意味のないことで時間をつぶさせることはよくないが、近頃は意義ないことに時間をつぶすこと多し。

十二月十九日　日　晴、北風

風邪気味なれば終日家居す。家にあれば訳なく心荒ぶこともあり。夕方中村博君来訪。夕食す。食べること食べること、驚くばかり。「日曜カタル」にかからなければよいがと心配す。

十二月二十日　月　晴

風邪気味なり。気をつけなければならない。ギルバート島守備の海軍陸戦隊の玉砕発表せらる。海兵三千人、軍属千五百人という。夜の放送を涙をもって聞く。土曜日にはニューブリテン島上陸が発表せられた。敵はラバウルへの第一歩を強く占めてしまった。その際の日本の戦果には、上陸用の母艦をも数え上げている。こんな小さい母艦とか海上トラックの数をも数えるのは、如何に日本が不利にあるかを実証するものである。

戦は大変になって来た。国民はみな食の不足を我慢している。

十二月二十一日　火　晴

新宿に出た。幾月振りに新宿に出たのであろうか。住友銀行に二年ぶりに寄り、サガミの振込をしてもらう。牛切りを買おうとしたが何処にもなし。

長女、専攻科に入学できそうもないとて涙ぐんでいる。

十二月二十五日　土　晴

「懺悔紀」を書く。夕方木下三郎君来訪。

和田〔稔〕君から来信、どうやら海の藻屑になるらし。岩見君のハガキにも、空のことを書いてある。航空の方の任務であろう。

十二月二十六日　快晴、風なし

仕事に熱意の湧かないのはどうしたことか。精神がちかんしたと思わざるを得ない。生活は凡俗化して、堕落したものであろうか。夜は日響に子供三人をつれて行く。文子は日響は初めてである。四谷で珍しくタクシーをひろえた。運転手の不親切なこと、ただ運転に不親切でないので助かった。ベートーヴェンの「第八」をこれほど枯淡に演奏できるようになったのは、ロー氏の力があずかっているだろうに、遠からずロー氏の指揮を聴けなくなるのは惜しい。西洋音楽をするに、西洋人だからというような狭い日本精神には困ったものだ。

昭和十九（一九四四）年

1945年に焼失した東中野の家

一月三十一日　月　晴

一ケ月ぶりで、又日記を誌そう。

防火群長の引きつぎを受けた。

帝海の重役会あり、帝海がうまく行っているのがよし。

橋本君の喜ばしい様子が何よりだ。ホテルで会食して、帰途兄が独乙映画だというので、三木氏三人で東宝にはいる。丁度十分前で行列に加わって満員である。ところが「愉しきかな人生」という日本の映画。この愚な映画が今の日本の文化政策を現わしているので憤りを感じた。外は寒風が吹いていた。暗くて寒い。こんな愚な時代に、魂をこめた仕事をしたい。自分の力を出しきった仕事をしたい。

二月一日になって知ったが、マーシャル群島に米軍が上陸して交戦中だという発表があった。大変になって来た。戦は負けているということを、何故瞭に言わないのであろうか。

二月一日　火　晴、寒し

朝、長崎君来たる。明日信州へ帰る由。米をいくらかでも買ってもらおうとして、三十円お渡する。

この一ケ月ばかり鷗外を読んで、もっと早く読まなかったことを後悔する。古本屋に鷗外を探すけれど一冊もない。古本屋がこの十日ばかりのうちに、次々に貸本屋になった。売る方の棚にある書物はみな紙屑のような書物ばかりだ。翼賛会などに関係して、どしどし本を出している作家のものはみなといっていいくらい売れずに棚にある。恐らくたくさん刷っているからであろう。長女ピアノから帰って、シロタが、Comment allez-vous? と言ったら J'ai faim と答えて、一寸意味が解らなかったが、Je n'ai rien à manger と言いなおし、貴方の家でやみでもよいから fromage がはいったら分けて下さいと、そのやみという詞を日本語で言ったとか話していた。長女は fromage という語が解らなかったと。夕刊に海軍の予科演習兵の入学式の写真が出ていた。学生兵が二ヶ月の訓練の後に入学したのだと。海兵団に入団した若い友がその中に加わっているのだろうと、じっと写真を眺めていた。土居君が入学式に間に合うようにと、ジフテリヤを気にしていたのも、これだったかと、胸があつくなった。三日前に詳しく土居君の夢を見たことを思い出した。今日も一日に四椀の米で我慢した。「懺悔紀」四十三回を書く。

二月二日　水　晴、風

野秋君の夫人訪問、原稿を渡す。

明子君来たる。両親のことをあしざまに言うのは聞きぐるし。他に如何なる美点があるとも、これだけで人間として下等だということ、気付かざる如し。

昔の小作分室の会、築地の三喜である。会する者十五名。みな二十年振りなり。石黒忠篤氏の老いたること甚だし。小作分室時代の如く笑って親しんだが、さて帰途は淋し。会場の食物豊富なるも、実に官僚時代なり。酒も多し、会場も九時まで残りてとがめられず。民は苦しみて、官のみ贅沢なる時代なり。可笑し。毎日の議会は民の声を聞かず、徒らに説教と激励と空なる約束なり。

晶子さんの手紙で妹さんとその死を知る。夜、鈴木氏宅へ電話してご尊父の死去を知る。重ね重ねの不幸なり。

二月三日　木　小雪

米軍がマーシャル諸島占領

寒い。マーシャル島の戦況終日気になったが発表は今日もない。

神谷和男君来たる。帰ったことを恥じている。将来について不安がっている。

二月四日　金　小雨

市内全体に白霧におおわる。春のさきがけであろうか。

日響の切符のことで銀座に出る。街のさびれたこと。絵の展覧会を三ケ所見る。感あり。食事少ないためか、一杯のコーヒーにも行きあたらなかったからか、空腹で歩けない感じがして、早く引返す。バスが警視庁前に来ると乗り込んだ男、つれの者と「マーシャル島の戦果がまだ発表にならないが心配だな」「また玉砕かな」「マーシャルで玉砕したら日本は大変だ」と話して、顔を合わせて、口をつぐんだ。その恰好の面白さ。

気持のみいらだつがつとめておさえる。こんな時には、言葉をよいものにするよう、話す時でも一言一言注意しようと思う。よい日本語を使う運動でも起すつもりで、自分だけでもつつしんでかかる。

二月五日　土　曇

マーシャル島の敵上陸について発表あり、三島に上陸し、現に激戦中なりと。我本土の一部に確実に上陸したのだ。

井上女史来訪。みな銘々勝手な注文を持って来るけれど応じられない。岩見君より便りあり、小生の仕事について聞かして欲しいと言う。軍隊の中にあっても、激励せられるだろうと。

二月六日　日　晴、暖

よき日曜日なり。長女の入学のことで妻長女外出。末女をつれて、終日散歩す。

二月七日　月　晴

風なくてよき日なり、「懺悔紀」毎日心持よく書きすすむ。

重役会へ出る前に、丸善に行きてインキを入れてもらおうとして、壺を二ケ持参したが今日は売切であると。いつ入荷か分らないと言う。書物を二冊買う。三女のために『ハノン』を買おうとしたが、これも銀座で売切である。

二月八日　火　晴、北風寒し

土居君は芝浦の経理学校に移った由、便りあり、大に安心す。石川君長らく来たらず、病気でないか心配す。夜は常会。くみとりも各自すべしと言う。医療切符四十点と発表あり。最早人々驚かず。

二月九日　水　晴

嘉納君の奥さんの葬式が誠心女学院であるので出向く。十一時よりというのが、十二時十分前からであった。会葬者はみな昼食をはぐれたことであろう。久振りに会う人々多し。みな白髪になったと驚いている。お互にあの世が近くなった。

二月十日　木　晴

昼過正民君来たる。抽象的な話をせんという。今朝は米がなくて、家人は女中と涙を出したりして、まことに具体的なるに。

正民君を伴って、芸術院会員の献画を博物館に見に行く。途中石川君に会って、誘う。日本画は各自個性をたのしみて描くところ見ごたえあり、愉し、洋画は面白くない。伝統というものの有無が如何にも画面に出ていて、比較見ることはなかなかによし。夜二回戦果発表あれど、たいした戦果でもなし。日本海軍は何処にありや。

二月十一日　金　晴

暖かによき紀念節なり、中村君来たる。武夫君来訪。

二月十二日　土

沼津へ行こうとして行かず。木下女史来訪。水島夫人、石川君と来たり、水島君の神奈川に拘留せられたるを（二十九日）知る。その原因の何たるか不明、家兄や武夫君に問うことを約す。

二月十三日　日　晴、暖かなり

暖かである。鈴木鎮一氏邸で勉強会があるというので午後、子供等を全部つれて行く。演奏家は八人、三名はまだ練習しはじめて八ケ月ぐらいというに、バッハの「メヌエット」をしていた。他の五人は国民学校の三四年生であるが、モーツァルトやシューマンの「コンチェルト」を三十分ぐらい、大人と同様に演奏する。驚くばかりである。音の世界に純粋にはいって演奏していることが、心にくいほど感じられた。末女玲子もたいくつせずに聴いていた。終って、満州国皇帝から贈られた菓子をいただいて、子供等はよろこぶ。皇姪［愛新覚羅］慧生さんは玲子ぐらいであったが、すなおにバッハの「メヌエット」をよくひいた。

帰りは上町まで歩いた。春の夕のように穏やかであった。東中野に来た時には、暗く、時雨れた。

二月十四日　月　晴

家兄を訪ねて水島君のことを依頼する。戦争中であるから、なかなか面倒であることを知る。午後武夫君とホテルのロビーで落合って、聞く。思想問題には各大臣が神経質で心配しているので、どうとも手の下しようがあるまいと言う。長くかかる決意が必要であると。石川君も来合わせて、上野の松坂屋前で水島夫人と落合い、三町目の方へ歩きながら話す。家へ帰ったのは六時。

街はさびれ、憩う所もなくなった。当局は徴用工の思想問題を怖れているそうだが、各家庭では食べる物がなくて、弱っている。

二月十五日　火　晴

午前中は暖かだが午後に急に暗くなって、寒くなり、小雪さえちらついた。家に牛肉が少々はいった。肉と鮭で四十五円だとか。肉は半分、三木さんに分けた。練炭六ケもらったお礼である。午前中大江君を訪ねた。新潟から昨夜帰ったという。もち十きれもらった。子供等、明日のおやつができたと喜ぶ。午後明子さんがあまざけ一升持って来て下さる。飢えたような今日では食物は何物もありがたし。今日も三椀しか食べないで空腹であったが、夕食には何ケ月振りにすきやきをす。食べた肉がすぐ身につくような気がした。

二月十六日　水

朝は陽が暖であった。「懺悔紀」の最後の回にかかった。散髪後、倉崎君の結婚のことで樺君を訪ねる。粉雪がちらついて帽子にもつもった。急に寒くなった。風を引いては大変だ。毎日のように友人や知人が死ぬ。今日は河合栄治郎さんが死亡した。

ああ、今日も食物のことで家内中角を立て合った。

二月十七日　木　晴

朝、樺君を訪ねる。その途中に家兄の処寄る。父が上京して帰国したばかりだという。常夫君が病気で沼津に帰りたい意向だったと言う。樺君は起きたばかり、妹さんは婚約者がある由。他の女性を紹介してくれた。明日は沼津へ油をもらいに行くことにきめる。夕は音楽会だ。税金値上のための混雑には驚いた。夜はすっかり曇って明日の天気が心配だ。

二月十八日　金

沼津へ行く。八時四十分発の沼津行きのあることを知らず、九時十分にせり。九時十分は大阪行きで混雑せり。沼津も曇天で今にも降りそう。亀夫の家で魚油を二本もらう。教会ではみな海軍兵器廠へひのきしんだと言って留守。亀夫の家ではさつまいも、みかん、米二升、もらう。三十円謝礼する。木下さんでうどん二十もらう。十五円謝礼。亀夫は徴用で明日は身体検査だと言っていた。はずれでは二人徴用だという。村で四十八人で、これでは沖へ出る者はなくなるだろうと言っていた。村の生活の大変さをつぶさに知る。泊る予定であったが、四時二十分で帰ることにした。汽車には買出部隊が多い。箱根を越えると雪。駅から家まで、雪のなかを息を切らして持ち帰った。

二月十九日　土

起きたらば、一面の雪だった。晴れてはいたが北風が強く寒気は驚くばかり。左の肩が痛んで弱った。

二月二十日　日

昨夜、内閣大改造のあったことを知る。理由が分らないから、結局、戦局がうまく行っていないのだろうと想像した。多少風邪気だがねるほどのこともない。さつまいもとうどんで家の中がやや和らいだ様子だ。かなしいことだ。

二月二十一日　月

インキが売切になって長い間だ。丸善に電話で問合わせたがどうにもならないと言う。例の会に行く。トラック島の悲しい戦果発表になる。大なる負戦である。夜は町中暗くて、人々は悲しみに閉ざされていた。ホテルの帰途に落合へ寄る。石崎氏夫妻が来ているので会うためである。

家兄は近頃――に熱心で他の事に興味ない有様だ。

二月二十二日　火　晴、暖

防空群長になって初めての演習だ。女達の口数の多くて、動くことの少ないのには今更驚く。責任をのがれようとするのも甚だしい。組長の前の水槽にいつも水がないので、みんなで給水する。組長は水をいれてももってしまうといったが、兎に角、給水の練習のつもりで実行する。翌日になっても減水しない。

午後、阿佐谷の書店に行く。夜は今夜も電灯節約のため階下に集り、ために創作はできない。

二月二十三日　水　晴

阿佐谷の書店に行き、二抱の書物を買う。二階にあげてもらって、数冊選ぶ。主人には徴用が来たと言っていた。

和田君から便あり、横須賀兵団に移ったと。読書、読書。

二月二十四日　木　雨、寒

『若きモーツァルト』を読む。三百五十頁一気に読了。天才の成育について考う。

二月二十五日　金　寒し

ロマン・ロランの『ゲーテとベートーヴェン』を読んで感動し、戦争にあることを忘る。ロマン・ロランの魂の偉大を知る。

七時のニュースで南の二島で六千五百の英霊——二月六日玉砕したことを知る。音羽〔正彦〕侯のそのなかにあったことを知る。

夜、東中野小学校で組長常会あり、群長も出席す。空襲時に於て、資材の欠乏せることを知る。負傷しても自ら包帯せよという。医者にたよることの絶望なるを知る。空襲時の常備薬をもらって帰る。いよいよせまった感がする。

「懺悔紀」は五十回で終ろうとしたが、もう一回書かしてもらうことにする。

二月二十六日　土　暖、晴

朝、文学報国会から名古屋地方出張のための旅行の切符と旅費とを、突然持参せられた。一人で立つことにする。

書庫の中の整理をする。空襲時のために書庫をもっと利用しなければならないと思う。

二月二十七日　日曜日　晴

暖、十一時の急行で名古屋へ行く。名古屋の町の変り方に驚く。バスもなくなり、電車は交差点でなければ停車しない。清英君は泊り、土屋君を訪ねる。

二月二十八日　月曜日

午前中に県庁に出向いて軍事課で打合わす。十二時の汽車で大高町へ行く。久野一夫氏を訪ねる。名古屋を出発の頃からあやしい風と雨になる。大高町の役場で話しているうちに天気になる。久野一夫氏宅で、もちのご馳走になる。

五時頃帰名。万平ホテルで、土居事務官と篠田君と会食。敵の機動部隊がグアム島を襲ったニュース。

二月二十九日　火

米軍がアドミラルティ諸島を占領（ブルーワー作戦）

天気だが寒い。政府の非常処置が発表になる。

朝七時家を出る。八時の尾三バスで平戸橋でのりかえて小渡まで行く。バスの時間三時間半、疲る。旭村に到る。成瀬たみ氏訪問、帰名したのは夜七時、ぐったり疲る。

三月一日　水

二時四十分急行で帰京。帝高の廃校になりたるを知る。

三月二日　木

寒し、疲労。常夫君が沼津へ帰農したいということで、家兄と相談。

三月三日　金

朝八時から防空演習。人々は戦々兢々たり。いつ空襲にあうかも知れない状態である。政府が国民を信頼しないのを怖る。末敏君夜おそくまでいる。雛を祭る。

三月四日　土

長女の専攻科入学を校長に依頼、諾。長女は余り喜ばず。女子挺身隊へ行きたしと言う。最後の夜だからとて、錦水に招かれる。町では、大戦果があったが、国民が安心しすぎるから発表しないのだという噂がとぶ。疎開のことがやかましく、人心萎びし、暗雲にとざされたる如し。その噂の真偽は知る由もなし。しかし、政府の国民心理を握らざることおびただし。

夜九時半帰宅。十時半まで長女に話す。

鉱工場には、近頃銑鉄もコークスもない日が多いそうだ。石川島自身にないのだそうだ。それで、日本の増産のできていない所以が分るような気がして心配だ。

三月五日　日　月、雪

朝から終日大雪である。今日から総ての贅沢がなくなって、浄められるという天意か。『セザンヌ』を読む。百六十頁前後は涙ぐんでしまった。近頃芸術家達の生涯に興味を惹かれて、いろいろの人を読む。愛知県へ出張した報告書を書く興味がのらず。困ったものだ。

三月十六日　木曜日

朝新聞を開くと矢田津世子さんの死亡した記事が先ず目にとまった。心になりながら、この前大谷さんから手紙があって見舞も出さなかった。大谷さんの悲嘆が矢田さんの死亡したことよりも胸にせまった。十二時から一時まで告別式だと書いてある。昼をすませて急いで行く。移転してから初めてだったが、中井駅の前を通ると前方を行くのが円地文子氏らしかったので、後を行けば分ると思ってつづいて行った。高台で見晴らしのよい所だ。移転通知状に、家から富士山も見えますと嬉しそうに書いてあったのを消してよこしたことを思い出した。人間は大事な時にくだらない些事を思い出すものだ。お焼香をする。棺側に林芙美子さんが立っていた。二年振りぐらいだが、外套を羽織っている様子が maya のようで一寸驚いた。私も暫く立ってお見送りしようと思った（まだ火葬前だと聞いたので）。大谷さんは涙で目を赤くして、どうしたらよいか分らないと言っていた。川端君がお焼香に来られると林さんは家の内へ案内した。私は渋川［驍］君と外で立っていたがすすめられるままに上へあがった。片岡［鉄兵］君も来られた。林さんが何事も効果を考えて言ったり、したりすることが、この時ほど強く感じられたことはない。林さんは気付かないらしいが、気の毒だと思った。その気の毒さに惹かれて帰途川端さんと林さんの家へ寄る気持がした。それに三月二十三日、林さんは信州へ疎開するということであったから。一時半頃、矢田さんにお別をする。化粧して美しい。しかし、私はこの別れは悲しくいたましく、いやなものだった。半時間もつづいた。私は死んだ時には、誰にも見せないで、静かに葬られたいものだ。蓋を開けるか否かに、林さんは「原稿紙とペンとを入れてやって下さい」と叫ぶように言った。「大谷さんはいますか」とも言った。私は人々の背後から黙っておがんで、後はずっと遠くに佇んでいた。余り眺めるのは死者に無礼だと思った。

川端さんと林さんのみごとな家へ行く。母家の方は支那のホーさんという人に貸していた。離に行く。林さんは赤坊をもらったと言って育てていた。泰ちゃんと言うのだそうだ。たんどくができて頭を包帯していた。お母さんもお年をとって小さくなられた。コーヒー、にぎりめし（白米）乾柿をご馳走になる。乾柿のうまかったこと。私は日響があるが先にお暇もできず、川端さんと四時半頃までいた。林さんのお母さんが塩をふって迎えてくれたことが嬉しかった。穏やかな夕方、川端さんと東中野の方へ出た。途中の古本屋で川端さんは熱心に本をあさった。『八雲』に書けとも言った。

家に帰ると五時過ぎていた。みんな食事中だった。大さわぎで出掛けたが、四谷についた時は、六時五分前だった。運よく自動車が通りかかって乗った。四円くれと言った。六時十分に着いたが、丁度はじまるところだった。指揮者尾高［尚忠］はお召にあずかり、これが最後で入隊するとアナウンスしていた。実際指揮者の表情は悲壮そのものだった。私はどうしても音楽に同化できなかった。

三月十八日　土

朝暖な雨、夕はつめたい雪になった。くろがね会の会で、X少佐の密談会があるというので、風雨をおかして出掛けた。読売の講堂はつめたくて全身冷え切ってしまった。少佐はラバウルから帰ったばかりの色々の話である。それから私の知ったことは、アメリカの強味は物量ばかりではなくて、そのすばらしい機械化の力であること。恐らく、我が軍のフィリピン上陸などは百年前の戦法だろうと思われることだ（フィリピンやジャワ上陸などの戦記から察して）。日本では昨年十月まで敵機の襲来は短波で知ることができず、十二月までは敵襲の十分前、今日漸く三十分乃至四十分前に知ることができたということである。

海軍は（陸軍も）飛行機の増産がないのはさも国民のとがのように言うが、油断して今日にいたったと言うことを、事なく言えたら、それこそ立派なことで、国民も、そうではない国民がいけないのですと、喜んで協力するのに、国民心理を知らない。集った人々がみな不安そうなのに、軍人のみが立派に見える、不思議な時代だ。人々は軍人を神の如くあがめて頭を垂れている。軍人の言うことを至上の命令と拝聴している。軍人は戦争をする人、いくさびとではなかったか。

四月二十三日　日

朝晴れて暖、急に曇って雷雨、午後晴れて、寒くなった。

腐植土をはこび入れて、庭の畑をつくる（約一時間）。午後二時に大瀬君来訪（三時半まで）。もち六個もらう。二時から阿部光子女史来訪。夕食をともにして八時頃帰られた。ねぎらってやりたし。モーパッサンの『死の如く強し』を読む。

風邪なかなかなおらず、早く床にはいって読書す。昨日読了した『馬琴伝』のことから、目を大切にしようと思いつつ、ベッドで読書する悪癖あり。姉光枝一ケ月半ぶりで沼津より帰る。母親の目ははかばかしくないらしい。きりぼし鰯の乾物を土産にもらう。

四月二十四日　月

終日快晴。畑に菜の種子をまいた。九時半より十一時まで防空演習。することもなくて、全員で避難所を探す。濱田氏の邸の防空壕を見学す。横穴式の立派なものである。

『孤絶』第二部の六を漸く書きはじめる。二枚なれど、この調子で書き初めたいと思う。夕方名鉄の中村君たけのことふきのとう持って訪ねてくれた。思えばたけのこの季節であった。昨日上京したそうだが、東京駅の待合室で弁当のつもりで持参の握めしを食べていたら、背広の紳士がその二三を分けて欲しいと申出たとか、それで東京の食糧難がどれほどか知ったと話していた。夜、武夫君が落合へ来ているので訪ねる。話は総て食料のこと。まだ食料について語っている間はよいのであろう。卵一ケ七十銭だとか。

『死の如く強し』を読み終る。山口県の読者より『孤絶』は小説か随筆かという往復ハガキあり。

四月二十五日　火

終日細雨。子供等、靖国神社の祭礼のために休日、散歩に出たしと言って聞き入れず。如何なる訳か午前中よりねむくて寝台にあって読みつねむりつ。夕刻貝屋が大きな水魚をとどけて来た。六円五十銭とか。八人分に料理して塩をふったが、手はいつまでも生臭かった。

四月二十六日　水

終日家居。天候定まらず不順である。栄養不良のために気力も少なし。いつ死んでもよいと心をきめて仕事をしておこうと奮いあがって、『孤絶』第二部の六を書きすすむ。ややよし。

『バルザック全集』を読むことにして、『シューアン党』を読みはじむ。

高木幸一郎君、上海から大連へ転任になった通知。岩見君は水戸へ移っての最初の便あり、鹿児島が病気とは、胸でも悪いのであろうか。神谷様より卵二十八とジャガイモをいただく。神谷様のおかげで栄養を得ているような昨今である。花屋の老婆はふりそでを売りに来た。四百五十円と言ったがことわる。風邪なかなかなおらず。人の死ぬこと多し。毎日死亡広告が多い。

四月二十七日　木　快晴、南風、暖

牛乳三合とどけて来た。昨日家内が牛乳屋に心づけをしたからだ。もう医者の診断書はいりませんと言っていた由。牛乳屋は牛乳が少ないので、公定の家に配給しているだけでは、生活ができないそうだ。統制と自由主義時代との同居の不合理の現われであろう。ほんとうに牛乳の必要なところへ配達せられるであろうか。午前中仕事。卵と牛乳で久振りに空腹でなかった。庭へかぼちゃの種子を三ケまいた。

長女の源氏解釈本を神田に探しに出た。十数軒目で漸く発見した。古賀書店に寄って、ピアノの古い譜三冊買う。

銀色の飛行機が二百機ばかり飛行していた。十字路に立って交通整理をしていた大学生の勤労報国隊も、空を仰いで眺めていた。美しかった。三週間ぶりぐらいで外出して驚いたことには、外濠の端の傾斜地まで畑にして、テニスコートも野球場も畑になっていた。隣組であろう、人々が集って耕作しているのが電車から見えた。

飯田橋で沢山の遺族が乗りこんだが、みな電車はかけさせてもらうものときめているらしかった。

留守中に石川君来たる。四時に再び来たる。徴用がいよいよ来た由。五月三日に体格検査だという。藤田晴子さんから切符三枚送ってくれた。

四月二十八日　金　終日淋しい冷雨

春らしい雨でなし。昨夜の不謹慎のためか、朝食後午前中寝てしまった。朝紅茶をのまないとねむくなるか、気候の変化がすぐに身体の状態にひびいて来る。老いたのであろうか。午後は仕事と読書。バルザックの『シューアン党』を読み終る。これを書くことでバルザックは自殺から救われたのであろう。『シューアン党』の象徴性についてはバルザックはどんな考があったか正確には知らないが、作者のこれを書く精神は哀れであり怖ろしい。しかし、私には傑作だと言われる真意がよく分らない。

郵便物が一通もなくて清々しかった。隣組の公債買収問題の面倒なことは閉口だ。

四月二十九日　土　天長節

早朝晴、急に雨、後晴れるという不思議な天気だ。

三女国民学校からパンをもらって喜んで帰った。みんな飢えているような様子である。

四月三十日　日　晴

午後十二時半、親様お立寄り下さる。三時お帰りになる。近藤さんいのこって、八時半までいる。近藤さんと越部さん宅へ行く。親様越部さんにお泊り。十一時辞去す。

五月一日

暖かだ。いろいろ心になること多く終日うつうつたり。畑をつくって心をなぐさまんとす。夜、毎日の推薦音楽会を聴く。富永るり子氏のピアノと浅野千鶴子氏のソプラノとを初めて聴いて、ともにその技能に感心す。木きんは最も喝采を博したが音楽にはあらず。平岡〔養一〕氏の低い態度に熱中する聴衆に同感できず。バルザックの『ユルシュウル・ミルエ』を読み終る。金欲に捕われた国民性を面白いと思う。しかしこのなかに描かれたスエーデンボルグの幽霊に最も興味を持つ。音楽会に横にいる洋装の婦人も背後の背広の青年も、五分の休憩時に弁当をひらいて食べ始めた。

五月二日　火　晴

今日も暖かで五月らしいが、日ざかりは夏のようである。

表の庭をなおして畑とした。昼から銀座へ出た。一ケ月ぶりだが、店はさびれ人通りもなく、茶をのむところもない。

藤田さんの祝品を買おうとして、探したがよい物はない。みきもとでブローチを買う。二十五円と定価があったので選んだが、支払になって六割の税をその上支払うことになった。

山野へよって、ピアノの小さい曲の音譜を買った。約二十。倉崎君の結婚祝をさがしに松屋に行ったが、何もない。倉崎君を社に訪ねて、希望をきく。紅茶茶碗が欲しくて田舎でも探したがなかったと言う。お若というもといた女中が、洋装でパーマネントしてみちがえて訪ねて来たが、夜になっても帰らず、よく聞いてみると工場を休んで浅草へ行ったのを、兄にしかられ出て来たのでおいてくれと言う。説諭する。

五月三日　水　晴

例年のように疲れ易くていけない。仕事は今日もできなかった。表の畑に豆をまいた。バルザックの『アデュー』を読んだ。敗戦の怖ろしさが激しく描かれていた。子供等のしつけということに心をくばらなければいけない。若という娘には兄宛の手紙を持たして夕方返した。越部君から折角もらったいんげんの種子が、全部今夜の夕の膳に出ていた。怒るにも怒れない。

五月四日　木　晴、夕曇

誕生日である。『孤絶』第二部やっと快調で五枚書けた。うれし。表の畑に豆の種をまいた。明子さんが誕生日だからとて菓子をつくって持参してくれた。とてもうまい。上落合より柏餅八ケもらったが、明子さんがいたので私が食べないことにした。明子さんは晩食を終えて帰った。配給米にあずきを入れて赤飯にしたがうまかった。石川君からハガキで徴用検査は不合格らしかった由。マードックの『ショパン評伝』を面白く読む。

五月五日　金　曇

むしあついくらいの天気である。曇天で時々雨が降った。朝高砂からお電話で、十一日にお祭だという。午前中『孤絶』書けたり。午後散髪して、昼寝をする。栄養足らずに疲れ多し。ありがたいことに牛肉と林檎とが手にはいった。双方とも闇なり。野菜は四日分で大根一本であるから林檎を野菜の代用とする。夕食後末敏君来たる、六月にジャカルタへ行くことが内定したと。胸をあつくするような愛情が持てないことが不幸だ。ショパンは仲々面白いが大仰だ。

古賀［峯一］連合艦隊司令長官の殉職の放送を聞く（七時）。飛行機事故か、戦死と言わないのは。

朝雨のおかげで防空演習が中止になって助かった。

五月七日　日　晴

神谷氏に誘われて、急に朝子文子をつれて相撲を見ることにする。子供等は藤田さんのピアノが午後なのを、無理に午前にしてもらった。藤田さんにはお祝のブローチを持たせてやった。十一時頃正門前で待ち合わせることにしていたが、子供等が早合点して出掛けたらしいので、藤田さんの家の前まで行ってみた。

お茶の水からのバスが五月一日から休止して、都電も乗換切符を出さないので仲々面倒であった。藤田さんの門前で佇んでいるとピアノが聞えた。二十分ばかり佇んで音も聞えなくなったので、ベルを押した。子供等をつれて、水道橋駅へ行って神谷さんと落合う。後楽園球場へ行ったが全部敷物になれないので、ただあわてているばかり。とにかく座布団をかりて席を白衣の勇士席の背後に取った。

陽があたり、夏のようだ。国技館よりも、田舎の子供時代を思い出してよい。苦戦してやっと勝ったちちの里が家へ帰る前に球場の芝生へ出て来て、子供等と語っているのも面白い。しかし相撲は好きになれない。非常に疲れた。バルザックの『追放者』を読み終った。

五月八日　月

文報で会があるのだが、浅見さんの告別式があって出れなかった。この会は情報局、ジャーナリズム、文報などの性格を知り、その三者がこの時代にいがみあっている様子を見るのによいものだった。しかし、この会一つでも作家は権力者によるべからざることを知らされた。突然武夫君夕方暇ができたとて訪ねて来た。めずらしいことである。用もないが落合氏の例のことを話したいらしかった。珍しくチキンコロッケを十ケ肉屋が届けてくれたので、夕食に引きとめる。豆腐もあり、大ご馳走だと喜んでいた。七時半から常会なので武夫君帰る。常会は食物の不平会になった。奥さん方は他の家のごみための中を見て、その家の食物を想像して、銘々他人の闇のルートを探しあっている。凄まじいことになった。会場の外山さんで、コーヒーに砂糖を入れたのが出たのを感謝しながら、今日なお砂糖の今日分の配給のないのをかこつことで、外山さんに皮肉を言っていた。春の宵で月がよい。

五月九日　火　晴

よい日だ。庭作りと『孤絶』だ。落合が寄る。例の問題を語る。武夫君の気持を伝う。自薦でなく、国家で有要な人物を送るという風に努力すべきだと話す。夜朝子と一時間公楽キネマで「爆風」を見る（防空群長として責任があるので）。九時帰ると間もなく、武夫君から電話で、今朝応召になったので明夕送別の宴を張ると言う。驚く。九時に十分、名古屋より藍川氏が小使をつれて来たる。一泊の予定というが急に暴風が吹いて来たようだ。

五月十日　水　曇、南風激し

藍川氏がいると家中落着かず。午前中落合氏とどまる。

人間五十近くなって、正しきことのみなし、正しきを言おうと切に思う。強くならなければ。中延へ出掛けに背広の浅野君訪ね来たる。一泊の休暇が出た由だが、それならば空襲の心配はないと言うことか。序に石川君宅に寄って三葉を少々とどけ、六時半小山邸へ行く。竹の子半分三葉とを土産にする。八時半頃小山先生も名古屋から帰られた。七時半より送別会。一男君に二年振りに会った。十二時近く帰宅。思えば会話は総て食料問題であった。

八日に武夫君が訪ねてくれた時には、応召の事実を知って、それを秘していたことは、武夫君のジャーナリストとしての信頼せられている証左であった。

五月十一日　木

武夫君、十時十分発で新宿から松本に向う。長女と小旗を持って新宿へ行く。汽車にのったとたん、入場券の発売をしていないから、出るように追払われた。ホームをかえて、電車のホームから同盟の清君と発車を見送る。万歳に武夫君はてれている。小山母堂が送って行かれたのは嬉しかった。それから高砂へ行く。大祭である。にぎりめしを持参したが、全部の参詣者に昼の弁当が出た。さぞ大変だろうと驚く。おつとめが終るまで待って急ぎ帰る。日響へ行く予定があったから。朝子が藤田さんの稽古で帰りを五時まで待つ。その間に肉屋が闇であげられたからと八百屋が教えに来た。大急ぎで日比谷へ行ったが、やっと間にあう。ブラームスの「ピアノコンチェルト」に感心する。ピアノは井口氏なり、その音のするどさよし。

昼は南風であつくるしかったが、会場を出ると北風で寒いくらい。九時半帰ると家内や末敏が起きている。

五月十二日　金　晴

ドイツ軍がクリミア半島から撤退

よき天気なり。今日も畑いじりに『孤絶』。未知の婦人より電話にて、『孤絶』を一本是非さがして欲しいと言う。出征している良人からの注文であらゆる書店をさがして手に入らないと。

花屋の老婆来たりて幾時間も下でしゃべりて、書斎で落着かず、家内に対して怒りを感ず。親様は今夜あたり離京なさったのであろう。

五月十四日　土　晴

今日も畑いじりに『孤絶』。『バルザック全集』をこの際読んでしまおうと思う。昼すぎ中村やすのさん、名古屋から上京したとて、立寄られる。博君との問題で多少こだわりがあるらしい。引きとめたけれど知人の所へ行くとて二三時間で立ち去られた。トタン屋の彦垣さんが終日樋をなおしてくれた。すくない野菜がこの暑気でいたむと家内がうるさく言うので、待避壕内に籠をつって入れるようにしつらえてみた。『冬の旅』を読んだという人があったので、出版元へ献本分をもらいたいと電話した。全部売切だという返事だ。困った出版元だ。大戦果なくて長し、北支京漢線全線の占領が発表になったが、支那にまだこれほどの大作戦をするということは悲しい。

五月十五日　月　晴

朝から防空演習、次の隣組と共同で行うことになったが、指導員達の形式的なことには驚いた。

小山夫人から電話で、武夫君を送ってもどったという。入営の状態を知る。千鶴子女史も松本へ行かれた由、姉妹の仲のよいのがうらやましい。毎日畑だ。収穫はなくも畑で土に親しむことが収穫だ。

五月十六日　火　曇、むし暑し

朝から不快、悪いところがある訳でもない。不快でも『孤絶』二枚書けた。シャルドンヌの『結婚』を読んで、『孤絶』のいたらなさを心もとなく思ったが、これも身体が弱っているからだろう。万里閣へ電話して、『冬の旅』を届けてもらった。X女史が大豆二合ばかりを手袋から出してわけてくれた。女史のこの心づかいに、『冬の旅』の無断二千の検印のことを強くとがめられなかった。五月分の砂糖が〇・五斤ということで、昨日から配給になったが、半月もおくれていたので、店の前にえんえんと行列をしていて、ついに売切れて、今日もならんだが買えなかったと言っていた。配給券を持っているのだから大丈夫だと、家の者を安心させるのに骨を折った。一貫目百七十円になったと言っていたが、いざ買おうとしては、百七十円でも手に入らぬらしい。来る人がみな砂糖を貫百三十円で手に入れるから百匁ぐらい分けると約束して行って、誰も実行した人がない。面白い世の中だ。米は今日配給になったが、豆かすがいっぱいで、そのままでは食べられないようだ。

五月十七日　水　曇、時々小雨

朝、『台湾公論』の山川氏が来たる。「愛情」の原稿を渡す。印税の内渡五百円を受ける。そうした習慣だという。

昼食後、家兄、倉崎君、坪内君、木下君、末敏君と次々に訪ねて来た。末敏君は南方行きが発令になったと言っていた。

五月十八日　木　曇、十五度

近頃『孤絶』と畑とが仕事なり、火災保険来たる。戦争保険と震災保険とが強制的になった由、五万円につけて、二百二十五円の保険料を支払う。新橋の一雄君からにんじんを取りに来るようにと電話あり、五時半に新橋に出向いて、四貫目、こんざつの電車の中を運び来たる。三ケ月ぶりぐらいに銀座に出て、街々のさびれ、人々の物悲しそうな様に驚く。山野でピアノの曲譜を買う。沼津の父より手紙あり、『懺悔紀』を喜び、九日夜管長の泊りたる際に面目をほどこしたることを書きたる。喜ぶ様目に見ゆ、孝行をしたことになった。

父の手紙には、心は和んだが、栄養が悪くて身体は衰えたと書いて来たが、長女が体格検査で十キロ体重がへったと言って悲嘆したり。お米でもたらふく食べたいと言っていた。

五月十九日　金　小雨、十二度

朝からねむかった。訳は分らないが栄養と関係があるらしい。小山夫人から電話で、武夫君が十六日に既に北支へ出発したらしいと言うことだ。あわただしいことだ。兵隊ではあるが老兵で、既に二人の父であることを、お上は忘れているのだろう。戦争はいけないことだ。不幸だ、世界中が不幸だ。『武士の娘』を読む、子供等に読ませるによい。

五月二十日　土　曇、時々小雨

石丸〔助三郎〕氏の夢を近頃よく見る。この人は私にどんな影響も与えた人ではないのに、私には生涯忘れられない人だ。奇怪だが、愛の切なさをこの人によって教えられたのかも知れない。『孤絶』ややはかどる。夜七時突然警戒警報発令となる。家族全部を指揮して、水や電灯について、万全の準備をした。女学生に魚のソーセージが配給になった。神谷さんから卵三十六もらう。林檎二十四ケ五円で買う。

五月二十一日　日　曇、時々小雨

警戒警報発令中、昨夜は洋服をつけたままで寝苦しかったが今日は空襲警報の出なかったことを喜ぶばかり。家のなかのものを色々まとめて倉庫に入れた。午後松井さん坪内君と来たる。大和からだと不便多かろうと思ったが、もてなしようがない。夕方通りに出てみた。人々は防空服装でなく出ている者が多かった。昨夜のサイレンが明快でないために、警戒警報でないと思ったものがあったとか。大谷藤子様宛に手紙を書いて郵送しない。桂ケイ子女史の画会のことを気の毒に思う。

五月二十二日　月　快晴

昨夜はズボンを脱いで休んだ。女学生は休みかどうか問題にしていたが、三年以上は通学ということであった。山形の渡辺久良子氏から長文の書簡あり。

家兄が昨日沼津へ行ったか気になって見舞う。下の子供二人防空ズキンを持ってついて来る。二時頃解除の声を聞く。安心して、そのまま家兄の家から散歩して帰る。二十日に南鳥島に空襲のあったこと、五時に発表せられた。クシャメのみして風邪らしい。隣家の大学生二十五日から名古屋へ出動することになり、各戸で煙草二ケずつ買って贈ることになり、五時に煙草に行列。四十人にしか売らないと言っていた。肉を食わざること一ケ月半、魚を食わざること六日。

五月二十三日　火、快晴

一週間ぶりで夏場所の千秋楽を小さな子供等喜ぶ。喜ぶことの少ない日々である。女学校の四五年生に動員令下るという。町で会う人々みな悲しい顔で、敗戦国民らしい。お上では激励すれど民は意気沈む。駅前のビアホール（というより、国民飲酒所とか言う）六時半に開店というに四時半にすでに行列は一町もならぶ。子供をつれて散歩していると、行列のなかの工員らしき男「俺達のような貧乏で働く者は、アメリカになっても損はないよ」と隣の男に言う。それを聞いて憤る者もなく、へらへら笑っている。「学生の工場へ動員は、工員のサボタージュのためだ」と、行列のなかの若い工員が話している。「ビールをのんでから、雑炊食堂へ行くのだから、あした力も出ないよ」と他の工員が言っていた。

今夕、突然肉と魚と一度に配給になり、肉屋は闇で六円肉をとどける。闇をことわれば、この次からは届けないという。闇なれど安くて、おいしく、一ヶ月半ぶりなので、食べるとすぐ身につくような気がした。肉も魚も食う。栄養にはなるまい。二千五百円山一証券の横田君に渡して、投資信託とする。大谷藤子氏、渡辺久良子氏に手紙を出す。

五月二十四日　水　快晴

畑と『孤絶』。『孤絶』は過去の再現のような感がし出した。安田晃君の霊前に『冬の旅』を送る。死したるはやはり悲し。前の家の細君が家の前に佇んでいて、商人が出入りしないか警戒していたという。困ったものだ。桂ケイ子女史の個展を見る前に外務省へ行って芹沢純子氏の就職を頼もうと出掛けに、神谷和男君来たる。東京に出るのをやめた。松井さんの子供で中学三年生が、動員されて三ケ月工場へ通勤してすっかり変り、「工員徽章があるのでビールをのめるから」と喜んでいるという話が一番心をひかれた。通りに二度出てみた。人々はあわただしく物悲しい表情で、食をあさっている。家兄も沼津より帰り、沼津の家の米の不足で、おちおち泊っていることもできなかったと語っていた。家でも女中がごはんを食いすぎ、瓦斯を使いすぎることを、みんなで神経をやむ。『冬の旅』二千の検印紙を渡す。X女史に林檎三ケ新聞につつんで女史の手提袋に入れる。ひな子さんから悲しい手紙あり。

五月二十五日　木、曇

私に日記を渡すように遺言して亡くなった娘の友人という女性から切々たる手紙が届いた。しかし、午前中不機嫌でどうにもならない気持だ。やむなく午後町へ出て、桂さんの絵を見る。工芸化して、その狭隘な画境に賛成できない。日満人の展覧会も見た。教文館でグールモンの『文学散歩』を買う。近藤書店の出版部へ行って、三谷〔隆正〕さんの『幸福論』を買う。肥った紳士の社員か社長が一人いて、色々話しかけた。『幸福論』は一般読者に難しかろうかと。各楽器店に寄ってみてから、帝海へ行って橋本氏に会う。二ケ月振りである。リッツへ行って、ブドー酒二杯をのむ。二杯のブドー酒をのむために、人々はひしめきあって二時間も待っていた。電話を二時までにかけて、一日二百人と言うことだ。集った人はお互にやせたと言いあい、食品の話をしていた。

七時に帰宅。留守に大谷さんが訪ねて来たとか。末敏君が待っていた。来月十六日にジャワへ出発することに決定したとか。

五月二十六日　金　曇、むし暑し

木下女史、学校の帰途、芹をたくさん土産に寄った。元気なのは嬉し。大谷さんが来はしないかしらと心待にして終日家居した。牛乳四本おいて行かれた。夕、林檎を二十四ケ八十銭でおいて行った。

五月二十七日　土　小雨、十八度

昨夜おそく、今日八時半から隣に二人ずつ出して勤労奉仕だという知らせであった。群長だから出ろということらしかったが意味が徹底しないので、この前決めてあった隣組勤労奉仕順に従って、久保田さんと自家から出すことにした。小雨のなかを防空壕を掘って、一円ずつもらって帰った。海軍記念日だが昨夕は大鳥島に敵機動部隊が襲撃したとか発表あり、重苦しい不幸な毎日である。「懺悔紀」の最後が届いた。これでよし。まとめて出版を早くしたし。父が亡くならない前に、父に献じたい。庄司智枝子氏と宮坂勝氏に手紙を書いた。

帝海から百七十五円着いた。これがこの月の稼だかだ。今日は牛乳五合来たる。不思議だが、五合あっても栄養はとれない。

創作と読書とは面白い。このよろこびがある間は生きていられる。今日は心穏やかに暮した。総ての人が利己的になってしまったが、じっくり我慢して、仕事を喜ぼう。

五月二十八日　日　快晴

朝、下の二人の子供等と表の畑にさつまの苗を九本植え、二十四粒のラッカセイを播いた。庭から南瓜の苗を一本表へ移植した。さつまいもの苗とラッカセイは杉立さんからいただいたもの。表の畑はれんたんの灰が多くはいっているのでよくないらしい。米ぬかをやったためか、雀が畑におりて、わるさをして困る。

今日から三十一日まで、面倒な夜間の避難くんれんがあるということが、おかしなでまが飛ぶ原因になって、晩に灯火管制をしなければいかんと、事務所（町公）の女事務員が言ったというので、群長としてそう群内に伝達していた所、夜九時頃になって小川さんにたずねたところ、誤解と分り、急に明るい心になって群内にそう伝達した。茂君の友人来たりて、夜九時より十一時まで語る。天理時報社より最後の稿料来たる。

五月二十九日　月　曇天、涼し

昨夜おそかった上に寝苦しかったのに、朝、次女の清掃のため早く起きて、ねむかった。ねむいと朝食一杯だ。大東亜戦前は朝一杯でも痩せなかったのに、近頃は二杯食べて痩せるのだ。家内は医者の証明書を持って区役所へ行き牛乳の配給を受けようとしたが、第三順位の者の牛乳は配給停止だと言って、悲嘆して帰る。牛乳屋は自家用のをくれると親切に言ってくれるが、近所がうるさい。畑の苺二粒みのる。採りて神棚にあげて、末女と一粒ずつ食う。清々しい味だ。昨日播いたラッカセイを雀がいたずらして掘り出してあった。表の畑で豆の発芽しなかったのも雀のいたずらであったろう。

庭で、末女に、いもむしと蟻の生存競争を忠実に観測させた。可哀相だと言っていたが、双方を土に埋めてしまおうと言う。誰からも一通の便りもなし、珍しいことだ。『孤絶』は十枚書けた。万歳。

昨日も今日も家内は末女をつれて菓子の配給所へ行ったが、配給がないと。それでいて、産業選手にはいつでも配給しますと言っていたと。銀行には十時まで、債権を売りに来る者が一杯だ。息苦しいような情勢だ。河南作戦の戦果を毎日誇張して報道するけれど、誰も喜ばない、みな憂深い顔色をしている。向いの久志さんでも横穴式を掘り始めた。

六月一日　水　快晴

前田老人の死を知る。

六月一日　木　晴、曇

田中氏が朝六時に訪ねるという前夜の電話で、余りよくねむれなかった。七時になって、十時に訪ねるという電話だった。十時に会ったが特別の用件もなし。大阪商人と思えばよし。

終日、仕事もせずに暮す。ラバウルにいる二十万の兵をすてるつもりであろうか。神様、戦争をやめて下さい。人間の自由意思と神というものについて考えること、これほど甚だしいことなし。

六月二日　金　晴

前田の老人死亡のため、沼津へ行く。八時四十分発。十二時着。香貫の稲葉の老婆を見舞う。うどん粉をもらう。石田に一泊す。水口大教会の先生方に会う。

六月三日　土　晴

岳東の客間に泊ったが、のみがいることと、石崎氏の鼾のために眠れなかった。三時間も眠ったか、疲れた。前田の家で弁当をもらって十一時半の汽車で帰る。家へ帰っても八時半に就床。昨日汽車へ行く列車のなかで『ファーブルの生涯』を読んで、余り涙を出すのを、前の人がいぶかっていた。

○前田の長男が洋服屋なのに洋服地をやみで買って金儲けをして、それを自慢して、「近頃は環境がよくて」と言っていた。

○米三俵を千円で買いたいと思っていたが、百姓屋に行って米が欲しいと言ったらば、夜自転車で二俵とどけて来たとも自慢していた。洋服地との交換だと言う。百姓が洋服を着たがっていることは驚くべきだとか。

○喪主なのに、教会用の喪服を着せないことを怒って、その夜十日祭に（十日祭を早くするというのも戦時だと言う）裸になって話しかけていた。亀太郎達の話では喪服のことは気がつかなかったと、父はお詫びしておこうと言っていた。

○十一時半の上りの乗客は大半買出部隊だ。ホームでおくれた列車を待ちながら、お互に自慢しているのを見ているのは、あさましいが面白い。沢山買った男の自慢顔も。

六月四日　日　曇、暑し

ぐっすりねた。長崎君から赤坊の練乳を半年分百円で買って欲しいという手紙あり。原稿生活の大変さの一例である。

千葉県下へ出動した神谷君からは牛乳二合のめることが幸せだと書いて来た。ビルマ派遣の木村君から飛行往復ハガキが届いた。『ファーブルの生涯』の下巻を読む。

六月五日　月　曇、時々晴　二十七度

心配事あり。長崎君に百円送る。電信で送ろうとしたが東中野ではあつかわないと言う。苺が三十六粒収穫があった。昨日も三十粒。食べるにはおしい位に赤く美しく小さい粒だ。家内中に分配するのに骨を折る。

ビール瓶で米つき六本。『孤絶』の十にかかった。ファーブルを終る。生き方について考えさせられる。文学でもこんな風に生きたいと思うが。バルザックの『農民』にかかる。

六月六日　火　晴、夕立　連合軍によるノルマンディー上陸作戦（オーバーロード作戦）発動

苺四十九粒の収穫あり。Uriage St Martin 時代の子供の日記を探して読む。『孤絶』を書くためであるが、

仲々面白い。万里閣より『冬の旅』の印税五百四十円来たる。

夕方、明子さんの母堂卵を持って返しに来たる。妻は夜雨のなかを林檎を買いに出たり。神谷様より野菜と卵をもらう。魚又が配給の魚を横流にしているというので、あちこち不平が出ている。日本閣が開店してから横流ができたようだが、日本閣の主人が警察や軍に関係があるのだから仕方がないということだ。

米英軍セーヌ河口に上陸のニュースを聞く（七時ラジオ）。夜は恐ろしい雷雨。

六月七日　快晴

六時半に起きた。すぐニュースを聞きたくて。米英軍の上陸について、終日ニュースを気にかけた。カーン地区二十粁、一粁のはばの地に上陸されてしまったらしい。今日のところ先ずドイツ軍に利あり。『孤絶』の七を書き換えはじめた。朝家兄が寄り妨げられる。一時半三木氏来訪すぐ帰られる。前田君を訪ねる約束があるので出掛ける。コーヒーを一ポンドもらう。

水交社に自動車で行って夕食せんとしたが、軍人のみというので帰る。鯖三匹配給あり。塩焼にしたが味よくなし。

岩見君より心打つ二枚のハガキが届く。夜三浦環のラジオを聞きてその衰えたるに憐れをもよおす。畑のラッカセイ漸く二三発芽す。台所のごみを総て畑にいけることにしたが、はいが多くなって困ったものだ。植木屋の主人が死亡したという。つい数日前に来たばかりなのに、風邪に入浴して一日で死んだと。

六月八日　木　快晴

朝六時半に日本閣に集って、防空について警察よりの指示を受けた。九時から十二時まで防空演習をする。疲れてねむい。一時十五分出発して、新宿で小田急の小田原を買おうとして切符なし。途中まで買い、相模大野で小田原を買う。宮ノ下のホテルに五時半過ぎ着く。涼しく緑美し。夜重役会、十一時寝る。ホテルの夕食に砂糖のないのに驚く。

六月九日　金　曇

七時起床、十時発仙石を経てバスで塩尻に出て、湖を渡って元箱根に至る（十二時）。大衆食堂でまずい昼食、箱根へ着き、箱根ホテルで再び昼食。パンはかびが生えていた。三時半発バスでホテルへ帰る。若い男女の遊覧客の多いのに驚く（母親達のヒステリカルな状見るからに不快、三件）。仙石には独乙人の疎開者の多いのも一驚。九時半就寝。

六月十日　土　快晴

七時起床、快晴心地よし。午前中テラスで読書。一時半出発。二時半の小田原発の汽車で帰京、東京はむしあつし、村上より魚をもらい、末敏君の送別会をなす。つづいて家兄の家へ行く。一雄君もおる。十一時半帰宅。

六月十一日　日　曇、むしあつし

起きぬけに郵便三通あり、三通とも学生。岩見君は料亭に出た席に秘密に書いたとて、悲しい文なり。戦死を覚悟なり。宗田君も朝鮮から病院へ見舞った者に内証で投函を依頼したいという文なり、話二つあり。神谷君は千葉の勤労奉国地から。畑の手入れ。『孤絶』を始む。立派な小説を書かなければ、この学生兵たちにすまない。子供等の音譜を街に探しに出たがなし。砂糖一貫百円で届けてくれた。

六月十二日　月

むしあつく雲って、心持のよくない一日だった。三女が江ノ島へ遠足に出ていたが雨でないのが何よりだ。午前木下女史が訪ねて来た、原稿をおいて去る。三菱銀行へのこりの証券をも保護あずけす。午後子供等のピアノの譜を買いに新宿に出た。けいめい社の音譜も売切だという。驚いた。新宿の街も駅近くが疎開になるために閉じて、人出も少なく侘びしい。『孤絶』。ジョイスを読む。
○東中野通の隅に下駄のはなお作り器を売る老人が座って、人々に作ってみせていた。みんな集って買っていた。下駄屋の主人も立って眺めていた。はなおを買っても下駄がなくてはと、主人は笑っていた。すりへった下駄でもはなおをすえかえればはだしよりましですと、若い細君が怒ったように答えた。その下駄屋の主人は、下駄の配給になる前に、闇でみんなに下駄を売っていた。
○新宿の楽器屋には客はなく女の売子が四五人かたまって話していた。米がこんなに少なくて痩せちまったけれど、アメリカでも二合六尺の配給かしらと。
○魚屋には十一時頃から鮪がはいっていたが、ななか配給しないので、又横流しだろうかと、細君たちがよりより協議していた。五時頃から配給になった。幾月ぶりかにさしみの配給だが、おなかをこわしはしないかしらと心配しながら、みんなは鮪の切身をささげるようにして持ち帰った。

六月十三日　火　曇、やや涼し

六時起床、珍しい。仕事をしようと思って早く机に向う。九時石川来訪、四時まで引きとどめた。昼食には台所方は心配もし、困りもしたらしい。夜、鮪の刺身を特別に届けて来た。昨日は一円六十銭で全家族分に十分であったが、その三分の一で、三円だと家内は言っていた。夜、佐藤君の母堂訪ねられる。大学入学の問題で相談。佐藤君も旅順である。手紙も立派であった。初めて終日一本の郵便も来たらず。

六月十四日　小雨　梅雨

浅野君より来信、『孤絶』七枚、緒明氏より子供のために『平家物語』を探しいという依頼。早く戦争が終りますように。人類の理知に絶望してしまいそうだ。戦争をつくるのは民衆でなくて、ごく僅かな人々で決定せられる、その人々が悪魔にみいられているからであろう。そう思う以外に絶望だ。

六月十五日　木　曇

米軍がサイパン島に上陸（サイパンの戦い）
米軍のＢ29が中国の成都を出発、翌日未明に北九州の八幡を爆撃
東京へ空襲、大村・沖村父島・母島に被害

散髪に早く出る。散髪もこみあって、順番を待つ世になった。しかも、親切はなく、番がくれば二十分ぐらいで簡単にかたづける。料金も六月から税ぐるみ一円三十というが税についての受取は示さない。腹がすいてめまいがしますと言いながら剃刀を持っている。一寸こわい。その留守中に末敏君がお別れに来たと。靴下二足とガーターを餞別に渡した。明朝八時発でいよいよ出発なので、逗子へとまるという。やや風邪気味で午後休息。大江君来訪、談なかば（五時）に警戒警報発令になる。直に準備。早くねたしと思う。野菜なくて、畑の菜を大半おいてしまった。清より男子出生の通知あり。父の代筆らし。

六月十六日　金　曇、時々晴

今朝二時に北九州に敵機二十機空襲し、その十機を墜したというニュースあり、サイパン島に敵上陸、小笠原島にも敵機動部隊の襲撃があったというニュースあり。総ておどろく。今日出航の予定だった末敏君は遂に出航せずに、帰る。家で夕食したが、米の不足から一人でも客があるのは弱る。野菜も魚もなにもなし。あすの朝が危険だから皆早く寝るようにという。米の配給あり。砂糖の配給あり（六月分）。隣組全部喜ぶ。銀行から預金を出しておかなかったことを夜になって家内心配す。

六月十七日　土　曇後小雨

今朝も空襲なしに朝を迎えたことを喜ぶ。

野菜も何もなかったが、終日空襲のことを思えば、食料の不足は思わず、しかし、近頃貧血には弱った。空腹は我慢できても、立ち上りにぶらっと目のくらむことあり。

ドイツの無人飛行機の威力がロンドンで問題になっているらしい。この新兵器が戦争の終末を早くするかも知れないとさえ報じている。日本の飛行機増産はどうなっているか、どう使用しているか。心細い。下の子供を二人つれて、家兄の家へ行ったがちょうどパンを焼いていた。子供等は銘々の配給のメリケン粉だからと言って、台所でこそこそ食べていた。二人の子供が物欲しそうなので、すぐお暇して帰った。

用意のために四円預金をさげた。木下君から手紙で妹をひまをもらいたいと申出た。先日お父さんからの便もあり、今月中に暇をやるより他になかろう。

六月十八日　日　晴時々曇

今朝も空襲なし。ただサイパン島上陸の敵はまだ壊滅せず心配である。防空服装で近所の責任家屋をまわって、資材等のてんけんす。一時に警報解除となり、ほっとする。しかし解除となっても、ふだんとちがって明朗ならず。アメリカで宣伝につとめていたB29が北九州の空襲に参加していたのだし、この飛行機は何時重慶から飛来するか分らない状態だ。ともかく、解除になって喜んで落合へ行くと、末敏君がマージャンをしていた。やはり出航しなかったらしい。明朝は出航できるからと喜んで、横浜へ泊ると言っていた。夜八時すぎ、書斎で『孤絶』を書いていると、突然警報が発令された。解除になったばかりの後なので却ってあわてる（九時十分ぐらい）。末敏君が玄関で挨拶して五分後ぐらい。明日も出航できないのだろうが、いよいよ明朝は危険だと思い、北九州の経験などを心にしながら寝た。

六月十九日　月　曇　　マリアナ沖海戦

今日も無事。家内は予定通り入院するといってきかない。それもよしと運を天にまかす。末子にまきもちをくれるために末二人をつれて大江君の家にさやかちゃんを訪ねた。大きな柳行李二ケ荷物して、私の家の土蔵に入れてもらいに行くところだと言っていた。大江君も指導員らしく物々しい服装で、その二ケの行李を背負って行ったのには、その力に驚く。

入院後、末子もおとなし。木下三郎君、勤労奉国隊から帰って、沼津へ行くとて立ちよりて昼を食す。川崎冶金に一ケ月奉公して、日本は勝つという信念をうしなったと言う。労働者の労力低下とサボタージュとは想像以上で、六割五分の出席率だと言う。光枝君のことは、大体この月中に国へ返す約束す。

四時、再び解除。ほっとする。ラジオニュースも何となくせいさいなし。どうした訳か。防空壕の蓋をつくれと叫んでいる。

六月二十日　火　曇、夕小雨

名古屋の父より電話で今夜東京へ着くという。なるべく来て欲しくないように電話す。夕小雨となる。末子を案内に果物を買いに出る。九時半、父はおともを同伴して来たる。

六月二十一日　水　晴

家内退院。さわ女手伝に来たる。明子さん野菜を持って来てくれた。昨日父の上京の電話の頃には野菜が絶無で心配したが、次第に集って来た。神谷さんから肉下さる。豚肉なれど豚と言えば父初は食わざれば小牛なりと話す。皆やわらかでうましと喜ぶ。橋本氏沢山土産を持て来たる。和船でセメントをはこぶのだという。夕、父が機嫌のよいのを見て、清隆君のことを頼む。一時に機嫌を損ず。理解しがたし。骨の髄より物質主義者、我利我利亡者なり。

六月二十二日　木　曇

朝父達出発。暴風一過。さわ女来たる。小山さんより電話にて、武夫君牡丹江にありと。安心す。岩見君、水戸のレストランにてと手紙あり。二三日前より『有島武郎全集』を読む、なかなかに面白し。

六月二十三日　金　晴

家内の医者来たる、二三日で起床もよしと。今は世界を挙げて精神病なりと、医者らしいことを言う。サイパン島を占領せられたらば直に疎開すべきことを思う。長崎君から来信。応徴で名古屋の三菱重工業工場へ行くと。驚く。

六月二十四日　土　晴

所得税決定通知書が届く。不可解のことがあるので、直に税務署に行く。署内既に人でうずまる。みな涙顔なり。泣いている婦人もあり。東郵の見返金一株十四円と決定せられているというよりも、東郵から通知のあることを知る。せん術なし。今年は九千円の税金なり。茫然とす。帰途電車にのるのも忘れて、ぼんやり新宿へ歩く。戦の日なり。何も手につかず、『有島全集』と Reuan の『ジュス』を読む。サイパン島の飛行場は占領せられたるらし。相良子女史来訪。

六月二十五日　日　晴、南風

午前中、新宿へ子供二人つれて出る。駅前の雑炊店に釜やなべを抱えた婦たち子供等をつれて、群がっていた。新宿の商店は殆ど閉じ、伊勢丹には子供をつれた婦達えんえんとならんでいた。みな妊婦らしかった。背に子供をくった婦の腹部はふくれて、明というよりも驚くほどの怖ろしさ。夏のお産はこりごりですよと、大声で話している婦もあった。妊婦用のネルが配給になるのだと言っていたが、数百人の婦がみんな二三人の子供をつれてならんでいる、これでいいのか。

午後阿部光子さん、『平家物語』をかして下さる。緒明氏に依頼されて、やっと阿部さんにおかりできた。午後四時なのに、まだ駅前の雑炊屋前には鍋持つ婦達が群がっていたとか。大変な世なり。
夜、群長組長の集会国民学校にあり。下駄も配給になって、一戸宛て年二足ぐらいしか配給できないと。はだしで歩く日も来たるべし。防空については悲嘆すべき怖ろしい話。すぐ明夜隣組常会を開く決意す。十時までかかった。いつ死するか分らないと切実に感ずる。

六月二十六日　月　曇

常会を開く。十時半まで。

六月二十七日　火　晴

武夫君より来信あり、元気なり。三時から帝海の総会。終ってリッツで葡萄酒二杯。

六月二十八日　水　晴

サイパン島は大半占領せられたらしい。憂鬱を越えた感がする。永田さんでも早朝から馬力に荷をつんで疎開していた。家でも土蔵をたよっていられない気になる。終日家内米のないことをかこっていて不幸である。今夜は九合の米を七合たくことにした。しかし、不思議なことに、うなぎと魚と特別に届けてくれた。

清君に二十円祝として送る。亀太郎君が病気だと落合で聞く。勤労奉国団員として炭坑に長くいて冷えこんだからであろう。『キリスト伝』を読む。暑くて苦しいほどだ。

六月二十九日　木　晴

夏らしい日がつづく。夕食はついに飯なしデーで、ふかしパンで我慢した。神谷さんから卵と野菜とをもらった。それで助かった。

午後銀座へ出て、石井鶴三の展覧会を見ようとしたが、一時から抜打警報で銀座は店をしめて見れなかった。

女中が一人になった時のことを考えて、洗濯はできるだけ自らしようと、下衣二枚と靴下とを洗う。すぐかわいて心持よし。神谷和男君から来信あり。千葉の農地で水の少ないのに農家で閉口している模様を書いて来た。

銀座裏の強制疎開地の家屋のつぶす様を見て、ぶざまなのに驚く。いざ空襲になったら、人々の荒々しさが思いやられて、怖ろしい。

六月三十日　金　晴

一高の清君が訪ねて来た。七月六日に最後の記念祭を行うから出席するようにということである。『孤絶』をあついけれどつづける。ほんとうに何時死ぬか知れない毎日だ。今日を大切にして、この作品を書き終ってしまいたい。

七月一日　土　晴

木下女史来訪。小説を読んで返す。雑多ではあるがこの調子ならばよしと言って返す。辻本女史の原稿五六百枚を一寸見せる。本人の勉強のためによいかも知れない。

『孤絶』は十一にかかった。『ジュス』はなかなか人間と風土との関係が面白く書かれていてよい。

庭の豆を十ケ収穫す。光枝君明日帰国するので三郎君が挨拶に来たる。神谷君に書物を送る。三郎君は富士の麓へ教練から帰ったばかりでねむいと言っていたが、十日から九月まで再び勤労奉仕だと。小山夫人から電話で三日に沓掛に行くとか。今日の南風と暑気では、私もぼんやりしていて、この夏が思いやられる（三十四度）。

七月二日　日　曇後雨

光枝君帰国。これからのぶ女一人だ。足の病気がなければよいが軽いちんばをしているので、心配になる。カリエスではないかと怖れるが本人は頑として医者に見せない。それでいて、胃ならば、この辺が痛む筈ですねと、胃辺をおさえている。腰の痛みが胃痛でないので安心しているらしい。

昼食がないので、ふかしパンを作るという。子供等とのぶ女で騒ぎたてるので、台所へ出て、パンコをねってテンピの使用法を話した。実においしくて、かすてらのようなものができた。大成功である。運よくバター、ウドンコ、粉ミルクがあったからだが。しかし、もううどん粉はない。今日米の配給があったが、豆のみ多くて、黒いこと。又私がつかなければなるまい。小田君から電話で兄の家へ行く。シャツ一枚でいたが痩せたようなのに驚く。兄よめは買出から帰って、ジャガイモを買ったと得意であった。家でもジャガイモを欲しいと思った。葡萄酒とウイスキーとを僅か一合ぐらいずつ配給があった。政治をもてあそんでいる者の犠牲のような気がする。葡萄酒が各家庭で薬とでも言うようだ。愚かなり。米を得ようとすれば、面倒で、高慢で、運搬人はチップを毎回脅迫する態度だ。前田万寿江という未知の女性と一高の学生から長い手紙あり。返信を要す。

七月三日　月　曇後晴

女中が一人というので、子供等早起きして掃除などして助けた。この調子ならば、つづけばよし。『孤絶』なかなか快調なり。

午後、明子さん来訪、二時より六時まで両親の不平を述ぶ。父の顔を見たくないので逃げ出したいとさえ言う。困ったものなり。父は非人情で冷血漢、母はヒステリーとののしりて、己がその娘であることを忘れたる如し。悲しいかな。聞く方で努力をしていることに気付かないらしい。野菜の配給あり、十三軒の隣組に大根一本、きゅうり二本なりと。八百屋も綜合会社になってかわったが、政府が制度をかえる度に、配給は悪くなって行く。それを政府は制度をかえたから配給はよくなる筈だと説教ばかりしている。

七月四日　火　曇

朝九時頃、警報が発令された。女中が一人になったがともかく総の準備は早く完全になった。ただ待避壕がこれでは心配だが、死んだ植木職をうらんでもしかたない。夜は黒岩さんが留守のために、代って事務所に詰めかけた。七時から九時半まで二班に分れて、灯火管制の状況を視察、それからは二人ずつ組んで二時間交替で徹夜ということであったが、風邪気味であるので、第一回にまわしてもらい、九時半〜十一時半。しかし十二時までおる。事務所で歓談にふけっていたが、なかなか睡むくなく面白かった。父島に敵機来襲というニュース発表あり。

七月五日　水　晴

よくねむれず、午後五時解除、夕七時柴田〔徳衛〕君来訪。馬鈴薯、落花生少々もらう。十一時帰らる。

七月六日　木　晴

疲労。サイパン島玉砕のデマ飛ぶ。デマでない気もする。ともかく、東京空襲必ずあるべきことを思い、沓掛行について荷物をまとめる。冬も沓掛にとどまるやも知れず。

七月七日　金

朝せき甚だしく疲労。小山より電話ありて、防空壕を見に行き造ることを依頼する。但し、資材があるか分らずという。三千九百円なりと。命を思えば金はなんでもなし。石川君の所によりて、八時頃帰り夕食。

サイパン島で日本軍が全滅

七月八日　土

北九州に一時敵機来襲。そのために予定の防空演習はなし。防空壕をつくる家に電話を十回かけて要領を得ず。朝、群内の防空壕調整を久保田夫人となす。疲労。前夜のせきの甚だかしりためならん。家の子供ジフテリヤと聞き、家内は私のとジフテリヤと心配して、中村医院に行く。右肺にラッセルが聞えると言う。静養をとくと勧告せられる。驚く。午後二時間の安静を守ろうと考う。気分もよくなし。服薬す。家兄は沼津に避難を求めて行きたり。夕方植木屋に行きてたのむ（待避壕の改造）。疲れてねむる。

七月十一日

神谷様に荷物五ケあずける。

八月一日　火　晴

朝、組長の引継を受け群長の引継をした。

十日ぶりぐらいでやっと晴天になった。その十日間毎日気持が悪くて悲嘆していた。今日はややよし。女中が播州へ行くと言う五日に。行くなら行け、一人で留守をする決心をする。すいとんを作ろうとしたが女中はできないと言う。いもを洗い、総て自分一人でした。少年時代にしたことが役に立つ。芹沢純子氏来訪。岩見君のハガキ感動する。長崎さえ女史の手紙で塩沢さんの縁談に期待されて困ると思う。かんぶつやの主婦来たり、闇のことを話して去る。

ワルシャワ蜂起

八月三日　木　晴

午前中、組長の仕事、収金。牛肉屋が肉を十円持って来てくれた。焼いて食べた。直に肉になり血になったような気もした。氷を買いに出て冷蔵庫を用意す。肉を腐敗させたくなかったのだ。米屋が隣組に米を配給したが遂にわが家に配給なし。昼に米屋に電話したところ、夕方届けるとの返事であったが、遂に届けず。

夕方、木下女史ソーセージとトマト二ケ、イモ一ケ持って来てくれた。おのぶ今日も駅に立って切符を買えずに悲しんでいたので、一男に買ってもらう。夜九時二十分、ホームの助役を訪ねて神戸の往復切符を買う。藤川さんより手紙で、岩見君来る十日卒業との知らせあり。

八月四日　金　快晴

鋳物などを集めて町会役場に十一時持参。帰途氷を二貫を買う。町会に現金を渡す。厄介な仕事なり。前日にしんのくんせいで失敗したが、今日もらえたので安心した。午後になって肉の配給用の容器を集めよという話あり。夕七時に思いがけなく警戒警報あり。驚く。

八月五日　土　快晴

女中が播州へ行く。一人でこの数日頑張る決意。
十二時四十分警報解除となる。その早きことを喜ぶ。
落合の子供二人来たる。二人分のぶた肉配給になったが落合へやる。明子さんが野菜を持って来てくれた。感謝す。あしたから留守番に来てくれると言う。
子供等より手紙来たる。

八月六日　日　快晴

明子さんが朝から来てくれたので助かる。米なしデーなり。

八月七日　月　小雨、割に涼しい

朝六時半頃、黒岩さんが回覧板を届けてくれる。一人なのに驚いておつゆなど作って届けて来た。困った親切であるが感謝す。一時から空襲時に於けるサイレンなどの変化による練習す。氷を買いに出る。双方の手にさげて雨のなかを帰る。東京新聞社から原稿の催促あり、一時間にして二枚書いて送る。田辺氏『孤絶』の批判を『春秋』に発表せられる。その理解の深いことに感謝する。『孤絶』第二部をつづける元気を漸くとりもどす。

八月八日　火　小雨後晴

今朝も明子さんが来てくれる。今日も氷を買いに出る。女中十一時頃播州から帰る。今日は雑炊日である。総て感謝してたのしく過そうと思う。小磯〔国昭〕首相の演説六時半にある、抽象的で感銘少なし。もっと具体的な施政方針を聴きたい。こう陽陥落。米軍ブレストに達す。小山から電話あり、武夫君が沖縄に行ったと。沖縄が主戦場になることもあろうに。前田君ジャカルタ島に赴任すると。みな危険に赴くようで心配だ。

八月九日　水　晴

ねむりがたかった。今朝手紙を書こうとしたが書く気持にならず。漸く身体が暑気になれたらしく、『孤絶』を書きつづけることができた。食物よからず、米不足して、二人で三合なれば、一日二杯しか食べず。自家製パンで補った。ただ、バターある故にうれしい。報道は衡陽のことばかり、大宮島やテニヤンの戦況はどうなっているか。

田辺さんと和田君とに手紙を出す。

八月十日　木　晴、暑し

一昨日立秋であったのに、今日の無風むしあつさはどうだ。『孤絶』を書く。林語堂の『我国土、我国民』を読了。支那を知るとともに日本を観るによい書物だ。夕方氷取りに行く。一日一つは苦労を我にかす。三村亜紀子氏、長崎満二郎氏より来信あり。おみよ、小山家へ女中をつれて来る約束を二日間はたさず。

グアムで日本軍全滅

九月二十五日

○柿について。本年は六十もなったろう、木を植えてからはじめてのことで、よろこび、根に灰をやったり施肥をして、いつくしんで、実の熟するのをたのしみにした。雨が少なかったためか早く色づいて、八月末には黄色くなった。九月上旬子供が三人ばかり布袋をもって盗みに来た。偶然台所の窓からみつけて、叱ると逃げて行った。その時十ケばかり採られたらしい。その頃はまだ味もなかったろう。間もなく色のよいのを取って試みるとなかなかの味である。野菜と果物のない時なので、よろこび神前にも供え、沓掛にいる末女に荷物を送るのに四ケ入れてやった。お彼岸になると、黄色な柿が目立った。沓掛にまた送ろうとしたが、もう暫く待つことにして、僅かに二ケ取って送った。ところが彼岸の中日の日の午後、都立四中一年生が三人で柿をとっている。驚いて声をかけると、逃げもせずに、手に十ばかりして、「ね下さいよ」と言って、なおも枝を折っている。「まだ熟していないぞ」と怒鳴って外へ出ると、漸く逃げ去った。翌日は休日だ。数えると木には二十七ケなっていた。ところが、一時のラジオを聴いていると、その間に前日の中学生が二十四ケもぎとって、逃げる時にわざと大声を出して行った。実ばかりか葉までもぎとって、木はあわれに立っていた。中学生も堕落したものだ。食物にうえているのか、道徳がたいはいしているのか、なげかわしいことだ。三つの実を大切に今朝も眺め上げたが、今にまたとられると思いつつ、なお採る気にならなかった。

十一月五日　晴

茂君友人と来たれりと落合より呼びに来る。九時半行く。彼の軍服姿を初めて見たり。十時頃警報発令。空襲警報となる。彼は戦友と二人、警報発令の場合の指示を受けて来なかったからと心配している。富士の裾野に演習した時の報奨で学校で三名外出をゆるされたのみだと言う。戦友達からハガキを買って来てくれと依頼を受けたとか。町でも八時に局前には百人以上の人がならんでハガキを買う故に。朝だけでハガキは売切なり。

午後二時、砂崎氏の葬儀のために、防空服装で出掛ける。要町で下車した時、警報解除になる。

夕、ビール一本持ちて、上落合に行き茂君達と夕食す。彼等は七時十五分前にあわてて帰る。九時四十分の千葉発の汽車に乗る由。偶然に柴田君よりハガキあり、茂君に示す。

十一月六日　月　晴

朝子風邪で休む。十時警報発令さる。

友軍機であったことが分る。一時頃解除されたが、警戒を要するという。全国書房の神屋敷君、『新文學』の創刊号を持って訪ねらる。清潔な雑誌のできなり。天気なれば庭の萩を全部かり取る。どうだんをかりこむ。今夜も警報を期して就寝。

十一月七日　火　晴　　ゾルゲ事件：リヒャルト・ゾルゲ・尾崎秀実が処刑

朝子風邪で休む。八時までねていて、神屋敷君の電話でめざめたり。天気晴朗なり。

一時、急に警戒警報つづいて空襲警報なり。敵機来襲の鐘二回聴ゆ。待避壕にかくれた。来襲の鐘が空襲警報よりも早くした。家の者をいそぎ待避壕に入れた。敵機はB29二機だったそうだが、一機ゆうゆうと走って行き、高射砲は下の方で爆発していたし、我機も下方を走っていた。三時解除。砂崎先生の七中葬はどうなったろうか。

ペロションの『ネエヌ』を読む。

今朝早くサイパン島を空襲して二十B29を撃砕したという発表あり。

十一月八日　水　寒曇

朝子登校、工場に朝八時――夕四時の組に編入方を依頼する願書を持たしてやる。帰っての話に今日から第一工場になって、十時間立ちつづけて疲れること夥しいと。何事も、お国のためという言葉で、ごまかすらし。

散髪に行ったが、十日まで疎開児童の散髪に行くので休日とあり。終日警報なし。寒く夕方より雨、こんな日に空襲になったら大変である。

十一月九日　木　晴

暖で警報なし。「人間」〔昭和19年11月～？『新文學』〕三回目を書く。沓掛の人々より書信あり。向うも寒いというが、どうすべきか。

舟橋〔聖一〕君の『岩野泡鳴伝』を読みたり。

夜、常会杉田様にてあり、十時半まで。みな不平会の如し。

十一月十日　金　曇

終日家居、今日も警報なし。さわに沓掛に行ってもらおうとしたが、一雄君から電話なし、さわ女に彼の家を訪ねて切符を受けとってもらうことにした。夕方、一雄君寄らる。

果物屋に行きて、林檎と蜜柑とを十円買う。

敦子女史より来信。

十一月十一日　木　曇、寒気

朝、散髪に行く。仕事に手がつかない。寒い。

ひな子さんから手紙あり。もう四十九日になると。

兄と大江君来たる。大江君は倉の荷物の冬物を取り出しである。鮪を八円買う。闇なり、久振りにまぐろのさしみを食い、てりやきにする。

桂林陥落の発表。B29、十時に東九州に八十機来襲、雲上より投弾して去ると。B29は支那の基地より来たると。

文子の送って来た綴方帳を読む。総て優である。なかなかうまくなった。玲子の手紙あり、早く帰京したいと。

十一月十二日　日　曇

寒い。五時、十三時、十九時の三回、一時間ずつ防空演習あり。女中は四時に行きたいというが、三回とも女中を出さずに自分で出る。実際に空襲ならどうであろう。

金江より速達あり。

電話昨日より故障で、親様の御出でかどうか分らず。

王精英の死が発表になる。南京に遺族が着いたと言う。

十一月十三日　月　快晴

毛布をほした。電話二三日故障で通じず、幾度たのんでもなおらず。やむなく昼過ぎ小山を訪ねる。鉄かぶと持参。小山の防空壕の立派なのに驚く。

出掛けて間もなく父が家兄と来たという。残念に思う。戦果発表三あり。

柴田君と鈴木弘との寄書のハガキを受けて驚く。二人が同班であるとは！　二人のために祈る。長崎君より便りあり。

十一月十四日　火　晴

親様が御上京なるを知る。電話五日間通じず。漸く午後通じたるために知る（昨日小山へ行きたる時九十円入りがまぐちをすられたことを、今日洋服を着て初めて知る）。晩、兄をさそいて高砂に行き、十一時帰る。

岩見君比島より飛行郵便をくれる。驚くとともに喜び、直に返事の飛行郵便を出す。返信飛行郵便付なり。

十一月十五日　水　快晴

お祭りにて快晴、女中九時に出発、午後二時まで家居、それより高砂行、九時半帰宅。明日親様お出になることを女中心配して、オセンチこの上なし。人間意気地なし。

十一月十六日　木　細雨

お昼飯というので支度して待つ。二時にお出になる。自動車なくてお困りの由。五時板橋へお立ちになる。高周波の常務、宮本夫人、浅野夫人等来たる。

十一月十七日　金　快晴

越部氏に親様を訪ねて昨日の礼を述べる。風寒し。十二時帰宅。失いし財布出ず。不思議なり。沓掛と速達の往復。夕、落合を訪う。

十一月十八日　土　小雨

国恒君に財布を寄付す。女中働かずに弱る。木下女史来訪。火を欲しいほどの寒気。米より麦をよりわけてつく。

十一月十九日　日　快晴

女中、午後高砂に行く。我儘にて困る。女の子の我儘には、もう堪えがたし。終日家居、静かな夜なり。

十一月二十日　月　晴

寒し。家内達は二十三日に帰ることを主張する。僕が二十五日に迎えに行くというのに。原因はのぶ女が奥さんの留守のうちにはいられないからおひまを下さいと手紙を出したのによる。大きく人類のこと、文化のことを考えないではいられない。Clérambault を読み終った。

十一月二十一日　火　曇

落合に行きて、明夜久美子さんに泊ってもらうことを頼む。久美子さんは同級生の葬儀より帰宅す。三日前まで工場に勤労報国隊として働きたる由。而も葬儀は淋しく、上るべき部屋もなき貧しき家なりと話す。夕方、一雄氏に会うて（新宿で）切符をもらう。誰か乗客がひかれて、そのために一時間ホームに待つ。

十一月二十二日　水　雨、快晴

七時に家を出で、八時の上野発に乗る。こみて横川行の列車。晴れて雲をいただいた富岳を小さく見る。

峠までは紅葉なり。高崎でみかんの奪い合い、三十銭の袋入の蜜柑なり。前に掛けたる赤坊を抱ける女の話面白し。東京より親知らずの次駅の寒村へ疎開せる若き女なり。峠を越えると満目これ枯木なり、空は晴れて、日光は黄金の如く、美し。

バスはなく、家まで徒歩。文子駅まで自転車で迎えに来たる。寒からず。寒いと言いたる人々の気持不可解。

八時には就床。

十一月二十三日　木　快晴

七時、既に陽は出で、夏と全く異なりたる風景なり。我が家は終日太陽を浴するような位置なり。庭には枯葉がひきつめて、小鳥の歩く音も聞ゆ。荷造の小林来たる。

十一時五十分の汽車に乗ることにしたがなかなか忙しい。やっと四十五分前に大きな荷物を持って家を出ず。徒歩なり。

途中、自転車の青年に駅まで荷をたくして、やっと汽車に間に合った。生駒氏の坊ちゃんだと後で知って恐縮する。荒居氏と同室、軽井沢で乗り換えてやっと腰掛けたり。荷物をもっての旅はなかなかなり。

五時帰宅、茂君、正民君来訪。

十一月二十四日　金　快晴

マリアナ群島のサイパン米軍基地からB‐29が東京を初めて空襲
東京へ空襲、品川・荏原・中野・杉並・板橋・足立・江戸川・武蔵野・保谷・小金井・東久留米に被害

午前落合に行き挨拶。十二時一寸前、警報の発令に空襲となる。昼食前なれど一家で待避壕に入る。八機へん隊であるとラジオは言う。高射砲の音、半鐘の音、飛行機の音。波状攻撃で並に次に数機へん隊で来襲だと言う。

敵機の見えぬ間に玄関に行き靴に代える。玄関に鈴木夫人が立っている。買物の帰途だったというのを待避壕に招ず。十二時半、一つずつ林檎を食う。一時二十分、鈴木夫人は鉄かぶとを借りて家へ帰って行く。二時、壕へおひつや茶碗をはこんで、大急ぎで昼食する。玲子壕内で用便する。二時半過ぎ解除。群長来たりて、小滝橋に不発弾落下すと言う。落合を見舞う。壕がないので家にいたとか。夜、小山より見舞の電話あり。早くねる。意外に疲労す。

十一月二十五日　土　曇

昨日は七八十機であったことを知る。杉並区と荏原区とに被害の多かったことを新聞で知る。

十一時半警報。急いで昼食にする。数機南方海上にありとラジオが言う。一時間ばかりにして解除、小笠原島上空よりマリアナに帰りたりと。三時半頃長女と明子さんの家を訪ねてお礼を言う。父上に会う。

中島飛行機会社のあるために付近に被害が多かったらしい。今日親様は大宮であろうか、こがであろうか。銀行から税金を納めてもらうことにす。

十一月二十六日　日　快晴

二階を掃除して、これから落着いて勉強せんと思う。完全に掃除もできた。十二時半頃、警報、一機というのでさわがず、ただ荷物を多く倉へ入れる。己の著書を全部倉庫に入れた。二時半解除、二十四日のていさつらしいと言う。何かしら騒々しい。三女の学校のこと未解決のままなり。外出することが心配で、どうにもならず。

十一月二十七日　月　曇

東京へ空襲、赤坂・渋谷・城東・江戸川に被害

漸く仕事を始めた。家兄来たる、高砂に電話す。親様昨日お帰りしたと聞いて家内は呆然とす。昨日川口のお祭もしませずに引き上げられた由。今日は曇天なれば空襲もなかろうとて、家兄は帰宅す。花屋の老婆来たる。昼食終ったとたん警報発令。二時半解除。四五十機の編隊雲上より盲爆せりと。昨夜朝子に休むように話したのに帰りがおそくて心配す。数回地ひびがしたが何処に被だんしたものか。

十一月二十八日　火　晴

昨日の空襲は代々木がひどく、海軍館の破壊されたことや、東郷神社のこわれたことを、人々は噂にした。晴れて今日も定刻に空襲があろうと、人々は午前中に外出す。

長女は神谷さんから野菜と肉とをもらって来た。阿部光子さんも午後来る約束なのに、午前十時頃来て、すぐ帰られた。一本の□□を土産に持って来た。一本の大根を紙に包んでお礼として渡した。

落ちつかない。しかし空襲なしで一日終る。目出度し。

十一月二十九日　水　曇

東京へ空襲、神田・日本橋・芝・麻布・赤坂・浅草・本所・深川・城東・江戸川に被害

今日も心配なり、七時まで空襲なし、飯田橋に行く。総ての人が防空服装である。飯田橋の駅で電車を待っていると五十がらみの紳士、鉄かぶとを肩にして話かく。「今日もありませんでしたね。空襲を待つようになっては敗戦ですよ。これもサイパンを取られた東條の奴のおかげですよ。あいつは東京に今でもいるそうですが、よく切腹しないでいられますね」と。私は答えることを知らず。そばの四十ばかりの女が「そうです、サイパンを取られたのは東條さんのせいです。東條さんは自分一人で戦争しているつもりで油断したんですよ。東京が空襲されたら日本はまけですよ」と。家内も午後神谷様にたえ子さんの結婚のお祝に行く。七時頃、牛乳屋来たりて、今夜一時空襲があると告げた。牛乳屋は防空担当者であるが信

じてよいか分らない。七時のニュースで我方では二十八日の夜と二十九日の朝二回、サイパン大宮島を空襲したりと言う。それならば牛乳屋の告げたことはデマであろうと安心してねる。

十一月三十日　木　小雨

昨夜十一時半、警報発令、直に起きて雨戸を開ける。二十分にして空襲警報、驚く。東京湾に照明灯を投下したというラジオ。間もなく、爆弾投下らしい地響。壕から出て見るとすぐに東南方に火の手あがる。その頃から小雨。第二編隊来襲を聞いて再び壕に入る。地響。腹にしみるような地響で、腹のなかが上下する。無事にすぎます様に祈る。第三編隊は投下せずに去るという。雲上盲爆。壕から出れば東南方の火の手は明なり。新宿であろうか。三時、空襲解除、ほっとして雨戸をくって寝につく。警戒警報解除と叫んで通る。安心して眠ろうとするが寒く脚部冷えてねつかれず、四時再び警報発令。直に空襲である。東南方の火の手はまだ消えず。入壕。投爆の響。祈り。間もなくすぎたが雨しきりなり。南方に他の火の手あがる。子供等壕にあきて出でんとするのをむりに止めしむ。玲子壕にてねむる。五時解除、ともかくねる。九時起床。次女を休ませる。

神田地方が火災なるを知る。僅か二十機侵入したりと発表あり。被害は少ないと発表があったが、どうも神田地方は甚大な被害だったと街の噂である。みんな早く休む。

十二月一日　金　雨天

いつ死するや分らず、『離愁』〔昭和20年12月刊〕について田中秀吉氏に依頼状を書く。雨なれば空襲もなしと多少安心。明子さん、さまざまのものを持参する。柿五、にんじん二、あさり、さつま。米の配給はじめてまざりものなし。さつまいも十一月分として、一人四百匁の配給あり。隣組配給にて、下衣類くじであてたり。文子の学校の問題心にかかれど行かず。

十二月二日　土　晴

晴れた日は空襲なきか心配なり。終日なければ夜あるだろうと心配す。文子の集団疎開を白百合に頼む。一月からでもよしというので安心した。夕方重役会にリッツへ行く。リッツにも酒がなくなった。倍額増資に賛成する。

六時半頃の帰りの電車のこみ方には驚く。次女が毎日こんな電車で帰るのだから不機嫌なのもあたりまえだと思う。今夜は必ず空襲あるものと覚悟して早く休む。

それにしても、一万二千米の高度を飛ぶB29にほどこす術がないというのは心細いこと限りない。

十二月三日　日　晴

東京へ空襲、中野・杉並・滝野川・板橋・江戸川・武蔵野・保谷・田無・小金井に被害

今日も晴れて空襲心配。〔前田〕薫隊の記事新聞に賑やかである。敵飛行場に輸送機四機で着陸して切込みするのであるが、勇壮ではあるが、どこかアメリカに較べて、その戦術の小児病的なのが心配だ。最後の最後のような気がする。柴田君から使。全国書房より「人間」の稿料二回分二百円来（多くて気の毒に思う）。二時頃敵機来襲。三時半過ぎまで。晴天で、上空で空中戦を見た者多く、敵機の燃え、落下傘で降下する米人をさえ見たる者が多かったが、私は幼い者等をとくれいして、壕にいたり、常に家を注意していた。

朝から便秘していたのが、高射砲の轟音や爆弾の地響で、急に便意をもよおして弱った。子供等この数日来、しきりに神様をおがむ。空襲はつかれる者なり。

夜、田中さんより電報、『離愁』を引受けてくれた。

十二月四日　月　快晴、霜

昨日の空襲に二十一機ついげき、我方六機自爆、体当機のうち二人生還と発表あり。杉並の被害は甚大であったらしく、中央線は中野から先は終日不通であった。

昨日の今日で安心というのか客多し。漸く『離愁』の最後を書き終った。風呂を何日ぶりかにわかす。防空壕作り来たる。煉瓦でつくるというが、くずれることは保証しないという。而も来春でなければできないと。辞るより他になし。

十二月七日　快晴

日記もつけられないほどの心の落着かない毎日だ。空襲のみ。今日からは大変だと思っていると、朝一時半空襲。東京には投だんしなかったが三時半解除。朝子を工場を休ませる。国民学校、女学校総て休校（十日まで）。

東海道沖で東南海地震発生、M（マグニチュード）7・9、死者1223人、建物全壊36520件

家兄来訪。敵の機動部隊が出たということを知らせられる。政民君来訪。清英君より一万円入金あり。長い懸案解決。手紙も何もなし。兄の来訪中大きな地震あり、波の上にゆれる如く書斎にあってゆれる。何処かに大地震がありはしないか心配する（震源地が海中であれと祈る）。七時空襲警報なり。二機来襲なれど投弾せず。八時解除。すぐに休むことにする。前隣の吉野さん家中にて高崎に逃避らしく、終日家を閉じ誰もいない。

十二月八日　金　晴

夜半一時半、空襲、数機にて二編隊、東京には投弾なし、八時起床、逸見氏に手紙を出す。大空襲ありと隣組戦々兢々たり。十二時空襲警報、やがて警戒警報長く四時までつづく。杉田さん荷物十二ケわが倉庫に持ちこまれる。一二ケと思っていたのに十二ケとは驚く。倉庫中身動きもできず。老人の利己主義には驚く。早く寝るより他になし。

昨日の地震は静岡県に被害ありしと、下田は津波があったと、新聞は簡単に発表、しかし大変な被害らし。

十二月九日　土　晴

今暁も三時空襲にて起床、一機東京東方へしょうい弾降下。一機なれば壕に入ることをせず。寒月で寒い。東部軍情報に依って判断することを知る。やや疲れたり。防空壕の中沢氏は電話をくれず、困りたり。『吾輩は猫である』を読んで心を落着かせんとす。阿部次郎の『北郊雑記』を読了。氏は今何をしているかと疑問を抱く。第一次欧州大戦終了当時の感動を読みて、切に思う。一種のポーズとしてあれほどのことを書いたものであろうか。それにしても、芸術家の生きる路について考えさせられた。夜七時空襲、信州地区投弾という。

十二月十日　日　晴

東京へ空襲、城東に被害

昨夜は珍しく起されなかった。快晴なれば、今日こそ大挙来襲を覚悟しなければならない。赤羽で総会ありという。子供等は外出中の留守を不安がって行かぬようにと言う。石崎氏来たる。万里子と三人でともかく日暮里の白井さんを訪ねて、一貫匁つくだにを頼む。六円九十銭とは、うそのように安し。その間も空襲を気にする。万里子を日暮里で山手線へのせて、赤羽へ行く。十一時半なり、下十条で電車は停り、赤羽ではバスを四十分待つ。風の強い日なり。来るバス全部故障。事務所へ行ったのは十二時二十分なり。三時半まで総会なれど型の如く、橋本氏の専政なり。皆黙っている。夕まで空襲なきを喜ぶ。徒歩帰宅。七時半、中沢氏へ電話しようとするとたんに警報。二機来襲たれば試みに壕に入らず。電話横の押入に全家族待避。高射砲の音家にひびいて怖ろし。東京の東北部へショウイダンを降下してとん走せりと。一時間半後解除。夜半の空襲を覚悟して早くねる。

十二月十二日　火　晴

東京へ空襲、小石川・淀橋・豊島に被害

昼空襲なし。落着いて仕事をしようと思うが、何か日が短くて何もしない間にくれる。敵襲に追われる感だ。

土蔵を整理し、砂袋を二階にはこぶ。通で平野さんに会う。丹羽文雄が栃木県へ疎開したが意気地なしの下作者がと笑って、丹羽氏よりの手紙を見せられた。昨夜二回も起されたので昼寝せんと思えどねられず。落合へ行ったところ、梅子さんは小荷物を持って本局へ行ったが、朝六時頃でなければ受付満員だと言って帰ったところ。国恒君への送り物だが。七時半警報。雑司谷方面火災。早くねたが十時半警報（外の待避壕を使用しないで、戸棚を使用するが怖ろしかった）。

十二月十三日　火　晴、寒

五時に警報。前夜は晴れていたが、この時は雪になっている。二機だというが低空で、空襲警報は出なかったが、飛行する音の怖ろしさ。帝都の南地区に爆弾投下。今日も昼間は空襲はなかろうと思い、特に朝子が休みなので十二日振りに湯をわかさせる。二時並列に数編隊で空襲。空は一点の雲もないので盲爆はあるまいと安心はあるが壕に入る。凡八十機の編隊で、主要なものは静岡と愛知とを空襲して、東京は割合になし。三時一分解除。

朝吉野さんがお寄りになって、静岡、上田、小諸が過日空襲にあって大損害を受けたことを語っていた。吉野さんは高崎に家族全部で逃げて行ったが、隣組がやかましいので、主人と女中が帰って来たと。

一昨日思い出して、待避壕を大倉土木の小松さんに電話でお頼みしたところ、よごれた道を来てくれて、至急作ってくれるというので安心する。戦果の発表はあっても毎日の空襲では、戦果に心がおどらなくなったようだ。街の商人などみな神経衰弱だと言っている。今日も待避していると、通りの方で「ショーイダン落下」と叫ぶ者がある。驚いて通へ出ようとすると「高射砲の破片です」と叫ぶ。

○一昨日から朝子は通勤にはちまきをして行く。その手拭には日の丸に神風と染めてある。増産激励のためであるが、女の子にはちまき通勤は感心しない。女学生の奉国隊には今更はちまきは不用である。それほど心はずんで、欠席しないのに、指導者は何事も形式的でいかん。

○過日の地震の静岡県の災害は思ったより大きかったらしく、東海道線は二大鉄橋が落ちていると。神様はアメリカに味方するのだろうかと、今日も街で噂する警防団員の詞を聞く。

○誰にも手紙を書くような心のゆとりがない。『吾輩は猫である』を読んでいる。

○昼、高射砲が一度に鳴り出すと、わが庭や隣家の庭の樹陰にかくれていたものか、目白や雀などが急に囀りはじめて、待避壕にいると、その声がふとショーイ弾落下のひびきかと身をひきしめる。

十二月十四日　木　晴

朝三時に警報で起きる。二機。南地区に投弾したが海中に落ちたと。名古屋より便あり、七日の地震はひどくて庭の灯籠の頭が桐の間に落ちたと書いてあった。昨日の名古屋の空襲は七十機というが、新聞にも美しいほどよくとれた写真がのっているが、被害はどんなであろうか。

石川君来訪。いよいよ中学校教師を辞めることにしたと。ふかしパンを作れり。蜜を一升百五十円で買いたるが、水でうすめたる蜜にして闇も闇、大闇なり。正直な下駄屋が売ってくれたが、下駄屋は家族を疎開させて、二家族を養うのに闇をやらなければならないと言う。

魚屋より小ぶりを一四七・五円で買う。みごとなる頭つきなり。辛抱して塩にせり。夜はじめてこたつをいれた。

十二月十五日　金　曇天

東京へ空襲、江戸川に被害

例の如く三時に敵機で起きる。数機というので外へ出でず、三時半空襲解除のため、安心してねる。四時半頃、低空の爆音で目ざむ。中部地方から引返して来た三機がしょうい弾を投下してとん走したのだった。命拾いをしたようでもある。朝、「不律」を発表した『創造』到着。午後稿料三百十円着。午後、倉庫を整理して和書を可成り入れる。僕の絨緞を一枚入れる。今日で白金の供出の締切なり、嘗て届けおいたる指環紛失して供出できず、ために心配して、交易営団に問い正す。供出令書を受けた時に紛失届を出せばよしと言う、安心せり。女中一日休み――近頃我儘なのには驚く。日航のさいしょ氏より電話あり、前田氏より荷物到着したと。

十二月十六日　土　曇天

初めて空襲なし、ないことが却って怖ろしい感あり、朝日航へ行って税所さん宛てに来た荷物をもらう。大きな荷物で万里子と二人でやっと持ち帰る。砂糖、ドロップ、ハムあり、兄弟四軒にわけることにした。神谷君、宮坂君来訪。宮坂君夕食す。倉の中に書物を入れる。万里閣より『冬の旅』五千部検印紙来たる。明子さん来たり、荷物を倉に移したしという。今日からは電車に荷物の持込を禁止せられる。比島の戦争もあやうい感を抱く。大変なり。神に今こそ祈願すべき時である。

十二月十七日　日　晴、寒風

小山へ荷物を届けようと思ったが寒くて長女をやる。昨夜も空襲なし、今日こそと覚悟したが、なし。書庫の整理。書物をおさむ。十年前の Les nouvells Litteraire を読みて感深し。

十二月十八日　月　晴

今日は空襲あるらしと思っていると、十二時半数編隊で空襲というので急ぎ準備す。ラジオも、障子や襖を外せと、声高く叫ぶ。しかし間もなく主力は中部地区に行ったことが分って安心する。しかし、名古屋地方は大変だろう。二時解除。

早く寝るに限る。川端君の随筆を読む。

十二月十九日　火　曇、寒

昨夜十一時警報、一機、東京へはいったが降弾せずに去った。しかし一時間冷えきった部屋にうずくまっていた。

朝大倉より待避壕作りの左官来たる。しかし、資材と人足来たらず。

父（沼津の）へ五十円送る。清道君の隊名を知らせて来る。

明子さん来たり昼食す。寒くてどうにもならず、炭火なし。

十二月二十日　水　晴、寒し

東京へ空襲、世田谷に被害

夜半一時から二時まで三機空襲。空襲警報はなかったが、敵機は低空を飛行して、その爆音の凄まじく怖ろしかったこと、ラジオの前で思わずくびをひっこめた。焼夷弾を各地へ投下したらしい。午前十時半にも一機。大倉の土方大工五人来たる。働かないこと驚く。そろそろ仕事にかかろう。

その手はじめに、『男の生涯』を訂正す。葛西善蔵を読む。真実には打たれるが、古い。学ぶところなし。

満州の金山君から便あり、いつまでも文学を忘れないのがたのもしい。

十二月二十一日　木　晴　　東京へ空襲、江戸川に被害

前夜も起された。風邪らしく気持悪し。大江君を一寸たずねた。家兄は茂が卒業式だとて千葉へ行ったとか。四時頃茂君と二人で寄る。茂君は明朝八時に三島の本隊に行かねばならないので、六時二十分発で沼津へ行くという。

倉崎君から初めて便あり、軍艦にいるとか。今日も三通手紙を書いたが総て軍隊宛である。ドイツが西部線で大に反攻撃に成功した（十六日以来）。ニュースは意を強くするが、比島の攻撃は思うにまかせず、何となく暗雲に閉ざされたり。

十二月二十二日　金　晴

昨夜、九時と一時に起される。外へは出でずに戸棚に文子とともにはいっていたが、高射砲の音の激しさにはおどろく。百雷の鳴る如し、家中振動す。しかし空襲警報は出なかった。昼十二時十分警報、中部

地区に数編隊侵入したが関東地区には来たらず。今日は風邪と思って午後は寝た。善蔵のもの宇野浩二のものを読んで、精神がいらだって困った。ひまかより魚の乾物到着、小鯛らしいが塩からい。

十二月二十三日　土　快晴

待避壕完成。土方の働かないことおびただし。一日五時間も働かないのには驚いた。昨日の名古屋空襲は百機であったという。そのうち二十機おとしたと。その百機が東京へ来たらば或は死を覚悟すべきだったろう。

毎日死を考えて暮すことの億劫さ――精神のたいまんとして恥ずべきだろう。心をたかくけんじしていたい。風邪熱多少あり、朝子電休日で十日ぶりに風呂あり。入浴したし、我慢して、手足を洗うことで満足する。

夕方思い出して駅に茂君の軍用行李を取りに行く。倉庫に入れる。倉庫は益々雑然たり。

七時半就床。

十二月二十四日　日　快晴

東京へ空襲、城東・江戸川に被害

昨日九時頃警報、朝四時警報、ともに空襲警報は出ないが爆弾焼夷弾を投下して去る。各二機。

発熱のために起きず、寝ている。どうともなれと思うほど疲れたり。しかし三女が心配するので起き上って外を見た。電灯をもらしていると（向の家ならん）絶叫して通る警防団員あり。

十二月二十五日　月　晴

昨夜も二回起される。而も朝五時まで起きぬけだ。風邪の心配が多くて、最後には床にはいって神経を敵機の爆音に集中していた。小さい子供等はクリスマスだからとて、お互に贈物をしあっていた。

夕刻、大江君来たりて、片岡鉄兵さんの死を知る。氏の心を思って、死ねなかったろうと、いつまでも寝つかれなかった。

十二月二十六日　火　晴

昨夜は八時に就寝したが、空襲なし、クリスマスにて敵さんも休日であったか。こんなことではアメリカに勝味なし。倉崎君も軍艦で暗号士となったとか。崎田〔隆夫〕君も試験が終り、軍医試験を受けられたという。崎田弟〔宗夫〕君の詩稿を多く読む。闘病のはげしさが脈々と感じられた。しかし詩の表現のやわらかさが気になる。

子供等と新しい待避壕の大掃除をする。大倉組の小松さんは費用はいらないという電話である。ありがたいが困ったことだ。神谷氏より白モチを三升分もらい、子供等大喜びなり。ラッカセイ、卵、沼津より父の手紙四日目に着く。宗教家らしい自負心は感心しない。

十二月二十七日　水　快晴　　東京へ空襲、中野・杉並・王子・板橋・足立・葛飾・武蔵野・保谷・古里に被害

名古屋の父より便りあり、清英君が台湾にあるという通知があったので喜んだのであろう、御機嫌な手紙だ。珍しく午前中仕事をした。それも、昨夜空襲なく、よくねむったからである。

十二時、警報。編隊というので、さっそく準備をととのえて、新待避壕に入る。長女は兄嫁につれられて上井草に野菜を買出しに出て、帰らず、ずっと心配する。編隊は次から次へ七編隊。上空にて空中戦を見た。小鳥がおどろいて、藤の枝に集っていた。時々大さわぎに囀った。七編隊の上空通過の時、大きな音響がして地が震動した。飛び出してみたが家には変化なし。女中はリューマチをおそれて、待避壕に入らず（いくらすすめて）。

三時半、空襲解除。間に出て長女を待つと、向いのよし子さん女学校より帰る。たかだのばばで待避していたが友軍機七機つい落を見たと言っていた。その一機は空中分解したと。群長夫人来たり、友軍機が中野坂上に墜落したという。長女は無事に帰る、上井草の知人の待避壕にあったと。夜になって、敵機十四機墜落、我方四機の犠牲を発表。

十二月二十八日　木　快晴

昨夜も起された。快晴なれば敵襲あるかと噂する。二時半すぎ編隊鹿島灘から本土へ侵入というので、

空襲警報。四時半解除。寒い日のこととて敵味方ともに飛行機雲をつくって、味方機を敵機と誤って多数だと見違えたらしい。最後にそう放送していた。家では女中が寝ついて困った（昨夜寒いのでれんたんを入れて寝たからだという）。配給のもち来たる。少量で正月までないかも知れない。ボイスの短篇集を読む。どうも日本の短篇とはちがう。日本の短篇は短篇でも道を求めるところがあるが、このみごとなボイスのものにはそれがない。面白いがつまらない。

晩の八時に警報が出た。鹿島灘から二機。一機は茨城県上空を旋回して山林に投弾して山火事を起し、他の一機は東京へはいったが、あわててとん走した。昨晩も九時に鹿島灘から数機侵入して、関東東北地区に投弾して去ったが、その地方に飛行機製造場でもあるのだろうか。九時半解除。

十二月二十九日　金　晴

大阪の全国書房の『新文學』からの便りを毎日待っていたが到着しない。十二月号も着かない。新雑誌がどうかなったのではなかろうか。四回目を書く張合がない。何かしらその日暮である。富士の見える海岸に小さい書斎をつくり、そこで、多くの人々の相談にのって暮せるようなことを夢みた。戦争が終ったらば、それを実行したい。

十二月三十日　土　晴

東京へ空襲、日本橋・浅草・本所に被害

昨夜、九時、二時、三時と三回敵機来襲。而も一機なので腹立たしいこと、その都度起きるのが面倒で最後は起きないでいると、突然大音響が二回して、寝台から跳ね起こされた。隣組には何等の変もなかったが、どこの家も起きてさわいでいた。とにかく近くに降弾あったことと思う。荻窪が怖ろしいと聞いていたが、次第にこちらに近づいて来たようで心細い（後に知ったが深川には二回目の焼夷弾で三百軒焼けたと）。三女と四女との髪をきりかみそりをあたった。床屋がこんでどうにもならないというので、初めて試みたが二人とも喜んでいた。

十一時、大江に誘われて片岡鉄兵さんの焼香をする（大江君の心のいやしさに仰天する。大江君とは以来絶交のこと）。

十二月三十一日　日　曇

ハンガリーの独立戦線臨時政府がドイツに対して宣戦布告
東京へ空襲、神田・本郷・下谷に被害

昨夜も今日も初めて空襲なしに穏やかであった。髪がのびたが散髪せずに新年を迎えることになった。全国書房からは便りがなかった。『冬の旅』の印税も遂に着かなかった。帝海の月給も着かなかった。

明子さん来たる。隣家に不発弾がおちていて付近は立退いているが、工兵隊がなかなか来てくれないと。

お野菜を下さる。

神谷さんからぶたをもらう。

昭和二十（一九四五）年

中野区小滝町の自宅焼跡

一月一日　月　曇

昨夜、十時、十二時、五時、三回敵機来襲。二回目は火災を起したらしく、東南方に火焔大きく見えたり。

淋しい正月、午後は寝る。本年のことを考う。夕方から晴れて穏やかであり、今夜の空襲を思う。

東京へ空襲、神田・下谷・浅草・本所・向島・葛飾・江戸川に被害

一月二日　火　晴、寒風

昨日は敵襲なし、昼間も晴れて敵襲なし。午後街を歩いてみる。石川君「不律」の読後感を書いて来る。Mauriac の journal を読む。面白い。今夜も空襲のないように。

連合軍がニュルンベルクを空爆
米艦載機５００機が台湾・沖縄を空襲

一月三日　水　晴

昨夜も足をのばして寝ることができた。晴れて無風、庭に寝椅子を出して久振りに二時間仰臥する。空の深く美しく、空気の冷いこと、Hauteville に在った頃を切実に思い出す。松本さんが魚など持って来てくれたが会う気持にならなかった。家内がさもしいほど頼んでのことであると思って……鈴木さんから乾

柿一ケ一円で買ったそうだ。Mozart の音楽を近頃ほど美しくしみじみに聞いたことも珍しい。晴れて必ず敵機があると思ったらば、名古屋と大阪に空襲があったとラジオで知る。

一月四日　木

名古屋の空襲はひどかったらしい。今日も空襲なし。比島の戦局は重大になって来たらしい。全世界の人間が戦争の不幸をこれほど知った時に、なお戦争を停止しようと努めないのはどうしたことか。大きい立場に立てる大政治家が何れの国にもいないのだろうか。人間とは愚かなものだ。各国が各国の立場や利己心をすてられないからだろうか。

過日大編隊の空襲のあった時、千葉県下に落下傘で降下した敵兵のなかに女人があったという噂であったが、今日某新聞記者から聞いたところによると、アメリカの女記者で、日本人の猟師に猟銃でうたれて死亡した由。ピストルを発射したから殺したという。惜しいことだ。生きていたらば、そのままアメリカに帰したらよかったろうに。ロシアへ送ればすぐにアメリカへ帰れたろう。日本は女などを相手にしていないという日本の立派さを知らせてやれたろうに。

一月五日　金　晴　東京へ空襲、深川・城東に被害

昨夜も二度起された。全国書房の神屋敷君が十二月号一月号を持って来た。送ってくれないので、二月

号の原稿も書いていないので閉口する。明子さんが甘酒を持って来て下さる。夕食をともにする。落合の家で赤飯をつくってもらう。半分もらいますということだ。現金になったものだ。風呂をわかした。骨がぬけたような疲労を覚える。夜八時サイレン。敵機二機、鹿島灘より焼夷弾降下。東南方の空、赤く焼けていた。

ロレンスの『チャタレー夫人の恋人』を読みはじめる。

一月六日　土曜日　晴

暁三時、敵機一機。ねむくてサイレンを聞かなかったが文子に起された。今日から「人間」（四）を書きはじめ一枚。

文子の勉強を真面目にみることにする。子供を教えるというのは面倒で閉口。全科目では理科が一番困る。

宮坂君と土屋和夫君から便あり。九州B29八十機来襲ありと。三日、四日、台湾にも艦戦機五百機七時間来襲があったと発表。増税案が発表になる。ああ、戦争は今年も最後の年ではないだろうか。午後、寒い風に吹かれて通を歩き古本屋に二軒よってみる。書物もない。文学堂の主婦の話では、書物を二三ヶ所に疎開してあると。夜、「人間」を書こうとしたが七時四十分少数機の空襲が八時四十分まで。疲れて、解除後仕事をつづけられなかった。米五本ついた。花屋の婆さんがもちを五升を持って来てくれた。煙草を欲しいという話であった。

一月七日　日曜日　晴

朝五時に一機空襲。こんな風に意味なく起されるのは残念である。ルソン島に上陸近しの感が深いが、これでいいのか。欧州の戦局は毎日たのしみである。文明とは何か。次女は中村医師の診断で二週間工場を休むことになった。

「人間」三枚書く。

一月八日　月　晴

昨夜はゆっくりねむった（尤も中部地区に夜二回空襲あったと後で知ったが）。熟睡した翌朝、こんな風に頭が冴えるのが不思議なくらいだ。三女の学校のことで九時、三女をつれて白百合に行く。白百合は十一日から始まるということ、無駄だった。宮様の館の横の道で兵隊が二人のどかに二尾の軍犬をくんれんしていたが、犬ははきだめのところでとまってばかりいた。しかし省線電車の混雑は殺人的というのであろう。息もできなく、駅の乗降の殺気立った様は情けなかった。

「人間」四枚、万年筆がいたんで書きにくい。柴田君からよい便りあり。木下女史からも長い便あり。常会が昼あったが家内を出した。警報中の見張りのことであったが、今や見張りなどは不要であると思うが、いつまでも形式的なことから逃れられない。

一月九日　火　晴

米軍がルソン島に上陸
東京へ空襲、杉並・武蔵野・保谷・田無・小金井・東村山・久留米に被害

今日は「人間」を奮発して七枚は書かなければならないと思ったが、一時半すぎになると敵機襲来。数編隊で三時半まで。しかし、中部地方、きんき地方で同時に来襲したためか爆音も少なかった。六十機ということであったが。Ｂ29に体当りする友軍機を見たが、体当りするなと思った瞬間友軍機はこなごなになって火とともにくるくるまわるように落ちて来たが、Ｂ29は横傷一つ受けないように悠々と翔け去った。友軍機から落下傘が降下したように見えたが、青い空にすわれたように何も見えなかった。四時頃あわてて仕事にかかろうとしたが、家兄が運悪く煙草をもらいに来て五時までいて、そこへ茂君が沼津から出て来たので仕事はできなかった。茂君は明朝十時に化学的研究兵として三ケ月くんれんを受けに入隊するとか。夕食して九時落合へ行った。夕食の飛入りは家中を騒然とさせた。

一月十日　水　晴

昨夜、零時半と今朝五時とに二回敵襲。警報と同時に待避合図で驚いた。特に今回からは先ず起きて隣組で挨拶をするという愚なことになったために危険を感じた。外へ出てから床にはいっては体が疲れてねつかれない。

今日はどうしても「人間」を書き上げて、明日は大阪へ送らなければならない。文子の勉強を中止して、朝から仕事。殆ど外出もしないで、夜十一時まで仕事する。夜八時警報が鳴り、一機飛行機が来襲したが、暗い電灯の下で仕事をつづけた。十一時寝たが、久振りに仕事したので、頭が冴えてねつかれなかった。

『離愁』の出版届を全国書房へ送る。

一月十一日　木　晴

昨夜三回敵襲があり、朝起きかねた。九時半、文子をつれて白百合へ行く。如何にすべきか相談するが週一回でも登校してくれればよいということだった。

二時半に「人間」を速達書留で出す。

夕五時にリッツで重役会があった。その前日航へよって税所さんを訪ね、前田君に書物五冊たのむ。重役会では橋本君の怒りぽくて、独断的なのには驚く。夜八時半に敵襲あり、その頃は雪が降って、盲爆をおそれたが、投弾せずに去った。

一月十二日　金　曇

同じ五度でも今朝は雪のためかやや暖かであった。前夜十二時、二時敵襲があった。朝八時起きるのがつらかった。

文子の勉強を午前中みる。十二時、石川君来たりて、夕方までいた。石川君も今年はもりもり書いてもらいたいものだ。未知の読者から見舞状が届いた。

ルソン島に米軍上陸して、心配である。しかし遠藤航空局長の今朝の言葉は悲しかった。「国民は信じていて、くよくよ心配するな。豆腐屋は豆腐をつくっていればいいんだ」と。しかし、新聞は、飛行機が足りないのは国民の為だというように激しく書いている。

一月十三日　土　晴

三河地震

僕も四十九年の老年を迎えた。もう金のことや生活のことを考えないで、ほんとうによい仕事をしたい。思えばほんとうの人間に飢えている。ほんとうに人間らしくなりたい。

一月十四日　日　晴

二日間夜間空襲がなくて、今日あたり昼間の大空襲あるかも知れないと心配する。片岡鉄兵さんの葬儀が荻窪のお宅であるが荻窪は最も危険な土地なので、午前九時〜十時というのに会葬者は少なかった。私は暫く門前に並んで十一時までいた。ともかく事なく式がすんで片岡未亡人のために喜ぶ。家兄昼一寸寄り、播州行の切符を心配していた。吉野様お訪ねになって隣組の不平を話して行かれた。夕方末女発熱、原因不明。夕食が終る頃茂君一寸寄り、渋谷で買った書物をあずけ、家兄にと「ほまれ」二箱を託して急いで帰って行った。近頃の煙草不足は、紅茶をパイプにつめてのむほどであり、そのため紅茶の買だめをする者があるほどであり、家兄も明朝播州へ行くというので、ほまれを持って行ってやる。七時のニュースで今日午後三時頃、六十機来襲（名古屋地方にて）して、伊勢の外宮に損害を与えたことを知る。

一月十五日　月　晴

やや暖かで（九度）貯水の氷もややうすれた。昨夜も敵機なし。昨日から女中藪入で今日も家中大変、特に末女の機嫌がよくなかったので。

午前中三女の勉強をする。午後寝ようとしたところ、明子女史来訪、あまざけ、もちを持って来て下さる。

今日も二百機の艦載機台湾に来襲の発表あり。比島も戦い思うに委せず大変である。

夜、大阪の『新文學』の編輯部より電話あり、田中さんが「人間」を書下小説として（五回で止めて）二回短篇小説をという話であった。短篇の話の方はつけたしであろう。仰せご尤もと言って承諾しなければならない時代であろうか。文壇を相手とせず文壇を意識しないで仕事をただよろこびにして行けるようなことにはならないものだろうか。

女中、夜十時になって帰らず、止むなく鍵をかけて寝る。十一時まで寝室で読書し、表に下駄音を聞きて二度窓を開けてみた。

『チャタレー夫人の恋人』を読了。怖ろしい小説だ。そして、素晴らしい。然しこれはイギリスの貴族を識らないとその怖ろしさが半減するだろう。この小説でもイギリス人の心理――社会を知ることができるが、イギリス人には黄色人種など同じ神の子とは思われないのであろう。怖ろしい小説だ。チャタレー夫人のよさよりも、そうしたことの方が面白かった。

一月十六日　火　晴

独軍がワルシャワより撤退

昨夜も空襲がなかった。朝九時頃、警報が出たとたん高射砲の音がしてあわてたが、十分ぐらいで東南海上に脱走したらしかった。敵機一機。女中がいないということで家のなかが雑然騒然たるは家内の愚かのためであろう。末女の熱も午後からややよいようだった。台所のながしがもるのをなおしに来た。二十円だった。昨年は三円だったが、驚くばかり。

戦争利あらず、人々は動物の如くなり、生きて行くのが大変になった。神様、人類はこれでいいのでしょうか。崎田君退院したという便あり。

一月十七日　水　快晴

ソ連軍がワルシャワを占領

昨夜――今暁四時半警報、起き上ったが一機東京上空を通過したにすぎなかった。三女登校。残留組として最初の登校のこととて心配している。長女は日暮里に出掛け、自分は赤羽へ行く。敵機の来ないように祈る気持。工場では臨時総会。弁当持ち。三木君から橋本君の不平を聞く。三木君の説が尤もである。家兄は播州へ行っていて欠席。橋本君は正しいといつも思っているので批判する者があると自ら反省するよりも、頭がかっとなってしまう。結局こうした人間が尤も救われない。重役会の後で一人で工場内にはいってみたが、職工がかげらかげらしていた。女中を当分休養のために帰宅さす。四月から郵便が十銭となると。フランスのインフレ時代も、半期毎に郵便が値上りした。

一月十八日　木　快晴

今日は終日家居。翼政会が解散して国民に政治意識を高揚して、この戦局にあたるために挙国一致をさせようという。日本の政治屋はまだそんなことを言っている。比島に上陸した米兵は大攻撃に出でようとしている時に。戦争は——少なくともこの大東亜戦争にあって、はっきり感じていたことは、国民が欲するからではない。恐らく世界中戦争に参加している国がそうであろう。日本国民は平和を愛する民族だ。日本人を戦争にかったのは誰か。支那事変以来、日本民族はなげいているのだ。

一月十九日　金　快晴

昨夜も空襲なし。女中がいないためにれんたんに火をつけようとして午前中努力して失敗。台所に入りて、よごれた釜や桶に白砂をつけて洗った。女の子たちは不平が多くて仕事ができない。木下敦子さんが作品を持って訪ねて来た。談なかばにして警報、敦子さんはあわてて帰る。二機ずつ二回（二時〜三時）来襲したが投弾せずに走去。澄みわたった空に友軍機が光っていた。

ああ、いい仕事をしたいと思いながら、仕事をしないで日時早く去る。家に人手が足りなくて、ただ忙しいばかり。こんな生活がよいものとは思わないが、どうにもならない。

大阪神戸方面へ八十機はじめて来襲したと発表あり、ドイツ東部戦線は予定の退却か、ワルシャワをすてて一日八十粁以上も赤軍にゆずっている。

家兄は播州より帰京。朝子のため万人力をいただいて来てくれた。戦争は四五月の候に終るという。大宮でも米は一升八円、切ぼし一貫三十円だったと。汽車の混雑は、便所に行くのに通路に座った人々の肩の上を歩いて行ったほどだった由。

一月二十日　土　快晴

朝子の誕生日。いわしの配給があって（八尾）、それ故頭付の魚。米は昨日配給になったのが白米で、そのおいしかったこと、涙がでるほどだった。二階の掃除をし、午後風呂をわかしたらば、一日勉強ができなかった。風呂は四時間かかった。たきぎのいるのに一寸驚く。これでは風呂は十日に一ぺんでも多いくらいだ。女中はカリエスだろうと思って、蒲団などを外へ持ち出して、乾かした。常に日光へ出すようにと言っても、ついに実行しなかった。煙草の配給があったが、きざみが二ケ。大根を三本或る人から土産にもらった。

『東京新聞』を投函して行くのを忘れるから、そう注意を紙に書いて新聞受にはりつけておいたらば、配達夫は『東京新聞』を投函しないばかりか、『毎日新聞』を破いて入れてあった。人心の険悪に驚く。

一月二十一日　日　曇

昨夜も熟睡できた。ありがたし。風呂の掃除をしているところへ家兄来たる。午前中、別に話もなし。末敏君より便にて、貯金を故郷の父や弟へ分配してくれというので、二十三日帰京するとのこと。末敏君も機関士として飛行機にのることになったからであろう。思えばその志や哀れなり。

午後、手紙八通書く。田中秀吉氏（「人間」について）、土屋信和氏、宮坂勝氏（明子さんの結婚問題）、神屋敷君、木下三郎君、藍川ひな子さん、柴田君。

午後落合へ三女の靴のことで行く。茂君来あわせる。神様の話になる。豊受大神を空爆されたのは日本人が神様を忘れたことを反省すべきであろう。日本の神が日本のみの神ではなくて世界の神であることを知らすべきであろう。

小松常務（大倉）から手紙。この人々の礼儀正しいのに恐縮し驚く。

一月二十二日　月　快晴

米国でフランクリン・ルーズベルトが大統領4期目を開始

次女の勤労の件で白百合に行くつもりであったが行けなかった。藤倉をやめて陸軍省へ変りたいと言う。藤倉では悪いことばかり覚えるようだ。

四頁の新聞を久振りに見て、何か読みどころの多いのに驚いた。それにしても、議員の記事には興味少ない。議会は何となくさる芝居に等しい。政府の答を予め知ってて質問する議員の尤もらしい質問の面白くないこと。

朝日の特派員がマドリードからの電報の長いフランスの情勢は情けなかった。しかし、情けないのはフランスの政界である。フランス人の生活は少しも書いてない。それを最も知りたいと思ったが。

子供の菓子配給があるというので、末女をつれて配給所に行った。菓子も砂糖がきかず、あまくない菓子であった。

『秋箋』〔昭和12年6月刊〕をみな読んでみた。最後の部分を書きなおすべきであろう。七時（晩）に敵一機来襲。

一月二十三日　火　曇天、寒風

次女のことで白百合へ行った。なかなか困難なことらしい。立川先生が親切な申し方だったので安心して帰る。入口で結婚問題で卒業生の素行を質きに来た婦人と一緒になる。

電車が混雑している。通学の小学生がつぶれてしまうと叫んでいた。横の二人の立派な婦人が「のり一枚一円ですよ、四十枚やっと買いましたが――」「私は一枚一円のおのりなんて食べたくないわ」と話していた。

昨夜も一時一寸前警報であった。洋服に着換えるのが面倒で丹前で起きた。一機であったから。昼に大空襲ある頃だと思って用意したが、友軍機が低空して（寒い北風のなかを）物凄まじい唸を立てていたが遂に敵機なし、ところが夜の報道に依れば七十機が午後二時半から一時間名古屋地方を空襲したと。名古屋は大変だ。或る人が言っていた、名古屋は物質的な街だから天罰を受けるのだと。こんな考え方が一番いけない。

夕食に食うべきおかずもなし、北風は荒れて。

一月二十四日　水　快晴

昨夜は空襲はなかったが、寝不足であった。夕方から読み初めた『ユリシーズ』の影響であろう。朝、三女の配給の洋服を松屋へ買取りに行く。二十二点の点数を切ってあったために渡してくれない。事情を話したが聞き入れない。腹立たしかった。

小松常務を大倉に訪ねたが留守。楽器店を二軒歩いたが音譜を（ここまで書いたら午後八時半サイレンで慌ててその用意をしたがラジオの情報なし、待つこと半時、あやまりであることが分る）買わなかった。

買うべき音譜なし。帰宅は昼。出掛けに（九時頃）東中野駅前の国民食堂の前に釜を抱えた婦達が待っていた。そのなかに赤毛碧眼の若い女がまじっていたが、何となく惨な感がした。しかし、その女の人々は帰る時もならんで待っていた。銀座も二三ヶ月振だがさびれて多くの家は門を閉じ人々はあわただしく、きたなく、戦争なる哉と思わせん。松屋にも売るべきものが一つもないらしかった。書籍部には四五冊の本があったばかり。

一月二十五日　木　快晴

次女の都電の定期を買いに新宿に行く。二十六日から売るということだった。新宿も殆ど家は戸を閉じて、二三軒の食堂の前が賑っているばかり、伊勢丹にはいって見たが松屋よりも物がなく、空屋の如し、百合根を三ケ買う。売子は「少しにがいが食糧になります」と言っていた。一ケ十銭。防空展覧会があった。入口は押すな押すなで殆ど見られなかった。

午後、明子さん、木下三郎君、河津さん来たる。河津さんはラングーンへ行くのだと。三十一日の飛行機がとれたので上京したが、二十四日陸軍省では民間の搭乗者を禁じたので無期延期であると。名古屋の社宅の甚だしさを語られる。明子さん、牛肉百匁八円で持って来てくれた。それに白米（仙台米）一升お土産と。木下君は卒業が九月になったと悲嘆している。熱海に□□号が落下して焼けたとも話していた。蜚語か。

寒くて朝子風邪らしい。『修験道の発達』を読みはじむ。なかなか面白し。

一月二十六日　金　晴

朝、零下五度には驚いた。寒い寒い。多少風邪気味。風呂の掃除。兄を訪ねた。銘石のことを喜んでいた。沼津から帰って来たマグロのサシミをもらう。戦争も大変になった。勝つことは不可能だ。特にドイツの東部戦はこの一週間が峠であろう。どうなるか。

一月二十七日　土曜日　曇

ソ連軍がアウシュヴィッツ強制収容所を解放

東京へ空襲、麹町・日本橋・京橋・赤坂・小石川・本郷・下谷・浅草・本所・深川・渋谷・中野・杉並・王子・荒川・足立・向島・葛飾・江戸川・小金井に被害

三女の洋服を早く松屋から配給を受けないと困ると家人は言ってきかない。午前中は風邪気味なので、午後、昼食後間もなく行くことにする。帰途新宿で次女の定期をも買おうと思う。省線が四谷に着くと警報が鳴る。二機だというので、そのまま松屋へ行こうかと迷う。都電に乗ろうかと思ったが、末女が警報になると騒ぎたてて恐怖にかられることを思い出して引返すことにする。特に倉庫を開けてあるので帰らないと困るであろう。家にもどったが、家中落着いていて帰ったことを後悔したくらい。名古屋鉄道の安藤部長が父からのキリボシ大根を届けてくれて、そのまま待避していた。間もなく編隊が来て、空襲となる。五編隊。雲上から盲爆するらしい。帰ってよかった。安藤氏にも待避壕にはいってもらった。一時間

以上。すっかり冷えきってしまった。解除になるとすぐ上って紅茶をつくって客にすすめた。命あってよかったと思う。安藤氏は本郷へ行かねばといそいで去った。二階から東南方に黒煙が二ケ所見えた。夕方、帝海の波多野君から電話で二十九日に帝海に集るようにとの話。昨夜三回空襲で起されたので、みんなを早くねせた。

一月二十八日　日曜日　晴

東京へ空襲、本郷・浅草・荒川に被害

三女の洋服は今日午前中ならば大丈夫だろうと思う。特に昨夜も三回起されたので、午前中は空襲もなかろうと思った。

九時頃東中野のホームで高射砲の白煙の上るのを見た。敵機だろうかと隣の男が言う。一機ぐらいだから警報も出さんだろう、増産に影響するからと他の男がいった。上り電車に乗ると大久保で警報だ。降りてホームから仰ぐと青い空にB29が真白くくっきり小さく浮いていた。その悠々と行く様、何か白い正方形に見えたが、東に向っていた。駅員に聞くと第一号の警報だというので、すぐ来た下りに乗って帰る。駅前の国民食堂の前に蝟集していた人々は警官に叱られていたが、動こうとしないでいた。家に帰って十分もすると解除になったので、再び出掛けた。今度は四谷のトンネル前で警報が鳴った。サイレンの誤りだろうと人々は言い合った。しかし四谷駅員は警報だと叫んでいた。直に下り電車に乗る。電車の中に戦時火災調査団という腕章をした男を見て昨日のことを訊く。銀座がやられて大変だと言う。そう言えば今朝の『毎日新聞』の報道は常軌を外れたように最大級の警告を国民にしていた（戦意を失った国民の惨な将来について）。空襲について東京都民は安易な考を抱いてはいないかと叫んでもいた。

聞けば聞くほど有楽町から銀座、新橋にかけての災難の甚だしかったことを知る。昨日都電に乗ってしまっていたら大変だったとつくづく思う。運がよかった。命びろいしたのかも知れない。午後、風邪よくなく寝たところへ茂君来たり、夕八時までいる。死生観はまだもてないが、任務さえあればその道行に死をもいとわないことを話していた。批判や疑惑を持たなく総て絶対服従をすることが軍人精神だが、その精神にもなれるがまた、批判や疑念を持つ精神にもなれる、不思議だと言っていた。それが自分達の強味にもなるだろうと。

一月二十九日　月　晴、寒風

米艦載機130機がスマトラ島を空襲
東京へ空襲、葛飾に被害

今日は帝海へ行こうと思ったが行けなかった。昨夜三回起きたことがよくなかったのだろう。敵の執拗なのには閉口。一機来ても投弾すれば火災になり、外では群長が悲痛な声で叫んで行くので寝ているわけにも行かなかった。三女も三回起きて、特に第三回目に編隊らしいというので雨戸を開けたり（三時半）したことがいけなかったのだろう、風邪気味らしいので熱をはからせると三十九度である。急いで中村さんに電話したが、中村先生も風邪でもう出れないが、風邪の熱さましをやるからと言ってすぐ長女に薬をとりにやる。明日診察してくれる由。その節は僕も見てもらおう。鼻がつまってやりきれない。三時、家兄が寄る。家兄の寄る時は煙草のきれた時だ。二十七日の空襲の災害の甚だしかったことを話して行く。死傷者も五六百人はあったろうと。しかも、婦人子供が多かったと。今夜は敵襲がないように祈りながらねる。早く。

ジョイスの『若い芸術家の自画像』は面白い。

一月三十日　火　曇

風邪は益々よくない。昨夜は空襲がなかったが。二十八日の夜の空襲で日大医科と根津権現がやられたらしい。記事を見る。毎日の報道では今に東京はハンブルグなみになることを覚悟しなければならないらしい。朝、花屋の婆さんがもちを持って来てくれた。午後、中村さんの往診があった。三女の熱は下って何でもなく、へんとうせんらしいと。私のは風邪。

二月三日

昨日の雪が庭に消えない。節分だ。豆を形ばかりまいた。四女が「鬼は外、ばくだんも外、福はうち」と叫んでいた。

二月四日

ヤルタ会談（ソ連）

三十一日だった。三女の熱が朝から三十九度もあり、夕には四十度を越えて医者をよんで心配した。夜九時、突然土屋和夫君が品川駅に着いたが泊りに行くという電話だった。海軍の学生八十人が品川の駅で放たれて泊るところのない者が多かったと。四泊して、その間食うこと話すこと驚くばかり。家中の食物の貯蔵物はなくなってしまった。四ケ月半の海軍生活では軍人になりきれないとみえて、四ケ月に聞いたことをみな話してしまった。悲嘆することばかり。日本の軍は国民を偽っていたのであろうか。

工場にておいなりさんの祭をかねて重役会を開いた。風邪をおして出席。もう金の話を聞くのは――もうかることでもいやだ。

二月五日

私も人類のことを思い、よい作品をのこすことのみ考えたい。

二月六日

マニラに敵がはいって三日、もう戦局のことは考えまい。頭が暗い考でいっぱいになる。不幸におしつぶされそうだ。政府が国民を欺いているようで、議会も白々しく、私は息ができない。家中風邪。

二月七日

常会。アメリカが日本本土に上陸したら、長女は二十だから自決できるが八つになる次女はどうして自決させたらよいでしょうと、涙ぐんだ婦人がいた。何故占領地を山分けにして和平ができないでしょうと叫んだ女もいた。りさい民に蒲団は出せないと言ってなげいていた。
木下女史、結婚式の帰りだといって立寄らる。モンペ姿。

二月八日

昨夜は雪一尺、今日も曇天。風邪ややよし。『フローベルの手紙』面白く、考えさせらる。

二月九日　金　快晴

エクアドルが枢軸国への宣戦布告を表明

雪晴ともいうか美しい空。午後一時半、B29一機。空を仰いだが機影は見えず美しい空。
美しい作品を書きたい。二十日ぶりに風呂をわかす。
夜、空腹に堪えられずみかんの皮を食う。痩せたり痩せたり。

二月十六日　金

東京へ空襲、蒲田・武蔵野・久留米・保谷・大島・八丈島に被害

朝七時警報、十五日にB29の編隊が名古屋に攻撃したので又一機かと思っていると、小型機数十機、関東東部に侵入という。驚いたこと、艦上機の波状攻撃であろうと思いて用意す。午後六時までつづけて四機、朝食は壕で。昼も敵機のあいまを見てかっこむ。昨夜神谷さんから電話で、今日午後野菜を取りに来るようにというのであったからとて、壕のなかで、その野菜のもらえないことの残念さを家人はしきりに言う。今日のは飛行場と軍需しせつを攻撃したと放送していたが、省線も切符の発売を停止したという。もう安易なことを考えてはいられない時まで来た。それにしても長い歳月、国民は欺瞞されていたようだ。

二月十七日　土

東京へ空襲、蒲田・淀橋・中野・板橋・城東・武蔵野・田無・三鷹・保谷・大和・昭和・砂川・由木・日野・堺・府中・神代・多磨・南・五日市に被害
東京へ空襲、深川・城東に被害

昨夜はラジオをつけ放して寝た。十一時頃B29が来襲したが艦上機でないからとて寝たままでいた。昨日壕にはいったり出たりしたために風邪悪し。朝七時、再び艦上機の来襲。昨日とはちがって快晴で、雲上の盲爆はなかろうと思う。家人たちを待避させて床にいる。二回、窓すれすれに編隊の飛来するのを見た。高射砲、その他のさくれつ音甚だしく機銃掃射を怖れて二回ともベッドの下にかくれた。三時までつづいた。いおう島上陸をきとしている由、敵艦隊が島をとりまき艦砲射撃していると。夕方、米の配給あ

り。

組長の家の前に集って婦人方は興奮していたらしい。いおう島が占領せられたら家をくぎづけにして逃げるのだと組長は言っていたし。家を売って沓掛へ行きたいと家人も言う。ともかくいおう島が占領されたら東京には住めないだろう。ここまで書いたら（午後七時半）警報だ。

二月十八日　日　晴

アメリカ軍、硫黄島に上陸

今日も南方の海上は重大な情勢にあるというので、三女を工場を休ませた。しかしB29が来たが艦載機の来襲なし。

夜、咳込むために医者の所へ行く。来診を求めたかったが家内が不平を言うので出掛けた。左胸上部前方にラッセルが聞えると言っていた。「昨今の東京の生活は弱い人には堪えられない」と医者は言っていた。さして重大な病状でもなかろう。終日ベッドの上にいた。十年前のNouvelles Litterairesを読んだが面白い。英語の小説をあさり読む。

二月十九日　月　晴

東京へ空襲、京橋・赤坂・深川・品川・蒲田・世田谷・渋谷・豊島・板橋・王子・荒川・足立・城東・葛飾・江戸川・神代・谷保に被害

三女が工場行を渋るのを元気付けて出す。今日は来客もなかろうと思って。二時半、突然B29の編隊九十機来襲。一時間。風邪がよくないのでベッドにいつづけたが、窓から見える空に敵機は三回編隊で通過。高射砲すさまじ。三女帰りて、空襲警報になっても仕事を中止せずに待避もさせなかったこと、空中分散した敵機の破片が近くに落ちて、火花が窓近くまで四散してあわてて机の下にもぐりこんだことなどを語る。それにしてもB29の編隊も四日目に来るようになって心細い。いおう島に上陸されたらば助からない。

二月二十日　火　晴

今日は寒い。七時に警報。艦載機の来襲の心配があるという。三女を休ませる。工場側では警報が発令になっても死を賭して出勤せよと命じた由だが。十時に解除になったので三女は急いで工場へ行った。この数日かかって「庭の歴史」［不詳］という随筆を書上げて朝日へ送った。南方の新聞に出すというが、原稿がジャワに届くかどうか疑問に思う。三時の報道で敵のいおう島上陸を知る。十九日朝から上陸を開始したと。愕然とする。

国民は今日まであまやかされ欺かれていたような気がする。全身に憤を感ずる。明子さんが野菜を持って来てくれた。

次女は明日から七時半始めという。そのために家中六時半に起床朝食すること申合わせたが、これでは助からない。熱はないが全身熱ぽく弱くなっていけない。明子さんの話では、陸軍経理学校の校長さんが四月まで東京が敵に占領されなければいいがと心配していたと。こんな情勢にあることを国民も知らず、一体政府自身も識っているのか。

二月二十一日　水　晴

昨日から次女の工場は七時半というので今日も早く起されたために気分すぐれず。医者へ行く。帝海の総会にも欠席し、家兄に認印を託す。家兄はやせたり。帝海で今日から三百五十円なりと。

二月二十二日　木　雪

ウルグアイが枢軸国への宣戦布告を表明

朝（昨夜より）雪しきりに降る。三女をむりに休ませる。二女は雪のなかを工場へ出掛けた。昨夜はじめて咳なし。日本の将来や文明の将来を思い憂多し。次女九時まで帰らず心配す。省線が走らず困りたりと。吹雪のなかにどうして帰るか心配して、工場や学校へ電話をしたれど冷淡なり。神田より中野まで三時間半電車でかかり、中野より線路つたいに徒歩で帰った。空爆の際の処置などについても心を砕く。雪のなか十一時（昼）警報。B29一機というので落着いていた。

二月二十三日　金　晴

アメリカ軍、フィリピンのマニラを占領

トルコが枢軸国への宣戦布告ならびに国交断絶を正式に表明

今日次女は雪休。三女をも学校を休ませる。雪一尺もつもりて雪かきに心を砕く。明子さんよりぶた少しもらう。ひらめを九十五円売りに来た者がある。兄が広田さんに魚を届けたくて沼津へ言ってやったがないと答えて来たということを思い出して、兄と鈴木さんとに分つ。みごとなひらめなり。雪をつめておけば二三日は安心ならん。所得税四期分二千八百円ばかり納めるために、満期になった定期を（三千円）持って銀行に行く。総合貯金なれば組合長（区長）の承認を要すと言われる。貯金は千九百円しかないために、やむなく両日中に区役所に行く決心す。今日はB29の編隊の来る頃だと思ったが、来たらず。

二月二十四日　土　晴

東京へ空襲、神田・下谷・浅草・本所に被害

暖かに晴れて雪もやや消ゆ。B29編隊が必ず来るものと決心す。しかし終日来たらず。二女を休ませたことを後悔す。昨今、古いフランスの文学新聞を読んで感ずること多し。

二月二十五日　日　雪

東京へ空襲、下谷・青梅・大島に被害

東京へ空襲、麹町・神田・日本橋・赤坂・四谷・本郷・下谷・浅草・本所・深川・渋谷・豊島・滝野川・板橋・荒川・向島・城東・足立・葛飾・江戸川に被害

昨夜半B29来襲。今朝目をさますと雪なり。さんさんと降る雪の日なり。次女を（今日こそ編隊の来る

日として）前夜から休ませることにした。家内も多少朝寝したり。七時過ぎ警報と同時に空襲警報。艦載機というので雪も降るとなれば待避壕に入らず。二時、Ｂ29の大編隊雪のなかに来襲。盲爆を怖れてあわてて壕に入る。二時間半百三十機。四時近くなると空も地も茜色なる。白雪の上に黒灰おちて、付近の火災の甚だしかったことを思う。空襲になって、今日こそ助かったという感を深く抱く。夕方警戒も解除となってほっとす。九時のニュースまで大本営の発表なし。艦載機六百、Ｂ29百三十、帝都を盲爆し、大宮御所主馬寮にも落ちたりと。省線も飯田橋両国間通ぜずという。都内の被害の甚だしかったことを想う。九時のニュースを聞いていると再び警報。雪はしきりなく降って寒く、咳甚だし（薬も今日できれた）。

二月二十六日　月

エジプト・シリアが枢軸国への宣戦布告を表明
東京へ空襲、荒川・足立に被害

神田上野方面の惨状が少しずつ耳にはいる。風邪よくなくベッドに寝る。組合貯蓄のことで区役所に行く。電車来たらず、一時間東中野で待つ。上りはしきりに来るが下りは来たらず、駅員はホームにつもれる天与の雪をかくのに忙しそう。ホームで老婦人が「浅草の観音様が焼けるなんて勿体ない勿体ない」と呟いていた。下谷の防空指導員の腕章した青年に話しかけて、上野は松坂屋一軒をのぞいて総て全焼したことを知る。「震災の時と同様です」と言っていた。区長はすぐに手続をくれた。帰途（三時半）直に銀行に寄って、税金を払う。その時警報発令。急ぎ家に帰ると、あやまりだと放送していた。罪な警報である。あんたんとした日である。

二月二十七日　火　晴

レバノンが枢軸国への宣戦布告を表明

雪がとけはじめると屋根の雪がおちて縁側上の硝子の屋根を六枚破った。大音響とともに。子供等が珍しく縁側にいなくて命びろいした。幸運を喜び、ともかく板を上げて応急処置をとった。大工に速達を出したが来てくれないだろうし、心細い。二十五日の空襲の惨状はなかなか大変だったらしく、近所隣では逃げ支度である。みな浮腰で疎開のことばかり語って心配している。食物も少なし。しかし僕はどうも健康がよくなく終日ベッドにいる。

二月二十八日　水　晴

イランが枢軸国への宣戦布告を表明

次女を今日から工場に出す。神田から工場までの路は全部焼けて、焼けあとから死骸が出て来ていると、平然と語っている。逞しく生きて行けるような女性になった。しかし、これからどうすべきか迷う。朝日の原稿料百十円来たるが久振の稿料で不思議な気がする。随筆一枚十五円。しかし、今は金では何も買えない世の中になってしまった。百十円で何も買うものなし。隣組からは公債を買えと言って来てやまない。

日本は負けだと隣組の婦人達は互に話しあっている。

三月一日　木　晴　　　　　　サウジアラビアが枢軸国への宣戦布告を表明

家兄のすすめで、ともかく土蔵に荷物を入れる。風邪なおらず。三月らしい暖かな光もなし。「面会」「不詳」を（九枚）毎日の『サクラ』に送る。小説も書く元気がない。日本の運命が暗く考えられる。負けたことのなかっただけに日本民族の将来を想うと悲しくなる。昼頃突然電蓄も聞えなくなる。ラジオは十円かけてなおしたがきこえず、当惑する。夜七時過ぎ警報発令。八時頃隣家を呼んで聞くと、誤報だったとラジオ放送があったという。腹立たしくなる。暗い暗い気持だ。一体どうなるか。ここへ追いつめたのは誰の為だ。

三月二日　金

空襲の危険あり、三女を工場を休ませる。風邪よくなし。

三月三日　土　　　　　　ソ連と休戦後中立であったフィンランドが枢軸国への宣戦布告を表明

暖かなり。三女を休ませる。午前石川君来訪（家内が米をはこびに行っていたのにあって、かついで来てくれる）。一脈のものの読後感を話す（石川君の特長がよく出ている原稿だ）。

この日、初めて洋服に着換える。夕、庫前の雪をかいたためか咳甚だしく七度になって心配す。午前明子さん、兄来訪。荷物のことを運送店に頼む。今やかなり難かし。夜、小山に電話、小山でも再疎開を考慮中らしい。

三月四日　日　曇後雪　東京へ空襲、小石川・本郷・下谷・深川・杉並・豊島・滝野川・板橋・荒川・足立・向島・城東・葛飾・江戸川・田無・保谷・久留米に被害

起きぬけに警報。朝食を終るか終らぬかに空襲。九時半まで百五十機B29東京を盲爆。しきりに爆音とジョーキポンプの音がして気味悪し。特に曇天で味方機の姿が見えないので（滝の川やすがもがやられたという噂が伝った）、先ず助かったと神に感謝する。

過日の雪で風呂の煙突が倒れ、入浴できないことを家内は不平がり、子供等にまであたりちらす。さわ女、突然手伝に来たり二時間便所掃除をして去る。こわれた硝子屋根に木をのせて雪をふせぐ。又雪になったらと心細い。九州の読者から見舞状をもらう。神谷君から京都の三信、四信をもらう。それぞれ返信と親様に手紙を書く。今日から塩湯をのもう。

三月五日　月　曇　　　　　　　　　　東京へ空襲、蒲田・目黒・杉並・城東・砂川に被害

寒し、道悪し。家の中に雨だれす。心持悪し。特に昨夜は十一機B29来たる（十二時半→二時半）。三女がその都度二階に教えてくれる。風邪のために起床しなかった。しかし朝四時半頃まで火焰が見えていた。何処が焼けたか。

三女は登校。次女は工場を休む。休むことが辛いらしいが、事実行けなかった。台所を外でするので家内の苦心は大変。

三月六日　火　曇

地久節という。祭日もなし。敵が上陸するという。通の店の女主人が竹槍をつくるのですと言っていたと子供等が驚いて帰る。

昼頃からやや暖かな南風がそよぐ。これで雪がとければとよろこぶ。二三日間通じなかった電話が夕方通じて、アスファルトの社長が四日の空襲で死んだから兄へ伝えて欲しいという便りである。すぐ兄の家へ伝える。兄も信じられないらしく、電話でたしかめて呆然としている。外の煙突が中途で倒れたので火がもえず困る。しかし飯はよくたけた。後始末もした。後始末は長女がしているが指がしもやけで困っているし、不平が多いのでやってみると一時間あればできる。水道の水も思ったよりも冷たくなし。八時警

報。

三月七日　水　曇

東京へ空襲、八丈島に被害

昨夜はこがらしの風激しく、夜中にB29三機来襲なので心配したが助かった。今日は寒い寒い。真剣に疎開を考えなくてはならなくなった。二ケ月ぶりに散髪。安田惟光さんの死亡通知。次々に知人の死するは悲しい。沼津の父より便り、沼津も今年は寒かったらしい。何もしないでただ家事にはげむことは人間を馬鹿にする（知的でなくす）。女達が馬鹿なのはやむを得ないかも知れない。昼にもB29一機。このごろのように食べるものもなく空腹ではやりきれない。

三月十日

東京大空襲

アメリカ軍が東京を空襲（東京大空襲）死者は約10万人

東京へ空襲、麹町・神田・日本橋・京橋・芝・赤坂・麻布・四谷・牛込・小石川・本郷・下谷・浅草・本所・深川・大森・世田谷・渋谷・豊島・滝野川・板橋・荒川・足立・向島・城東・葛飾・江戸川に被害

昨夜の大空襲。風速五十六、東京は大震災に等し。それから落着かず、毎日流言。戦々兢々。

三月十二日　月

赤羽へ行く。その時の□□。
昨夜は名古屋に大空襲。東京よりも災害大なりと。
大津町も焼けたらしい。赤羽の帰途、板橋の越部さんに寄る。半次郎さん横須賀へ入団。

三月十三日　火

急に小山のすすめで家内が末の二人をつれて今夜は小山に泊り、明朝早く自動車で行くことになる。小山大先生わざわざおいで下さって上野駅の惨状を語る。家内は大さわぎで出て行った。これが永久の別になるかも知れん。

三月十四日　水

路上常会。家のこと、荷のこと、疲れ果てたり。

東京へ空襲、新島に被害

四月十三日

東京へ空襲、麹町・神田・赤坂・四谷・牛込・小石川・本郷・下谷・浅草・深川・淀橋・渋谷・

中野・杉並・豊島・滝野川・王子・板橋・荒川・足立・向島・葛飾・江戸川・八丈島に被害

夜大空襲、家危うく類焼をまぬかる。

ソ連軍がウイーンを占領。

四月二十日

自動車で軽井沢へ。

○農家をあてにしてもいられなくて、増産を自らすることに決意して、三週間毎日開墾す。すすきの根に困る。鍬にあたる小石に困る。土というよりも小石と小根とのまじりあいである。ここに野菜が発育するか疑問である。幸に裏のごみすて場だった土地を百坪ばかり無断で開墾したところ、土は黒く小石は少なくて、希望を持った。最後に種子播きに平賀政七という老農をたのんだ。ところが、老農をたのむにもやかましく労務調査部へ申し出ろという。しかも、なかなか許可にならないという話。その調査部というのが、宿の瓦屋のおやじ。星野の別荘の人々が二三軒同じ平賀さんをたのんだところ、瓦屋のおやじが、平賀さんに、そんなに別荘へ行って働けるならば、軍需工場へでも行けと怒鳴ったそうで、平賀さんは六十にもなって、日傭取りはごめんだと言って、もう別荘の手伝をしないと話して来た。やむなく種子をもらい、播き方などをたずねた。自分で総てをする決心して。平賀さんも手車を押して野菜を売りに来た頃が一番幸せであったと話していた。

二三日すると、瓦屋のおやじが平賀さんに、お前のような老人は別荘の増産を手伝うのがよかろうと話して来たと言って、瓦屋へ申出てくれればよいと申出た。丁度十五日に上京する予定だったので、十三日、十四日二日来て欲しいと頼んだ。

疎開日記

四月十九日

東京へ空襲、世田谷・渋谷・杉並・板橋・田無・小平・府中・大和に被害

神谷氏の自動車朝六時半に迎えに来たる。啓三氏と和男君二人と同乗する。直に出発。スーツケース、シャベル、醤油瓶二本を持ちこむ。

前夜警報発令（一時頃か）Ｂ29一機房総半島沿岸を旋回して去らず、大挙来襲の兆なれば、自動車で沓掛に出掛ける計画も実行できないだろうと、かんねんしていたところ、間もなく退去してつづいて敵機来たらず。大挙来襲すれば神谷氏の自動車は瓦斯会社のものなれば被害地視察で一日東京をあけることはできなかったことであろう。

池袋から都外へ出たが焼野原に化したのには今更驚く。浦和や大宮にも焼夷弾で焼けたところを見る。街道には荷物や手車（疎開用）馬車等ひしめきあって、道狭し。

高崎を出て間もなく警報。安中を通る頃には空襲警報で、防空服装に身をかためた学童が街道を列をなして逃げ帰る。防護団員が物々しく警戒している。敵情を知ることはできないが運転手は車をいそがせる。村々のぼけの美しさが目につく。

碓氷峠の難所には運転手は歎息する。十一時半頃安着。思ったより暖であるが疲労も意外に多かった。神谷氏は一泊の予定を変更して、一時に帰路に着く。空襲被害を心配してなり。

始めてゆっくり入浴するを得たり。痩せたり、痩せてはずかしいくらい。始めて寝衣に着換えて寝る。

ただ和男君に部屋をとられて、次女と同室。

四月二十日〜五月五日

沓掛はまだ三月か二月の気候。緑色なし。

先ずなすべきことは、和男君の学校のこと、神谷氏の家を探すこと。

和男君は千ケ滝学園で先生をするつもりで出て来たのだが。帝大の方にはその許可をえて勤労奉国隊から除外してもらってあったが。先ず沖野［岩三郎］先生を訪問して依頼することにした。沖野氏の別荘の裏手の花園がすっかり耕されて貧弱な畑になっているのが目についた。花園が自然のままなのを自慢であったから、この変化は冬をここで越された氏の生活のきびしさを思わせる。氏は裏でまき割りをしていた。

目白の氏の家も十三日の空襲で類焼したと。家の焼跡から出た焼夷弾のつつを机上に示される。

学園は四月一日から本校の分校として正規にみとめられて、すっかり県の指令に従わなければならないので、帝大生とて教員免状がなければ教員になれないだろうし、校長も数日前にかわったばかりで神谷氏の希望が容れられないことを知る。新校長を訪ねて、学校の事務をとらせてもらうように頼めとて、紹介状をもらう。学園が沖野氏の手をはなれて、公のものになった顚末を寂しそうに語り、何事も笑っているより他に方法がないという。氏も肺炎を病んだとか、めっきり痩せ衰えて、老が気の毒なほど目立った。

子供等の話では、六年受持の逸見先生が、教室で、「日本は神国であるが、この戦争には負けるだろう、残念なことだ」とか言ったことが、学童の口から父兄に伝えられ、憲兵の耳にはいって、逸見先生があげられて、その責任上旧校長は辞職したとか。そうした噂が子供等の間には公然と伝えられている。

逸見先生はまだ二十歳ぐらいで去年暁星を出たばかりで九月に学園が開校になると先生になり、高師の入試に及第して、この九月の入学を待っていたのだが、或は青年の卒直な言が学童から誤り伝えられて、名目上の責任の地位にあった清水校長が責を負ったのであろうか。

海軍の技研がグリーンホテルに移り、学園横の娯楽所もその研究室に使われているそうで、千ケ滝も海軍部落になったようであるから、その子弟も多く学園に通学することになって、若い中学出の先生ではつとまらなくなったのだろう。

和男君の代用教員案はこれで解消。


毎日天気よく、疲労の回復が感じられる。

軽井沢の本校へ和男君をつれて校長に会うことにする。代用教員でなしに事務員というのが、実際学校で必要なのか、却って迷惑であるとして拒絶されそうで心もとない。それに加えて、自動車の旅がたたったのか、痔疾が出て歩行困難なほどに痛む。駅前で軽井沢行きのバスにのることにした。バスも一日三回しか軽井沢へは行かなくなった。乗客はみな疎開者らしく、東京の話。

国民学校は授業中らしかったが、掃除をしたり、運動場で遊んでいる者が多く、近頃の勉学の風のすたれた様を思わせる。校長は六十近い考え深そうな人だった。用件を話したが、和男君が疎開するための口実だというのを見抜いていて、しかもそれを口に出さない好感を持てる人だった。事務員というよりも、佐久木工へ高等二年生が五十名動員して教師が一人監督しているぎりであるから、それの助手になってもらったらと、申出た。佐久木工は星野温泉の経営で願ったり、かなったりであった。校長は恐らく同じような申出を受けるのであろう。自動車をのりつけて校長に面会を求める貴婦人に玄関であった。女学校の最上級の娘の件で会いたいからと、受付の女教員に話していた。

和男君の件が解決したので安心した。若し未解決ならば帰京しなければならないばかりか、大学の方の勤労課と面白くない事が起きて九月の卒業にも差支えるかも知れなかった。晴れてはいるが寒い冬らしい田圃路を歩いて帰ったが、痔が痛んで口もきけなかった。田圃では馬鈴薯の苗をおいている人があった。

今日からプラトンを読む。

和男君を佐久木工へ紹介する。所長さんが星野の嘉［助］ちゃんだ。旅館の経営では従業員が徴用になるからというので、考えついた小工場である。料まつ署に納める食料品をいれる箱をつくる工場らしい。工員が百人足らずだが、主として土地の男女だとか、学徒は二十名工場で働き、他の三十名は木炭はこびに峰の茶屋の方へかようのだとか。和男君は明二十三日からつとめることにする。工場が大きくなると爆撃の目的になるから、これくらいがよいと、所長さんは笑っていたが、おもちゃのような工場だ。ちょうど農会の人が来ての話に、大島のあんこなど何百人も軽井沢に受入れて、開墾に従事させるのだと。

「そのなかに樵夫がいたら、こっちへゆずってくんないかね」と所長さんの注文だ。受入れるための住居は、ほったて小屋に、わらをひいただけで、馬小屋らしい。暖な大島から来る人々がここでそんな住居で堪えられるだろうか。農会の人と所長さんとの話を聞いていると、大島から疎開（強制）する人々が人間ではないよう。動物のよう。人間も下落した。罰があたる時が来よう。

和男君の勤務先が決定したのならば、今度は住居だ。星野にも千ケ滝にも空別荘はない。事務所をたずねたが、解らない。浅原君の別荘が開いていたので、申込もうとしたが数日前に海軍の技研の人が借りたとか。実際四月十三日夜の東京空襲以来、申込が殺到して、家どころか部屋も空いていないという。家の価は高くなって、四月十一日に三万円といわれた別荘を十五日には五万円で喜んで買った人があるとか。梅村別荘の六畳へ移ってもらえばよいと思うが、母子二人で六畳ががまんできるかしら。

荷物が着いた。家のもの神谷さんのもので、洋間は身動ができない。ウイスキー一瓶と油四合とビール一本、絹のたんぜんとがぬすまれている。明子さんの荷物を十ケ運ぶことの困難と骨折。座敷中にふとん包みがあり、落着かない。

プラトンには感心する。プラトンの描いたソクラテスには打たれる。特に死についてのソクラテスの態度に考えさせられる。

僕もずっと書きたいと思っていた長篇小説の主要な主人公をプラトンを読みながら、発見する。ソクラテスのような人を現代に生かしてみるのだ。親様を男性にして、それに知性を加えればよいのだ。主人公が頭につくられると場面がいくつも湧き出て、書かないではいられなくなる。しかし、書かずに頭のなかであたためておこう。

家のなかに他人がいると落着かない。しかも相手は坊ちゃんだから、助からない。神谷君は学生について、開墾することになったと言って、仕事のらくなのを喜んでいる。炭をはこぶのだったが峰の茶屋の方には、もう木炭がないそうだ。学生が開墾するのを日向ぼっこしながら見ていればいいのだと。それに先生の武井先生というのが立教の出で、立教のボタンをしていたので、学生に理解もあって嬉しいと、しきりに話された。

家の者は毎日の水汲みで大変である。渇水期のために水量が減少したのであるからか、千ケ滝から引いた水道に水が出なくなって一町も先へもらい水に行かなければならない。それも、出が悪いのでバケツをおいて順を待っていなければならない。雨の日など困難は更に増わる。バケツや釜に水を入れて、台所には足の入れ場もない。その水汲の困難は同情するが、家内も長女も余り不平をいい、幾度も愚痴をいうので、つい神経にさわって、「困難なことは黙って実行してこそ貴いのだ、伴奏入りでしてはいかん。特攻隊の人々は死ぬ事業を黙々としているではないか。お前と同じ年齢の男の子は特攻隊にもなっている」と、言ってしまった。この言葉は和男君の気に障ったらしい。

水がないと水のことにこだわって徒に水のことを不平を言う。水に憑かれたよう。そして、水道端会議があるらしく、それも闇の話で、闇をしないわが家では、闇のできないのが私の無能力のせいだと考えて、又愚痴の種子にする。晴れて澄んだ空を眺めることを知らないのか。真近い戦場を想えないのか。

野菜が不足だ。不足なのが当然だが、どうも困ったものだ。地面には緑のものはない。荷物に入れて来たほうれん草はむれてすっかり腐敗していたので使用できなかったが、にんじんとごぼうとはどうにかなって助かった。去年作っておいたむろにおさめた。幾日あるか当分はよかろう。

今日はやぎばらでお祭だというのでよばれて行く。小山老夫妻とやす子さん、家では上の子供二人、駅の向うへ小半里だがこの方面には初めて行った。風が寒いが、沓掛の区長さんが畑で麦を耕していた。小山老人に敬意を払う。やぎばら付近は田があり、沓掛とちがって、畑も肥えている。小林さんの家は白壁が遠くから見えていた。近づくと外国人が二人リュックを背負って出て行った。外人の買あさりの噂が噂だけではない。

小林さんの家ではおこたつを入れて待っていた。あがって、すぐ食物が出る。せりのおひたしがおいしい。芹の白根のおいしいのを知る。キャベツの生《なま》もおいしい。よく保存したものだ。氷豆腐、もち、赤飯、たらふく食べた上に、四時頃にはそばのご馳走——ああ幾月ぶりでこんなにたらふく食べたことであろう。食足りて心も満つるものか、一同ににこにこ表情も変り、帰途はおもちの土産までもらう。何のお祭りかも知らず、ただご馳走になりに行ったようなもの。

警報が出た。新聞も来ず、又東京の新聞の停止証をもらって出してあるが今月中は配達できないという。

ラジオは折角持参したが聞えず、文明から遠くはなれ、戦争に背を向けたような気がして不安だ。敵機はどこへ来たものか。

水野さんが訪ねて来た。特攻隊用の飛行機製作をしているが、その台数の少ないことで、戦争の将来が暗いことを述べられる。後に水野夫人が来られて、ご主人の訪問の目的は煙草を配けて欲しいということであった。ご主人は話し出せずにもどったのだと。煙草は二の日に配給になるが、煙草を配けてくれれば、深谷の工場から持参する野菜を配けるという。

煙草をもらうには東京から煙草停止証を送らせなければならないのだとも聞いた。差しあたり鞄のなかにあった外国煙草を与える。

横田〔喜三郎〕君が来訪。ご長男が病気で、大学病院からここへ移動した時の苦心談をする。四月五日の暁の空襲警報のなかを、たんかで本郷から上野へ出で、列車へ乗りこませたとか。空襲中なので列車は混雑しなかったとも話していられたが、この時代に病人を抱いていては辛苦も多いことだろう。病人の食料のために沓掛で誰か物資を融通できる人を紹介して欲しいとのことだ。結局闇屋を紹介して欲しいとのことだが、土方の小林がよかろうとも思い約束する。明日案内することにした。横田君の家族は昨年千葉で冬を越したが、食料が豊富でよかったが千葉県も危険になったので五週間前に全家族こちらへ来られたとか。

横田君が帰られると、家内は小林を紹介することに反対した。小林は闇屋だが手広く物を探して歩く者ではなく、砂崎さんと家と二軒ぎりしか世話をしないと言っているので、却って迷惑するばかりか、横田君の家では衣類を出してもというので、小林の物資が全部横田君の家へ流れることになる――と、悲しい話だ。ホテルの佐藤さんは闇屋でないから佐藤さんと、ブリキ屋の内山は凄い闇屋で家では物資を頼んでいないから、二人を紹介したらと、長女と口をそろえていう。それに従うより他にない。

神谷君の書物に画家論が多いので安井曾太郎論と小林古径とを読んだ。安井曾太郎は面白いが古径はつまらないと神谷君は言っていたが、読後はその反対の印象を受けた。曾太郎はつまらない。曾太郎礼讃で、曾太郎をも著者をも感じさせない。それどころか絵画について教えることもない。俳人の物の見方というものは案外上皮をなでているようなものではなかろうか。曾太郎に打ちこんでいるようが、作者は曾太郎をもその絵をも実はほんとうに愛してもいないし、学んでもいない。古径の方は、古径の履歴や生い立ちなどに触れてはいないが、実によく古径を感じられる。人間古径と古径の絵とが。芸術家の生き方が如何にあるべきか、而もその生き方のなかに、作者は自己の生き方を学びとろうと真剣である。実際感動を喚ぶ書物である。古径に作者が動かされる魂の波動は、すぐ読む者の魂にも波動を起すようなものだ。藤森〔順三〕氏がこの古径のなかには出て来ている。このような書物を書いて、作者も出なければ、書き甲斐がない。筆にも熱情が流れている。物を書くというのは結局己を表現することで、書かれる材料はどんなことでもよいのだ。古径がかりにここに書かれたように、すぐれた芸術家でなくても、藤森氏の古径は立派なものだ。しかし、道を求めるように探求をやめないために、未完成な作品の多いという古径に、私は近親感を抱く。作品をつくるよりも、物品を通じて己を完成しようとする芸術家に、私は組する。完成品は少なかろうが一歩一歩進んでこそ、職人でなくなる。職人の多い日本画家の中で芸術家であるために、古径はどんなに精進しているか、近い者に行きあった感がする。この作者藤森氏というのは一高の学生時代に『校友会雑誌』に、「われ如何なる道を選ぶべきか」を発表した人ではなかろうか。私はその頃中学五年生で、法科にしようか文科にしようか迷っていた。兄が持参した『校友会雑誌』にこの文章を発見して、二度も三度も読みかえして、感動したことがある。熱のこもった文章は若い胸に一粒の種子をおいた。その後この人はどうなったかと、三十年後の今日もふと思うことがある。古径で旧知にめぐりあった気持がするが、あの若い日の藤森氏ではなかろうか、手紙を出してみたいとも思う。

日本は戦争には勝たないが負けることはないという。それは結局負けるということではないか。

緑のものがないので下の子供三人でます池の方へ芹摘に出る。パセリは多いが本芹は少ない。しかし、池の奥の方へ行くとなかなかたくさんある。二時間摘むと夕食の膳にのせるぐらいの収穫があった。折角苦心をしてのこした白根を、家内は切ってすててしまった。緑の芹は春の匂がした。

横田君をホテルの佐藤さんに紹介する。暖な日なのに、佐藤さんはおこたつに招じて茶をいれ珍らしく自家製の菓子を出してくれた。軽井沢の将来について色々話がでる。林檎とクルミとがもらえそうである。牛乳も付近の農家が最近牛を買いいれるので、その牛が肥えていて乳が出れば日に一合ぐらいは分けてもらえるだろうとの話である。牛乳は旧軽では配給があるそうだが、総てのことで旧軽と沓掛と区別のあることがよくない。

内山は紹介したがいい顔をしないで、別荘の人々が農家を悪くしたので自分達も飢えることになったという不平である。昨日も知合いの農家へ別荘の人が立派な赤皮靴をくれて、米一升売ってくれと言ったと、農家が軽蔑していたと、さも私や横田さんがその赤靴を農家に贈った男のような口調である。沖野さんではないが何事も笑っているより他にないが、病人の食料のことを思えば憤ってはならない。ともかく頼んだ。外に出て私達は思わず顔を見合わせた。馬鈴薯僅か一貫買うために人間を下落させたように心さびしくなった。横田君は一両日中に帰京して、葡萄糖の注射液、Bビタミン注射液をさがし、千葉へ行って卵をさがして来るのだそうだ。

和男君に古径の読後感を語るべきか迷う。しかし、生き方がどこか落着かなく生活に対して甘い考を持っているので、それを忠告する代りに、古径と曾太郎との読後感を簡単に話す。彼は完全にちがう読後感は単に読書に対する相違ではなく、生活態度から来るのだと感じさせたかったが。彼も、「僕の読み方は表面的です」と言っていたが、淋しそうな顔をしていた。彼の木工への勤労奉仕も打ちこむというよりも批判が先に立って、学童を半日で帰宅さすべきだとしきりにいう。聞き流しているが、私は青年に不言実行を求めたい。農村の子弟だから、半日で帰宅させて、家庭を手伝わすべきだと、武井先生にも話したとか。その説は正当であっても、当分は黙って与えられた職務を忠実にやってもらいたいと思うが。

家のなかの食料のストックが少なくなるにつれて和男君の食べることが子供等の気に障りはじめた。茶碗も大きい。おかずも家内が多くつける。みんな肚がすくので彼のことが気になるらしく、困ったことだ。それに彼は遠慮しているのだが、何しろ男の子なので、女の子ばかりで育った家の子供等には、何となく気にかかることが多いのだろう。困ったことだ。彼の母が早く来て二人が独立しなければ、みんなが神経を痛めるだろう。

溜こえを汲んでくれないという。別荘の人は自分で汲めという。別荘の人、別荘の人と敵視するが別荘ではなくて、家が焼けて皆この夏の家が本拠になって、誰も別荘暮のつもりの者はいない。ともかく人糞も自ら処理しなくてはならない。人糞を処置するのには畑をつくるより他にない。二三日前、風呂へ行った時、広間で南瓜に関する講義があったので、聞いてみた。農林学校の先生の話であるが、高原の南瓜は作り易いらしい。まるくしばきおこして人糞をやって十日後播種すればよいという。この話で南瓜を作る決心したが今年の食糧事情を思うと南瓜ばかりでなく開墾して、できれば自給自作をはからなければならない。今日偶然たのんでおいた樵夫が来て、唐松をきるというので開墾のこととにらみあわせて、きるべき樹を選ばせたところ、裏のごみすて場ならば南瓜がみのるであろうという。そして、ごみすて場と唐松をきった東側とに数個の穴をほって、人糞をかけてくれた。考えてみれば、ごみすて場は星野から無償で借りてあった土地であるから、ここを開墾したらば五六十坪の畑ができるであろう。明日から開墾にかかろう。

湯川にそって行ったら本芹がたくさんあった。子供等とたくさん摘んだ。白根がおいしいから根を摘みなさいと通りかかった村人が声をかけた。ひるが卵をつけるようになると芹の根はたべられないが暫くは大丈夫ですとも言っていた。小山さんのおばさんも芹をつみにきて、あざみの芽がおいしいと教えてくれた。今にあざみはたくさん芽を出すであろうし、あざみが食べられるとは不思議な気もする。野菜の少ない所には野草がめぐまれているのであろう。今にいろいろ食べられる野草がでるだろうが、戦の思い出にありったけ野草で腹をこしらえよう。それにしても毎日よく空腹の日ばかりつづくものだ。せめて腹八分でも食べてみたい。

鍬は重い。しかし開墾をつづけた。付近の藤谷さんの家に平賀さんが来て開墾しているので見学して、まねることにした。藤谷さんは惜気もなく唐松を全部切り倒して畑にするが、土は小石が多くてよくない。私には唐松を全部切らせるだけの思い切りがつかない。二三十年を要した唐松を一度にきり倒して坊主頭にしてしまうのは、自然にすまない気がする。平賀さんも「こんなにてまをかけて、何がみのりますかね」と悲観的である。しかし藤谷さんの態度が徹底しているのであろう。私も種子はなし、播種は平賀さんに頼む方がよかろう。

平賀さんが四本の手のような鍬をかしてくれた。余りひどく使ったためか内側の二本が内へまがってしまった。驚いて詫びて返したが、「かじやがなかなかなおしてくれんから」と悲観していたが、「わざとしたことでもないから」と自ら慰めているようであった。家内は心配して十円渡していた。なれないので、手荒に使ったらしいが、力のない者が道具をこわすのがおかしかった。

今日も下肥を自ら汲むより他ない。下から道具を借りて来た。家内と長女とに天秤棒の端を持って、こえ桶をはこばせて、南瓜をまくための穴についでまわった。家内は手拭で口と鼻とをふさいだりして大騒ぎであるが、臭気もかぎなれると平気になるものだ。穴にかけてその上に土を少しかぶせておいたが、近頃米の中に大豆が混っているのが不消化らしく、人糞は大豆ばかりのようであった。桶を下の川で洗って返して来ると郵便で、木下女史の結婚の通知を受けた。よかった、よかったと、私は読みながら二三度繰返した。あの不幸でしかも心のすなおな娘が初めて幸福を摑んだようなはずんだ文章であった。しかし、こんないい便りをきたない原稿紙の裏に書くとはそそっかしい木下女史だ。敦子という名を特にあつ子と書いたのは新しく会った男性の注意であろうか。これもそそっかしいからか。ともあれ、下肥の臭気も忘れて、木下女史のために心をおどらさせた。よく晴れた日だ。

開墾に疲れて、庭であざみをつんでいると、やあと声をかけて神谷氏が来た。夫人もともに自動車で来たという。水が出ないので夫人は大変だと思うが、これで和男君も家から去るであろうし、家中ほっとした。しかしそうではなくて、夫人は帰るのだという。家中絶望。ともかく和男君を佐久木工へ呼びに行くことにした。和男君が来ると両親とも坊ちゃん扱いで驚いた。縁側へ自動車につんだ荷を投げ出すようにして、一時間後には風のようにあわてて帰って行った。何しにここまで自動車で来たのか判断に苦しむ。わが子の様子を見に来たのか、それとも借りられる家を見に来たのか。

家といえば空家さえ見れば神谷さんにどうかしらと思うほど熱心に探したがなかった。やむなく梅村さんの六畳はどうかときめておいたが、奥さんは気に入らなかったらしい。一軒借りたいのであろう。チマチャンという犬をつれて来たいと和男君は言っているのだから、どうも私が彼等母子のために家の件で苦労していることが分らないらしい。一軒借りることなど不可能だが、人間は何事によらず実行してみないと、その事の性質が理解できないものだ。七千人の人口が疎開者で二万人を越えたというので空家などあろう筈はない。空いた別荘など所々に見受けるが未だ東京の家も焼けず、東京にとどまらなければならない人がいざ罹災者になったら来ようとしているので貸家にしないのでどうにもならない。

裏の開墾地の真中にくるみの古木があった。かつて果実をつけたことがない。思い切ってきり倒すことにしたがのこぎりがきれない。これを切らないと一日中畑に蔭をつくるだろう。わが家ののこぎりではまる一日かかって、疲れ果ててからやっときり倒すことができた。口径一尺もないくるみだから樵夫が持っている道具ならば、私がしても一時間はかかるまいに。夕方帰宅する前に平賀のお爺さんが寄ってくれて倒れたくるみを見て、「のこぎりを貸せてあげたのに」と笑っていたが、見かねたらしく、持っていたなたで大きな枝を簡単に切りはなしてくれた。こんな些細なことでも道具だ。アメリカの物量というが、戦争の道具がアメリカと日本とでは平賀さんののこぎりと私ののこぎりとの相違があろう。その節お爺さんが肥料として灰をたくさん作るように言っていたので、横庭の枯葉をたいた。無風で焚火するのにはよい。特に寒くて、家ではこたつはなし焚火で暖をとった。庭にすててあった古トタン板に枯葉をつんで二十回も運びこんだ。焚火のまわりで語るのはいいもので、和男君といつまでも火をかこんで語った。最後はとたんをかけてその上を踏んですっかり消して家にはいった。しかし夜の十二時頃ふと激しい風の音で目がさめた。焚火のあとは大丈夫か心配になって、真闇いなかに外へ出て見た。とたん板が吹きとばされそうになっていたが、火は消えていた。落葉松の梢は海鳴のようにさわいでいた。

開墾することは苦しくても難しいことではない。根気があればできる仕事だ。疲れるが肉体の疲労は苦痛を伴わない。手は荒れて、あかぎれが痛むが苦痛にもならない。ただ畑をつくっても、何をどんな風に播いてよいか分らない。平賀の老人に頼むことにしたが、（二三軒でそうしているので）本年は別荘へ働きに出るのは統制されたので瓦屋に申し出てくれという。瓦屋というのは、日傭労働者を監理する統制理事長で、役場の隣の瓦屋の主人である。しかも、申出る際にも、女や子供ばかりだと言わなければ、日傭をまわしてくれないと注意された。面倒になったものだ。ところが、今朝平賀の老人が寄っての話に、昨日瓦屋の主人が、「そんなに別荘へ行って働けるようならば、軍需工場へ行って働けと言われたので、この年して日傭をするまでもないと息子等もいうので、もう畑仕事はしない。でも、種子はあげますから安心して下さい」とのこと。困ったことになったが、どうせ増産を目的であるから、最後まで人手をかりない方が本道である。畦のつくり方や種子の播き方は教えてもらえばよしと、平賀老人が藤谷さんでしているのを暫く見学した。老人は日当りのよいところへ馬鈴薯を、日当りのわるいところへねぎを植えていた。「こんな土で馬鈴薯はとれないが、畑にしておけば来年はようがしょう」と、悲観論だ。しかし、深く耕すと石ころがでるからとて軽く浅く耕しているが畦の作りなど、寸法をはかりいちいち糸を張って鍬をいれるという念の入り方で、実に見ごとなものになった。

私もまねたつもりで表庭の日あたりのよいところを耕して畦をつくったが、夕方帰りがけに老人が見て、落第だ、やはり糸をはって、長く一畦にして豆を播くのだねと笑っていた。表庭は土がなくて畑にならないような気がする。

五月六日

今朝平賀老人が来て「昨晩役場へもう日傭をやめるからと言って行ったら、お前のように六十以上の者は、軍需工場でもあるまいから、別荘の食糧増産をするように言われましたから、二日間、申込んでおいて下さい。浅野さんと矢部さんをすませたら来ますから」とのことだった。そして、開墾した畑を見て、畑の一角が溝になっているのを埋めろという。一人の手におえないので、日曜日のこととて午後和男君にたのんで見た。一時間もしないで疲れたらしい。折角の日曜日に手伝をたのむのが無理なことであった。私は人に命令する側の人間ではない。自分で黙々と実行する側の人間らしい。開墾はしてみると面白くて、何処でも耕して畑にしたくなる。しかし裏のが終ると何処にも適当な場所がなくて、やたらに石の間をも耕したりする。しかし、早く播くべきものは播き終って、畑の仕事を終り、勉強をしたいと思う。しかし、今朝のように霜がおりては早く播種すると種子の方でびっくりするだろう。

五月七日〜十日

独乙は英米にこうふくを申出たと。独乙人が戦争にあいて、西部戦線では英米軍をよろこび迎えていると、先日も横田君は話していた。悲しむべき独裁者の最後。それにしても、かかる歴史の日に地方新聞一紙しか読めないというのは、頼りないことおびただしい。日本はどうなるか。

あざみの若芽はおいしいが、今日平賀老人からもらったホーレン草を食べたら、あざみはいくらおいしくても野草だと痛感した。それほどホーレン草はおいしかった。それに毎日空腹でこまる。毎晩ご馳走の夢を見る。ホーレン草が緑でやわらかなので、一日畑に植えてみたが、移植が不可能なものらしい。老人もそれを見て笑い、せっかく食べてもらいたくて持って来たのにと言っていた。畑にホーレン草があると、通行人がわけてくれ、家に病人があるからなんていうので、もう売る気がしなくなって、みんなに食べてもらうことにしたとも言っていた。いっこくな面白い老人だ。東京の人は食べられる物さえ見れば売ってくれというと、笑っていた。百姓も腹が空いているので売りたくないとも言った。

長女が小山老夫人と小林英さんのところから馬鈴薯を六貫目背負って来た。この次は六月手紙を出すまで来ないようにと言ったとか。英さんからもことわられたと悲観していたが、闇値で売れない英さんとしてみれば当然であるし、こちらからも英さんに闇値を払う訳にもゆかず辛い立場である。

和男君の行く佐久木工の高等科の学生が毎朝鍬をかついで家の前の山を一列になってならんで登って来る。そして、芹ケ沢の奥へ開墾に行く。七時半に集合なのに出発は九時である。二時半には鍬をかついで帰って行く。三時頃に入浴して帰宅するそうである。無意味な勤労奉国である。殆ど全部農村の子弟であり、何れの家庭でも人手がなくて困っている。佐久木工で遊半分の開墾をして、表面勤労作業といっているよりも、家の農業を手伝った方がよかろうに。学童になまけくせをつけているようにしか見受けられない。和男君に卵を持って来てくれた学童もある。野菜がなければ物を出せば闇屋を教えてやるという学童もあるとか。日本は負けるよという学童もあるとか。

五月十一日

煙草の配給停止証を東京から送ってもらって、それをつけて配給願を提出して、今日はその第一回目の配給日に当る（一の日）ので、もらえるものと思ったがもらえない。理由は分らない。恐らく一回分を誰か途中の者が利用するためであろう。煙草はのまないが野菜をもらうのに必要品だからと家内はわめく。

野菜不足よりも食糧不足で空腹を堪えられない。天理教関係をというので勝又さんに手紙で頼んだが、点呼で帰沼する直前で返事があったが野菜はもらえなかった。小諸の教会長を沼津の父が紹介して来たがこちらはまだ返事がない。長崎君のところも不足勝ちだという。それに汽車の乗車券を買うことが殆ど不可能で、長崎君は一日上田駅に立って小諸までしか買えなかったとか。上田の西沢さんも疎開者が多くて物がないということであった。八方ふさがりである。東京の家の火災保険の期日がきれるので継続手続をするように頼んでやったが、代理店から返事がないので上京しなければならないかも知れない。東京へ食糧を集めに行く者が多いと家内が言っていたが、ほんとうに東京へそんな目的で行かなければならないかも知れない。この空腹はご飯に麦がまじったからでもあるが、春めいて来てみんなが外で動くことが多くなったからだろうが、食事の度にお互の茶碗に目をやるようなことが多くて人間が下落しはじめた。

五月十二日〜十六日

小諸在の岩崎さんという若い百姓が自転車で寄った。長女が林檎を買い出しに行く家である。何か食糧をわけてもらえるかも知れないと思うからか、歓待した。その若い農夫が突然言った。

「東京では昔の左翼はどうなっていますか。私共も新築地の人々を招いて芝居を見たり、徳永直から話を聞いたりしましたが、今こそあの人々が話していたような時代にきりかえられる時になりましたが」

私は答えに窮した。というよりも、この農村にはこんな風な空気がかおっていることに驚いた。そう言えば、和男君の学生のなかには、僕達は戦争に勝っても負けても同じ百姓になるのだからと言っている者があったとか。岩崎さんがそう言った時の表情は、思想運動が東京に起きているのを待望しているようであった。

「それどころではない、日本は勝つか負けるかの瀬戸際で一億一心それに夢中になっている時だから」と私が答えるのに、冷い微笑をうかべて、「地下にもそんな運動はありませんかね」と、私に失望しているらしかった。この人からもう野菜の融通をしてもらってはいけないと、後で家人に語ったが。

保険の問題でどうしても上京しなければならないので、東京の乾物屋に手紙を出して、食物のことをたのむ。子供に外套をやってくれという便りが来た。堤さんに無理な注文の手紙を書き送る。平賀老人にも十六日前に播種をたのんだ。今日の午後になって、来てくれた。この老人は実に畑を丁寧に扱って、種子をまくのにまるで芸術家のような気難しい注意をする。従って畑はみちがえるほどみごとになるが、こちらが植えたいものを植えないという不便がある。数日前に沓掛の平賀さんの家に寄ったところ、種子にする馬鈴薯や豆類をくれた。馬鈴薯はむろに入れると食べる惧れがあるので風呂敷包に入れて、三畳の部屋においた。ところがいざ老人が来てみると、家人はその種いもを食べてしまっていた。大騒ぎして、そっと大工の土屋のところへもらいにやった。食べたと知ったら植付をしないというかも知れない。

ジャガイモには下肥をおかなければならないのに、下肥の汲む道具が下にない。事務所に頼んだが、今日はつんぼのやっさんが別荘の汲取をする日だという。結局汲取賃を出せばつんぼが畑に下肥をおくというので、やっとたのみこんだ。ジャガイモ九畦、豆四畦、トーモロコシ四畦、それに瓜と南瓜を播くことにする。結局これだけに一日半を要した。

十六日に上京するつもりでいたら十四日の朝保険の赤木さんから手続きをして来た。おかげで上京しないですんだ。乾物屋や三木さんや堤さんに中止を知らせる速達を出した。それに十七日に勤労奉仕に出なければならなくなったので、十六日に上京は事実上できない。この奉仕に欠席すれば（男子が）配給停止になるという。近頃御代田に航空局が工事をしていて、附近の部落から日に数百人ずつ奉仕しているそうで、平賀老人など二回出席したというが、岩山のなかにトンネルを掘るので、私には無理だろうと老人は心配する。労働者をやとって代って出してもよいというので、老人に頼んだところ十八日なら行ってやるから、星野へそう申込めとのこと。星野へ申込んだところ、十七日に星野の別荘地区の男子が出動するよう命令があったので、十八日ではいかんとの返事。小林に頼むと家人は言っていたが、一日三十円出せというだろうと。三十円出すくらいならば出勤すればいいと肝が据わる。十六日に上京することにして乗車券を買っておけば出動しないですんだろうと、長女は慰めてくれたが、今後も勤労奉仕も多かろうし、経験にはよいことだ。

水が出た。各家に水道が出た。ざあざあ水を出して、出ました出ましたと、あちこちから叫んでいた。朝、つんぼのともさんと勝男君とが物々しい表情で水道の栓を開けに来た。初めて勝男君がやさしく見えたと家人が言った。長い間、朝から夜まで水汲に神経をとがらせて――一杯汲むのに二十分かかった――いつ水道が出ますかと問えば、勝男君は「こちらでも早く出してやりたいと思っているからそんなことを訊かないでくれ」と怒鳴ったり、「矢部さんの奥さんがあんまり失礼な口のきき方をして水道の催促をしたのでもう水道は開かない」と言ったり、「別荘の人は水を汲むくらいなんでもない戦争しているから」

と言ったりして、意地悪をしているようで、どこの細君も悲しんでいた。別荘の人は今こそ厄介者だろうが、別荘をつくれとすすめて、こんな不便なところへ家を作らせたのは誰か、家があればこそここへ疎開して来たのだ。疎開を誰が好きでするものか、国家の要請に従ったのだ――というように硬い苦情も出たらしい。しかし、今朝水が水道口からあふれ出た。きれいな水だ。もう山を下ってきたない水を汲まないでもすむ。水が出ましたねと細君達は言葉をかけあい、これで此処もらくになりますと笑いあい、勝男君にも「ありがとう。どんどん出していいですね」と言葉をかけていた。水に流すというのだろうと、私も外の水道のくちから流れ出る清冽な水を眺めていた。

水野夫人が訪ねて来た。ご主人が配給をこの地で受けているので勤労奉仕に出ろと言われるが、毎日飛行機の増産に忙しくて出られないが、出なければ全家族の配給停止だと脅かされる。女中に代って行ってもらいたいが、体をいとっていて、出るとは言わない。「こちらでも先生は行かれないでしょうから、代って万里子さんが行けば、女中がやむなく行ってもいいと今朝やっと申出た」ので、家の都合を問いに来た。私が行くと告げると夫人も「自ら出ましょう、後で女中に威張られるのも大変ですから」との話。どの夫人方も買出に骨を折り苦労しているが疎開も大変だ。しかし女中がいるのは贅沢の部だ。贅沢と言えば白雲荘のマダムは豚のようにふとっていて、若い女中を抱えて、闇の物を買うのを自慢にしているとか。魚屋には月百円の心づけをやっているので、いつも分けてくれるとか、百姓には着物や寝具を出して、その上一升三十円出すから米には困らないとか、得意に話し、林檎や肉など珍しいものがはいるとわざと玄関口におくとか、此のマダムには闇は虚栄であり、買出しはデパートに行く代りである。しかし、此処に集った夫人の幾人かはいくぶんこの豚夫人に似たところを持っている。しかし水野夫人がシャベルを持って六時の汽車で勤労奉仕に出ようと決心するのは悲壮だ。

家では神谷君も出なければならないが、憂鬱だ、憂鬱だと口ぐせにしている。特に十七日は電休日で佐久木工が休みなので、気の毒ではあるが、愚痴をいうのは僕は聞くのもきらいだ。

五月十七日

五時に起きた。弁当をさげてシャベルを持って駅まで膚寒いうちに歩くのも面白い。駅には沓掛の人々も鍬を持って集っていた。六時半の列車は勤労奉仕と学生と買出しの人々でいっぱいだった。星野団はみな男子だが沓掛には女もいる。御代田で下車したが、軽井沢からも男女多く出たらしくホームには奉仕隊ばかり。小雨が降り出して暫く雨やどりしていたがその間に出欠席を各隊ごとに取った。星野隊は欠席者一名。ちりぢりに約二十町も行くと一等兵が出て来て、みなを集めて各班に編成した。各自の持参した道具によって編成された。水野夫人の代りに中学二年生が出席していた。私は和男君など十九名で、道路開拓第二班になった。そこから又十町も行ったところに小山がつらなっているが小山に無数のトンネルが作られ航空局の燃料貯蔵にあてるのだそうで、今日の奉仕団百二名のうちで約五十名はその穴掘りにあたった。私共の道路開拓班はその穴へ通ずるトラック用の道路をつくるのだった。僕はなるべく疲れないように静に根気よく働くことにした。シャベルを持っているので土運びの方にまわらないように努力した。土運びしたらば一時間でのびてしまうだろうから。仲間は土方や百姓が多くて、この人々と伍してはどうにもならない。仕事は軍隊式に一等兵の指揮で、休息まで号令に従うのだが、なまやさしいものではない。ただありがたいことに通り雨がして、二三十分間穴のなかに待避できたので助かった。すぐにおなかがすいた。昼食には湯も水もなかった。昼食後一時間の休憩時に人々の語るのを聞くのも興味が多かった。配給品の話、供出の話、生活苦の話、誰も戦局には触れない。今になって燃料貯蔵庫を大急ぎで掘らなければならない日本を悲しんでいるのだ。この土地にこんなものができて、この山間も安全ではなくなったと、村の人々は空を仰いでいた。空には友軍機がしきりに翔んでいた。私共のつくる道路の両側には桑を植えてカムフラージュするという話だ。新らしい道路の下には小川が流れていた。川岸には芹が生えていた。みんな摘んでは、これで夕食のおかずができたと喜んだ。私はどてに密生するふきを摘った。やわらかそうな小さいふきであった。つくだにをつくるつもりだった。午後はさすがに疲れて体が自由にならなくなった。二時の休止の間僅か十分なのに、道具に寝そべってしまったが、ふとまどろんだとみえて、夢を見たほどである。私の体が自由にならないのを、頑丈なお神さんがはがゆがって、ふだん遊んでいるからだろうとか、怠け者だとか、土運びしながらしきりに小声で口ぎたなく相棒にいう。相手のお神さんは聞き流しているばかりだったが。四時に終って五時何分の汽車にまにあうように小一里の道を急ぐつらさ。六時近く又沓掛から登り路を歩くことの疲れること。

五月十九日

昨日、上の二人をつれて旧軽に出る時に馬力に行きあって、ふと荷物を見ると私宛の荷札が着いていた。中野さんの荷物であった。

旧軽ではレオ・シロタを訪ねた。シロタ氏は二階で昼寝らしく奥さんが階下でピアノのレッスンをしていた。冬を越した生活の厳しさを語っていたがシロタ氏はすっかり痩せて見ちがえた。肉もなし、まきもなし、これが戦争だと言っていた。鶏を飼っているが鶏の餌がないので鶏もやせて卵を生まないと笑っていた。家の前の空地を友人が耕して、ジャガイモをやってくれたが、秋でなければみのらないのがうらめしいとも言っていた。火災証書を出して、期限がきれるのでどうしたらよいかという相談である。ともかく八十二銀行に相談に行ってやる。（十八日が期限であり、いつ空襲にあうか分らないのに、東京の赤坂にあるピアノや家財が焼けたらと心配して、継続手続をとらなければならない）八十二銀行から帰ると娘の稽古をしていた。小一時間待ったので最後のバスを乗りそこなって、歩いて帰った。運動靴で歩くと疲れて困る。

五月二十日

長女がピアノの稽古するのにピアノがなくて自分でロシア人の家へ行って借りたようが、そのロシア人が白系ロシアとは言え、防諜のやかましい今日、万一のことがあってもと思い、東京からピアノを運ぶことを考えた。小山さんから警察署長にたのめばよさそうなので、躊躇した（一ケ月も）後、小山さんにそれをたのんだ。最初は名刺をもらって僕自身署長を訪ねる心算であったが、小山さんが行ってくれた。しかし、残念なことに十八日からトラックは軍用品以外運ぶことを禁止になって、特別に知事の認可のあった場合にのみ疎開の荷物を運ぶことができることに閣議で決定した。それ故署長から認可申請をするということになった。徒らに遠慮していて機を失ったような感がある。僕の悪い遠慮深さだ。

横田君が来られた。病人は急になくなられて、既にお骨にしたと。話を聞いていて、涙が出てしかたなかった。ここにも戦争の犠牲がある。

五月二十一日

千ヶ滝学園の父兄会の幹事にいつの間にかなっていた。父兄会というのは、結局父兄会できふをつのって学童用品を備えるために急速につくられたものだ。学園には備品がなくて理科の授業もできず、地図さえない。第一回として、一口二十円で父兄から基金募集にかかったが星野地区では五口以上持とうと、幹事会で申合わせた。さっそく父兄を戸別訪問したところ細君達の見栄があってなかなか面白い。戦災者と然らざる者との心理も面白い。戦災者は絶望していて気力がない。子供の教育どころではないというような焦慮であろう。

五月二十二日

星野地区の赤岩方面の組長になっていた。今日はマッチ、絹糸、ニボシ等の配給があった。三十六家族だが、ちり紙やマッチは一本ずつ数えて配けなければ承知しなかった。ニボシは頭数で一匁とか三匁とかはからなければならず、三人の当番に集ってもらったが、三人寄ると意見がまちまちで一層困難になった。絹糸も一束を二軒で分つのだが、色についての好みも加はり、それに加えて、点数の負担などあって複雑なこと。特にマッチを一本ずつ数へたり、箱を四等分したり、せちがらいこと驚くばかり。それにしても配給生活は人間を次第に小さくする。

五月二十三日

近衛公が来るから今日は浴場は休みだという。近衛公の来ることを星野では光栄に思っているらしいが、実は星野が近衛公の妾宅なっているのだ。新橋に出ていた女で色めがねをかけているとか。水道の出なかった頃、水汲に集る細君達の間ではこの女を話題に井戸端会議が開かれたものらしい。公が朝ココアの好物なことも、女の用心棒が公の留守中所在なくしていることなども私の耳にはいった。そう言えば十数日前に、帽子を目深にかぶった公が夕方家の前を観月台の方へ行った。気の毒なことに電柱のように背が高いから帽子で顔をかくしても公だということはよく分った。しかし、星野が公のおしのびを宣伝するように、浴場に客を入れないことは、公のためにおしむよりも、民心を刺激する点でよくない。青年は特攻隊で生命をかけている時、戦争の責任者たる公が女をここにかこって、密会するとは、と、家の青年も憤激している。入浴できずに夕方家へ帰る佐久木工の学童は「近衛さんがなんだい。おかしいやい」といやしく笑い合ったとか。早熟な田舎の学童は事実を知っているのだ。日本をここに導いた責任者が口では特攻精神など立派に説えながら、如何に生活上ぐうたらか、近衛公の場合はその一例を拙く示したのにすぎない。目と鼻の先の軽井沢には別荘があって、ここに女をかこっておかなければならないとは愚な者だ。軽井沢の藤屋が去年焼けたが、それまで毎年藤屋が女の常宿だったとか。不幸にして星野は温泉場であり周囲に別荘があるので、目が多かった。藤屋が常宿の頃には、女が変ったこともあったとか。戦争の不幸に人みな歯をくいしばっている時、国家を代表するような人物の私生活は、人々の目を惹くものだ。こうした人物には私生活がなくなっている筈だ。何となれば民は総て私生活をなくしているのだから。

五月二十四日

どうだんの若葉のみ緑で美しい。落葉松も漸く芽を吹きだした。二三日前には浅間は雪が降ったが。

いざトラックが出るとなれば、東京へ行かねばならないので、しかもいつトラックが出るか分らないので、その前に長崎君や金井さんを訪ねたい。トラックが出たら、東京から何と何を持って来るか、夜分家中で話し合う。その前に空襲があって焼けませんようにという。空襲が話題にならないと、戦争中だということをふと忘れるような平穏な自然である。長崎君から電報があったので出掛ける。その二日前に和男君は義勇隊のことが心配になって帰京した。他人がいなくなったというので、子供等はほっとしている。和男君がお母さんを伴って来られればいいがとみな話し合う。食事情が窮屈なので若い男を一人で背負っていることがもう堪えられなくなったのだ。

家の食糧を救うにも、又空腹だったこの数日間をとり返えすのにも、青木村へ行ったらば、長崎君の知りあいの宿へ一二泊したいと計画する。

長崎君はリュウマチで顔色が悪かった。細君は九月三度目のお産をするというが元気だった。細君の母堂が戦災者で来ていられたが長崎君達の生活にはとても混りあえない様子で、そのことが長崎君をあんなに顔色を悪くさせたのかも知れない。

夕方沓掛温泉に二人で行く。若い息子が文学青年とかで、米なしで泊めてくれるのもありがたいが、部屋も明るく静かであり、お湯も豊富で、食膳もにぎやかであった。山と川との様など、ふとオートサボアの山の温泉に辿りついた秋を思い出した。それも、近頃ここにのこっていた古いうランスの新聞を読みながら、フランスに郷愁を抱いているからであろうか。

だんだらの土地に柿と樫が新緑にもえるような若葉を付けている。沓掛と同じく呼ばれるがここは僕達の沓掛よりも一月は進んでいるのであろう。食膳にはわらびやふきやほうれん草など春のものが三度とももられて、どんぶりにもりきりの飯も量が多くて、初めてはら八分食べたような気がした。こんな調子ならば月に二三回仕事を持って来ようと思って、そう頼んだが、六月一日から軍の療養所になるのだと残念そうに答えた。残念なのは私の方で、昼食まで食べて家を出た。再び青木から小一里の山路をここへ登ることもあるまいと思うと、感慨も深い。貧しそうな農家の庭に、りらが紫に咲いていた。りらは珍らしい。N君も初めて見るのだと言っていた。たんぼの路にはふきと芹とが勿体ないほど繁茂している。この辺では摘む人もないのだろう。

何事も食物と関係して考え見る事が習性になったようでいけない。

午後青木におりて、再び田沢温泉に行くことにする。その間に青木の床屋へ行く。七十日ぶりぐらいだ。三月上旬にかったぎり、東京でも沓掛でも床屋がこんで一日がかりなので、つい面倒になり、朝髭をあたる時に、思い出したように安全かみそりで髪をけずってごまかしていたが、青木の床屋はすいていると聞いて行ってみた。若い女が二人でかっていた。村に二軒あるとか。学童が二人ばかり待っていたし、かり方が早いので待つことにしたが、学童が終ると外で遊んでいた子供を次々に呼び入れて、妹だとか従妹だとか言って、僕の前にはじめるので、とうとう八人目になって、N君を家で意外に待たせることになった。髭のあたり方が女らしくもなく乱暴で、折檻にあっているようった。かり賃四十五銭なのも面白いほど安い。これがここの生活費であろうか、N君のあの家が月九円で、此月十円にしてくれとこちらから申込んだところ大喜だったというのも、うそのような話だ。

田沢は沓掛と山をへだてた山間の温泉で、山のたたずまいなど沓掛よりも優れている。豊島区の学童が三百名いるとかで、宿でも客ではなく、親戚の者ということだった。ただ家中よごれて不潔であり、米を持って行ったのに、食物の量の少ないのが閉口した。お湯も外へ共同風呂であり、学童のいない部屋は、疎開者が自炊していて、大きな声で子供を叱りとばしたり、東京の噂をしたり、何となく落着かない。N君はしきりに沓掛よりも落着いてよいでしょうと推薦したが、私は沓掛の宿の方をとる。八時頃N君は青木村へ帰るので、月もよし送って途中まで下る。ほんとうに今日は急に暖かで、夜も月光に拘わらず宿屋のたんぜんのまま出ても暖かだった。途中麓から登って来る人々にたくさん会った。みな手拭をさげて共同風呂へ上るのだという。何となくなごやかな風景である。

田沢でも沓掛でも昼には女の服装は全部モンペだった。仕事着かと思ったがそうではなくて、沓掛温泉では朝出征者を勇ましいラッパで送る女達は全部モンペだった。しかし夜、風呂に行く女達はみな着ながしである。（出征者を見送る男子は全部着流であったが）モンペが風俗にはいって女人の服装を簡単化する代りに、二重三重生活におとし入れてるのかも知れない。それにしても田舎の学童は支那の子供のように不潔なみなりになってしまった。せんい類がなくなったからか。

夜半警報が出た。半鐘が鳴るが山から谷へ響き渡り、村々の半鐘が呼び合うようで、身のしまる思いがした。

疎開学童が早朝から掃除をし、唱歌をうたい、ラジオ体操をし、かけ声をあげてかけあしをしている。唱歌もかけ声もどこか哀調をおびている。ラジオ体操を見ていたが、先生の前の方の学童は熱心だが、後方の者は形式的に手足を動かしている。バケツを持って炊事場に食事を取りに来る子供等が、又一勢に声をそろえて、お早うございます。ありがとうございます。と言っている。形式主義が強いられているのか、子供らしいはずんだ調子がない。勉強はどこでいつするのか、暗い部屋の隅々でみんなこそこそしている。

五月二十五日

朝共同風呂へ行ったら、二十三日から四日にかけて東京は大空襲だったと語っていた。驚いた。ラジオの知識なので、詳しく訊ねても分らない。品川と荏原が大変だったという。二百五十機だったとも。青木へ下る前に、村を一巡してみた。路はせまく二三軒の旅館の外には農家ばかりで、ここが山のつきあたりで、この上には部落はない。一寸のぼると汗ばむように晴れて暖かだ。そして、すぐ清流に添った村々を見おろせる。静かに絵になる景色ではあるが、どんなよい耳を持つ者にも歴史を語らない風景だ。信州の風景には歴史のないのが物足りない。見渡したところ、寺もない。実際信州を歩いて寺のある風景が少ない。かしこい信州人は信仰というような手ごたえのないことはしないのかも知れない。しかし、それは信州人の物足りなさであり、美しい景色でありながら身にしみるものがないのだろう。どこかスイス人に共通なものがありはしないか。愚かになれない人間には、私は厚意が持てない。

朝風呂にはいったせいか、そしてぬるいので長湯したせいか、疲れてどうにもならなかった。青木に下る路は春たけなわで、ねむくもあった。

塩沢さんは結婚のお祝いのお返しにとあま酒をくれた。N君とのんで昼前別れた。弁当をもらって。N君が語った農村の話は、農民が殆ど総て敗戦的であるということだ。戦に破れてかりにアメリカになっても、今の供出強化の生活よりもましだといいあっているという。この言にして真なれば、日本はすでに破れたのだ。最後の頑張を国民に喜んでさせる政治はないものか。この戦争で最もたいはいしたのは農村ではなかろうか。日本の農民がさかしらに支那の商人よりも精神上堕落したとしたら、それはすでに戦敗ではなかろうか。

沓掛の旅館に一泊した翌朝、暁にラッパで行進する人々を窓から見るのは快かった。出征兵を送るのだが、山のくねった路を下って行く人々がいつまでも見えた。出征兵であろう、国旗をたすきにした青年が酔払って、友人らしい青年の肩によりかかって先頭に行くのは異様であった。朝ご馳走を食べ酒をのむ習慣だそうだが、酔って鎮守様へお詣りして、それから、青木の役場で村長の訓示を受けるらしい。窓から鎮守様は見えなかったが、一時間ばかり後に、もっと下の路をさっきの行列がラッパの音を先頭に行くのが見えた。行列の人々もずっと多くなっていた。

塩沢さんで味噌を分けてもらいたくて行ったが、あまざけはやや失望した。N君の家の配給分をもらって帰り、後でN君の家で塩沢さんにもらうそうだ。二十四日が村中の配給日で、一里もある部落から青木に取りに来ていた。床屋にいるとあちこちの部落から下りて来た人々が短い噂をのこして去る。認め印を忘れて来たお神さんは、「これだから配給はきらいだよ。塩さえあればみそなんて自分で作るがなア」と床屋のお神さんに話していた。

青木の郵便局は切手が十銭四枚五銭一枚いつでも売ってくれた。軽井沢では朝九時と二時とに売り出すが、行列をつくっていても買えない。そのために殆ど郵便は速達にして出すことになる。受けとる相手がおどろくであろう。

ともかく二日の小旅行でおなかに多少力ができた。N君がおどろくほど私はやせて老けたらしい。たらふく食べて幸福になるとは不幸な時代だ。

五月二十六日

帰ってみると小諸の友野糸さんから二十五日に待っているから来て欲しいという便りであった。二十五日は昨日だが、お祭ででもあろう。二十六日に行くことにする。教会で勝又さんに会えたらという期待もあった。乗車券を買うために長女が六時に駅に出向いて、私の切符を平賀さんにのこして、一番で小諸に出てすぐならんで帰りの切符を買う。私は長女の朝食と二人の昼の弁当を持参して次の八時半の列車にのる。列車のなかで、土地の人々が昨夜は東京が大空襲で、軽井沢から遠く空の焼けるのが見えた、こんな火災は震災以来初めてであると話していた。何処の辺が焼けたのかラジオがないので何も知らずに出て来てしまった。軽井沢から乗った二人づれの婦人が二十三日の空襲で焼けたことをしきりに話していたが、他人ごとのようにほがらかだった。小原というのは線路を越えてなかなか遠かった。友野さんが地図を書いてくれなければ分らなかったろう。桃畑や野菜畑のなかの道をかなり行くのだが、これなら桃をもらえると長女は喜んでいた。

大きな樫の木のそばの綺麗な教会だった。初夏のようにあつくて、樫の樹蔭には、自転車のりが昼寝していた。しかし教会には誰もいなかった。暫く待ってみて、通の家で訊ねると教会前の農家だろうと教えた。農家の庭で老婆と桑の枝の皮をむいていた。三十歳ばかりのめがねをかけた婦人会長さんだった。老婦人を想像して行ったので、一寸まごついた。信徒は五十軒で分教会には無理だが西屋代分教会長が亡くなって跡をつぎてがないので御分霊を迎えたのだと話していた。主人は一人の子供をのこして出征し、ニューギニアにおるがもう一年半も音信がないそうである。信州人は信仰心が少ないが、信仰のない者がこんな時代に精神の崩れて気の毒だとも言って、農家が闇屋になって行く様を詳しく話していた。白米一升、もち米二升、あずき一升、大豆一升、ジャガイモ二貫、醬油一升分けてもらった。いかほど支払うべきか迷ったが、御神前にあげてくれればよいという言葉である。家の買出を引受けている長女は闇価を七八十円と申出たが、私は出征家族を応援するつもりで、土産のほかに八十円神前にあげた。昼食は弁当の他に、みそしるのご馳走になって、あついなかを田圃路を帰った。沓掛で三時何分かのバスに乗らなければ、歩いたら大変だと、引止めるのもきかずにあわてて帰途についたのだった。

どうした訳か家に帰ると不愉快で、腹の虫がおさまらず、むしょうに腹立たしくなるので、それを紛らわすために観月台を開墾してみた。思ったより土もよく、この分だと私の開墾した畑のうち一番よいところになるかも知れない。

しかし、もう増産にばかりこだわらず、よい仕事にかかろう。人間叢書を出したい。シリーズにして、一冊ずつ書きおろし長篇としたい。第一篇が例のソクラテスのような人間にあこがれを寄せる作品にしたい。第二篇が工場の経験を作品にした（例の「人間」を完成する）ものにしたい。

このむしゃくしゃする気持は久しく仕事らしい仕事をしないからではなかろうか。

五月二十七日

依田村の金井さんが訪ねて来るようにとの便りがあった。上田に近いので切符を買えない。面倒な手続きを経た。大屋で電車に乗換えたが、この電車はひんぱんらしい。長瀬でおりたが寒村である。地図通りに依田村の農業会を訪ねたが途中郵便局で切手を買おうとしたら、いくらでも買えるのには喜んだ。ただハガキは不足らしく、手製のハガキを作ってくれとはり紙をしてあった。十銭も出して手紙を出す者はないと、窓口で少女が笑っていた。長瀬橋を渡って、坂路を登るとなかなか小綺麗な部落がつづいていた。白壁の家がつづいて、その表に農会があった。しかし、葉子さんは休みだという。尾野山を訊ねると、農会の少女が丁寧に教えて、地図を書いてくれた。結局一山越えた部落だが、その山路は登りで暑気が甚だしかったが、千曲川を見下ろす美しい路であった。峠には檜らしい古木の下に大きな古石碑に十六夜塔と書いてあった。尾野山というのは二十軒ばかりの貧しい農村で、金井さんの家は、火の見の下であると言ったが、火の見の下で訊ねると、あの長屋だと教えられた。間違いだろうと思ったが、三軒長屋の角をまわってみると、奥さんが近所の細君と洗物をしていて、長屋のまんなかのきたない所に招じた。八畳一間で、たたみは表が破れ、部屋の隅にふとんをつみ、僅かな衣類がその横にかたづけてあった。上るのも躊躇される惨さであるが、惨であるから遠慮なく上るのが礼儀であろう。お茶を出すのも、その部屋の隅で火をおこしている。鳥小屋のような家と手紙には書いてあったが、これはあまりひどいけれど、みえのない夫人の態度に感動した。東京の暮向きを知っているだけに気の毒でもあるが、又ほむべきでもある。

夫人は顔を見るとすぐ、小滝から何か知らせがありましたか、昨日親類の者から電話で、二十五日の朝の空襲で焼けて、人形の頭がころけていたぎりだということですと言った。この言葉に僕達は胸をつかれた。金井さんは家の下隣で、金井さんが焼ければ僕の家が焼けない筈はない。特に突風が激しかったそうであるから、季節では南風で、とても助かる見込はない。

夫人は弁当を持って来ているからというのに、部屋の隅でイモや菜をいれた豚じるをつくり、卵をわり、メリケン粉の菓子をつくって、しきりにすすめながら、あれこれ話された。実際、目の前で料理してくれることがどれだけ清潔で、立派なもてなしか、夫人はよく心えていられたのであろう。中野を安全な疎開地と思って引越したので、荷物一つ持って来なくて、茶碗まで近所でかりて来る始末だとも言った。部屋にあるものが全財産だとも言ったが、家族五人の持物がこれだけかとお気の毒である。第一家族五人がこの部屋にくらすということが不思議である。一万円でピアノを買って去る十五日にはこび入れて、葉子さんはそれを見もしなかったとか。ご主人も運悪く来ていて二十五日の帰るべき切符を六日間通用ということを訳もなく二十六日までと思いちがいして、二十六日に大屋の駅で乗車を拒まれ、今日また切符をもらいに行ったとか。夫人の話はれんらくがないが飾らずに真情を伝えて感心した。葉子さんは月二回の休みで上田へ行かれたと。休みに家にはいられないであろう。長女は金井さんでご馳走になろうとか、都合によっては自分一人泊めてもらうのだと言っていたが、東京を想像しての話である。しかし、奥さんのもてなしは大ご馳走であった。やがて主人ももどられて、これから百姓をするのだと言っていた。メリケン粉、豚肉、バター、ジャガイモ、大豆などをもらって、帰ることにしたが、すっかり時間を忘れていた。帰途は長瀬に出ずに大屋への近路を教えてくれたが、奥さんは近路を教えてくれるからとて、半路も送ってくれた。その途中、部落の生活で部落民になりきるためにどんなに窮屈を忍ぶべきかを語っていた。部落の生活は疎開者には苦痛が多いであろう。あの苦しい八畳にはいったのも、（戦災前から）部落民になりきる態度を、部落民に示したものであろう。

大屋までの路も景色がよく、特に山村らしい風景は千曲川を下にして美しかったが、近いどころかなかなか遠く感じられた。背負ったリュックが重いからではなく、東京のわが家が戦火にあったということが心を重くしたからであろう。

家の者共も小滝の知らせで茫然とした。いろいろ考えると愚痴が出るが、あの荒れ果てた八畳で愚痴一つ言わなかった夫人を真似るように家内によく話した。

五月二十八日

一晩よく眠れなかった。金井さんはああいうが焼けたのではなかろうとか、倉は焼けたろうかとか、空気孔をよく完全にふさいでおくべきであったとか――特に、遠からずトラックで荷物をとりに行けそうなので、残念でたまらなかった。宮城や宮家や諸官庁が焼けたことを思えば、わが家の焼失など取るに足りないと思うが。こんなうじうじした気持を吹き飛ばすように晴れた日で、急に一日二日で緑も目ざめたように鮮かな色になったので、僕も観月台へ出向いて、どんどん開墾した。平賀の老人もねぎなえを一貫五百匁も持って来てくれた。くよくよ考えるな。

しかし十時頃三木さんから電報で「ゼンショウスクラヤケヌ」と知らせがあって、希望をなくしたが、倉庫がのこればよしと肚もすわった。次女は白百合に行けないことを落胆して、（というのは戦がすんでも帰京できないので）朝からしょんぼり座って、掃除もしない。子供等を元気付けるために代用食として久振りにフカシパンをつくった。悲しい慰安である。フカシパンは大きくておいしく、子供等も笑顔をした。

昼休みに平賀老人はねぎなえを植えてくれた。小山夫人が芸術的だとほめるほど綺麗に植えつけた。観月台の一角が急に畑に化したようである。夏のようにあつくて、緑が目にしみて、老人はあついあついと吐息していた。残った畑には大豆を播けと言ったが、私は四畦ばかりジャガイモを植付けてみたいと考えて、その準備のために人糞を四畦かけた。二畦にはトマトを植え他は全部豆にしよう。青木へ行く日、バスの上から見たが、何処かの村では勤労奉仕者らしい人々が道路端に鍬を入れて、大豆を播いていた。大豆は何処ででもとれるものならば、ありったけ播いて、この冬に備えておきたいと思う。

夕はまたしても焼けた家を話題にして悲しみを新にした。それを忘れるために、私は子供等に新しい家の設計を考えるように宿題を出した。

五月二十九日

朝平賀老人はねぎ畑を見によった。間もなく水野さんが来てくれて、保険の事、電話のこと、区役所のことなどを丁寧に注意してくれた。東京に行かなければならないが、一体何処に泊るべきか、連絡がつくまで出られない。水野さんの行き届いた親切には感謝より他にない。兄が焼けたろうか、東京からはれんらくもない。九時にゴム靴の修繕券の抽せんをするので希望者に集ってもらった。五人で二本のくじである。

小諸女学校に転校しても工場でせんばんをするより他にないので休学しているのだが、家の焼けたことを最も悲しんだのもこの次女で、朝からぼんやりしていたのだ。次女にジャガイモを植えるのを手伝わせようとすすめた。何か哀れでならなかった。十六歳なので一番不幸が身にこたえるのだろう。ジャガイモも少ないので一芽植にして、種イモの倹約をした。豆もまき終った。これで大体百姓仕事は一先ず終りであろう。

風呂から帰った家内と次女は、あんなに風呂がこんでも、焼けたのは自家と伊東さんだけだと、口惜しそうに残念がった。みんな焼ければいいと期待するのだ。戦争が終わって、焼けない人々が東京に帰る時、此処にいのこることを思うと悲しいという。特に水の出ない厳しい冬を此処ですごすのが悲しいと。ところが、夕方裏の滝さんの若主人が東京から来て、類焼したという。家中何かほっとしたらしい。

私は家の者に保険金の話をして安心させた。五月二十二日がきりかえの機会で、その時家と家財と合わせて十万円となっていたものを、家を八万円、蔵書を五万円、家財を二万円として、十五万円にした。水野さんの計算では現金を九千円と五年間据置に十四万一千円もらえるのだし、十四万一千円には三分八厘の利子をもらえるのだから、月三四百円の家賃の家にはいれるから安心するようにと話した。こんな話は子供に聞かせてはいけないとも思ったが、お互にいつ死ぬかも分らないので話しておいた。

ストリンドベルヒの『赤い部屋』を読み終る。二十年前とちがって面白くないが、貫こうとする貴い精神にはやはり打たれる。こんな時代であるから、益々精神のたいだをいましめなければならない。この際『赤い部屋』をこつこつ読んだことも無駄ではない。小説の技術はうまくない。翻訳が悪いのではなかろうか。

五月三十日

（上田から帰る時だった。駅の待合室に二時間近く待った。きたない場所で持参の弁当を食べた。待合室は切符を買う人や前日しんこくする人で身動きもできなかった。いざ開札という瞬間、椅子にかけていた人々が立ち上ったが、私のすぐそばにいた国民学校の五年生と三年生の姉妹もつられてあわてた。集団疎開をしていたが、両親が疎開したので、そこへ行くのだとて、少女としては大きすぎる荷物を持っていた。疎開していた宿でお別れにもらったらしい大豆とあられのいったものを袋に入れて、大切に食べていた。しかしあわてて立った拍子に妹は袋のあられを地にこぼしてしまった。その時の大きなべそ。姉はあわてて足でそのあられを一所へかき集めた。ベンチの下へ足でかきよせてすてて行くのかと思ったら、他人に踏まれないための処置で、いきなり自分の袋を妹におしつけて、自分では妹の袋にほこりまみれの大豆やあられを大急ぎで入れた。その有様が余りに真剣なので、私は暫く見とれていたが、姉はそのほこりまみれの豆を一口ほおばると、大きな荷物を背負って、妹にも荷物を背負わせた。妹は呆気にとられて、姉の袋を持てあますように左手に持ってぼんやり、姉の処置を眺めていた）

昨二十九日の横浜の空襲はＢ29五百機　Ｐ51百機という大編隊であったことを新聞で知る。横浜の損害も相当ひどいらしいが、こんな風に空爆されて、日本の富を次々に灰燼にきしてしまったらば、国は滅亡にひんしはしないか。どうみてもアメリカに勝味のない戦争である。どう戦争を処理するか、政治家にも、戦争指導者にも、確信はないらしい。国民はただ苦しんでいる。しかし、戦う上勝たなければならないが、勝つことしか知らない国民の不幸はここにある。

焼ける、必ず必ず空爆されると口では言っていたが、日本を信じ、日本の軍を信じていたから、ぬかりがあった。肚の底では、焼けないだろうと漠然たる安心があったので、いざ焼けてみると、落胆もした。倉庫は大丈夫だと思いつつ、収容すべくして入れない物が多かった。佐伯〔佑三〕君の絵も惜しい。アランの像も惜しいことをした。十年つけた日誌を焼いたことが最も残念だ。巴里から持ちつづけた小さい寝台も。ピアノはいうまでもない。小山さんにトラックを早くたのめばよかったのにと、それも残念だ。特にピアノは長女が練習できないので弱っているし、悲観もしているので、中野さんが持って来てくれたらばと、そのことが残念だ。ピアノ一台、寝台一ケにしても、長い歴史があり、一篇の物語になる思い出がある。

東京からは何処の家へも誰からも音信がない。どんなであろうか。三木君の電報は恐らく禁止前に発信したのであろう。

過去の日誌も焼いたのであるから、今日からは産れたばかりの新鮮な心で、制作にかかろう。発表するあてもなくなったから、却って己をごまかしたりせずに、魂のいぶきを作品として形象化することができよう。人間五十年ともいうものを、今日からはただもうけした歳月と思って、本気なものを書きとどめよう。

横田君を訪ねた。ご子息の写真を応接間に飾ってあった。二日前に福地山へお骨を埋葬して帰ったとか。その写真の前に黙祷した。横田君の家も同じ夜焼けたとか。保険も継続するのを忘れていたという。荷物は殆ど出さなかったらしい。それに加えて、家は焼けて而も東京に住まなければならない不便をどうすべきか。例のトラックが早く用意できたらばと、それを、又してもお互に話しあった。横田君の友人は土蔵がのこったが、土蔵に入れることを怠って、のこった土蔵を開けてみると一物もなかったとか。誰も焼ける覚悟をしているようで、実際その用意が足りなかったのだ。それも実は日本軍を信頼したからである。軍人が最も早く疎開したが——二年も前から疎開した者が多いが、軍人が一番日本軍の実力を識っていたからであろう。その実力を国民の前にかくして、勝つためにあらゆる偽瞞を国民にして軍についての幻影をつくったのであろうか。

横田君の家へ往復するだけの間、途中で会った五組の人々が戦災にあった悲哀を立話をしていた。今日初めて電報で知らせる許可がでたのであろう。何処へも今日通知が来たものらしく、浅野さんも浅見さんも焼けたと分った。この山で戦災の通知のないのは小山さん一軒ということになった。

しかし、この春の美しさはどうか。自然の贅沢な饗宴である。緑よし、花よし、鳥よし、空気よし、光よし、余りに美しいが故にこの戦が悲しくもなる。歩いていてふと空いた家の庭へはいってみると、何れもちがった饗宴を張ったようで主のいない庭を独り静かに楽しめる。春をこんなにたのしめるのも珍らしいが春は短いらしく、もう日ざしは夏のようで、唐松の葉は一週間もしなくてもう硬い色になった。

五月三十一日

（沓掛温泉へ泊まった晩に、N君が話していた。農村の人々は天皇陛下の御為に命をすてるということに疑惑を持っていると。天皇陛下の御恩というが、嘗て皇恩を受けた験がないと言っていると。何事にも軽々しく天皇陛下を持ち出した指導者の罪を、今こそ知るべきである。）

非常常会を観月台で開いた。この隣組を三つに分けて、三つの隣組にして、配給物に関しては星野事務所から独立するのだ。星野事務所にれいぞくするために、配給物に関してとかく明朗を欠いたようであるが、これからは配給物も多くなろう。序に石けんの配給する。六ケ月ぶりの配給であるとか。浴用一ケ九銭で六人で一ケ。洗濯用十銭で四人一ケの割合。観月台は日が強く（朝十時）そのために小山さんの庭でしたが緑の光のなかに人々のつどえるはよし。

近衛公の秘書の岡部さんが小山邸に来たというので招かれる。時局談であるが、この人の話は実に冒険小説のように面白い。政治のからくりがこんなに面白いのは日本のために悲しむ。政治が国民のものでなくて特殊の人に依ってのみ行われ、而も国を賭けて遊技をしているからであろう。

米内［光政］海相は自決するかも知れないとか。特攻隊用の飛行機ももう四五回使用すればなくなるので、海軍としては遠からず外交交渉に移してもらうより他にないと決したとか。その時陸軍がどう出るか、出方に依っては、総辞職するだろうが、米内海相の決定通りの政策（外交交渉に移す政策）に賛成しない内閣には海軍は海相を送るまいとか。

小磯さんは総理になると同時に重慶と直接交渉を開始しようとして、宇垣［一成］大将を送ったが、大将は南京まで行って相手にされず軽蔑されて引返えして来たとか。そして重慶と最も関係ありというふれこみの無名の支那政治家を東京に迎えて、げいひん館に三ケ月間歓待したとか。

吉田茂が軍の粛正をとなえて警兵隊に拘束されているが、吉田茂の女中が憲兵隊のスパイ役を、（ハンケチやおしろいをもらって）つとめていたとか。徳川頼寧氏が外務省大東亜省の依嘱に依って、箱根に疎開している外人の家へ出入していると、そのために箱根で憲兵隊に軟禁されたとか。

東條大将は総理時代に皇室を満州へ移しても抗戦する決意をかためたが、現在の戦局では、皇室の御存続をゆるされる範囲で、この戦の終末をつけることを考えなければならない情態になっているが、それには戦争の責任を総て軍が負って、皇室にご迷惑をおかけしないですむような策を講じなければと、真剣に考えている将軍もあるとか。

二十五日の空襲は実にひどいもので、岡部さんは二十六日に帰京して、大内山をも拝し、東京の中心地をくまなく歩いたが焼けない物はない有様で、あれで東京で政治がとれるものか不安を感ずるとか。信州に大本営を移してこの天嶮によって飽くまで抗戦するとしても、敵が本土の各地に上陸した場合、抗戦を継続できるものかどうか……

思えば国民は今日まで何も真実を告げられずに、戦争の苦悩をのみ負担したと言われないだろうか。それも、おだてられ、瞞されて。

岡部さんの友人で三井の禄をはみ三井の重鎮なる某氏が岡部さんに言ったとか。結局日本は既に第五流国にもなり、貧乏で経済的に一本立ちのできない国になったが、資本主義国として存立すればアメリカかイギリスに隷属することになる。国内的には既にソビエト組織が完成しているので、資本主義国として存続するよりもソビエトとなるにしくはないと。「どうでしょう、その時、日本はロシアに隷属することになるでしょうか」と岡部さんは私に問うのだった。

それに返答したらば、私は大馬鹿者になるだろう。

和男君が帰京した。四日に点呼があるというので帰京したのだが、郷愁らしい。何事につけ困苦をさけようという態度は独息子という運命的な本能から出るのだろう。決して意識して易きにつくのではないが、自然に困難をさけ、何事も他人にしてもらおうというような傾向になる。気の毒だ。

子供等は男の子が家にいることで毎日肩をこらしていたらしく、やっとほっとした様子である。ぼたもちを作って、たらふく食べた。家でおぼたをつくったのは、これが初めてで、私があれこれ指導してやっとできあがったが、思ったよりおいしかった。

天羽さんの主人が東京から避難して来られた。東京高等学校も焼失して、二十六日からずっと校庭で死体を焼いていたと。木島さんは長男が東京高校の寄宿舎にいるので心配になってすぐ上京するのだとあわてだした。板屋さんも横浜で焼けたと分った。

雨宮別荘の前に皇室の警士が立つようになったとか。中学生が御紋章入りの荷物を勤労奉仕で運んだとか。あの廃墟のように荒れた雨宮別荘に貴い御方が避難されたのであろうか。松代地方につくられた居住用の洞窟の附近にも警士が立つようになったとか。噂は決して信頼をおけない人々から出たのではないだけに、戦の終末というか、敗戦の日というか、悲しい日の近いのを思わされる。それにしても、今日も東京からは誰からも何処の家へも便りがなかった。

六月一日

今日温泉の広間で農会の技師が甘藷について講習会があった。甘藷についてはこの二年新聞とラジオの知識で、小滝の庭で作ったことがあるが、二年とも成功しなかったので、出席してみた。この土地では毎年甘藷を食べたことがないので、畑はないが何処か隅の方へ作ってみたいと思ったからだが。新聞やラジオの知識では、畦の作り方と船底植がよく分らなかったが、二年間の失敗は結局その二つをあやまったからであった。講習会の出席者は佐久木工の工員と勤労学徒であった。一時間の講義の後、内田栄一氏の唱歌指導があった。（内田氏も二十六日の空襲の罹災者であるとか）甘藷をつくる畑はないが、昨日播いた南瓜に下肥をしていなかったので、人糞をバケツではこんで下肥においた。その四ツの穴は種子を播きかえることにした。

朝平賀老人がよって、トーモロコシと馬鈴薯とが芽を出したと知らせてくれた。老人は安心したと言っていた。僕も畑へ出て見た。

緑の風が吹くような美しい日であるが、平賀老人も、勤労学童も緑の梢や紺青の空について、全く無関心である。土を耕して生涯を終るものは、土に魂をうちこんで――という言葉も余りに詩的にすぎるであろうが、空をも自然をも魂で眺めはしない。彼等には自然は美しいものでもなく、ただ播種したものを育成する場所にすぎない。あの海で漁する人に、海が美しくもなく、魚のいる場所にすぎなかったように。人間の真の生活は、そうあってはならないのだが、大多数の人は、魂を忘れたように、肉体にのみ隷属した生活に終る。これはキリスト教の所謂原罪によるからであろうか。実はただ貧しいためにそうした生活に追われるのだが。

今日も大阪にＢ29四百機来襲したと。今日訪ねて来た軽井沢署の特高も「勝つことはできないが、さりとて手は上げられない」と言っていた。私は特高に南瓜のつくり方について教を乞うた。今日も東京から便りがない。

楓を三本植えかえたが、鍬を持つと左胸背下が痛む。肋膜炎ではなくて、単に筋肉の疲労であろう。それにしても、栄養がよくなくて、これではいけない。米は二合三勺、魚も野菜もなくて、ととき、小豆葉というような野の草ばかり食べている。あざみは成長しすぎたし、芹もかたくなり、小豆葉もくきがかたくなったが、野草でやっと飢をこらえているにすぎない。

国民学校の一年生の玲子が同級生のさわ子ちゃんに話していた。「もううちはいくら敵機が来てもいいわ、焼けちまったから」と。女学校四年の次女は起床しながら、言った。「又白百合の夢をみちまった。でも学校は焼けちまったかしら。お友達は全部焼けて、ちりちりばらばらだけれど学校さえ残っていれば、又会えるけれど……」と。

六月二日

緑の雨。緑の霧。激しい雨の後に緑の霧が流れて行く。応接間の硝子窓から眺めていると、変化多い美しさは見あきない。左胸部の痛み去らず、静かに休養して、終日古いフランスの新聞を読みふける。夕八時から隣組長会議が沓掛の宿の公会堂で催されたが、雨も甚だしく、真闇ではあり、微熱がありそうなので、欠席する。

保険会社の赤木から親切にも受取証を送ってくれた。会社の本社も焼失したし、赤木さん自身も川口市に疎開したところをみると、類焼したのであろう。

『ゲーテ全集』を読みはじめた。

この雨で畑の種子が芽を萌すことがたのしみである。

六月三日

雨上がりの晴れた緑の日の清浄な美しさ、総てを忘れて空を仰ぎ緑を讃歎した。山々の木々、野の草々がこの二三日で目がさめたように急に緑になってしまった。朝から鳥が鳴いて、本土を戦場にした苦戦がたたかわれているとは考えられないようである。すずらん、さくらそう、すみれ、るりそうと次々に名も知らない花が緑の樹陰に宝石のように咲いている。私は終日外にあって、豆をまき、又一畦ジャガイモをおき、デッキ椅子で読書した。

小山の家へは午後に留守居の者が来て、二十四日に焼けたことを報告した。三十八発の焼夷弾がおちたと。それでいて物置が残ったそうだが、こそどろが横行して、夜中に物置をこわしに来る者があるとか。

浅野さんの若主人も二十三日以来初めて来られて、東京の惨状を語る。想像を絶するものがある。焼跡が一目の曠野になったこととともに、都民の精神のたいはいは戦敗国のそれに等しいらしい。Aさんの話を、二三書きとどめておこう。

二十五日の夜の空襲の大火をまのあたりにしていて、やっと火の消えた時の感じは、これで戦争が終ったということでした。又同じ火にあうならば、戦争はどうあれ終ってくれということでした。

罹災している人々はもう行くところがなくて、皆待避壕のなかに住んでいるが、我の物も人の物も区別がなくなって、こそどろを平気でするし、軍のトラックが通りかかると疲れているから乗せてくれと頼んで乗りこみ、そしてトラックの上の物をぬすみ去るのです。それでもう軍のトラックも乗せてくれなくなりました。

上に立つ人と国民とがはなれてしまいました。上の人々は大にやると張りきってますが、上の人の頭が熱しているからで、下の人々はもううなだれて、その日その日生きて行くことだけで精一杯です。

待避壕にいてむし焼きになって死んだ人が多く、もう壕にはいる人はなく、警報が出ると壕に荷物を入れて、逃げる訓練をしています。

ああ、この美しい日のもとに地獄絵がくりひろげられているのか。三日か四日に上京することにしていたが、そんな状態では今暫く様子をみなければなるまい。東京から来た最初の手紙は木下女史のもので、罹災して壕に暮しているという、ハガキに色鉛筆の走書であった。家兄の一家はどうなったろうか。

六月四日

沖縄の戦局も思わしくなくて、なはにも敵軍が侵入したらしい。沖縄を失なわんか、国民の士気は地に落ちるであろう。

今日は観月台に浅野さん木島さんまで開墾を初めた。みな深刻になって来た。観月台全体が畑になった。私は豆と小豆とを播いた。

畑の芽をのぞいていると中風のような老人が看護婦に伴われて通った。異様な爺さんだと思ったが、「焼けあとから来ましたか」と言葉をかけた。家が焼けたから来ましたかというのを舌が中風でもつれているのが、すぐに気がついて、そうですと答えると、「私もそのお仲間です」という。「お宅はどちらですか」「高樹町です」「お宅は？」「東中野です。この山ではみな罹災しました」「みんな焼けます」と言って去った。あとで百合子さんに会うと、松方幸次郎さんが、臨時議会が八日にあると、わざわざ看護婦をつれて教えに来てくれたという。あの中風のよぼよぼ爺さんが、松方幸次郎氏かと驚いた。あの病人が軍人のお召と同じだから、議会には出席すると言っていたとか、しかし、あんな病人の老人がほんとうに、現実を認識して、あやまらない判断を持ち得るものか。日本の将来について憂慮にたえないことばかりだ。

もう十日も入浴しない。今日は入浴しようと思って、できなかった。温泉地に来ていながら、入浴するのが惜しいほど忙しい気持だ。

六月五日

国民学校が真面目に勉強しない。そら遠足、そら歩行会、そら勤奉と勉強時間がないのに、今日は又運動会だという。而も本校の方では明日から十九日まで、学園の方は十日から九日間、田植休みだという。

こんなに不勉強でよいものか、戦争だからと、何事もおこたってしまったら、「小国民」が支那の子供よりひどくなってしまうだろう。しかし、玲子は初めての運動会で喜んでいた。それなのに、昨夜家内は勉強を強いた。子供は勉強がいやだと言えば叱られるので、できる文字をわざと間違えていたし、書き様もそまつで、早くやめたいらしかった。

浅野さんが畑のそばに種子箱を持ち出した。前日耕した畑の図面を書いて一畦ずつに播くものを書いてある。恐らく畑の日誌ができるだろう。浅野さんは農学士で全国農会に勤めているので、畑のことには詳しい。私は種子を播いたあとで、種子をいためてはと思って、砂をかけてそっとしていたが、よくふみかためるように注意された。水分をにがさずに、早く発芽するとか。面白い注意であった。トウモロコシ、ゴマ、ミツバの種子をもらってまいてみた。毎日これで畑のことは終ったと思いつつ、続けて新しく仕事がふえて行く。毎朝発芽情況を見るのもたのしみだ。南瓜は十本ばかり出た。モロコシも大半発芽した。馬鈴薯も最初の分はあちこち出て来た。表の荒地の大豆はよい色に芽を出した。きゅうりの芽がたくさん出たと思ってよろこんでいたらば、きゅうりの芽でないと浅野さんに笑われた。ねぎはみんな起き上った。

四月二十三日に家のまわりの木を五本刈らせた。どうもその材木の行方が分らない。樵夫の近松さんのもうけになったらしい。その後会おうとしても辞を左右にして避けている。悪い奴だ。小山さんが今度は星野を通じて切らせることになったが、序に五本きってもらった。念のために台所を改造するのに、板や柱が入用だからだった。樹をきりたおすとあたりの樹がいたみ、折角の畑が歩まれてつらい。五本というとかなりの量である。石にしてどのくらいかわからないが、小山さんの方では切り賃として、六尺のまるたを十数本持って行ったらしい。私の家では二十五円だった。それでいて片付けて行かずにただ切っただけだった。

八日から臨時議会招集らしい。而も秘密である。小山大人は泊まるところがないので警察電話で書記長に宿の交渉をしてもらいに署に行った。署に行けば例の自動車のことが問題になるが、まる焼けになったのだから、もうトラックの用はあるまいということになってもと、朝寄られた。しかし、夕方の話では、ついにトラックの話はでないで終ったと。警察電話も通じないらしい。朝小山さんと行きちがいに横田君がよられて、トラックがでるならば研究室の書物を持ち出したいと話していた。同君は東京の焼跡を見舞って帰ったばかりだが、東京人の生活の様とその精神のたいはいとをつぶさに語っていた。その話でも、倉をそのままにしておけば略奪にあうにきまっているらしい。トラックが出るならば是非持ち出したいものだ。横田君は番人をおいたらとすすめてくれたが、番人などおけるものでもない。

白百合も焼けたと次女は友人から手紙をもらって不機嫌である。来る手紙、来る手紙が次々に焼けたと知らせて来る。石川年君も焼けたが落着いているらしい。屋敷のなかに一軒のこったのでそこにいられるからであろう。

夜九時一寸前のこと、家人は寝てしまっていると、別荘番人ともいうべき下の事務所の青年が、突然懐中電灯をつけてはいって来たのには驚いた。ラジオをなおしてくれるということだった。真空管がゆるんでいたのにすぎない。空中事情が悪いが、こんなことで一ケ月もラジオを聞かなかったのは残念である。尤も聞えても、雑音のなかからアナウンスを聞くのに骨が折れるが。夜九時のニュースで知ったことだが阪神地区に今朝も二百八十機来襲したと。而も全本土は敵の爆撃下にあると報道していた。こうなって負けない努力は海中を歩み渡るような難事だ。奇蹟を待つより他になくなった。

六月六日

モロコシの種子を昨日もらったので、今日二畦掘って播いた。土が悪いだろうと思ったが、黒土でよい。この土地の変化の多いのには面食うことが多い。南瓜の種子を鳥が食べたらしく発芽しない場所があるので、二芽出たところは移植した。どうも出方が少ない。鳥が食べたばかりでなくて、人糞をしてから日数をおかないで播いたので、腐敗したのかも知れない。午後農会に行った時、平賀老人が畑にいるのにあった。菜の苗をもらって帰り、二十本ばかり植えて、小山夫人にも分けた。途上立派な老紳士夫婦がゆっくり歩いていたが、道路に馬糞を見つけると、喜んで、二人して新聞紙を出して、それをひろって包んだ。微笑ましい光景であるが、如何に食糧問題が真剣かを考えさせる。昨日も小山老人が語っていた。旅館にいる松方幸次郎さんは空腹で我慢ができないと涙ぐんでいたそうである。私の家でも今朝は、誰がくるみを一ケぬすんだと子供等がお互いに荒立てあっていた。この子供等を、この食物の不足する時にいつくしみ育てるのには、やさしい心がいくらあっても足りないが、母親からしてとげとげ他人の……あらをさがすから、家の中が荒れて落ち着かなくて困ったものだ。最初作った畑の豆は出そろったがその五分の一は発芽しないし、次の五分の一は小石にいたんだり、虫にくわれたりしている。発芽しない分は小鳥に食べられたのだ。平賀老人も畑ににんじんが生えないと言って、畑のまわりでうろついていたが、私も発芽しないいんげん豆の代りに又大豆をまいてみようかと思う。

表の小路をつくりかえてみた。つくってみたら簡単に出来た。もっと早くつくるべきであった。もとの道あとは唐松を切ってから益々日当りがよいので、豆を播きたいが、数日前に、のこった種子豆を、お三時にと家内がにてしまったので手もとにないのは残念だ。もとの路の三角境に大きなもみを植えかえてみた。ついてくれればいいが。

農業会の事務所に行ったのは会員になれとすすめられたのに対して隣組で調べて欲しいということだった。結局、会員になれば配給があるかどうかということである。しかし、その配給も物資不足でどうなるか分らないと女事務員は言っていた。

小山大人は明朝早く上京するという挨拶であった。宿は帝国ホテルに決定したそうである。火災保険の話で、三十円もらってあとは切下げられるだろう。国有財産だって、賠償金の代償にせよと言われる時が来るかも知れんからと言っていた。東京へ行くのは戦場へ行くように危険であるから、念入りな挨拶が交わされるのだ。私も銀行と保険のことでどうしても一回は上京しなくてはならないが、議会の開期中になっては運の悪い時だ。

（みんな人々はどんな重いものでも肩にかついだり背負ったりして運ぶようになった。車も人もなくなったのだ。先日は赤坊をおぶった若い女がリックをくびから胸にさげ、両方の腕には又大きな包をさげて、駅から山路をゆっくりゆっくり歩いて行くのを見た。今日は又、老人が大きなこうりを二つ背負って、つぶれそうに腰を曲げて行くのを見た）

今日は朝から東風に霧がはこばれつづけた。次第に梅雨が近くなったのであろう。

六月七日

昨夜から雨が激しく降って終日降りつづいた。山も崩れるのかと恐ろしいほど降った。風をともなって降った。楓が硝子窓の外で緑の梢を乱舞させて見あきなかった。そんな雨のなかを明子さんと中野さん夫婦とが傘も持たずに、荷物をたくさん背負って、ぬれそぼれて、やって来た。台所で働いていた家内が、罹災民か田舎者が通るとあやしんでいると、それが明子さん達であったが、全く罹災民という恰好であった。恰度水野さんと応接間で語っている時で、水野さんも罹災民が来たからと慌てて去った。東京の二十五日の空襲のひどかったことを語って、命びろいしたと、やっとほっとした面持である。それにしても、留守居の三木さんからの便りによると、三木さんは神田の家へは帰らずに、壕生活をしているそうである。その便りで、今日から私は枕を高くして休まれない気がする。明子さんのお母さんが見舞ってくれたらしいが家の倉庫のみが唯一つ白く建っているばかりだそうだ。浅野君の家も焼失したと浅野君の知らせを受けた。浅野君の手紙には感動した。この青年はこの二三年に驚くべき心の成長をした。そして、不幸からいつも延び上るような発育をした。

この雨で昨日植えかえた苗が倒れはしないだろうか。見廻りたくても、外へは出れなかった。やっと雨のきれめに、梅村別荘を開けて、三人のはいれるようにしてやったが、畑には行けなかった。

今日も食糧不足で、明子さん達にご馳走したために、夕にはなみのはなでふかしぱんを作ってみたが、あまりおいしいものではなかった。ただ、おなかが一杯になったのが嬉しい。毎日食糧合戦だ。友野さんが食糧の心配をしてくれて、天理教の信者だから、普通の農家とちがうのだろうと思っていると、今日は手紙で、時計をもらいたいと言って来た。やっぱりこの地方の農家と同様かと多少失望したが、腹がへってはどうにもならないので、時計を出すことにした。

ゲーテの『ヴィルヘルム・マイスター遍歴時代』を読む。平明なところに感心する。

大阪にＢ29二百五十機十時から二時間空襲があったとラジオ放送。沖縄も時日の問題らしい。

六月八日

国民学校が本校で今日も何か式があって、五時半集合というので、朝早くから起床。全く国民学校のすることは不可解である。朝食が早いと空腹になって困るが、畑の手入をする。

天気もよく新緑がもえるなかに、緋色のつつじが色を競っていた。南瓜の芽が僅か十ケばかりしか出ないので、よくしらべてみると、種子を虫が食べていた。人糞をやってから数はおかないで播いたのも失敗である。虫と言えば豆の種子も虫があらして、発芽状況はよくない。特に、塵すてばは肥料はきいているが微細な虫類の巣のようである。とうもろこしの種子も虫にくわれている。補足するために、種子を水に浸して播く用意をする。

明子さんから東京の激しい生活の様相を聞いたが、偶然に東京の家の隣組の永田夫人が来られて、二十五日の空襲の模様を聞き、あの隣組の焼けた情景を詳しく知った。二三十間先の糸屋に爆弾がおちたこと、直に火になったが、風がなければ私の家など助かったろうこと、附近の道路に死人が横たわっていたことなど、夫人は無秩序に話していた。結局夫人の訪ねて来られたのは、金井さんの家へつれて行けということであった。人々は物資不足で目の色を変えている。

雷雨あり、気象はすでに夏になったものか。

六月九日

次女の就学のことで気になっていた。一年休学させる決心であったが白百合が焼けわが家が焼けてしまっては、来年白百合で再び勉学するあてもなくなった。その上、子供は不安に思うらしく心落着かず、母親はややもすれば、学校へも行かずに遊んでいて——というような無慈悲な言葉をなげかけて、子供をいらだてる。ともかく軽井沢女学校へ行ってよく質問しようと子供をつれて行く。女学校は国民学校のなかにあると聞いていたが、実は独立の女学校というよりも、国民学校の延長であった。町立で、高等一二年を終ったものが二ケ年通学するところであって、女学校の三年生がここでは一年生ということであった。田植休みとかで国民学校はがらんとしていたが、着流しの教頭が小使室におって会ってくれた。女学校四年生にあたる組は三十数名で疎開者は五名、総て上田の工場に出動しているので寮舎に生活しなければならない。罹災者ならば小諸女学校に入学できるからと親切に話してくれて、上田の寮舎の見学を申込むと舎監に紹介状をも書いてくれた。小諸にするか軽井沢にするかは直に決しられない問題である。談なかばにして、海軍の航空将校が女学校三年生の娘をつれて来た。転校手続をとったところ、県から軽井沢女学校に向けられたが、母親は小諸女学校を希望して、県庁に運動したけれど、小諸女学校は満員で入学できないから、軽井沢女学校へ入学させてくれと話していた。十五日までは田植休み、十六日から農家の手伝であるから、十六日の七時半に役場前に集れと話していた。

往復二里歩くと空腹でめまいがした。

午後に千ケ滝学園の父兄会の委員会に出席した。二時というが二時半に集合ずみ。用件は寄附金の残務整理であったが、六年の受持教師が余りに不熱心で、欠席の多いのが問題になった。私も三女の勉学を見ていて、常々松本教師の態度を疑問にしていたので正してみた。東京へ行くと言って欠席しては、町をうろついていたり、用もないのに東京へ行ってみたり、結局徴用のがれに教師になってこの地に疎開し、できるだけなまけているということであった。そのために各家庭の父兄は、特に六年生であるから上級学校への進学の心配もあって、不安がっている。昨日も義勇隊の結成式があるのに欠席して、町をうろついていたし、今日も欠席している。一つ父兄会に出席してもらって、その欠席の原因を質そうということになった。運動場に遊んでいた子供に、先生を迎えに行ってもらう。学童は「先生は東京だよ」と言っていたが、四時頃になると、にやけた様子でのこのこ来た。欠席の原因は校長に話してあるから、校長に質問してくれという。事務員をやとってくれれば欠席しないという。突発事件があれば欠席するかも知れないという。その態度のにえきらなくて、欠席を正当視する様子に、私は憤然として、教師たるものの職分について諄々説いてみたが、ぬかに釘だった。六時までかかったが、おろかな先生を動かしたか疑問だ。疑問だと言えば、父兄会なるものの存在が、私には疑問だ。

ラジオをひねるとB29百六十機明石地区を空襲という。今日も父兄会に出席していた某医学博士夫人が言っていた。いざ敵に占領された時に、女や子供はどんなはずかしめを受けるかも分らないので、その場合にのむ薬を用意していると。

和男君名古屋を廻って突然一人で帰る。一人で帰ったことは家中を失望させたが、名古屋の父から荷物を託されて来た。いろいろの食糧品と手紙。父の手紙は久振であるから嬉しかったが家の者には食糧品が嬉しいらしい。大切にしなくてはならない食糧品だ。特に磯の匂のする食糧品は。

六月十日

朝七時のニュースを聞こうとスイッチを入れると関東地区が空襲警報だった。九時半までB29三百機P51七十機。この沓掛の家の硝子窓も破れんばかりの爆音が数回した。高崎が空襲だという噂がとんだが、町の人々は恐怖にふるえあがったらしい。東京に在る人々の身の上を案じたが、爆弾を主として、軍需目的物に投下したという。しかし、これも敵の上陸前の準備工作だというのは悲しい。一昨日から臨時議会で昨日は開院式が終って、初めて発表したので、議会に対する爆撃ではないかと案じられたが。議会で首相も敵の本土上陸近しと演説し、而も敵が上陸すれば今度こそ勝味ありと、又しても同じ形式の演説である。国をあげて悲観論である。国民はすでに勝味ありというような言葉には信頼しなくなったが。みんな家を焼かれて裸体になったのだから、裸の言葉を聴きたいのだが、国民の希望をみたしてくれない。空虚な言葉には満足できない。

畑の仕事というのは、毎日何かしらすることがある。豆類の成功が急にとまったのでよく見ると、豆の横の畑に小さい穴があいて、明に害虫に食われたことが分る。駆除するには早朝起きてみるより他にないとか。南瓜の芽もあまり成功がよくないが、その原因が分らない。大豆は害虫に強いらしく、どれも未だ虫食はない。もろこしも元気がない。二本生えているのは一本抜いて植えかえた。畑のことにこだわるまいと思いながら、畑に心引かれるのは、植物に対する愛情であろうか。嘗て篤農家を訪ねた時、植物も愛情に応えますと言っていたが、私の畑もそれならばよく成長し、みのってくれないものだろうか。

どうしたことか胸のなかに憤がむらむら燃えてやりきれない。これも制作をしないための発作であろうか。

『ゲーテ全集』を読む。その平明なのに惹きつけられる。私もこんなに光にみちた作品を書きたい。しかし、今のような生活のなかからは、こんなに澄みきって、なめらかな陶器の肌のような作品は産れないだろう。息ができない、このドメスチックなじめじめした雰囲気には。

東京から手紙の来ない日だ。東京の便りのない日は淋しい。昨日も学校へ行ったら『東京朝日新聞』が机上にのっていた。急いで手にしたら、六日と七日のものであったが、それでも一気に目をとおした。やはり東京に惹かれるのだ。東京の便りも昨日は木下さんがあんなに惨めな壕生活のことを伝えて来たが。

（今日子供が魚屋の前を通ったら呼びとめて、小鯛を四匹売ってくれたが二十円であった。恐るべし。三四円のものであろう。水野さんが長男のじかたびを買ったところ一足百八十円であったとか。卵が一ケ三円になったそうだ。こんな情態では、こごみやあずきっぱを食べているより他にない）

六月十一日

六年の受持教師の件で昨夜おそく水野夫人が来られたが、今朝は又、星野夫人と水野夫人とが来られて、あの日教師が校長に話してあるというのは、沖野さんの問題らしいと話していた。星野夫人は昨夜沖野夫人を訪ねていろいろ意見や忠告を聞いたが、結局、父兄会の委員会に東区や中区の有力者を加えべきこと、校長を訪問して後、六年の父兄会を開催して、校長、教頭、松本先生に出席を求めて、その席上、辞職を勧告するということに決定した。午後偶然トラックの件で来られた横田君にその話をすると、大変賛成していた。

今日は裏の方の畑で一日暮した。ジャガイモの芽をぬいて、畑のなかの小石をひろってすてた。バケツに十杯もあったろうか。荒地を畑にするまでには骨が折れる。ジャガイモはなかなか成績がよいが沓掛の農家のものに較べれば、まだまだだ。今朝は五時に起きて畑の豆の虫を殺そうと努力した。畑の仕事も馬鹿にはならない。荒地を開墾して種子を播くまでが大変だと思ったらどうして、それから育てることの方が面倒である。裏の畑のつづきを一坪ばかり耕して、大豆畑をつくった。横田君とも話したことだが、毎日が食物のことで過ぎてしまうのは残念である。

家兄が罹災したか心配していたがさっぱり便りがなかった。二十五日の夜に罹災した筈だと（華州園が焼けたのだから）思ったものの、沼津の父に問い合わせたのが十日も前である。今日は父から簡単な返事と悦子さんから万里子に便が沼津から届いた。それで、罹災したばかりか丸焼であり、非常に苦労したことが分った。以前から荷物の疎開や人員の疎開に反対だった家兄は、その楽観論のためにすっかりひどい目にあったわけだ。父のハガキによると小滝の倉を開けさせるために帰宅する時電報を沓掛に打ったそうだが、電報は届かなかった。しかし、相変らず虫のよい考え方である。倉庫に入れるのに手伝もしなかった。人間は産れる時は裸だから何もいらないと説いていて、将来にそなえもしなかった。倉庫にある物は書物とごく僅かの家具であるが、もう買えないものであるから、ゆずることはできないし、開けて住居とすることもせまくてできない。ともかく当分の間、そのままにおいて開けてはならないだろう。

食物のことで家中いらだっているのは悲しいことだ。

神谷さんの家のことでも、その神経をいらだたされる。一体神谷さんは家をかりるのか、ほんとうに神谷夫人と来る気なのか、もう和男君の存在が家全体に重くなりすぎた。それもみな食糧の問題だが、お坊ちゃんにはそうした困難が理解できないらしく、そのことが又子供等の神経にさわり、僕の気持をいらだてる。家内は何事もうわべだけで、例えば中野さんや和男君にへつらうような態度をとる。相手が金持だから何かにありつけるからという。

（今日葡萄酒半本配給があった。のりの配給もした。農会に加入希望者が一人あった。僕の家でも加入することにする）

六月十二日

梅雨である。東京のようにむし暑くないのが助かる。雨のため終日読書ができた。

夕方間もなくごはんという時になって、水野夫人と星野夫人とが校長の私宅を訪ねようと誘う。小さい自動車を出してくれるのかと思ったら、徒歩。校長の家は役場前の小さい家で、校長は今まで待っていたが出掛けたという。上って待ったが、こんな日でもこたつに火をいれてあって、客をこたつに招じ、茶をいれて、つまみものを出す。これが信州の習慣だろうか。小一時間待って電燈のつく頃になって校長が帰った。女の人というのは押しが強いのか、八時が鳴っても、しゃべりまくって帰ろうとしない。星野夫人が女医だから、校長も我慢したのであろう。松本先生のことでは、校長もこちらの申出をよく理解していた。外は真暗だった。駅近い小林さんに提灯をかりた。その間、煙草屋の棟下で佇んでいると、隣組の煙草配給を一人分持って行ってくれとなかなか声をかけた。朝日が五十本で、二円二十五銭だと言った。空腹で口もきけなかった。水野夫人が手提から、手製のパンきれを三きれ出して、一つずつ口に入れた。

星野夫人はくいなの初音を二日前に聞いたとか、三光鳥のいどころをつきつめたとか、ピーピー按まの笛のように深夜鳴く鳥のことや、ほととぎすは今年は「サイケンカッタカ」と鳴くとか、色々元気に話すが、私は空腹で口もきけず、めまいがしそうであった。鳥の声にも無関心なほど、食物にのみこだわるのはいやだが、そして、無関心ではないが、鳥の声についてさもたのしいもののようにとらわれてこだわるのも、面白くない。特にくいなの初音を聞いたことを自慢らしくいうのは、やはり女のはしたなさであろう——そう感じたのは、僕が余り空腹だったからか。

家に帰ったら九時、夕食を待っていて、恰度食べはじめたところだと言ったが、感謝するよりも、今日にかぎってわざとらしくこだわったことが、愚かな妻だと不快とれんびんを感じた。末女ははしを持ちながらいねむりをしていた。

（この雨のなかに平賀さんが豆ともろこしの種子を持って来た。自分の作った畑で豆ともろこしがよく生えないのは、どう考えてもよくないことで気にかかるからと言っていた。僕もやむなく、傘をさして、畦のはげたようにぬけた場所に種子を一粒ずつうめた。百姓もなかなかだが、平賀さんの心情には打たれた）

六月十三日

昨夕留守に近所の者がきゅうりとトマトの苗を持って来てくれた。そのためか、昨夜おそく寝たが、五時に目がさめた。雨の音もしないので、床のなかで、何処へ植えようか考えていた。トマトは長く欲しいものだと求めていて、思わざる時に手にはいったので、一寸嬉しかった。白霧が流れていた。朝食前に観月台に、トマト一畦半ときゅうりとを植えた。この畦にはさつまを植えるつもりだったが、さつまの苗が手に入らなかったし、万一さつまの苗が入荷したらば、豆の虫くいの出た畦にすればよいと思った。ジャガイモにはてんとう虫を駆除しなければならないことを、昨夜星野夫人から聞いた。注意してみると、ジャガイモの葉に小さい虫がついていて、ころっと土の上におちて死んだふりをしている。なかなかくせものだ。朝食後も勉強するつもりで、うっかり、その虫の駆除に心をうばわれ、つづいて、ジャガイモの土あげをし、序に残りの畑の礫をひろったり、表の畑の大豆の土あげをしたりして、終日くらしてしまった。藤谷さんが、なすの苗を五本持って来てくれた。それをごみすて場に植えた。なすは少なく植えて肥料をやれと言われていると聞かされたので、ごみすて場が最上の場所だろうと思った。

畑の仕事が水野氏の訪問で中断された。氏は深谷と東京へ行って帰ったばかりであったが、東京は焼野であり、暑くて蚊も出て、電車も電話も通じず、総て原始生活に化して、再び平常の生活には戻るまいと話していた。特に氏は飛行機製作をしているが、軍人は焦慮し、実業家達は皇室の存在する間にロシアの仲介に依って頭を下げたらばと願っているということである。それでいて、投機的な考はすてられずに、氏は東京と大阪に焼ビルディングを二十万円以内で買うことを頼んで来たという。そして熱海に五万円以内の家を。待っている保険屋からの郵便が今日も来なくて、いつ上京できるかあてがない。

(水野氏の話に面白い部分がある。ふみ子さんの舅の大原さんが明夕来るので憂鬱だという。自由経済時代はともかく、統制経済になったので、一人でも口の多いのは負担に堪えられないうみ子さんとその子供を二人世話するのだけでもこの一年にへとへとになったのに、今又大原さんを引受けては助からない。水野夫人はそれを思うと悲しくて一日寝てしまったと。大原老人は岡山の親類へ一万円土産を持って疎開したが、どうも厄介視されるので、これも沓掛に来たがっていると。他人の世話は親類でも娘でもできない時代であると)

(家でも和男君の存在が重荷になり出した)

六月十四日

昨日子供がレオ・シロタを訪ねたところ、今日お父さんに来て欲しいということであった。独乙製のピアノを一万五千円で買ってくれという。ベヒシュタインとスタインウェイのグランドピアノであるとか。結局、子供の話は語学の関係で、不得要領かも知れない。恐らく、独乙人は本国から送金がなくなったので、ピアノを売ろうとするのであろう。一万五千円という金額は今手許にはないが、ピアノがなければ困るので買ってもよいと思う。ピアノのことはよく分らないので平田さんの意見を聞く。第二事務所の上のお宅を訪ねたところ風呂へ行ったというので、星野におりてみると、風呂は二分ぐらいしかないなかに独りはいっていられた。風呂の外から窓をあけて声をかけた。東京ではピアノの店は勿論、ドイツから輸入した部分品まで総て焼失したし、独乙がこんなことでは、戦後輸入もなかろうから、ピアノは買っておくべきだが、東京では非常に下落している。一万五千円では高すぎるような気がするが、一万円にまけさせたらという話であった。

午後シロタ氏の家へ行った。午後ひるねすることを知っているので、一時半頃バスで着いたが二時すぎまで町をぶらついた。町はさびれて、一昨年のことを思うと、胸にせまる思いがした。戦敗国だという感が強い。テニスコートの半分は野菜畑になり、他の半分には数人の外人がテニスをしていたが、みなフランス語であった。ドイツ人が町で遠慮しはじめたように感じたのはひがめか。シロタ氏は玄関に鍵をかけてあった。横に自転車があるのだから、やはり二階で昼寝していて、マダムが外出しているのであろう。庭のベンチに一時間足らず待っていた。ベランダ前の庭も芝生をはいで、畑にしたし、玄関前の庭も芝生をはいで畑にしてジャガイモであった。ベランダには薪をつみあげてあった。庭には数本のつつじが咲いていた。いくら待っても帰宅がないので、名刺をおとして帰ることにした——というのは三時すぎのバスに乗りおくれれば歩いて沓掛まで帰らなければならないから。鉛筆も万年筆もないので日本語の名刺の上に、つつじの花弁をのせて、枯れた細枝でSerisawaと花押のようにやっと書いた。今日訪問したしるしをのこすつもりで。

バスは四十分もおくれた。待つ間に人々の話すのを聞くのは面白い。背広が千円もすることを初めて聞いた。焼夷弾で左手を焼いた紳士が食糧難をかこっていた。人々は空腹で立っていられなくて、みんな路端に座っていた。僕も今日は体の衰をつくづく感じた。軽井沢の通りを歩くのにも腹に力がないようで、なさけなかった。全身に力がぬけたようである。

四時に帰ると、便所のくみとりが来なくて困ると不平である。よしきたと、うすめてもろこし、ねぎに肥料としてやった。もろこしは勢がないので、肥料の結果がたのしみだ。ねぎも初めて肥料をやったのだ。平賀さんは緑草をかってやるようにと言っていたが、まだやらない。早くよもぎをかって根もとにおいてやりたい。その他、かぼちゃの穴の周囲に五つばかり肥料としてやってみた。便所はうじが出て汲取は愉快ではない。最後によもぎをとって、便所に入れた。殺虫剤の代りだ。朝も実は五時半に起きて、畑を見廻った。主として、ジャガイモのてんとう虫退治のつもりだった。ジャガイモはやや成績がよさそうであるが、豆は意外に不成績だ。大豆はあちこちのきのきくびを出して来た。一体大豆はじめ豆類は木灰以外に肥料がないのだろうか。

和男君が勤労奉仕に興味を失ったようなのは、そばにいて残念である。もう飽きたのであろうか。勤労奉仕には理屈なしに、つまらぬ仕事に精進するより他にないと思うが、飽きてくれば誰も理屈が多くなる。

やはり独息子はあまやかされたところがあるのだろう。東京からすぐゆくという電報で、和男君もほっとしたらしいが、家中がやっと明朗になった。もう他人をまじえた生活はこりごりだと家中考えているよう。

六月十五日

今朝も五時に起きて畑に草を刈ってやった。元気はよかったが朝露が多くて、すっかり靴も服もぬれてしまった。八時の汽車で軽井沢へ出た。電車が出るので乗ったが、実にこんで貨車にまで乗客が一杯であった。乗客のうちに蕨摘みもいた。余り早く訪ねるのも悪いので、町を歩いてみたが淋しいことは昨日よりも甚だしい。

シロタさんの家では女中が庭の掃除をしていた。シロタさんも奥さんも休んでいるというので、暫く歩こうかと思ってためらっていると、二階からシロタさんがHow are you Mr. Serisawa ? と声をかけた。ピアノは三台あるのではなく、某国の外交官が帰国するので売りたいということであった。而も帰国をいそいでいるので、三日間ぐらいに銀行に電報為替で送らせたらという。話なかばに奥さんも降りて来られて、C'est trop cher! On dit que à Tokyo le piano ne coute rien, mais, après la guerre le prix augumante bien. というようなことを言っていたが、要するに夫人の考では余り高いと驚いていた。十時のバスで帰った。バスは勿論おくれたが、途中で、板垣さんに会った。板垣さんの家はからくも焼けのこったそうだ。哲学の勉強をしている由。バスで待っていた五六人の女の人が全部麻布区の人で、而もそのうち四人が商家のおかみさんで、麻布区内の焼けたことについて、しきりに語りあっていたのが、ゆうもあがあって面白かった。

疲労が甚だしいので昼寝してみることにした。二時間ねむった。栄養が悪いので衰弱が自分ながら怖ろしい。農業にいそしんでも、健康にはよくない。

秋の収穫を願って、南瓜の周囲をほって人糞をやったが、生の人糞は腐敗する時に熱を出すので根のためによくないのではないかと心配だ。裏の畑はどうも下水がしみ出て、根をひやしはしないかと、尤もらしく考えもする。豆の肥料は木灰だけでよいものだろうか。

六月十六日

やはり衰弱しているので健康に留意しなくてはならない。

畑のことに熱中して、過労になってはならない。特に常時空腹なのは、何処かに無理があるのだろう。観月台の畑のモロコシとあずきとが萌芽した。霧雨のなかにその可憐な芽を見出して愉しかった。観月台の畑の豆は殆ど芽を出して、ごまも一面に萌え出した。表の畑も。これだけの植物に肥料をどうしてやったらよいか、木灰がよいといっても、今日では木灰をつくるのが一骨だ。こんな風に雑草が茂り、樹木が葉をつけることは、一ケ月前に気付かなかった。それ故表の方の畑は、思わず光のささぬ場所ができた。

今日も午後キュールをした。和男君の母堂は今日も来なかった。昨日来ると思って期待していたのに、家中憂鬱になった。それなのに、未知の女から神谷夫人宛てに電報が来た。困った人達だ。この家を中心にして、明日は数人集るつもりであろうか。

アナトール・フランスの『カルネ』を読んで、カイアヴェ夫人を思う切々たる心に打たれた。死してなお生きている夫人の偉大さにも感心した。日本は世界でもおくれた四等国だ。それが一等国のように威張ろうとしたのがいけなかった。もっとあらゆる文化的な力をも貯えてから威張るべきだった。

六月十七日

昨夜はどうした訳かねむれなかった。今日は神谷氏達が来るというので朝から落着けなかった。やはりいけないことだが、こうしたことに煩わされるのは、僕には不愉快だ。それに未知の女達まで来るという。こんな折は畑をするにかぎる。ジャガイモにたい肥をおいて土よせをし、裏のごみすて場の整理をした。表の大根と菜の畦はどうも失敗らしいのでこわして、大豆をまくことにした。午後になって浅野さんが東京から来られて、さつまいもの苗を十本くれた。用事があって、夕方になったので食後、大豆の前方にさつまいもを植えた。崖の端のような場所だが日当りがよいので、浅野さんがすすめた所である。初めて気がついたが、ジャガイモが崖に四本生えていた。大豆を播く前にジャガイモの苗を十ばかりおいたのが崖にころげたものである。この四本のジャガイモが成功して実をつけたら面白い。

待った神谷氏は来なくて未知の夫人が二人来た。家中途方にくれたが、特に和男君は気の毒なほどしょげていた。和男君は帰りの切符を買っておいたが（その夫人が来たら帰ってもらうのだというつもりで）夫人達は引上げて来たので帰れないという。ともかく星野温泉に一泊させてもらい、次は塩壺で泊って神谷夫人を待つことになった。夫人達は小諸の田舎の親類に疎開したが、親類達が親切でないというので、他人である神谷さんにたよるのだそうである。神谷さんはこの物資不足の折に、二人を背負こんでいいのであろうか。苦労を背負うことだが、第一八畳と三畳と二間しか借りられないで、この二人を背負いこんでいいのだろうか。

長女を沖野さんの家へピアノの件でともなう。やっとピアノを借りられそうだ。

(橋本君より便りあり、親類全部罹災して工場にいると)

六月十八日

二人の婦人は星野温泉に一泊したが、宿では今日限り部屋がないというし、塩壺温泉の方では明日からという。今夜を如何にすべきか、黒崎さんに泊めてもらうことになったが面倒で、家に泊る方がよかろうと、そう取りはからったが、二人は一応引きかえして、神谷さんがお出でになってから出直すことにした。妻をバスの停留所へ送らせた。妻が帰っての話に、二人はなかごみの親戚を引払ってあるので、すごすご帰れないから小諸へ出て、そこから一里ばかりの温泉地へ行くのだと涙ぐんでいたとか。その話のあまり哀れさに、こんな風にごたごたさせた人々をうらめしく思った。そんな憐れな人がすごすご引きあげるままにしたということが我ながら不快だった。しかし、浅草で待合の女将をしていたらしい老婆には、どうしても厚意が持てず、こんな女とわが少女等とを同じ卓で食事させるということも悲しいことであった。私は朝からこうした不快を紛わすために、畑に精を出した。畑で野菜を作るよりも先ず畑をつくるべきだったことに、おそまきながら気がついて、表の畑は黒土でよいから二三尺掘って、埃を入れ、その上に下肥をやって土をかぶせた。これは半日仕事だった。何を植えたらよいか見当がつかないが、大根か菜を播いてみよう。板谷さんのお子さんがトマトの苗を持って来てくれた。これはみごとな苗で成功するであろう。三本を花畑の横に、一本を台所の横に、二本を新に道路の中腹に雛段式につくった場所へ植えた。何処が成功するか研究問題だ。観月台に大豆、小豆、もろこし等一勢に芽を出した。日当りがよいからであろう。道路の中腹に雛段式につくった細い場所にはトマトの他に、大豆を二通り播いてみた。

あの夫人達が行ったのと行き違いに、神谷啓三さんがひょっくりはいって来た。自動車で来たが、横川でエンコしてしまったので、汽車で一人来たという。至急トラックを出してもらって、自動車の荷物をはこびたいと、トラックが簡単にたのめるもののような言い方である。難しいと話した上で、ともかく沓掛へ出た。ますやに直接頼んでも仕方がないので、先ず佐藤さんへ行って佐藤さんから頼むことにしたが、佐藤さんは留守。ますやに行ってみると、二台しかない車のうち一台は海軍に、他の一台は警察の命令で東京へ行っているので困るということである。箱根土地へ頼んでみろと智慧をかりて、箱根土地へ電話をかけて事情を話して頼んだところ、誰だと何度も訊いて、星野の者だと分ると、同様に海軍関係にトラックは占められていると言って、あっさりことわった。星野に頼む以外にないので、引上げようとすると神谷氏に会う。ともかく三時半で横川へ行きたいから、駅長に往復二枚買ってくれという。人を使うことを何とも思っていない、その調子に嫌悪を感じたが、駅長に頼んだところ、駅長は横川から来る人の分までは売れないとて、それでも一枚売ってくれた。神谷氏を駅において、長女と二人で野菜の配給所に寄った。隣組一括で薹のたった青菜を配給してくれたが、二人で風呂敷で背負って帰り、当番の者に手渡した。それから星野に行ってトラックを頼んだが、主人は相手にしなかった。故障は自分でなおして来る以外にないという。荷物は駅前の旅館にでもあずけて、汽車ではこんだらよいとも言った。ともかくどうにもならない。こんな時世に乗用車でここまで来るというのが間違だと、途中で故障したことが、却て一種清々しい気持さえ、しないこともない。

横川からの汽車は八時近くに着く筈であるから、暗いので、提灯を持って迎えに出ることにした。山を下りて、湯川の小橋を渡ると、駅の中の道に自動車が乗りすててある。のぞくと荷物をつんでいる。その奥に神谷夫人が白い犬を抱えてちょこねんと座っていた。運転手は私の家へ行ったとか。横川からゆたやっとのことで其処まで辿り着いて、断然動かなくなったのだと。それなら横川へ行った二人が心配しているだろうと、八時近くなるので駅の方へ急ぐと、神谷父子が駅から出るのに出逢った。自動車の所へ近づくと家の者が提灯を持って集っていた。それから十一時まで家中大騒である。その前に、夕食をしていると、おさわが外から奥様と声をかけながらはいって来た。神谷さん達の迷惑の上にこの人までと、思わず全家族心を重くしたが、家には寝るところがないくらいごった返しだった。

六月十九日

今朝から大騒だ。この騒をよそにするためには、畑仕事をする以外になかった。運転士は自動車のなかに寝たが、八時から朝まで五人しか通行人がなかったとか。そして、夜半に仏法僧がないて、朝には小鳥が鳴きつづけたと。運転士は畑に興味があるらしく、いつまでも畑を見ていて、そばを播けとすすめた。ガソリン一かんを寄附してトラックで帰京したらしい。東京から修繕の男をともなって来るのだと。K大人は疲れたといって終日寝て、菓子などを食べていたが、こちらへは一つもくれないというので子供等が怒った。困ったことだ。畑仕事は主として畑のなかの石ひろいであったが小山ほどあった。大豆をできるだけあちこちへ播いた。

夕方雨になって寒かった。十何日ぶりで風呂に行った。塩壺温泉には三年ぶりだが、すっかり変ってしまった。これではもう「塩壺」［昭和9年11月『改造』］などという小作品を書く気にはなるまい。ただ不可思議なことには、女湯がこわれているということで、女客が子供をつれて男湯にはいって混浴であった（それでいて女湯はこわれていなかった）男客は海軍の技研の人々が多く、痩せた私などとちがって、海軍の人々は何を食べているのだろうと思うほどふとって色つやがよい。この人々が益々健康なのはよいが、国民が健康なのも亦大切であることを、為政者が忘れたら大変だ。

あのおさわも八時半の汽車で帰って行ったが、結局、疎開してこの家に厄介になりたいということで頼みに来たのだが、食糧難の有様を見て、これでは大変だとあきらめて帰ったらしい。彼女がおいて行った玄米二合をいりごめにして、やっと空腹をこらえた。しかし、私は神経がいらだっていていけない。

（小山大人の話ではこの沓掛でも思想が悪化しているから、K大人が自動車で来たというようなことを言ってはいけないとの話だ。二三日前修練道場の主にお会いしたところ、青年がこの戦の後には面白い時代になると言っていたそうだが、その面白い時代というのが、共産主義のことであると。日本がロシアの仲介でこの戦局を切りひらいて行くのは、結局日本もソビエトの一連邦であり、すでに経済的にも社会的にも心理的にもソビエトになっているという。我何をか言わんや。嘗て転向した人々は再転向する日があろう

か。ばかばかし）

六月二十日

神谷さんが一番で上京するというので、私は四時に起された。食堂の六畳にねているから、台所の音ですぐ目がさめる。畑で野菜のそだつのを見ているとやっと心が落ちついた。小諸の友野さんに行く日なので、長女を六時に出す。往復切符二枚買って来てくれた。八時半で行く。小諸に早く着きすぎたので郵便局から赤木さんへ電報を打とうとしたが、小諸でも公用でなければ取扱はないと言って、ことわられた。途上××君夫妻に会う。K君は一高を辞めて気象台に勤めて、気象台が北軽井沢と岩村田とに疎開したので、北軽の大学村に移り住んでいるとか。

友野さんには約束の時計を渡す。小諸でサックをさがして時計屋に見せたところ、小型すぎるので、一まわり大型のにとりかえたらと言って、スイス製のよい時計を出してくれたが、百五十円その上要求した。私は買いたいと思ったが、時計が一ケしかないから売れないとことわられた。友野さんは時計のことでどう処理すべきか心配していたが一任した。大根、菜、いちご、みそを八円五十銭買って、もち米一升を時計に、白米一升をこの前のお礼のつもりで土産ということでもらった。二時四十分発の汽車に間に合うように急いだところ、この汽車の前後二列車が廃止になったために、こむから指定券がなければ乗車できないとて、発車三十分前に指定券をくれたが、長距離の者だけ三十枚だとて、結局六時まで待たなければならなかった。

それに加えて、昼の弁当箱にご飯をまるで少く半分もないくらいにつめてあったので空腹で、腹立たしく、苺でも食べていようと、しょげてぼんやり待合室のこんだベンチにかけていると、列車が到着間際に、軽井沢までの人は乗せると言って、十数人改札した。あきらめて外へ出た者はのせなかったのであろう。こみあって苺はつぶされそうであったが、四時に沓掛に着き、三時四十分発のバスがおくれていたので、やっと間にあい、空腹で重い大根を背負って山路を二キロのぼることをまぬがれた。他人にできるだけ親切にしているし、こちらはあらゆることに遠慮しているのに、相手が親切に乗じて、こちらをあまく扱われるのが、私は我慢できない。こんなことで神経を痛めてはいけない思うが、これが一種の業であろう。立腹はなおらない。それを外に出さないだけの修養をしたが、又、外へ出さないから人知れず苦しむことにもなる。業だから自分が苦しむのは仕方がないかも知れない。

むしゃくしゃがどうしても我慢できないので、畑へ出てみた。霧が流れはじめたなかで、かっこうが鳴いていた。ジャガイモの虫をとろうと探していたが、次第に心がしずまった。心がしずまってみれば、神谷母子が気兼ねしているのだろうと気の毒にもなって、夜は忙しいが和男君と話すというようなこともした。これもほんとうはいけないのだ。こんな状態では仕事らしい仕事はできない。東京の家のように二階に上って、独りをまもれるということでもない限り。

六月二十一日

神谷夫人は玄関の六畳に落着いたらしく、玄関前を台所にしてしまった。そして、黒崎さんには行きたくない、このまま厄介になりたいと云う。いついてしまうかも知れない。家内は三百円の礼をもらったので気をよくして、このまいてもらいたいというらしい。たった母と子二人で、食事をしたり、食糧品をかくしたり、なかなか家庭というものは利己的なものだ。チマチャンという犬はおとなしくて、いるかいないか分らない。

表の境界の坂の中腹に平地をつくり、一段の雛段にして、そこへ大豆を播くことにした。南瓜の穴も二三ケ掘った。ともさんという星野の下男が来て、下肥をその南瓜の穴に入れてくれて、残りをねぎにかけて行った。平賀さんが藤谷さんの開墾に来ていて、昼休みに裏の畑のモロコシと豆との畦に土盛りをしてくれて、同時にいんげん豆のために柱をつくってやらなければという。さっそく唐松の枝で柱をつくったがたけが一間半もあるので、つくるのに骨を折った。次女を手伝わせた。二本の柱を上で組み合わせるのだが、畑に小石が多いために埋めにくくて、倒れそうだし、物々しい支柱なので滑稽である。いっこくな平賀老人は自分の播いた畑には、興味と関心とを持つが、僕の播いた畑には白眼視する。

赤木さんから速達が来て、これで上京できる。神谷さんの自動車が明日か明後日に来るので、その自動車の便をかりられたらとも思うが、毀れた自動車の修繕がいつできるものか心配である。乗車券を買うのが面倒だが、乗車券を買った方がよいかも知れない。赤木さんも二十五日に罹災して、家族を千葉県へ疎開させたという。保険会社は海上ビルでしていると。二十五日には本店に行く旨速達を出す。

土屋氏より見舞状あり、友野さんの甥の出征祝に金一封を送る。昨日友野さんで教えられたように、豆とメリケン粉の菓子をつくる。なかなかおいしかったが量が少い。

（昨日小諸の駅で駅長との対話から短篇小説ができた。嘗て鉄道の重要な役人だった者が、指定券を得ようとして、駅長室に行き、名刺を出して、その列車で甥が長野から出征するので、沓掛まで同車したいと申出たが、近頃威張ることになれた駅長は、名刺も見ずに、おうへいに、三十枚しか指定券は出せないから駄目だとことわる。古役人は、それならば入場券はないかとたずねたが、こむから入場券の発売はしないと答えて、相手の顔さえ見ない。役人は机の上においてて見られない名刺を受けとると、嘗ての下役で一回も直接に会うこともしなかったような小役人の駅長にわざと丁寧におじぎをして外へ出た。プラットホームをうらめしそうに眺め、何とかして、甥に遠くから合図をして見送れたらと考えている。やがて列車が到着する一二分前になると、まるでしたっぱの駅員が、改札口へ来て、この列車はこんでいるが軽井沢ぐらいまではまだいくらも乗るところがあるからと言って、改札口で当惑していた十人ばかりの近距離の者の改札をした。その人々の喜ばしそうな顔。偉かった役人も、したっぱの駅員の人情には感心もしたが、駅長はこの駅員のはからいも知らずに、ソファにふんぞりかへって、海軍将校と快談していた。海軍とか陸軍とかとかく軍人が近頃どこでもフリーパスのいい見本である）

六月二十二日

昨夜寝てから神谷さん自動車にて来たる。運転士と修繕工と家中騒然たるなかに疲れて熟睡す。朝六時に自動車で帰京するからというので、便乗をすすめられる。六時発のつもりであわてて弁当をつくらせる。しかし、自動車の修繕が終らず、昨日来た方のも夜中にパンクしていて、てまどって、出発は十二時。愛犬チマが夫人をさがして暫く車中でさわぎまわる。出発前に僕は南瓜に水をやり、米水を大根にやる。

高崎で突然パンクする。修繕に二時間かかる。郵便本局を探して赤木さんに電報を打って、明日午後本店に行くことを知らせる。群馬県では電報を打てるので幸である。街々では、疎開に大童らしく、人々は荷車に荷物をつけ、街角などでも、中小都市爆撃の噂をしていた。街は暑く、子供等は半裸体で、自動車とチマに集った。

大宮に近づいて、やれやれと神谷さんの喜んだとたん停車して、どうしても動かず、原因不明なので一時間以上待った。待つ間路傍で弁当を食べる。月もよし。冷風そよいでよし。すぐそばの住民で五年前まで十数年間農林省の運転手をしたという人が、いろいろ運転手に注意する。夜おそくなってもと思い、大宮まで歩き、電車で帰ることにする。二十町、チマを抱いて行く。大宮も二十五日に爆撃されたと。チマを抱いて電車に乗り三四度乗換えることの不便は言えないほど。十一時近く世田ケ谷の神谷邸に着く。初めての家で不案内。空襲なきことを祈りつつねむる。

六月二十三日

この家の庭の畑が先ず目につく。えんどうがみごとである。

神谷氏は四時半に起きて朝食も食せずに自動車の処へ行ったと。小田急は九時からでなければ乗車できないので、一時間近く行列。そして、そのこみかた。初めて小滝町を訪ねる。三木夫人と感激的な面会。焼跡はせまく、倉庫もぼんやり立って、荒廃たる様。銀行による。行員が罹災して、かわせも作れないという。警察署に行って、焼失証明書をつくってもらう。（町会では罹災証明書をくれなかった）それから保険会社に行く。赤木さんのはからいで総て円満に終ったのが三時半過ぎ。神谷さんの社に寄って切符をもらおうとしたが二十五日ということになり、すすめられて、再び自動車で神谷氏邸に行く。夕食後、家兄が独り厄介になっている家が近いので訪ねる。家を探しあてることが難しく、すぐ向いの家でも知らなかった。兄は神谷邸まで送ってくれる。

月はあったが南風が激しく、去る二十五日のようとて、街の人々は今夜空襲がないようにと噂しあった。特に昼間に空襲警報が出て、五十機小型機が茨城地区にはいって、他の数機がしきりにていさつした後なので、都民は戦々兢々としていた。果せるかな夜十一時頃に警報。約二時間で解除となる。新潟へ十数機機雷投下したらしい。

（小田急で赤坊をおんぶした婦が、赤坊が死んでしまいますよと叫びながら、押しよせる人々から赤坊を守ったが、赤坊の一人や二人死ぬのが何だいと叫んだ者がある）

六月二十四日

夜半から雨。風の音と雨の音とで眠りがあさくて困った。今朝は早く出掛けようとて、前日小田急の切符を買っておいたが、雨のため出られなくて、九時頃まで待つ。真直に岡村さんへ行って、今日から泊めていただく挨拶をする。お茶もいただかずに焼跡に引返す。兄とおさわとrendez-vousをしてあったので。兄は落合へ行っているという。倉庫を開けようと努力して開かず。三木夫人やおさわが庫のなかのものをねらっているのを見ると、開かない方が却って幸であろう。兄を待つも来たらず、小平へ行くのを急ぐので、会えずに出発。

小平を乗り越えて次駅で上りを待つこと一時間、故障であり、心急ぐ。やむなく弁当を食べて心を落着ける。小平は農場ではなくて、富田という百姓である。あずかった荷物を座敷に山積させてあり、開けた拍子にねずみが飛び立った。やっとトタン箱をさがしてもらう。三十円謝礼す。大根とやつがしらとをもらってリュックに背負い、トタン箱はおさわに背負わす。おさわに荻窪まで見送らせて、大根全部おさわに与え、駅から岡村邸まで、トタン箱を背負い、リュックをさげて来る。重いこと息もできなかった。

岡村一家の歓待のもと十一時近くまで語る。

六月二十五日

沓掛のことでは畑が気にかかる。今朝はこの邸の畑に出て見せてもらう。トマトの成長しているのに驚く。麦のみのっているのは羨しい。さつまいも百本植えたことも羨しい。土の色もよし。

岡村氏の外出にお伴して出掛け、中野の蓮実氏を訪ねて、コブ以下百円の買物をする。カツオブシ一本三十円である。焼跡に行ったが家兄はすでに赤羽に出発し、約束のおさわ来たらず。おさわは倉が開かなければ来てもとくなしと思うからである。昨日半日の謝礼に二十円。それから丸ノ内へ出て、三菱重工業に行き、瓦斯会社に行き切符をもらって、これで一日の行程が終ってしまう。三菱銀行で支店長から親切に手続を終了。

今日のあついこと、ねむいこと、ただ警報がなくてうれしかった。トタン箱の荷物をチッキで出すことを駅で交渉して、うまくまとまらず。明日になれば出せるらしいが、二十六日も一泊すべきか迷う。特に主食物の配給がわるく、米は二割らしいのにいつまでも厄介にはなれない。如何に熱心に引きとめてくれても。岡村氏は歓待につとめて心にしみる。

『世界文化史概観』を読んだが頭にはいらない。疲れているせいだ。

六月二十六日

四時にめざましが鳴った。明子さんは四時に起きて用意したのであろう。六時二十五分の汽車に乗ったのは自分勝手の考に執着しすぎたのであろう。五時十分前に、あのトランク箱を背負って出掛けたが、明子さんがリュックを背負って上野へ、岡村さんは荻窪まで見送ってくれた。上野には六時十分着。乗客はすでに入場した後だが、軽井沢行の箱に腰をかけられた。軽井沢で貨車にのる。半時間おくれていた。疲れていたが、さっそく畑に出る。いんげん豆の成長はうれしい。ジャガイモの緑の葉もよし。南瓜は下肥をやりすぎたためか、発育がとまったらしく、葉も次第に小さいものになってしまった。神谷夫人は玄関の六畳に落着いた。その六畳へ和男君の友人が訪ねて来られて三泊した。疲れたものらしく、九時のラジオを聞いていてねむってしまった。

六月二十七日

（二十五日に沖縄の陥落が発表になる。沖縄こそ勝つと言っていたのにどうしたことか、今度は本土上陸こそ勝利の機会だと、指導者がとなえ出した。然し国民は又かというように興奮もなく聞いている。）

（家兄は女の子達を東京へ呼ぶつもりであったが、東京は女子供の住むべきところではないことを知ったと言っていた。東京が戦場になるのもそう遠くなさそうである）

（東京の銀行の窓口には、現金を持たずに、預金帖を持参すれば何処の地方銀行でも現金をもらえるからと、大蔵省のおたっしを書いてあるし、行員も預金をさげようとすれば、芹沢さんなんかお金を下げなくてもと言って承知しない。八十二銀行では三菱銀行の預金帖から預金を下げてもらおうとしても承諾してくれなかった。三菱銀行で無理にもお金をとってふところに入れて来なければならなかった。）

（東京都内にトーチカをつくっているのを見た）

（留守のMさんでは自分の所持品は全部出したらしい。お宅のものは釜を出しただけだというが、座蒲団を出せばそれは我が家のもの、ひおいをすれば我が家の暗幕であり、見舞金として千円やろうと思ったが、家兄はそれには及ばないと言った。恐らく我が家の蒲団も出してあるのだろう）

（こんだ小田急電車のなかに赤坊を背負った母親が、赤坊の泣き叫ぶのに我慢できなくて、押さないで下さい赤坊が死んでしまいますと叫んでいたが、乗客の一人が、赤坊の一人や二人死んでも平気でいなけりゃならん時代だよと叫んだ。冗談らしくもなかったが、他の乗客も不審な表情をしなかった。）

（焼跡に通りの人を見舞ったが、ろくすっぽ挨拶も返さなかった。何かに憤っているようで胸をつかれた）

六月二十八日

中野君のパスを借りられたので、上田へ行く決心して朝六時二十分発で発とうとしたが、八時半に出発した。出発前にジャガイモのてんとう虫を駆除したが、六匹とった。昨夕七匹とったが、てんとう虫は朝より夕の方がとりやすい。長崎君に一升瓶とビール瓶とを返した。長崎夫人は近所の百姓の手伝に出て、長崎君は散髪に行っていた。お婆さんがしきりに東京の話をしたがった。長崎君達は老婆に新聞も見せないし、話もしないと不平をもらしていた。沖縄はどうなったでしょうと、すぐたずねるところをみると、老婆の不平は一概に不平ではなくて、この家に於ける老婆の地位が読まれてあわれである。老婆は長崎君を迎えに行くといいながらなかなか出掛けずに、何か東京の様子を根掘り葉掘り訊いていた。

小麦のことを頼んで帰った。二時八分の列車にはのれずに五時半のになった。長崎君達の生活も土地になずんだようであるが、旦那衆らしい暮向はどんなものであろうか。三時間半ばかり上田ですごしたが、小諸よりもすたれたような淋しさである。店は殆ど閉じてしまった。大きな店は東京から疎開した会社の事務室になったらしく、町には軍のトラックが荷物をつんで幾台もとまっていた。といしを買いたいと思ったが、店がなかった。店じまいするという小間物屋の前に人だかりがしていた。ボタン、巻尺、編棒などを買った。

西沢さんに寄って、封筒をつくってもらおうと原稿紙を二百枚おいた。西沢さんは寄られたことを喜んでいない様子であった。食糧をもらいに来たと思いちがいしたらしかった。紙とお茶少々もらい、十円謝礼した。紙は襖のしんに張るものらしくちり紙にと言ったが便箋になりそうだ。東京にいる兄弟縁者が次々に来ては、困りぬいていると言っていた。

(行きの列車で隣に座った男は××電気の社員といったが小使らしかった。社長が罹災して軽井沢に疎開して、物資を集めるために東京から招かれたものらしい。それも細君の実家がしげ野から一里の農村であるから便利だというので。××電気は上田に疎開して、小使は軽井沢上田間のパスを持って、得意に見せていた。小諸にはイチゴがあるそうだが、社長が欲しがっているが、まだ買えないとも言っていた。しげ野で下車して行った)

(行きの青木のバスのなかで、五十ばかりの百姓女が、どうやら見知らしい東京から疎開した女にくってかかっていた。東京の女が、こんなことなら疎開しなければよかったと言ったことに対して憤慨したらしい。そんな根性でいるから農村では困るんだ。百姓はおかゆをすすって供出をして都会の者を食わしているのに、百姓が悪くなったとは何事だ——という論法であった)

(帰りの列車で前にかけた二人の女の一人は、湯田中の農家のおかみさん、一人は田中から三里の農村出で、実家に子供を疎開させている東京の山手の奥さん。湯田中には五千人の疎開児童がいたが、今は陸海軍の療養所になって、児童は再疎開した。しかし、去年の夏児童が来てから今日に到るまで、朝目がさめると、村のなかがざわざわしていて、気色が悪くてしかたがないと言っていた。東京の奥さんも、田中の田舎に五百人の学童と二千人の士官学校の生徒とが疎開して来てから、朝から夜中まで自動車やトラックが唸り、学生が号令をかけていて、やかましく落着かなくて、これならば中野の沼袋の家の方がよっぽどよいと言っていた。実家も母と姉とがいて、今迄はよい実家だったが、疎開者が多くなってからは、片身のせまい思いのする様になったと悲しんでいた。）

六月二十九日

天皇陛下のおんためと、何事も上御一人に責任をおしつけるようなことにしたのは、政治家の責任を忘れたからであろう。天皇陛下は国民の胸深くおくべきことで、口に出すべきことではないのに、政治家は天皇陛下をたなざらしにしてしまった。

百姓の真似事も結局食うことである。終日食うことに終始するのは残念である。今日からは午前二三時間は書斎にこもることにする。五時に目がさめるのも、百姓らしくなった。実際百姓の仕事というのはのどかなもので、物を思う余裕がなくて、長生きするであろうが、物を考えないで自然になりきる暮し方は、私にはむかない。パスカルには感心した。

もろこしとジャガイモに下肥を水でうすめてやった。ほうれん草は花をつけたのでみんな摘って、そのあとへ、つるなを植えた。南瓜を三本移植した。草刈をして、葱に草をやった。かまをといだらよく切れる。百姓仕事に熱情をもって初めてかまやくわの手入れがよくなった。

明日待避壕掘の勤労奉仕があるので、隣組を勧誘した。三軒が欠席届を出した。星野は受け取らないという。欠席を認めないというのを、妊婦だからとてやっと承認させた。待避壕は駅前、役場前に掘るのだとか。この山にでも掘るのならば誰も喜んで出動するが、どの家でも困った困ったと言っている。

今日の米の配給は六割が大豆、二割麦。米が少ないので閉口する。長女が友野さんに野菜をもらいに行って四貫目背負って来た。大根と菜。

（うめ子さんより便あり。ジャガイモと瓜の出盛りで、ジャガイモは六円で今月十二貫も買ったとあり。新ジャガを食べられたらと本心思う）

六月三十日

六月も終る。肌寒い雨なり。静かに遠い人々に便りを幾枚も書く。封筒がまもなくできるので、おしげなしに手紙を書ける。水野氏風の如く訪ねて来て一時に伍長会議を開こうという。水野氏邸で開く。集る伍長九名。（女子四名）サクランボ、大豆菓子、メリケンコ菓子、次々に出て面喰う。家でも昼にボタモチを作ったが、砂糖も小豆も少ないこととておいしくないボタモチであるが、おいしかった。伍長会議は星野班長を訪問する会合のつもりらしかったが勝男君が来ると水野氏初めみな軟化したらしく、みな影弁慶なり。三四項のことを申合わせたが、特に集会するほどのこともなかった。終ったのが五時半。五時半に小山大人の招宴。一昨日小山夫妻と岡部氏とが峰の茶屋につつじの花見物にトラックに便乗したところ、わかされの茶屋近くで、夫人がわなにかかった野兎を発見したとか。今夜はその野兎を味う会で、はからずも御馳走になった。集る者六名。米一合持参したが量の多いご飯に先ず満腹し、二合の酒も特別な厚意で（旅館の）あるとか、六名とも機嫌よく酔った。野兎は醤油につけてあったが、臭気なく鳥肉のようにやわらかでおいしかった。小山夫人は一昨日うどを沢山採ったとか、うどの料理を重箱でたくさん運ばれる。小山大人と岡部さんとの雑談であったが、面白かった。この人々は上流社会や政治の面をいろいろ体験しているのにどうしてもっと偉くならないものか。話が面白いだけで、二人とも我が我がで自己を主張するところが面白い。こうした傾向がなければ上に立てないものだろうか。十時終った。嘉政君に懐中電燈を借りて、山を登って帰ったが、暗いこと、そして霧雨にぬれてしまった。

今日六月の塩の配給。配給物の分配方や手続が星野の手違いでおそくて、組長として困ることおびただし。

（池田セイヒン〔成彬〕の孫が旅館にいて、村の子供にいじめられて、ごめんなさいと詫びているとか。既に革命が起きてしまった。去年家の犬にやったようなものを、僕達は食べるのねと言ったとか）

（王精英夫人の話）

（信州はあらゆる所に疎開者がはいりこんで、食糧難で、親類にも食糧のことを話せないと、長野から帰った小山大人が述懐している）

（罹災者の夫人が子供の持った手拭を奪って風呂にはいった話）

（上海ではリュック一ケ一万円、ゴム長一足一万六千円という話）

七月一日

五時起きて朝霧のなかに、ジャガイモの土あげをする。白ゴム靴がどろにぬれて弱った。今日は宿の方の防空壕ほりに、全部勤労奉仕ということで、長女をやる。欠席する家では欠席届を出せという難しい申出であり、理由のない者の欠席届を受理しないという。我隣組では三軒欠席。草刈をする。九時に出掛て、駅長に前日申告する。昨日宮坂勝君からスグ来いという電報なので、松本で工場慰問の講演という名目で簡単に承認してもらう。帰途宮坂君に電報をする。街では勤労奉仕の人々がお祭のように多くて、土掘をしているのはその三分の一、他は見物していたが、男子よりも女子が働いていた。警防団服を着た人々はみな見物のがわにいた。

今日は米四分麦二分大豆四分のご飯である。麦は水ぽく、大豆はかたく食べにくい。加え量が足りなくて、夜は雑穀の代用食にしたがその方がおいしかった。健康になるものを食べたし。

沖野氏と約束があって、ピアノの件で中村孝也さんと相馬さんとを訪ねる。次で沖野氏を訪ねる。ジャガイモ畑の中で話す。結局、堤夫人はピアノを四千円ぐらいで売りたいらしく、直接私に事務所の長嶋さんを会わせたいという。事務所に長島さんを訪ねたが、勤労奉仕のために留守であると。五日に訪ねるという名刺をおいて去る。

長女が大工の土屋さんからさつまいもの苗をもらって来たので、十数本を植える。かつて、さつまいもで成功したことがないがどうだろうか。表に一畦砂糖大根を、半畦にんじんをまいてみた。

七月二日

宮坂勝君を訪ねる。八時半の汽車にした。朝は雨で傘を持って出た。小山大人が名古屋へ行くので同行する。大人は二等、こちらは三等。三等で二等車に乗ってしまった。運悪く新潟局長の巡視中のこととて、検札があったが、偉い人に会ったから暫く話させてくれと語ったところ、女車掌は偉い人って局長さんねと、難なく通過。雨は長野に着くまでにやんでいた。局長の巡視は中央線であったらしく、その列車の便所や洗面所は清潔に洗われていたが、信越線の方のは便所は氾濫し、洗面所もよごれて窓がこわれて、支那の汽車のようである。日本の鉄道の面目はもうなくなってしまった。松本という町は昼初めて見るのだが、もっと明るく澄んだところを予期していた。松本で一時間待って、大糸南線という電車にのる。梓橋は四つ目であった。梓川の堤を南行したが景色よし。松本平の一部であろうか、麦の刈入は終って、田植もすでに済んだという様に、稲が落着き成長していた。堤から村へはいって、荷車をひいた男に岩岡のさかやと言って訊ねた。倭村は富んだ村のように見えた。往還から森の方へ小径をぬけてからも、灌漑用水に満々と水が流れていた。平和な村で、遠くに雪をかぶったジョーネンが新緑に見えた。こんな故郷にアトリエを造って、静かに絵を制作し、詩をつくったらと、M君のことを思った。学童らしい少年にさかやと訊いたら、すぐ分ったが、あれた旧家だとすぐ分った。人の気配がなく、広い土間で声をかけると、M君の母堂が出て来た。土間の入口の障子に、供出米完納の家と赤い紙がはってあった。農家だなと、それで初めて知る。M君は村で疎開者に提出した共同の畑にさつまいもの植付をしに出ているということであった。

M君の母堂は七十四歳といったが、六十台に見えて、多少右脚を引きずるが（三年前に突然そうなったので、一種の中気だと自ら笑っていた）家の中心をなしているように見えた。M君の兄さんも話好きないい人で、九人の子持だというが嫁さんの顔は見なかった。長男は出征していて、今は戦病者として家で療養中であり、次男は千葉県に応召していると。M君の娘さんのたえ子さんは丈夫そうで、三月に赤坊が産れて、甲斐がいしく働いていた。山に向かった古めかしい十畳の座敷に落着いたが、M君も間もなくもどられた。農休みのお祝いにもちをつくと言って、M君も兄さんも勝手もとへ去って、もちの音がした。もちつく音を聞いていると、旧農家の豊饒さが響きわたるようであった。もちつきが終って間もなく、隣組常会だと呼ばれてM君と兄さんが去って、夕食は八時すぎM君のお母さんと二人で、もちをたらふく食べた。M君達が帰ったのは九時過ぎていたが、朝が早いのですぐ寝ることになったが、便所まで提灯をつけてぐるぐる部屋を通って行ったが、さみしそうな長い部屋のついたてのかげに、兄さんが一人で休んでいたのが、妙に淋しそうに見えた。

土産、M君のお子さんへ赤ちゃんの英ネルの着物。兄さんへは五十円包んでおいた。

七月三日

朝から寝るまで終日ラジオをつけているらしい。五時半に起きた。部屋の外の広縁に木のバケツに水をくんで出してあった。M君と畑へ出てみた。畑は村に少なく総て水田で蔬菜は家の周囲の空地に作って、売買はないのだと。肥えた土らしく、林檎や梨の木があり、雑草がはえたなかで、トマトやジャガイモや南瓜やキャベツが明な姿であった。今日中に帰る予定にしたが、粉一貫、米三升、卵四十ケ、を買ってもらい、ジャガイモ、不断草、モチ米一升、米ぬか、もち、弁当、ミソなどをもらって、リュックに一ぱいと風呂敷一つで持ち帰れないほどだ。

M君が食糧のことと闇のこととに熱心で世話をしてくれるのは嬉しかったが、芸術について語らないのが残念だった。M君の絵に詩がなく何処かにどろくさいもののついて廻るのもうなずけたが、又、こつこつ絵を叩き上げて行く点も安心できそうだ。M君には昨日僕が想像したような画家の生活はできず、やはり画壇というような雰囲気が必要であろう。卵五十円、他のもの二十円。米はM君が兄さんから借りたもので、買った兄さんに返す時にもらうという。兄さんもM君も親切であるが、感傷と現実とをきっかり区分している点は面白くて、気がらくだが、こうした感情の整理は静岡県人にはできない、静岡県人はその点人がよくて、我を忘れることができるのだろうが、現実的な成功ができないのだろう。M君が買って来た卵が一ケこわれかかったのを兄さんに代えてもらうのに、二人は暫くこつこつ語っていた。兄さんの家には鶏が二十羽もいて、卵もかなりありそうだったが、融通はしない。さりとて、僕が行ったのを迷惑がっているのではなく、もう一晩泊ってうどんを食べて行けとしきりにいう。しかし、この旧家には、金融といおうか、経済観念が——特に戦時的経済観念がはいりすぎているように思われた。これは当然のことであり、特に旧家をついで倒産したという兄さんにはやむを得ないことでもあろう。

帰りは梓橋に出ないで、島々行き電車の方へ出たが、梓橋よりも遠くて、路は面白くなかった。駅近いM君の姉さんの家で休むことにした。この姉さんも感じのよい人で、中都市の爆撃がはじまったので焼けるのを待っているという様子であった。たくあんを土産にくれたりして、歓待された。全く背負いきれないほどの食糧品で、M君が駅まで送ってくれたが、いざ別れて、ブリッジを渡る時にはひょろひょろした。

沓掛へ七時近くに着く汽車にれんらくした。平賀さんの家にリュックをあずけて、霧のなかを帰った。

七月四日

昨夜サイレンが山々に響きわたった。今日は全国津々浦々に敵機六百機が来襲したと。今やなすにまかせているようである。そして、食糧も窮屈になって、七月十一日から家庭配給米は一割を減ずることになったと報じている。悲しいことだ。今朝は下痢して元気がない。百姓は愚かになるか根気よくなるか他はない。一家族に大根二本配給があった。有難い。にしんが配給になる。当番を二軒にした方がよくはないか迷った。伍長会議があったが、夕立になったので欠席した。洋間の仰臥椅子で午後中読書したが、休養はたまにはよい。

M君の家で農家の思想問題を聞けなかったことは残念。農家は闇で売りたいが、闇をしていることを知られるのをきらっているということしか聞けなかった。五月二十五日以来、東京という昔の文化都市は人の心になくなった。総てのものを我々から奪ってしまってもよい。希望というものを我々の胸にのこしてくれるならば。

夕立ちになってあわてて畑に下肥をした。下肥の処置に窮しているからでもあるが、こんな調子がほんとうの百姓ではない。ああ生きている歓びを失いたくない。これでは心がまいってしまう。

七月五日

食糧が一割減になることは、考えれば重大なことだ。今日でも米四割、麦二割、大豆四割では、米麦飯は一日三杯しか食べられない。食糧が足りないから家庭も暗くなる。神経がとがる。これ以上少なくなったらどうなるであろうか。野菜とか魚とか豊富なところはよいが、この高冷な土地ではどうにも作りようがない。困ったことだ。あんたんとする。

観月台のジャガイモの発育のよくないのは、肥料の不足のせいだと原田さんから注意されたので、下肥をうすめてかけてみた。序に南瓜にもうすい下肥をしてみた――多少肥料まけがしはしないか心配したが、昨日も雨、今朝も時々しぐれたから大丈夫だろうと思って試みた。途中で夕立になって暫く休んで、雨の上るのを待って観月台のモロコシや裏のトマトの畦にもした。トマトも裏は発育がよいが観月台のはおそい。

パスカルは感動をもって読むが疑問が多い。

七月六日

次女の学校のことで小諸へ行くつもりであったが、寝すぎて六時になってしまった。六時まで寝てしまったのは珍らしい。長女のピアノのことで、千ケ滝の長島さんに会うつもりが、星野でもピアノを売りたがっていて、主人が東京から二三日帰らないので待つことにした。子供等がなかったら、この時代も生き易いであろうに。

畑の肥料には青草を刈るにかぎると教えられて、幾把も草刈をして、豆にも、モロコシにも、なすにも、トマトにも、ふんだんに草をやった。草刈中に夕立が来たが、草刈をつづけた。草は肥料になるばかりでなくて、畑をつくるということだ。表に一畦五寸にんじんをまいた。一日の夕半畦まいたが、神谷夫人がその畦をつぶして、東京から持参した豆を植えてしまったからだ。一日にまいた砂糖大根の芽が昨日あたりから出た。にんじんをまくために、大豆の畦を一つこわした。

金沢とかいう鮮人――金というのだが、鈴木さんの別荘にあって、小えびの乾したのを貫二百五十円で売った。小山家で世話してくれたが、家では二百五十匁でやめた。食糧問題には神経質になっている先生なので値段にかまわず誰も買いこむ。金さんは靴（これも軍需工業だそうだ）の製造をしているので、皮は融通することで、食糧品が手にはいるのだと言っていたとか。昆布も分けましょうと言って、大きな木箱を見せたとか。

昨夜は伍長会議が宿であったが、雨ではあり闇であったから欠席した。常会徹底事項という紙を今日もらった。明朝五時に義勇隊に国民学校へ集会だという。何のためか全く目的は分らない。

魚屋から鯖をくれる。小鯖一匹二円五十銭とは驚くが、これも魚屋の厚意である。豆腐とからも豆腐屋の厚意でもらった。

神についてはいくら考えても足りない。考えるというよりも求めなくてはならないのだろう。恩寵について考えよう。しかし、パスカルという偉大な魂には魅された。

夕方ともさんという聾者が煙突の掃除をしてくれるといってはしごを持って来た。よい機会を利用して、雨といの掃除をしたが、どこも火山灰と唐松の落葉で一杯であった。樋がこわれていても自ら掃除してみないと気付かないものだ。それにしても何から何まで自分でしなければならない時になった。

七月七日――

次女の女学校へ転入学のことで六時半の汽車で小諸へ行く。昨夜十一時頃警報が鳴ったが甲府にB29の編隊が来襲したという。小諸では昨夜来襲があるというので、校長は夜半三時間も女学校にいたそうだ。こんな忙しい時代に、今朝は意味もなく、義勇隊を国民学校へ午前五時に召集した。長女は三時半に起床して出席したが祈願があったとか。

小諸女学校は町からは遠いが岡の上に町を見おろすようなよい場所であった。掃除のよく行きとどいて校舎も大きい。敵機に大工場と間違えられはしないだろうか。初年級も授業ではなくて、作業らしく、防空壕をほっていた。校長が会ってくれたが作家だというので、親切にして、仮入学を許可してくれて、明日からでも工場へ出てくれという。手続をすませて、吉行飛行機製作所へ行く。十一時十分で帰るつもりで弁当を持参しなかったので、急いたが、靴のかかとの内側にくぎが頭を出していて、痛くて歩みにくかった。工場は、友野さんへ行く路の左側にあった皇国千何号工場というのであった。先生方も作家というので親切で、社長にも紹介してくれた。校長も若かった。女学校の事務所に働いている女事務員が一番溌剌としていた。東京の疎開者らしかった。

小諸で次女の定期を買った。一ケ月普通定期である。駅で水上君に会った。名古屋帝大の物理が小諸に疎開していて、週に一回講義をするのだそうだ。水上君は会う度に若くなったり老いたりしている。今日は若くて、水上君と思えなかった。

三時に温泉の広間で農業講座があった。大体七月になすべき畑の手入について話があってから、質問に応じた。時間が短くて惜しかったが、実際に畑作りをしていて疑問になるところを、色々正してよかった。草刈を熱心にしなければならないと決心した。(三時まで葱の根にやる草をたくさん刈っていたが)今はやわらかな草が何処にも豊富にあるので思いきり雑草と戦争すべき時であろう。ジャガイモはこの一週間でいもが決定すると聞いて、何となく物足りなかった。余りに天候にめぐまれなかったので失敗ではなかろうかと心配になって。ともかく灰をすぐ根もとにかけてやった。もう倒れているのがあるが、いもを掘るのは葉がすっかり枯れてからがいいのだということも知った。南瓜も追肥をたくさんしてよいが、瓜は南瓜よりも追肥を必要とするらしい。大豆は根に土上げをしてやらなければならない。モロコシも昨日から草を根もとにやったが、あすあたり下肥をして、根に土をかけてやらなければならないらしい。ささぎは草をしいてやった方がいいらしい。

さわやかなよい日であった。実に空気が澄んでいた。それなのに戦争だ。この美しい夕焼!

七月八日

昨日の講義で聴いたことを実行する為に、起きぬけに、大豆の土あげをした。午後はモロコシ、きゅうり、南瓜、ナス等に下肥をした。バケツで運んで十四ぱい。三女が手伝ってくれた。南瓜は追肥をしたのと然らざるのとでは、この二三日発育状況がすっかりちがう。葉の大きさや色までちがう。草刈も一時間以上して、青草をつみあげた。

八日なので隣組員に七月の常会決定事項を知らせる。国税納入者の疎開した場合に直に申告すべきこと、燈火管制のこと、応徴者援護費各戸一円寄附のこと等。貯蓄についてもあったが、もう書いてもしかたなかった。燈火管制といえば昨夜二回も警報が発令され、一回の如きは一時間以上B29が浅間山の麓を旋廻していた。長野県の空襲の近づいた感が多く、各地ともあわてているらしく、長野以下四市は強制疎開を開始した。沓掛でも荷物をとりえばらに運び出す家があり、別荘地も騒然たるものがある。

柴田君に心をこめた書信する。冷しく天気よし。明日から次女通学するので昼ぼたもちをつくる。玄関に同居する二人にやるべきか否かについて議論あり。食糧難は悲しい。玄関に無理に同居されていて閉口することが多い。修養だと思うが神経にさわることおびただしい。

七月九日

次女小諸に六時の列車で通学するために、四時頃から起床して騒ぎたつ。ために睡眠不足である。八時に事務所で緊急伍長会議あり。空母二十隻より成る船団が六日サイパンを出て北進したが上陸地は未定であるけれど、今や長野県も空襲が必至であるから、防空について万の策を講じよと、軍の司令があったと。さて一時に防空資材の点検があるというが、その資材にしても、東京の経験では用のなかったシタタキ、砂、バケツの水というような愚なことであった。それも、町の防空要員が点検に来た時用意してないと困るから、備付けろという。いつになっても、どんな苦難を経ても、人間はえらくなれないものか（こんな問題でも）直に緊急隣組常会を開いて、その旨を組員に伝えた。愚かな伍長会議にむしゃくしゃして、畑に出て、モロコシの土上をしていると、橋本君夫妻が突然来たる。驚く。昨日東京から来たのだと。罹災して無一物になり、千ケ瀧の家に残してあった所帯道具を取りに来たのだと。久振ではあり、五月二十五日夜の情況などをつぶさに聞く。昼食を出す。乏しけれど、とっておきの新ジャガを出す。二人に一度に食事を出すことは家中に痛いことであるが、乏しい時だけに喜んでもらえるであろう。

見送って行く。東京の隣組員に厄介になっているとの話であったが、行ってみれば、橋本君の家であるのには、驚く。真新しくてさっぱりした別荘である。幾時建てたのであるか、相変らずの秘密主義には微笑するより他にない。嘗ておさわが橋本さんが別荘をたてたという噂をした時、そんなことはないよと否定した自分が思えば愚かしい。四時近くまで話しこんで、急いで帰る。彼氏は明日帰京すると。急いで帰った所以は、伍長会議の（この前水野邸で開いた時の）決定に従って、小山大人を隣組の顧問に推戴するということになっていたが、午後お願に上るということになっていたからだ。小山大人の今日の話は面白かった。できあがった人間の面白さだった。どんなに小さくても完成されたものは美しい。

七月十日

夜半十時頃から警報が出て、今日一日中しきりなしに警報である。艦載機が千二百機関東地区に来襲し、昨夜は岐阜や仙台堺と、日本中の空がＢ29でおおわれたようである。どの町も次々に焼かれてしまう。昼は高崎地方の爆撃音か、時々地軸を揺るがすように響きわたる。一時から星野地区の隣組員大会があった。

嘉政君のお説教のようで、無意味であった。

朝冷しくて天候もよし。草刈に精を出す。佐久木工で十五本さつま苗をもらって十二本植えた。もうおそすぎるであろうが、三回に三十本ばかり植えたが、比較してみよう。

七月十一日

起きぬけに大下痢。吐瀉甚だしく、大豆の発こうする臭気をげっぷに出して、苦しむ。大豆ばかりで、日に二椀の米飯のために消化不良であろう。六時まで絶食。六時大根入り白粥を食べた。トモサン一粒のむ。

七月十二日

朝かゆ。梅雨らしい天候。畑に出てみたが全身熱ぽくて力なく、帰って仰臥す。久振にN.d.を読んで休養する。昼すぎ小山より招かる。防空壕をつくるかどうかの問題。この土地で防空壕をつくるのは思いもよらなかったが、資材は町長が、労務は署長が提供するという。小山大人も下痢していた。百合子さんも嘔吐と下痢に苦しんだとか。みんな大豆禍である。大豆をいる臭気がしても気持が悪くなる。米は少なくて大豆ばかりなのに、家の庭には大豆ばかり植えてしまって大失敗である。

I君が疎開先から手紙をくれた。五年ぐらい中学校教師をするのだと。愛知県の海軍地方の農村らしく、食糧問題について疎開してよかったと報じて来た。こちらは飢えることを心配しているのに。一通の手紙にも歴史があり、その手紙を中心に思いめぐらすと長い物語がくりひろげられる。こんな風に一通の手紙をも大事に読むのも戦時らしい。

名古屋鉄道にいた常夫が応召して、十日千葉の鉄道隊に入隊したという通知、沼津から。あの病弱な彼まで応召かとただ驚くが、ご用に立つ前に倒れなければよいがとそれを心配する。

七月十三日

朝虱二匹つぶせり。黒いのと白いのと二匹。戦争と虱。大豆と下痢。総て心暗く、終日元気なし。

昨夜来の雨が正午頃からあがって、空青く晴れわたり、畑に出たが、働く気持にならず、うつうつと終日おくる。徒に天気のみよいが、暖かならず。夕食後、例のフランス人の細君、子供とアルメニア人とをつれて、梅村六郎氏の手紙を持って来たる。急に外人列車が出たので、荷物を持って来たが、星野でとめてくれないので当惑していると。梅村さんの手紙では荷物を一時あずかってやって欲しいとある。駅前の指物師の家でリヤカーをかりて、男二人に引かせて来たが、寝具と食料だから、何処かへ一泊したいといいう。家内に塩壺へきかせる。外国人だと知らせたくないと言っていたが、同行の二人が外人であるからかくしてはならないと話す。塩壺のマダムはともかく泊めてくれるというので安心した。荷物は一応私の家にあずかって、湯をおとさない前にと、三人をせきたてた。家中大豆と風邪とで機嫌悪く、悲しい夜であった。次女学校から帰るなり、床にはいって寝てしまい、夕食後再び前後不覚にねむった。風邪と過労である。

私も栄養不良である。おぼんというにおぼんらしくもなし。魚を食べたし。ご飯を二膳たべたし。

七月十四日

三菱重工業の払込をする。四人の子供の貯金から一万千五百円。東中野の三菱銀支店長に送って依頼する。払込を終ってから売ってしまおうと思う。もう所持金がない。

栄養が悪くて、下痢から体力の恢復しない。草刈をしても直にあきてしまう。宿に出ようとして支度をして、さて行くのがいやになった。佐久木工に嘉政君を訪ねなければならないのに、それもいやになった。一日二杯のご飯はつらい。畑のほとりに出てはしばしばしゃがんで眺めた。早く食べられるようになればよい。全身胃袋になったような気持である。

吉野夫人が長女と来たりて、書物をかりて行く。さっさと書斎にはいって勝手に数冊を選んで、バスにのりおくれるからとあわてて、持参の弁当に、こちらのご馳走をも食べて去った。米は高崎から運んで、食糧には困ったことがないという。食糧に困らない夫人はよそでご馳走になるのに遠慮もなさそうだったが、二人の食べたジャガイモは、煙草の代償に水野さんからもらって大切にしてあったものだった。

七月十七日

三時十六分の汽車にきめて、二時起床、霧の闇路を駅まで下ったが、汽車が四十分遅れて着いた。そのためしののいで名古屋行直行にのれなかった。これが失敗のもとで、しおじりでも三時間待ち、新舞子に着いたのが夜の九時半。雨は旅中降りつづいて、何かあわただしかった。父は寝ていたが二人の少女が夕食をつくってくれてともかく就寝した。昨十六日か十七日の夜半にかけて、四日市と沼津とがB29の焼夷弾攻撃を受けたし（殆ど全焼らし）、昨日はタドツがP51の攻撃を受けて、而も列車のはいるのを待ちかまえていて、乗客が五六十人銃撃を受けて死亡したと。なかなかに危険が多く騒々しいことである。夜半空襲警報が出たが起きないでいた。

昨日、父から「キケンアリ　クルコトミアワセ」という電報であったが、食糧事情は危険を冒しても行かないではいられないほど急迫していた。食糧事情について、父は認識を持たないで、我々——というのは、長女にもリュックを背負わせての旅であった——が来たことを、心よしとしないだろうと察しられて、楽しい旅でもなかった。空襲警報になって、階下へおりて行き度かったが、防空壕の所在も知らず、父を不機嫌にしてもと思って、よし焼夷弾は落つるともと我慢した。

旅には『ドミニック』を持ったが列車では一行も読まず、下痢以来衰弱しているからであろう、気力がなかった。

△沓掛からは貨車に乗った。こんだ貨車であった。乗客の一人が（足立区の商人だと言っていたが）突然、先生は何年ぐらい外国にいましたかと話しかけたので驚いた。長野に集団疎開している子供に会いに行くとか。

△子供を三人つれている若い夫婦。荷物をたくさん持ちこんでいたが、いざ降りる準備に、網棚からリュックを降ろそうとして、おろした拍子に窓からリュックを外へおとしてしまった。その当惑と列車内の驚き。

窓がしまっていると思って、重いから硝子窓で受けようとしたのだと、主人は顔色を変えた細君に説明したが、硝子窓はしまっていたらば破れたであろう。実際窓はその一二分前までしまっていた。駅についたら自転車をかりて探しに行くと言っていたが、あったかどうか。

△母親のエゴイストの面白い例。

七月十八日

父は機嫌が悪くもなし。七時半に出勤した。何処へ行くのやら。おのぶさんはいない。岐阜奥の疎開予定地へ行ったとか。ます子さんを訪ねる。大津町から一物をも出さなかったとか。午前中話す。ジャガイモの代用食でみなおなかを悪くしたとか。子供は四十度の発熱。このせまい家も却って落着いてよいものらしい。亡い祖母の家であろう。

今日は中村博君の家を訪ねて、醤油と味噌とをもらうつもりであったが、博君は結婚して、出産を待っているのだからと初めて聞く。父の家にも足が遠くなって、たか子さんの結婚も通知がなかったとか。行っては却って困るだろうというので、中止したが、愚な博君だ。正直に話してしまえば、こだわりはできなかったろうに。人生は長い、ごまかしでは通れないことが起きる。表面をかざってはならない。

父は昼頃帰宅。一応報告と挨拶とをする。長女をつれて松井氏を見舞う。夕食後長女をつれて海岸に散歩へ出ようとして門前でおのぶさん一行の帰るのに会った。海は風があれていた。

長女は台所へ出て手伝う。

ますみ子さんも次第に藍川家というものを識りはじめたらしい。

七月十九日

昨夜も空襲があったようだが起きない。疲れて家で『ドミニック』を読む。朝起きぬけに父達と畑に出て見た。なすの大きく実をたくさんつけているのに驚く。海草を肥料にするからであろうか。瓜もみごとなり。海に出たが無風。しかし海水浴はできない。きらきらした海面に舟のかげさえ見えない。海水浴場の脱衣場まで軍需工場になって、松原の中には飛行機の組立工場ができているらしい。父が色々食糧品のことに気をつけて用意をしてくれた。昼にはボタモチ、夕にはえビのてんぷらをつくってくれた。珍品で食べすぎの心配があった。和男君が汽車の時間をしらべてくれて、急に夕方八時十分の電車で新舞子をたつことに決す。長女はやや慌てたよう。長女には新舞子が夢のように思われるらしい。

七月二十日

八時十分に電車で出発してから帰るまでの苦心。新舞子駅長の厚意で、省線熱田駅に出たが、東海道線が二時間遅れたために、神宮前に引返して、終電にやっと間に合う。リュックには、ジャガイモ四貫、玉ねぎ二貫、手にも三貫余の風呂敷包をさげての苦痛。名古屋駅構内で列を作っていると、空襲。二十数目標ありというので、驚く。待避せよと呼ばれたが何処に待避すべきかに迷う。構内暗黒にて、人々は戦々兢々たり。やがて中央線は時間前に発車すと連呼す。三人ともお互に名を呼びあい、くらやみのなかをホームに出て、満員列車の前を右往左往して、漸く最後の客車に空席を見出す。列車はやみの中を発車。五ツ目の駅で待避。瀬戸市と岡崎市とが焼夷攻撃を受けているというが、山の向うに焼夷弾が落下する度に、空が輝きわたり、なかなか怖ろしい。待避すること三時間、空襲解除になって漸く発車。

家に着いたのが一時。駅からリヤカーをかりて六ケの荷物をつけて、三人交互に引いて帰ったが、登路で苦しかったこと。追分駅から霧で、沓掛も霧。入浴して直に寝る。疲れた。沼津の父から手紙があったが、十七日に空襲されたのだから、十五日に書いた父の手紙は何か報告があってのことか。ともかく無事で和男君をつれ帰って安心した。それにしても新舞子の二三日は夢のようにたらふく食べた。まるでうそのような気がする。父が戦前の生活をしているのはありがたいことだったが、私には正当な感がなかった。貧しさに耐えるべきである。妾には妾の感情があって、人生にまともではない。

（しおじりで二等車を三等車に代用したのでそのまま乗りこんで、松本からの検札で、多くの人々の喜悲劇あり。泣いて詫びたりするので車掌は益々威張って、乗客を罪人とする。篠ノ井で二等の代金を払おうとすると、上り上野行きまで十分しかないから、もうよいと女改札者は言った。）

（新宿へ行く高師生二人とかじや工とは忘れられない。特に軍属であるこのかじや工は働く若者らしい溌剌とした人物で、新しいインテリジェンスが、こんな人々のところに産れているのかも知れない。松本から軽井沢へ行くといって乗りこんだ二人の子供づれの夫人のかざらない美しさと親しみ多い態度も忘れられない。篠ノ井から貨車に乗って、望月から学徒で中島飛行機製作所に勤奉中爆弾で負傷した息子のところへ行くという忠実な農民の表情と話とも）

七月二十一日

朝から雨なり。疲労をなおすために終日寝たり。ご飯一日二杯なり。新舞子の食事がうそのようなり。ああ一日に六杯のめしを食べたし。新舞子で計ったが十一貫であった。やはり肉体は栄養を要す。明子氏夜十時半まで語る。

七月二十二日

沼津からも便りなし。何処が焼けたろうか。小山氏は田口に家を借りて冬のために備えたりと。昨日はトラックで荷物を出したりという。神谷氏来たる。

長崎氏来たる。ピアノ四五千円で買えという。保険金の三千円ならばと答う。人々みな金を軽んず。なす、瓜、モロコシ等に下肥をする。瓜は二三日旅行の間に害虫がついて弱ったよう。害虫はてんとう虫らしい。トマトに蕾を二ケ発見した。瓜も小さい蕾を無数につけている。ぬかみそもややできかかって、今朝は大根がうまかった。

七月二十三日

文子玲子の髪を刈る。二人とも後頭部の髪が長くて、そこが虱の巣となるおそれが多い。短く刈りこむ。土地の子供等と遊ぶから虱などつくのだと母親から言われて、「土地の子供って、みんな土地の子供にならなければいけない」と答えていた。小さい子供等の方が適応性が多い。

今日も寒くて雨模様である。これでは作物が悪かろうと子供等まで心配する。朝早く南瓜の花一ケ咲く。雄花をさがしに山下へ行き、交はいしてやる。雄花が咲かずに第一に雌花の咲いたのはよし。

ジャガイモを重く背負って来ても十日もなさそうだ。終日来る日も来る日も食事のことのみに追われて、長女は生きる希望なしという。こうした絶望の言葉は今や空腹なるが故に深く考えずに口から口へ最後には心をむしばんで行く。

パスカルを読む。

七月二十四日

虱数匹を殺す。いやなことなり。やや日光を見るが寒い。白のズボンも三日ぶりに乾いたが、それに二匹の虱がはっていた。おぞまし。南瓜の雌花が今朝も咲いていたのを十時頃知って、山下の畑から雄花をとって来て交はいす。桑の実が黒くみのっているのを見て、末女の学校から帰るのを待って、採集する。大皿に一杯。初めての果物で、おいしいこと限りなし。瓜に倚木をたててやる。午後草刈。僅かに草刈をしただけで疲労し、頭が重い。風邪か栄養不良か。近頃の配給では二食ぎりしかない。而も一回にご飯は一杯である。夕食だけは闇で集めて来なくてはならない。困ったことである。長女は今朝早く五時頃出掛けた。小諸の友野さんへ行ったが、大根を少々買えただけである。男物のお召をくれれば米一斗やるという話。一斗もらっても十日もなし。困ったことである。

生きている喜がないと、今日も長女が言った。早くピアノを買ってやりたい。中部中国きんき地方に二千機の空襲があったとラジオは報じている。

七月二十五日

久振に陽を見たり。野菜類が生々としている。ねぎに土もりをした。豆類やささぎはどう処理してよいか分らない。表の滝さんの家の鶏がせっかくの瓜の芽をついばんでしまった。宿に出て保険屋へ寄るべきだが気持悪くて、行く元気出ず。

七月二十六日

パスカルは読めば読むほどその魂の激しさに打たれる。今朝も大豆のためか下痢した。それに虱が気になって昨夜熟睡しなかった。眠り悪いのに、突然空襲警報が響きわたった。山に来て初めてのことなので子供等もさわぎたてたが静かに寝せておいた。そんなことで、今日は疲れていた。午前中勉強することを中止して、畑に下肥をやった。野菜の成長が思わしくない。

木下女史と宮坂君とから便りがあった。

近所の子供等が桑の実をぬすみに来た。みんな食物がないので無理もない。先日はヒョータングミを食べて危篤になった子供もある。

酒の配給があった。誰に配給すべきか役場へ行って聞く。一升五合（二級品）。夕食は少なかったが、二勺ばかりの酒をのんだが、初めて酒の美味なことを知る。一升五合の酒は物々交換に家内は喜んで、私が酒をたしなむことを不平をいう。

今日も洗濯した。

七月二十七日

こんな時代にパスカルを読むことは心を浄めることである。

昼前天気なので宿に出て、銀行で六百円さげて保険（火災）の代理店に支払う。これで五万円の保険がついた訳だ。宿へ歩いただけで疲れるので帰りはバスを待った。どうやら栄養不良だからであろう。実際近頃の食事では栄養不良にならない筈がない。思い切って、魚屋へよってみたら、お嬢さんにあげましたよという。貝とにしんで、十五円だったそうだ。家内も長女も熱があるとか、気持が悪いとか言って早く寝てしまった。これも栄養不良で過労だからであろう。今日も一日二杯のごはんで、夕食は馬鈴薯だった。みんなどんな風に生きているのであろう。駅には切符を買う人々が延々と列をなしているが、みんな遠方へ買出しに出掛けるらしい。

昨日神谷君が工場からそばの種子をもらって来た。それを何処かに播こうとして、前に二坪ばかり開墾した。見晴台のモロコシの二畦をつぶして播くことにした。しかし今では播種をいそがずに、畑をつくることに心を使う。なすは下肥をやったことが不成功らしく、一本は下肥をして二三日目から元気なく、今日は枯れてしまった。木瓜も同じ原因でいたんだらしい。トマトとモロコシと南瓜は下肥をしてもよいらしいが。表の砂糖大根もうすい下肥をして土よせをしたらだいぶ元気になった。草も刈ったままでなしにたい肥をつくることを心がけよう。

不平を言わないこと。わざとらしい感謝をもしないこと。短篇を書かなければならないのに、書く習慣をなくしたからか、書くよろこびがない。

七月二十八日

漸く夏らしい本格的な天候である。午前中勉強することに決定したが昨夜からまた下痢である。こんなに痩せていて下痢したら健康がもつまいと思う。栄養は悪いし、どうなるであろうか。この肉体にとじこめられ魂もまた飢えるであろう。

朝ともさんが肥桶をかついで来てくれた。もろこしと南瓜にかけてもらった。どうもねぎは土盛がおそすぎて不成功だったろうと評していた。そう言えば、ねぎは次第にやせ細って行ったものが多い。何しろ土地が痩せているのだからどうにもならない。

午前に洗濯をし、午後そばをまいてみた。そばの種子はまだたくさんのこったが、播く畑がないので、馬鈴薯の間作にする他にあるまい。畑をつくりたくても土地がなく、この冬は小山さんとの境の木を刈って、畑をつくろうと思う。

米の配給があったが、大豆とうどんの細かにくだいたものである。米は益々少なくなるであろう。昨日土屋大工が来ての話に、一升四十円だと話していた。小麦もジャガイモも百姓が出さなくなった。金井さんのお嬢さんの手紙によると、やはり衣類を出してくれれば物を出す百姓があるという。友野さんも男物のお召を出せば米一斗出すと長女に言ったとか。生きるに難しい。

小林の細君が大恩をきせて、小さい卵を七ケ分けてくれたそうだ。一ケ二円であったが、今に八円にも十円にもなりますよとけんつく食わせたとか。

戦争がかれつになって人々がみんな「道義」をなくした。この人々を見ていると人間の惨めさがあわれでならない。

今日は新聞も来なかった。敵機の来襲のためだとか。昨夜から今日にかけて、五回警報がけたたましく唸った。

七月二十九日

日曜日なので中野君の定期をかりて依田村へ長女と行く。長女も荒井さんに定期を借りるつもりであったが、荒井さんは「買出しには定期は貸さぬ」とことわった由。

六時の汽車にしたかったが、定期のことで、八時半のにした。長瀬におりて、葉子さんを事務所に訪ねた。側の郵便局によって切手を買ったが、一人五枚しか売らないと変っていた。二ケ月での変化。葉子さんは一緒に帰りたいが、後でいじめられるといって泣いていた。一日一回は涙をこぼすことがあると、お母さんは言っていた。葉子さんに別れて山の登路を歩いた。景色はよし、前には自動車の通った路であるとか、金井さん方も東京から帰省するのに歩いたことがなかったが、今は米など背負って乞食のような恰好で歩くのだそうだ。体さえ疲れていなければこんな路も面白いが、食糧が足りなく而も大豆で下痢をつづけた肚では、ゆっくり歩いてもこたえた。

金井さん方は醤油屋の二階を借りていた。十畳で風通しよかったが炊事はできないで大変らしかった。しかし夫人は不平もなく歓待してくれた。金井さんも昼には大豆畑から帰られて喜んでくれた。ただ食糧難は二か月前に来た時とは想像もできなく激しくて、とても粉とか麦とか頼めないことが分った。金井さん方だけでも飢えないためには苦心を要するらしかった。併し、乏しいなかで、昼はたくさん粉でごちそうしてくれた。久振りにたらふく食べた。長女は葉子さんと話したがっていたので、一泊させることにして、ともかく五時半の汽車で帰った。粉、大麦、卵十ケ、瓜三本、ミソヅケ、等もらって、直接大屋駅へ急いだ。五時に乗りおくれそうなので急いだが、三十分しかかからなかった。五時十八分と聞きちがえた列車は、五時三十九分発であった。駅で四十分待った。

人間の肉体は何と悲しいものであろう。昼にたくさん食べたために、荷物を持って、急いで山路を歩いても疲れなかったとは。列車はこみあうけれど、仲々観察すれば面白いことばかりだ。

(旧軽のおかみさん二人が各自子供を三四人つれて、小諸在の親戚に食料買出に行っての帰りの話)

久保田さんも上田を引上げて東京で壕生活をするといって、金井さんにお別れに来たとか。久保田夫人の上田での生活の数々は、一種タイプとして面白いが、謙虚になれないから周囲に同化できないのだろう。

長崎君と石川君から便りあり。石川君の便りは石川君としては珍しく長かった。疎開生活がなれない苦悩が多いからであろう。

中野夫人が東京へ行くからと今日も三度お別れに来たとか。その都度主人にとめられたが、遂に行かなかった。夫人も食糧問題で焦慮しているのであろう。今や一日一日生きて行くのに、食べて行くのに、人々は大童である。金井さんは言っていた。農村では戦局にはもう関心もなくした、もう食糧問題と供出問題だけが、農民の関心であり興味であると。あの一割減の発表以来、農村でも急に食糧問題がやかましくなったそうだ。悪政治の好例か。

七月三十日

夏らしい天気よし。野菜も生意を帯ぶ。しかるにラジオを入れると、早朝から夜中まで太平洋に面する各地に敵機が無数に来襲して、神州は護ることできないらしい。

長島君とのピアノの件を交渉。堤夫人は承諾したが長島君のメンツのために三千円に二百円を加えて欲しいと。南原に永田さんを訪ねて、アンズを売る場所を問う。昨夕帰りの列車でアンズを背負っていたのを見て小山夫人が食糧のたしにとて買出しに行こうとのことであったから、詳しく道順を訊ねた。屋代から降りて遠くはないが（森村）アンズはすでに遅いらしい。永田さんの家をさがすのに骨を折って夕方帰ると、小山夫人は明日は疲れるから行かないとのこと。南原からの帰途に、堀辰雄君の奥さんに会う。自転車で役場に来たのだという。追分にいるが追分が軽井沢町に加入した不便なことに、野菜の配給をも沓掛まで出向いて来なければないと。

夕食前にあわててなすときゅうりとに下肥をやる。今朝も南瓜に雌花一ケついた。

『ドミニック』三回目を読みおわる。

七月三十一日

今日も霧の冷しい日である。失望。なすは昨日の下肥がきいたらしく葉の色もつややかで元気がよい。なすの色は目をたのしませる。而も二本とも一つずつ花をつけていた。なすは眺めるのによい。南瓜は雌花三ケつけていた。きゅうりもなかなかはつらつとなった。この二三日の天気の影響であろう。それなのに、今日は霧で残念である。

桑の実をとった。大根もみごとに成長して、一本抜いてぬかみそに入れた。抜く時に途中できれたほど大きい。而も充実していて、買った大根にはこんなみごとなものはなかった。ぬかみそは漸くなれて来た。

三千二百円堤さんに支払ってもらおうとして、長島氏に届ける。長島氏から名刺にピアノを渡すという証文をもらった。証文など不要だといったが、そんな名刺をくれた。運送を頼んで来た。百円謝礼しようとしたが、受けなかった。中区の事務所へ歩くだけでも疲れたが、栄養不良のためであろうか。実際近頃の食事では栄養不良だ。今朝は大豆の代りに、金井さんからもらった割麦を入れた。今度の配給米は悪いが、空腹であるから、よく噛まずに食べるほどおいしいというよりも、おいしいかどうか分らないのだ。

ささぎ豆六本はじめて収穫して、夕のおつゆに入れた。夕は飯なし日である。尤も近頃夕食にはご飯を食べたことはない。

帝海から三百五十円届く。梅村さんから長い手紙。今朝おそく出向いたが長女が東京行き切符の申告書をもらって来た。明日の様子で、二日に出発の決意をする。

八月二日

東京へ空襲、八王子・横山・浅川・元八王子・川口・加住・恩方・由井・立川・昭和・砂川・福生に被害

六時四十分で出発した。汽車がこんで二等車にはいる。山本実彦氏に会う。前夜川崎や八王子に空襲のあったこと（B29編隊）を気にしていらだっていた。痩せられた。大東亜省に顧問会議が十二時にあるとか、それに出席するのに、列車の遅着するのを怖れていた。顧問になったことが得意らしい。こんな人が本物の官僚になるのであろう。

赤羽で下車。夏らしく暑くて快晴。警戒警報発令中である。赤羽の工場へ行くのをやめるつもりで、郵便局から電話する。やはり来て欲しいというので、えん天を歩く。B29一機。

橋本君夫妻の生活も大変らしい。橋本君は今も折目正しい態度を崩すまいとして、自己を苦しめ、他人を苦しめている。本期は無配であるが、石川島からの見舞金で一割の配当をする由。百円戦災見舞をもらう。

五時近く荻窪の岡村さんの家に着く。来客（矢野夫人）あり、何となく気がひけた。夕食ご馳走になり、夜遅くねむる。

（この夜岡村氏が神がかり事件の弁護して得た知識から、日本人の神がかりが古神道の復活であり、日

本が神の寵児として、世界を征服するという考え方が、いつか国家を喪って、第二のユダヤ人になりはしないかと述べたてたのには興味を感じた。）

八月三日

東京へ空襲、板橋に被害

朝からあつし。三時頃の汽車で帰りたいと思ったが引とめらる。昨夜下痢して二三回起きたので、無理ができなそうだった。ともかく朝小滝へ行く。一時間以上待って漸くさわ女来たる。金庫屋をつれて来る。倉庫を開ける自信があるという。

試みて開かず。無理に開けて鍵ができなかった時のことを心配して、中止しようと金庫屋に言えど聞入れず。空襲警報にて間もなくP51二機突如降下して、機銃掃射す。驚きあわてて、一同地上に伏す。掃射の音無気味に肚にのこって、蘇生したる思いなり。金庫屋は多少の破損を敢てして扉を開く。「開けなかったとあっては、わっしの名おれです」と言って百五十円請求す。倉庫内は雑然たるが、湿気もなく、総て完全であった。こころよい風が吹きこんだ。二時間風をいれる。三條西家側の壁に老婆がへばりついて庫の入口をのぞきこむ。薄気味悪し。

三時半閉じてもどる。兄も十二時近く来たる。下駄類、靴、鞄、等一リュック持ちかえることにした。兄の話ではソ連との外交交渉はうまく行っているとか、しかし、それとて、和平問題にまで進展していないようである。

下痢を心配して弁当を食べなかったので、帰っても疲れた。早く休ませてもらった。口を利く元気もなかった。部屋のそばの広廊下に梅ぼしをひろげてあったが、その香がかやのなかにもひろがって寝苦しかった。

八月四日

四時起床。五時五分前に出発。白米のご馳走で恐縮。岡村氏と明子さんが駅まで送ってくれた。トマトをたくさんお土産にいただいた。

汽車はこんで、次の八時半にしようかホームで迷っていたが、一刻も早く東京を出た方がよいとて、駅員が世話をして窓から入れてくれた。みな窓から出入りしたが腰掛けている人々は自分さえよければという考からか、窓からはいる人を入れまいとして大変である。各駅の壁には「道義なければ戦勝なし」と紙をはってある。もう道義は地を払った。列車のなかはうだるようにあつい。

軽井沢行きの五輌がきられて、一輌しか連結しない。軽井沢に乗りすてられた者がおびただしい。バスで出よう（沓掛へ）としたら、三時までないという。十二時から三時まであつい外で待つ。何処の駅も待合室の椅子を疎開したのか、殆どないので、外の石の上に腰掛けているより他にない。荷物がなければ歩きたいところである。ここで偶然小山武夫君の友人の近藤君に会う。彼は細君の姉さんと大きな荷物をかついで、富山県へ疎開するのだが、同じ列車で来て軽井沢でおろされて、明朝六時発の軽井沢支立ての列車を待つのだと言っていた。

疲れた。しかし、よく無事に帰ったと思う。

八月五日　東京へ空襲、浅川に被害

昨夜下痢。起きる元気もなし。野菜畑も見ず。隣組員はソバ畑の勤労奉仕に出た。

八月六日　午前8時15分米軍が広島市へ原子爆弾投下

昨日から、ゲンノショウコを熱心にのむ。昨日宮坂君より電報で七、八日に来いとある。長女も行くというので、朝申告に出す。前夜高崎が空襲にあったので、松本へ行く予定を変更して切符があるからと、宿の主人から聞いて、一枚ゆずってもらった。今日もソバ畑の勤労奉仕に皆行った。

八月七日　東京へ空襲、大島に被害

八時半の汽車で立つ。四時近くに着く。こわめしのご馳走。夜は手打うどん。ともにうまいが下痢を心配して少量にする。少量のことを宮坂君の母堂心配する。五日に夏蚕がねむり初めて、やっと落着いたと言っていたが、家中忙しそうで気の毒である。それにしても暑い。梓川の堤防の路もあつかったが、家の中も暑くて、はえが多い。はえの多いことが、しかし苦にもならなかった。

母堂はお茶が配給になって、麦湯にしてから、もう生きている喜の一つがなくなったと言っていた。それほどお茶好きらしい。この大農家でも食糧難らしい。一ケ月の変化もおびただしい。

八月八日

ソ連が日ソ中立条約を破棄、日本に宣戦布告
東京へ空襲、板橋・足立・武蔵野・保谷・新島に被害

新井へ出たが、これもあつかった。電車をミスして、一時半の電車で松本へ出たが、運よく下列車が遅延したのでやっと間にあった。二人とも背負った荷物は重かった。大麦五升、白米三升、粉二貫、ジャガイモ一貫、南瓜三ケ、なす二三十。トマト十ケ、卵六十ケ。二百八十円支払った。篠ノ井でみんな林檎を持って乗りこむ。林檎を欲しいと思う。夕七時半に着く汽車で帰った。平賀さんにリュックをあずけて、闇の道を歩いた。

（「疎開日記」了）

疎開日誌

八月九日

未明にソ連軍が満州へ侵攻して対日参戦開始
ポツダム宣言の受諾の可否について最高戦争指導会議が開かれる
午前11時02分、米軍が長崎市へ原子爆弾投下

昨夜も下痢した。しかし、今朝は隣組の共同耕作（開墾）地に行く。この数日いろいろの故障で欠席したので無理をする。向山の上に二百坪ばかり開墾してソバを播くというのであるが、行ってみて、その遠いのに閉口する。十一時半までで切上げる。隣組員七名、みな婦人達ばかりで、よくやったものである。疲労は恢復しない。子供等が昨日の荷物をはこんで来た。麦は五升はなさそうである。米の配給も序にもらって来たが米六分大豆四分。米は七分搗であった。食糧が一寸豊富になって、心持もゆたかであるが、それとて長くはあるまい。

夕方畑におると、佐久木工の原田さんが通りかかり、ロシアが日本へ宣戦したと告げた。意外のことに驚く。

六日に広島におちた爆弾は原子爆弾でその威力は怖ろしいものらしく、単機で来襲して相当の被害を与えたようである。

国家の将来を憂えて寝つかれず。

八月十日

モンゴル人民共和国が日本への宣戦布告を表明
東京へ空襲、王子・板橋・足立・霞・調布・多西に被害

ロシアのことが気にかかったが、ラジオは金沢さんという朝鮮人のおかげで毀れてしまって不便この上もない。朝早く水野さんが訪ねて来て、ロシアの問題でもう勇気をなくしたとて、やはり将来の不安をかこつ。二人で小山さんを訪ねたが、小山さんも昨夜寝られなかったと。明治二十九年以前の日本にならなければなるまいが、誰がこの責任者であろうか。腹を切ることをおそれる軍人や政治家によって日本はあやまたれたのであろう。

共同開墾どころではなくて、朝は休んで小山さんで話しこんでしまった。午後小山夫人がソバ播きに行こうと誘った。午前中欠席した浅見さんの奥さんと和男君と四人で出向いた。ソバの種子一升五合事務所でもらった。もらうために勝男君を小一時間待ってしまった。珍しく夕立がして、繁みに雨やどりした。二十一畦を二時間ばかりで播き終った。

長女は昨夜あげたり下したりして、終日就寝。家内も寝不足と栄養不良で気持悪いと言っていた。ロシアが宣戦しては勝利の希望もなし、戦後の革命後にあって、我女の子等はどんなに生きるか、あんたんたり。

一体親様はどうしているか。疲れたり。

（大東亜戦争になる直前のことである。近衛公とルーズベルトとの会見が行われることになって、船をチャーターまでした。その時のアメリカが提出した条件は寛大なものであったという。出発直前に行きなやみになったのは、軍部の横槍からだという。近衛公に責任感があれば、あの地位と陛下の御信任とを想えば、決行できる筈であった。日本国民はそうした事情を一つも知らされずに、今になって国民全体に戦争の責任があるように扱われる。一体軍部とは誰か）

（世界平和という。敗戦国をつくり、敗戦国民を苦しめることで、世界平和をつくろうとするのは、第一次欧州大戦後の失敗でこりている筈なのに）

（人類はまだ幼年期を脱したのにすぎない。絶望することはない。高い理想をめざして努力すべきだ）

八月十一日

ソ連軍が日ソ国境を越えて南樺太へ侵攻

東京と松本との旅行の疲労がやっとなおったらしい。午前中は勉強したい。

野菜畑も繁茂して来た。うりがやっと収穫（一本）できる。大根とソバを播くつもりで、裏のジャガイモ畑の小さい畦をほってみたら、七八本で八百目の収穫があった。平賀老人が、そんな処へいもをやっても無駄だと言ったところである。前の方の大豆は不成功であるから、ジャガイモをすればよかったと後悔する。ジャガイモなど配給が絶無であるから。八月になって、野菜の配給のなくなったのはどうした訳であろうか。

ともかく畑仕事にこれほど精進して、なお食糧難で毎日空腹を堪えなければならないとは、残念だ。もっと土地の肥えて、温暖な地を選んで住むべきであろう。一方東京には帰れず、戦後住むべき場所について、名古屋の父へ手紙で依頼したが、こちらの真剣なうったえを感じとってくれるかどうか。

日本はロシアに宣戦を布告しない。今日の新聞では陸軍大臣の布告しか出ていない。ロシアの宣戦理由は屁理屈だ。日本もなめられたものだ。

夜になって珍らしく驟雨があった。恐ろしいほどの雨であった。停電して真暗になった。

八月十二日

下痢は戦時病か飢餓病の一種かも知れない。誰も彼も下痢をしているが、下痢も突然に来て施す術がない。朝一回ぎりだが不愉快である。

小山先生が訪ねて来た。どうも外交交渉にうつっているらしい。日本の悲しい将来やそれに処すべき暮し方などについて語られる。悲観論であり、お先真暗だ。私はアメリカ人相手に、永遠の平和や日本の国民性などを説く役目を引受けたいと話した。

午後又驟雨である。きゅうり一本収穫。みごとなきゅうりである。数日ぶりに入浴する。土屋信和氏より来信。

新聞発表によれば、広島の原子爆弾の威力は毒瓦斯以上で、日本はアメリカに抗議を申込んだ。

八月十三日　月

東京へ空襲、京橋・芝・品川・荏原・大森・蒲田・福生に被害

昨夜おそく神谷啓三氏来たる。五時着の汽車が空襲のためにおくれたのだ。日本がソ連を通じて英米に和を求めている――という噂が真実で、この十七八日の頃には発表になるらしいと。龍頭蛇尾に終った戦争であり、満州事変以来十余年何のために戦ったのか、思えば感慨無量である。

六畳の部屋で将来のことをこそこそ語るのを聞くともなく聞き、将来を思ってねつかれず幾度も厠に立った。今朝は早く起きたが全身の疲労感を如何ともできず。冬はともかくこの地で越さないように考慮しよう。戦が終っても家が焼けたので当分は帰るべき家もない。ただ迷うばかりである。あれを思いこれを思えば、幾時までもねむられないばかり。起きても畑の仕事に興味を覚えず、本格的の制作をしようと益々思う。

朝から空襲つづきで、警報ばかり出る。日本に飛行機も高射砲もないような有様である。長野県にこれほどはいったのであるから、関東地区はどんなであったろうかと想像する。

『東京朝日』十一日と十二日分着く。論説にはすでに和平交渉のあるのを知って書いているようである。国を挙げてなげくか憤るかしないものか。もうおていさいで表面的なことを言ったり書いたりするのを見るのは、悲しいことだし我慢もできない。

小野氏来たる。飛行工場の処置などを苦慮して、あんたんたる様子である。神谷氏三時の汽車で帰京の

予定が駅に七時頃までおって、列車不通なれば再びもどられた。小山大人小諸よりトラックで帰られた。物情騒然たり。

八月十四日　火

ポツダム宣言受諾を連合国側に通知
中ソ友好同盟条約締結

小諸なる友野さんを訪ねるのだが切符を入手すること困難なり。六時半に到りて八時に漸く切符を買う。八時半の下りに乗るを待たるが、八時十分の上りで小林のひでさんの入営するのを序に見送る。砂崎夫人は茂樹君が長野に転勤になった関係上四十箇荷物を東京から持参するつもりで駅に申告に来たが、和平の噂で、如何にすべきか迷うとて相談があった。答うべき術なし。

小諸は暑し、小山御夫妻と一緒になる。十四日の約束というので出て来たが、待ってくれた様子なし。友野女史はともかく姉さんの家は闇の農家らしい。時計の代りにくれたプードルは僅かで驚く。なす五ケきゅうり三本、にんじん七本いんげん少々キャベツ二ケで五円七十銭。桃は（約束であったが）くれず。しかも六時の汽車まで待って、一日がかりの買物である。しかも昼の弁当を持参せず、友野さんも昼の用意をしてくれず、空腹で目がまわりそうであったので、日ざかりには長女とともに昼寝した。疲れたり。帰路桑畑で長いすきを使ってソバを播いているのを見て、色々話す。親切そうな百姓一家なり。買出しに行くに便利な家らしいと思ったが、そうした根性をはず。

終日警報なく無事に帰ったことを喜ぶ。疲れたり。

八月十五日　水

陸軍一部がクーデター未遂（宮城事件）
終戦詔書がラジオで放送される（玉音放送）
鈴木貫太郎内閣総辞職
東京へ空襲、古里に被害

晴れて穏やかな無風の日なり。されど悲し、十二時陛下お自ら詔書をラジオを通じて国民にたまう。広間で聴く。一同泣けり。力なし。

久しく散髪せず。床屋も贈物がなければ散髪してくれずと。自ら髪をすく。不可解なり黒き虱二匹頭髪より落つ。髪はすでに半白にして、虱わく。戦争なるかな。この戦も敗戦に終る。次に来たるは如何なる不幸ぞ。

家内下痢で臥す。夕食の用意をす。魚屋に中元を持たしてやると現金にも鯖六片（七円）くれたり。醤油もみそもなければ塩ゆでにして、ソースをつけて食う。その他野菜の雑炊。焼パン。一時間でできることを家内はつねに大袈裟にいう。自らするにかぎる。特にパンはカステラの如くよくできたり。

八月十六日　木

早朝下痢。力なし。子供等家なければ逗子の前田に家のことを頼むようにとしきりにいう。手紙を書く。新舞子の岳父より十三日付け手紙で、家のことを辞って来る。書き方、辞り方、無情にして不信を深む。神谷母子松本在の友人の家より二泊ぶりで帰る。白米五升、麦五升、粉五升をもらい、米一俵及粉一俵を予約したりと。

元気付けんとして、入浴し、洗髪す。髪より虱三匹おちる。洗濯をする。戦争でもなし。落着いて勉強せん。ルイ・フィリップの『小さい町』を読む。こんな可憐な物語を戦時中の日本に探せば無尽蔵であろうに。現に戦争は勝つ者と信じていた地方民が御詔勅の放送を聴いて茫然たる有様も書きのこしたし。

将来について考うることあるも、総てはかるべからず、ただ仕事に己を打ちこむ以外になかろう。

長女小諸の友野さんに桃をもらいに行きてもらえずに帰る。一日がかりの仕事だけに泣きべそに似たり。

八月十七日　金

東久邇宮内閣成立

昨夜東くにの宮［東久邇宮稔彦王］殿下に組閣の大命下る。

次女小諸の皇国第××工場の勤労作用も終ったとて早く帰る。地下工場の建設に毎日勤労奉仕で疲れ帰ったが、今日は工場の大切な図面や書類を焼いて、皆泣いたという。

午前、沖野氏を訪ねてピアノを買ったことを報告する。氏は庭で野菜むろをつくっていた。樹蔭に木をしいて語る。国に軍人のないスイスのような国になったら却って幸せだと話していた。帰途事務所によって長島君にピアノの持ちはこび方を依頼する。事務所の人々は白米の弁当を食べていた。事務所に上るだけで疲れるほど体が弱ってしまった。午後鮮人四人と馬力でピアノをはこんでくれた。六十円請求。掃除もしないうちに、平田さん、つづいて水野さん来たる。

町では色々のデマ盛んで、この山の人々にも動揺あり。アメリカ人が軽井沢に来るからとて、娘達は田舎へにげよ、食糧品は地下へ埋めよと、ふせつふんぷんたり。銀行預金をさげるのに大騒だとか。長女小諸より帰っての話であるが、友野さん一家も食糧品をうずめるのに忙しくて、桃どころではないという。既に皇国工場（ヨシユキ工場）に青い目の兵隊がいっぱいで、附近の農家に食糧品を徴発しているというデマをまことしやかに信じているらしい。震災（関東の）時の朝鮮人騒ぎであるらしい。困った国民だ。今日も平田さんが日本人なんて野蛮で低級ですと言っていたが。鮮人と言えば、水野さんの話では、昨夜高崎の駅のホームで、兵隊など帰るので大混雑のなかに、鮮人は大威張りで大ノ字に寝ていたが、巡査も見て見ぬふりしていたとか。敗戦で弱ったような姿を見せるとは日本人らしくない。千ケ滝の海軍技術研究所も今日で解散したとか。技研につとめることが名誉に思っていた乙女達も今夜はワンピースで別れの会をするのだと話していた。

敗戦の苦悩が身にしみるのはこれからである。娘を持つ母達はアメリカの兵隊が娘を食いに来る毒蛇のように怖れはじめている。葛原医学博士夫人は令嬢を千葉の片田舎へやるのだと慌てていた。この夫人の教養とか文化は、一体どんなものであったか。

（日本の敗け方のみごとさを桜花にたとうべきか。汽車で帰る兵隊は泣いて去る者が多く、原子爆弾で日本国民全部死滅した方がよかったと憤っていたとか。沓掛からは金沢へ帰る兵隊がトラックで行くのだが、途中故障したらばすてて行けと命令があったとか。農民は天皇陛下がだましたと憤っていたとか。ああ、これからの思想困乱が思いやられる。みな浮腰になってしまった。食って行けるであろうか。）

（小山の留守番の息子来たりて、三人の妹がすでに失業して憂うつになったと）

八月十八日　土

満州国皇帝愛新覚羅溥儀退位
ソ連軍が千島列島で攻撃開始

東久邇宮殿下の内閣成る。近衛公が国務大臣として参加したのは意外である。大東亜戦争の責任者として切腹すべきであるに。重慶を相手にせずと近衛声明を発表したが彼がどんな顔で蒋［介石］と会うつもりか。彼の如き男は結局国民の感情は分らない。

大工来たる。負けても四五年たったら必ず戦争してみせる。武器はなくてもくんれんはするんだと頑張っていた。皇太后様の警備に兵隊があたらなくなったので警防団が代るために仕事ができないとも言っていた。

星野では偉い人が来るから一般の入浴禁止だという。その偉い人というのが近衛さんの愛妾だったら可と。

笑しいことだ。塩壺では労働者が停戦以来力をなくして働かないので釜の修繕ができなくて不可能であ る

やや元気になって薪の整理して、草を刈ろうとしたが、鎌がなくなって何処にもない。探したが分らない。気力がはぐれてしまった。

漸く読書す。パスカル読了。『小さい町』読了。

八月十九日　日

毎日晴れて夏らしい日だ。行李のなかの衣類を、外へ紐をかけてほし、洗濯をした。外に水をくんで日向におけば一時間でお湯のようになった。三女が友人からすきぐしをかりて来たので髪をすいてやった。早く虱を根治してやりたいものだ。

昨日下痢をして全身力がない。動物質食物の欠乏のために一種の戦争病だと今朝の新聞に出ていた。生卵を二ケのんでみた。卵二ケはてきめんで元気になった。実に肉体は悲しい存在だ。

畑に下肥をした。もろこしに下肥をしてみた。ジャガイモの畦の間に秋大根を播くつもりで、うすい下肥を流しこんでおいた。ジャガイモは葉も茎も急に枯れたが収穫はしないことにした。平賀老人の作ったところでないところで全部で一貫百匁であったから、老人のところは一畦一貫はあるであろう。きゅうりが一日二本ぐらいとれそうだ。生で食べると水ぽくて果物がないのでおいしい。

末女がわがままを言って困ったので尻を十ばかりなぐった。次女は日曜日で終日家にあって我儘いっぱ

いのことを言って、神谷さんの神経をもいためたよう。

宮坂君のハガキでは、将来どうなるか全くお先真暗なので、二十日過ぎ訪ねて来ると。何処にも流言が乱れ飛んで、街の農家では、兵隊のついたエハガキがあっても米国人にとがめられるからとて、エハガキを焼いていたそうだ。長女が四五十枚もらって来た。米が配給にならないとか、色々悲観論が横行して、混乱しているらしい。馬鹿馬鹿しいことばかりだ。こんな民衆だということを指導者は知っているのか。

原子爆弾が結局日本を敗戦に陥いれたのだが、食糧問題と愚まいな民衆をだましつづけたことが、その遠い而して直接な原因だった。

ヴァレリーの『テスト氏』を読むが、こんな日に読むと、その難解ともってまわった理論と論理をたのしむ逆説とが鼻もちならない。この作品はやはり一流の作品と認められない。高慢なてらいが作品を低くしている。

八月二十日　月

六時半の一番で岩村田へ行く。

沓掛の駅で永田医学博士に会う。土曜日に来て帰京するとのこと。横浜は婦女子の逃避命令があったとか、永田さんもトラックで荷をはこんだが、もっと山のなかへ行きたいと。そのあわて方、おぞましい限り。列車で人々のなかで砂崎二男坊に会う。統制会員の役得を自慢する。食糧の困窮している時、役員がカンヅメなどをかくす。官僚政治のへいか道義心のたいはいか、文化の低俗か、人間性の下落か。

小海線のなかで岩村田中学校の教師、中等学校以上の授業停止をなげく。日本も支那か印度のように文明もなく向上心もなくて骨抜きにされるだろうと。列車のなかで滑稽な演説を始めて、お互いに自重しようと説くが、その用語は議会の演説口演と俗語をまじえて、教養のなさを露出す。その可笑しさに笑う者もなし。

岩崎さんの家は古い草屋根、畳は焼けて、座るところもないが、あがる。岩崎さんは田の水を見に行ったと。七十三の父と話している。細君はインテリらしい総明さで、よく働く。三つと一つの子供等もおとなし。昼に酒も出てもてなしにあずかる。昼寝をすすめられたが、二時の汽車で帰りたいので、無理に林檎園まで行ってキャベツ三ケをもらう。ジャガイモ三貫。全部で二十五円だと。談なかばに役場より使者あり、軍人にたまわりたる勅諭とか、在郷軍人に関する書類を焼くようにとのことだった。百姓は働く意力を失ない、供出の意思を失ない、しかも流言蜚語しきりなり。思想困乱の下地が完成したる観あり。

体が弱ったせいか、一ケ月前にはジャガイモ四貫背負ったが、今日は二貫でも無理であった。二貫のイモも四日でなくなることを思うと、買出しに出る興味をうしなう。汽車はこんで、篠ノ井方面からの乗客はみな林檎を背負っている。

八月二十一日　火

長崎君を訪ねることにしてあった。中野さんのパスがかりられた。八時半の汽車にした。バスが八十人ものせた。土産のキャベツ二ケがこわれそうだった。長崎君にみその心配してもらうつもりだったが用意してくれてなかったし、何となく迷惑そうな様子で、もうこれからは頼むまいと独り肚のなかで決心した。

詩人の高松光代さんに紹介したいから泊れとすすめられる。泊りたくはなかった。沓掛温泉の旅館に泊るようにしてあるという。泊らなければ長崎君が困るような様子である。泊る決心をして、散髪屋へ行く。三ケ月ぶりである。散髪屋――床屋の主人は名古屋の軍需工場に徴用されていたが、返って初めてはさみを持つのだと言っていた。工場から貯金など三百円もらうのだが、幾時になったらもらえるやら、古いリヤカーでも工場からもらってくれればよかった、一寸破損すると使わずに、そんな車が山ほどあったと、村の者に話していた。

あつかったが日の傾くのを待って沓掛へ出かける。途中高松さんの為に鶏を買うので農家に寄る。みその塩沢の親類で、主人は若い頃小説家志望であったとか。鶏は安くて四十五円とか、もう一匹買って、軽井沢へ持ち帰りたいと思って頼んだ。（しかし、それは長崎夫人が相手に通じなかったらしい）詩人の高松さんがどんな人で何処にいる人で何故私を紹介しなければならないのか、長崎君は何も話してくれない。突然農家――沓掛温泉行きの曲り角の家の前の狭い格子戸のかげから、先生をおつれしましたよと呼んだ。三十五六の女史が出て来て、八畳の部屋に通された。そこに五六十歳の神田伯龍が座っていた。明日女史が案内で伯龍さんが山向うの公会堂で一席演ずるのだとか。塩あんのもちをご馳走になりながら伯龍さんの話を聴いた。

長崎君が料理をした。便所に通ずる渡廊下が台所に使われていた。八畳の前は蚕室で畳がなく、外から帰るとそこを下駄のまま歩いて、八畳へ通ずるのだ。料理のできるまで外へ出て夏雲を眺めていた。雨がなくて畑は乾ききっていて、野菜は枯れそうである。沓掛の旅館は白衣軍人の寮であるが停戦以来動揺があるので、泊れないので女史の家の農家の二階に泊めてもらうことになったという。何か困ったことになったと思い、長崎君の処置に喜べなかった。

夕食は白米で四杯かえた。ぬかみそづけがうまかった。十二時まで話しこんで、十二時だと知って驚いた。初めて会った人のような気がしなかった。二階に上ると月がよかった。

八月二十二日　水

燈火管制解除・信書検閲停止

四時半頃、階下で、高松さん五時に重大発表がありますよ、と雨戸をどんどん叩いた。目がさめた。暗かった。二階は開けたまま寝た。五時になってもラジオはならなかった。故障だと下から声がした。何の発表かと想像した。農民は停戦におどろき、指導者にだまされたと感じているらしい。供出もしないで、もうける時にもうけるのだと言っているとか。白米一升二十五円にもなっているとか。恐らくこの冬は食糧品は出なかろうとも。起きて川の畔で洗顔していると六時のニュースだ。機器のためか、発音が不明瞭でよくききとれないが、米兵の駐とんに関してであるらしい。昨夜の話では、この地方の人々は、松代の工事に三千人いる半島人に聞かせたくないというはからいのためか、十五日の陛下のご放送が、停電ということで十二時になって突然聞けなくなったという。愚かな処置である。勿体ない処置でもある。あの御放送を聞いた者と聞かない者とでは、停戦のニュースの受けとり方も異り、国難に処し方もちがう筈である。気の毒な人々だ。

朝食後の高松さんの話は面白かった。女一人うるさい農村で暮していて、さまざまな迫害にも会ったらしいし、又、農家のできごとをよく観てもいた。それをすぐ小説にしたいとあせらないのもよい。伯龍さんが早く床屋へ行ったあと、伯龍夫人が誘いによったので、ともかくみんなで青木へ下ることにした。高松さんは洋服、和服、ズボンとその時々で人間が変った。美しくはないが、呑気なところがよい。青木でバスの発着所へ行って時間をみる。できれば午前中に帰りたかったが、十一時五十五分のバスで二時八分の汽車を捕えるより他にない。長崎君の家へ寄る。プードル二升（二十円）割麦一升（十円）トマト一貫（五円）もらう。

上田に着いた頃には空腹になる。西沢さんに封筒をもらいに寄る。上田は目抜の通りを疎開のためにこわし始めたままになっていて荒涼たる様である。全員疎開というさわぎで、（原子爆弾を恐れて、七月の終りから市民は農村になだれたらしい）街はあれるに委せてあった。停戦になったとて、すぐにはもどって来ないものらしい。西沢さんの一画は貧民街であるから強制疎開もなかったらしい。西沢さんはジャガイモを買いに出て、腰をいためたとねていた。林檎をむいてくれたのが昼食の代用で遠慮なく食べた。ささぎ（新）を一升もらったので十円おくと、ジャガイモを踏み板をはずして出して、リュックにどんどん入れてくれた。西沢さんは面白い人だ。上田では酒と葡萄酒とジャガイモとがふんだんに配給になってさわいでいたが組長の西沢さんは腰がいたいので動けずに独り気をもんでいた。

空腹でリュックが重かった。裏の大事なとうなすの芽を誰かが踏んできってしまった。野菜は私一人が作っているというような家人の無神経が腹立たしかった。神谷和男君夕方東京より帰る。東京の話を聞く。

八月二十三日　木

日本陸海軍の復員開始
スターリンが日本軍捕虜のソ連国内への移送を指令（シベリア抑留）

昨夜暴風雨。昨夜から電灯をつけ、天気予報を聞いた。暴風雨だと思わなかったが。夜中に起きて書斎の戸をしめた。朝も雨戸を開けられなかった。庭のソバやとうもろこしが倒れた。何かしらねむくて困った。岩崎氏と高松女史に手紙を書いてから子供に読ませてよいか『アルプスの山の娘』を読んでみた。面白くて健全な書物であるが、総てが善良すぎる感もする。子供の読物にはこれでいいのだろう。午頃雨があがった。長いひでりで野菜は蘇生したようである。ジャガイモの畦間に大根（一畦）小松菜（一畦）蕪（二畦）をまいた。きゅうり三本なす一ケ収穫した。とうもろこしの倒れたのを起したが、折角のとうもろこしの倒れたのが残念である。

八月二十四日　金

今日も雨だ。どうした訳か終日ねむくて、寝椅子によっていた。体が疲労しているのであろう。ゲーテの『親和力』を読む。雨のあいまをみて、畑に出たが、すぐにぬれてしまった。雑草がおしめりで急に茂ってしまったよう。

将来の生活を想うとあんたんとして不機嫌になる。気持を洗おうとして、久振りに塩壺に行く。日に月に我体の痩せて行くのが怖ろしくなる。死する前兆ではないかと思う。

今日もとうふのから、ふかしぱんで夕食をすませた。生のきゅうりの収穫があるので多少助かる。去る十八日の米の配給は六日ぶりであったが残部の配給がない。今日長女がとりえばらに買出しに行ったところに依ると、大宮御所にあの小部落で日に六貫の野菜を出さなければならないために、軽井沢一円の野菜が出廻らないのだと。八月にはいって一回の配給もなし、これではこの地を引上げるより他になさそうだ。

八月二十五日　土

今日の小雨で寒いくらいだ。東京の家の焼けなかった者はそろそろ引上げることを考えはじめた。子供等は早く東京へ行きたいという。戦災者の不幸も日がたつにつれて身にしみて来た。怖ろしいほどやせた。雨のなかを長女は小諸から桃を買って夜の八時頃帰った。次女をとくれいして夕食用のパン代用をつくってみた。

八月二十六日　日

昨夜も下痢をした。何故下痢をしたのか、つづけて二日下痢をして、今日は元気なし。それに加えて昨夜来の暴風雨だ。寝椅子に仰臥して暮す。腸結核ではないかと心配する。今死んではかなわないが、人間はうっかりしている間に死ぬことがある。仕事をして死にたい。アメリカへ渡って講演をして死にたい。

さけのかんづめ一人六ケずつ配給になった。豊富な気持である。昨日長女が桃といっしょに買って来た南瓜は一ケ五円であった。百姓は暴利を求めている。

ゲーテの『親和力』を読み終る。すんだ作品だ。しかし、この作品には我々の苦悩のかげさえもない。幸せな時代であったのだろうが、この人々の愛は日本人のそれとはちがって、高い。個人の人格を認めあっていたのであろうが、今日の日本はまだこの時代にも行きついていないかも知れない。我々の苦悩の幾部分は個人や家庭や社会の封建的なところに素因があるよう。この頃、日本に産れた不幸を痛感する。

八月二十七日　月

やっと晴れた。穏かであつい。昼を終ったところへ、金井さんが荷物をリュックに背負って来られた。米一升、粉八百匁、ジャガイモ十数ケ、林檎三ケ、トマト数箇、等土産をたくさん。金井さんは八月発熱で寝ていたのでこの荷物でも疲れたらしく、すぐに昼寝した。

雨つづきで畑仕事ができなかったし、特に、下肥がたまって閉口していたので、客があったがねぎにかけた。序に見晴台のジャガイモを掘って菜をまけるようにした。ジャガイモ一貫八百。国民学校は菜をまく季節のために三日休みである。

夕方塩壺へ行く。きれいな湯で金井さん喜ぶ。長女は昨日友野さんから電話取次で、桃をもらいに行き、その帰途シロタ氏の稽古に行くとて朝早く出たが、夜八時半まで帰らず心配した。

桃の他に僅かな野菜で五十八円とか、驚く。南瓜一ケ二十八円であったと。もう友野さんでは野菜を買えない。桃も恐らく一昨日あたりの暴風雨で落ちたものらしく、いたんでいた。シロタ氏への往復はバスがあるので待っていたが、二度とも途中でエンコして、歩かなければならなかったと。

塩壺であった水野氏は湯場をもはばからず、軍工場の解散にあたってのふしだらを憤慨していた。

八月二十八日　火

蔣介石・毛沢東による国共首脳会談開催（重慶会談）

客があると、家内は家政になれずに大にまごつき、朝から手伝わなければならない。幸に晴天である。金井さんは片道しか乗車券を持たないというのでともかく前日申告に行く。前日申告者がえんえんとならんでいた。下りはすぐ売切れてしまった。明日特別詮議をするからという話で帰る。恰度暑い日盛りを長女や神谷さんや小山さんみな一同小車に配給の米をつんではこんでいた。その車を押してのぼりながらゲンノショーコをつむ。雑草のなかに可憐な小さい花をつけていてその存在を告げている。ゲンノショーコのおかげで下痢がなおったらしく、昨夜以来下痢なし。それとも、昨日金井さんのお酌しながら、酒を一合ばかり飲んだからかも知れない。運よく昨日酒が一等酒三合八勺二等酒四合配給になって、酒の好きな金井さんを喜ばせることができた。米の配給は六日米四日麦をもらえたが、前の四日分はどうにもならない。

金井さんに今日は星野を案内して、ねむっていられる間に、見晴台のジャガイモあとに菜と蕪とを播く。下の畑も二畦掘る。二貫六百ばかり。金井さんおもちの白米はすでに食べ終って、配給米に白米をまぜてみた。金井さんの小さいトマトはあまくてうまかった。恐らく、昨日今日が家の瓜が全盛であろう。

金井さんが十五年まで虎ノ門で宝石の問屋をしていたことを知る。愉快な人なり。

長女はリュックばかり背負って背中をいためて、発熱、医局に行ったが、ビタミンAとCの欠乏でおきができたのだとか。

八月二十九日　水

今日もあつい。駅長にあって、上田までの乗車券をもらうための特別詮議を依頼する。長野支部（文学報国会）の解散についての相談会出席といつわる。下り列車はどれもおくれて不規則である。金井さんは日ざかりの一時十九分の汽車になさる。金井さんが帰って何かほっと重荷をおろす。

裏の畑に下肥をする。家中のものみな下痢をするためか下肥のたまりが方が早くて困る。ソバにも下肥をうすめてする。ソバは愉快なことに、播種して日もたたないのに、めきめき成長して、すぐ白い花をつけた。小さくのびきらないのに、つぼみをみんなつけている。ソバは荒地がよいということを正直に信じて、わざと根肥をしなかったことが失敗だった。野菜作りも経験によって教えられることが多い。

アメリカ兵の進駐についての流言蜚語多し。軽井沢にも進駐するが、この辺にはあいまい屋がないので、別荘の女子に接待を命ずることがあろうとて、逃げ出す若い女が多い。隣組でも、大橋さんではお二人を新潟県にやったようである。

火災保険会社からもらった特殊預金の利子の支払が八月二十日なので、八十二銀行へ行って、三菱銀行からもらってもらおうとしたが要領を得なかった。

八月三十日　木

マッカーサーが沖縄本島より厚木飛行場に到着し、米太平洋軍総指令部（GHQ/USAPA）を横浜税関に設置

家から見ていると、佐久木工へトラックが幾度も何か重そうなものを運んでいる。どうやらカンヅメ、石炭、ドラムカン等である。毎日この二三日つづいている。それをかくすのに大騒である。軍が敗戦のだちんにかくすのではないとすれば、佐久木工と結託してやっているらしい。

夜中野氏を訪ねて将来について語る。

昼に下肥をねぎにやる。野菜をつくるにも、せめて五六反歩でなければ収穫は少なくて面白くない。白い豆を収穫したが一合ばかりだ。半年かかって一合だ。而もそのうちには雨のために発芽したものさえある。

八月三十一日　金

今日も雨だ。

東京の家の焼けた不幸が日ましに感じられる。子供等は東京へ帰りたいとしきりにいう。帰るに家なし。

新聞とラジオに心惹かれるがラジオは聞くことはできず、新聞は東京から朝日が送ってくれるが、『信濃毎日』は『朝日』を写しているようで、読むところがない。

九月一日　土

九月の声を聞く。さびし。雨でめっきり寒く、足袋をはく。例年ならば山を引上げる頃であるのにと、子供等東京に帰ろうと言ってきかない。次女は早く登校したが、駅に行くと、九月五日まで休みだからと、霧雨のなかを帰る。

昼すぎ水野氏家の図面を持って訪ねてくれた。昨日訪ねた時に家十五坪の新築の話があったが、十月までに引上げるのだと。水野氏は軍工場の解散にあたって、軍当局のとった処置の不当なのを憤っていた。その話では軍がまけるのが当り前だと思った。全く支那さんと変るところない日本人である。水野氏は三時の茶に招いてくれた。大原さんと親様の話を聞きたいからだと。三時まで二人で小山さんを訪ねた。小山さんも元気に話してくれた。水野氏ではおいしい菓子のご馳走にあずかる。

一日なのでぼたもちの夕食である。砂糖がもう残りすくない。九時半寝ようとする時、神谷氏東京より来たる。十一時まで起きていた。

東京湾上の戦艦ミズーリ艦上で、重光葵・梅津美治郎らが降伏文書調印（第二次世界大戦終結）

ホー・チ・ミンを主席とするベトナム民主共和国が成立

九月二日　日

今日も寒い。神谷氏から東京や横浜の様子を聞く。聞きたいことは余り話していなかった。神谷氏は横浜の進駐米軍に瓦斯を引くために多忙であったらしく、将来について余り考える余裕がなくそのためか大に楽観論を聞かされた。今になったら楽観して努力するより他あるまい。

午前中に村井君が水島君の言伝を持ち、大島君からの土産の米一升麦五合大豆五合を持って訪ねらる。神谷氏からもらったあじで昼食のご馳走をする。松井君は家族が旧軽にいられる由、やはり物資不足で、群馬やわたまで買出しに行くことを話していた。東京の様子を語ってくれた。明治製菓に十七日からあまいゼリーが出たとか、東京では砂糖が配給になったとか、料理屋が景気が出たとか、羨しい話ばかり。今日はこうふくの調印なのに、そして、日本の不幸の第一歩の日なのに、話はのどかであった。ああこの日、東京は厳粛であってくれますように。大きい荷物を背負った兵隊が酔払って、「この荷物のなかには人民共の欲しいものばかりあるぞ」と怒鳴っているとは、全く支那にもはずかしい。東京には酔払いばかりだそうである。文化の低い国民の情けないこと。

腹立たしさをまぎらわそうとて、畑に出て大根や菜の芽生に手を入れた。トマトにはてんとう虫が驚くほどたくさんついて、とりきれない。トマトの実をまで食いあらした。

神谷氏は三時の汽車で帰京。神谷夫人は長女と私にのみ菓子をくれたが、お志はありがたいが、そして菓子はうまかったが、小さい者達にやりたかった。家内は昨夜おそくまで起きていたので――神谷氏が来たからではなくて五六通の手紙を書いたらしいが――気持が悪いとて、昼から寝ていたので、夕は私が支度をした。塩壺のおかみさんが五百目昨日牛肉を世話してくれたので、すきやきをした。幾月ぶりかの肉でうまかった。百目二十一円五十銭。

家のことを岡村咲子さんに頼んだ。水島氏にも。手紙五通書く。

（神谷さんの話ではアメリカの進駐軍を迎えて、その装備のよいのと規則正しく時間を厳守し、てきぱき事務を処理するのを見ると、敗戦が尤もだと思うと。）

（誰も彼も敗戦をあきらめているように、大詔のままに生きるのだと口をそろえていい、そう書く。それがいけないのだ。悲願、悲憤を沈でんさせているのではなくて、時の風になびくのだ）

九月三日　月

ソ連軍が日本の北方領土を占領

今日も寒い。子供等東京に帰りたがって困る。末女東京のことを思い出して泣いたりする。冬を迎えて冬をここで越すあてもない。何とかして小さな家でも借りたいと思う。僕はしかし此処に頑張ってもよい。梅村さんから便りがあって、伊東へ移ることにしたと。伊東で畑や山を買ってあるので、農をするのだと書いていた。此処は腰掛のようで落着かなくていけない。畑ではきゅうりが五本とれた。トマトやかぼちゃにはてんとう虫が多くてとりきれず、バケツに水をくんでそれにふるいおとした。

敗戦になったらあちこちから闇で牛肉を買ってくれと言ってくる。ねだんは百匁二十円から三十円ぐらい。昼はビフテキ、夜はコロッケを、私が作った。料理なども別に難しいものではなく、よろこんで作りさえすれば、工夫もできて面白いものである。コロッケは特に好評をはくして、うまかった。

デュルケムのものを読みはじめたが、古野［清人］君の飜訳は拙くて、原文のきんみつな美しさを伝えないばかりか、意味を伝えにくいところが多い。骨が折れ、頭が疲れる。大作は何れする。長崎君に五十円送る。幾度目のむしんであろうか。長女がとりえばらに行ったが大根の葉を少しで十円であった。おぞまし。

毎朝四時頃目ざめて日本の将来など思うともうねつかれない。命をなげ出して、正しいことを何故大どかに言えなかったものか。

九月四日　火

どういうわけか体に力がなくて元気がない。雨しげい天候や栄養不良のせいもあろうか、散歩するのも面倒だ。横田君を訪ねたいと思ったがどうしても行く気にならず仰臥して読書していたら、午後同君が訪ねてくれた。敗戦と国際公法とについて話を聞いて、満洲、朝鮮、台湾で国民の失なう富の巨大なのに驚く。

横田君も隣組の月当番で、米の配給所に行っての帰途らしかった。前々回四日分配給がなく、今回も四日分の配給がなかったので交渉したところ、農民が政府を信頼しなくて供出がないのでできないという。それに我慢ができないのならば東京へ帰るかもっと物資のじゅんたくな場所へ移動しろと言ったとか。亦食物の配給もないようでは、東京へ帰ろうと家を探し始めているともいう。実際近頃の配給不足と食糧難はたいへんだ。

長女が岩村田へ買出しに出て、朝六時から晩の七時半までかかった。ジャガイモ二貫、南瓜一ケ、スイカ一ケ、枝豆一束で三十五円。六貫ばかりよく背負って帰ったものである。

小山夫人からほうれん草の種子をもらった。来春のために播いておくのだそうだ。来春何処で暮すか分らないが、播くために畑を用意してみるか。畑といえば、裏の畑の一番大きな南瓜に五六ケ所小さい穴をあけてあるのを三女が発見した。昼きゅうり畑に出た時にも、その大きい南瓜をみたが穴はなかった。小さい穴には蟻がつきそうだ。子供のいたずらとしては精巧すぎるので、小山夫人が来た時見てもらうと、鶏だという。裏の滝さんの鶏がたった一羽なのにこの三四ケ月毎日の如く来て居て、種子を播くと掘り出すし、家へ上って食物をついばむしまつに弱ってしまった。大きな南瓜はすぐ採れば食用になるからと小山夫人の注意でとったが、惜しいこと。近所のこととて鶏の被害には我慢しつづけたが、次々に南瓜をついばんでは一大事とて、南瓜を持ってみせに三女をやる。

九月五日　水

久振の天気で、秋を思わせるが山々の美しいこと。朝から庭にも出て、畑いじりをして、体の補強につとめる。腸の部に疼きを感じて不快である。近頃の衰弱は腸結核のせいかと秘かに心配する。

和男君昨日糧まつ所に少尉殿を訪ねてあまみなどたくさんもらって帰りキャラメル一ケもらう。キャラメルはおいしいかな。朝鮮人が林檎を売りに来た。一貫目四十五円、一ケ二円につく。小さい林檎が二円とは悲しいことだ。長女は四時に起きて小山夫人と横川へ梅干を買いに行った。軍隊用の梅干であるとか。夜の一時頃から切符のために行列をつくり、長女たちは六時にも八時にも買えずに、小山夫人が助役に頼んでやって横川行の切符をもらったと。六貫目背負って来たが風呂敷についてきたないこと。食物というとみな大騒ぎして買いあさるので、横川の梅干買が今軽井沢で大流行。それにしても軍隊は如何に大きい消費者であったか。

明子さん漸く来たる。東京の話を聞く。列車がこんで大変だったらしい。

初めてキャベツの配給があった。一戸あて半ケ。人数に依らない。誰も子供のあるのをなげく時になった。去年はキャベツは十ケぐらい配給になった気節であるが。

九月六日　木

朝鮮人民共和国が建国宣言

九月九日に母の十年祭を沼津で行うというので行く決意をしたが乗車券を手に入れるのが問題である。前日申告というが夜の二時頃から行くという。十時に受付るのに困ったことだ。九時半頃思いついて行ってみたが十時十分だった。既に受付けていたが駅長は休みで助役である。助役はみんな苦手らしかったし、長野や上田は林檎の買出しだろうとて殆ど受付けない始末。私は勿論最後であったが文句なし受付けてくれた。七日に買って八日に行くことに決す。

『天理時報』がやっと着た。敗戦後の転向ぶりを知りたかった。やはり知りがいもない転向。宗教としては物足りないふ通の新聞になってしまった。新聞の句調はどれもこれも総懺悔だ。風の吹くまま一勢になびいてしまうことが今日の悲運を招いたのではなかったか。

ほうれん草をまいてみた。

次女の女学校は今日も休み。昨日は十時に終業になったが来る汽車も満員で五時の貨物で帰った。それを気の毒がって今日は休みというが、その実疎開者を受入れすぎて、授業ができないために、四年と一年生とは勤労奉仕である。今日の新聞では昨日議会で発表になった敗戦の原因が詳かに報じてあるが、航空母艦が二隻のこったぎりとは、よくも今日まで国民をだましつづけたものだ。いうべき言葉なし。これで戦争をさせたのは一体誰か。

昨夜寝ている間神谷夫人が二回も厠に行った。その都度私の寝室を通るので目がさめた。不便なことだ。先方も遠慮しているのだろうが、日本の家の不便さだ。考えれば東中野の家の焼けたことは泣いても泣ききれない不幸だ。

九月七日　金

今朝又下痢した。困ったことだ。夕方塩壺へはいったが腹が背についたほど痩せてしまった。それ故、夕食にはいつもの如く代用食でなしにとっておきの白米を炊かした。白米はおいしい哉。三杯食べられるならばどんなによいだろうか。二膳しか食べられないので残念。

次女は六時の汽車に間にあうように駅に出たが一番は上りも下りもおくれて、待っている間に駅に電話で、小諸高女は十一日まで休みになったというので帰宅した。

今日到着した『朝日』で首相の演説をよく読めた。今まで議会で秘密会を開いても真相を聞かされなかったかと疑問を持つ。これほどの真相を聞いて、今日までぼんやりしていたのならば政治家として落第だ。全日本に向ってざまを見ろといいたい。

裏の勝手もとに小さい畑をつくり、ほうれん草をまいた。とうもろこし二本とったが、若すぎた。南瓜のやや大きなのが、くさりかかったので採ってぬかみそに入れてみた。家のささぎは今日食べたがおいしかった。

真剣に勉強をはじめよう。

九月八日　土

六時半の汽車で沼津へ立つ。霧のある思わしからぬ天候。汽車はこんだ。沼津からの便りに依れば配給物はなく米も酒も配給に依ると、米一升と酒二合（水筒に入れて）を持って出掛けた。赤羽駅から工場へ行く。工場附近は八月十日の空襲でさんたんたるものである。工場が被害のなかったことで先ずほっとする。橋本君は石川島へ行って留守、橋本夫人から工場の将来について聞く。民需品製作に転換できそうなのを喜ぶ。

帰途精二君の案内でさわ女の家に寄る。赤羽の駅の近所なり。三部屋。清潔ならず。偶然魚をもらったからとて、夕食のご馳走になる。近所隣なかなか仲よく暮すらしい様子が見えて面白し。この人々の生活力の強さに感心す。

七時すぎ荻窪の岡村氏邸に行く。同氏は隣組の用事にて外出。私を待って食事をおくれたらしく帰って九時に夕食をされた。その厚意に感謝す。十一時就床。

九月九日　日

九時十分発沼津行列車にのる。出発前木下女史、玄関に訪ねて来られる。女史の家は岡村さんのすぐそばであった。列車は沼津行きのためかすいていた。東海道線筋の焼跡を初めて見た。夏草が茂って物悲し。弁当は遠慮して、家から持参したパン。沼津は荒涼たる焼野原である。暑い南風。

十年祭は二時半というのが三時半から。武夫君末敏君智慧子が不参集。家には一雄君の家族が疎開している上に、真一兄の家族も加わって、賑かである。一男君の長女の五年祭と常夫君の次女の埋葬式をかねていた。常夫君の細君のわがままな態度は一目で眉をひそめさせた。常夫君も不幸であろうと察された。きく女は長男と末男をつれて来ていたが、二人ともおとなしくてよい子供だ。清君も休暇であったが清仁君は多くの孫のうちで一番おとなしくかしこかった。米や酒がなくて心配していたところ、清君が米何俵か酒何升かを持って来たので、近所の人々をも招いて大いに盛大な祭をした。父の嬉しそうな様子。夜十二時までも起きていた。

九月十日　月

昨夜は教会の控室で泊る。一時にねたがのみが多くて三時までねつかれずに、その間にのみを十数匹とらえた。それでいて五時には目がさめた。アメリカ進駐軍はのみと蚊の多いのにへきえきして空中から（飛行機上から）薬をまいて退治したという。それを聞いて進駐地たる八王子の住民は、毒薬であろうと逃げ出したそうであるが、畳のすきまに虱取粉をまいている日本との相違は可笑しいくらいだ。

我入道へ行こうと思って、疲れていて出掛けられなかった。兄が用があると呼びに来たが、話もなく、かたいもろこしのご馳走だった。

軍隊を退いた茂に将来のことも問えなかった。彼は二階でねてばかりいた。父の家にあって、たらふく食べてそぞろに物を考えるのも亦よし。百円玉串。

九月十一日　火　東條英機ら戦犯容疑者39人に逮捕令（東條は自殺未遂）

昨夜は疲れたせいか蚤も気にかからずに十二時から五時までねた。朝勤をした。十一時八分の沼津したての列車で帰京。きく女と同行する。松枝さんが米三升、うずら豆五合、醤油一升、かたぱん三包を土産にくれる。青木さんからお茶百円買う（九百匁）お千代さんさつまいもとおそなえを土産にくれる。土産物を木箱に入れてチッキとして送る。初めてチッキで送った。二十キロ二円。

神奈川県下の沿線にアメリカ兵が往く時とちがって非常に多い。東京駅に着くとホームでビール瓶を持ったアメリカ兵が、輪をつくって歌っていた。丸ノ内ビルの前にも酔った一隊が歌っていた。スタンドランプの紙のかさをかぶっている者もあった。日本の指揮刀をさげている者もあった。黒人もいた。日本の二世もいた。背が低く五尺三四寸で歩き方まで日本人なので、通訳かと思ったが、やはり二世だった。服装もまちまちで雑兵であろう。

海上ビルに神谷さんを訪ねたところ、アメリカ軍隊に提供するので、瓦斯会社も移転さわぎで社員は一人もいなかった。海上ビルの窓からは紙屑がまって、東京駅前はろうぜきたる有様であった。古島さんを訪ねようとしたが、そちらも行先が分らない。

赤羽のさわ女を訪ねたが留守。裏の長屋でたずねたところ風呂敷包に去年のさつまを三百匁ばかり入れて渡してくれとて託してあった。子供等のために新いもを期待して来ただけに落胆した。さわ女のいつものうそに腹を立てた。

荻窪の岡村さんに厄介になる。沼津から持参したいかを食べる。そのうまかったこと。いかは今朝六時頃茂が自転車で我入道へ行って、平作さんの家からもらって来たのをゆでて、その上煮たのだった。小あじもたくさんとれて、町の人々はバケツで買っていたが、この暑さでは東京へも持って来れなかった。岡村さんの家では老人二人ぎり、奥さんはさぞ疲れるであろう。

九月十二日　水

早く立ちたいが岡村さんに気の毒で九時半頃までぐずついていた。九時半になってやっと前夜からの雨もやんだ。銀行により、小滝町のやけあとに行った。三木氏も新潟から帰って病床にいた。三木夫人から奇怪なことを聞く。兄が来て、「弟たちは十年間は東京に来ないので、自分がここに家を建てたいから至急退いてもらいたい」と申出たと。いつもの兄の態度を感じて、ざっくばらんに、東京で貸家をさがしていることを打明ける。三木君たちが立ち去る時には八畳の家をゆずって欲しいとも話す。

古島さんの林泉園の家のことで神谷さんを訪ねようと急いだが中央線の電車が来方がおそくて、一時間も空費してとても三時には間にあいそうもないので、お宅へ行くことをやめて海上ビルから電話をかけようとした。今日は海上ビルの瓦斯会社の電話は不通になってしまった。昨夜来三六の三三七八の神谷邸へ何度電話したか分らないが、中央郵便局へ行ってみたが、自動電話は全部取り外してあった。（後で知ったが神谷邸の電話はまだ通じないと）ふと会計の前を通ると旧友の鈴木不二夫君らしい人が立っている。中学を出てから初めて会うのだ。呼んでみたらやはり鈴木君だ。昔どおり落着いて、交易営団にいるとか。二十分間も語り、神田駅へともに行く。

三時の汽車はわりにすいていた。今朝の新聞の東條大将の自決未遂が話題になり、東條の馬鹿野郎という声さえあった。同席した上田の若い夫婦が製粉業をするというその熱心な話に、旅を忘れた。さつまいものつるから桑の葉まで粉にして日本の食糧難を解決するのだと。八万円の資本を損しないように。

九時に家へもどった。留守に柴田君が訪ねてくれたという。会えなくて残念。

九月十三日　木

今日も雨で寒い。急に秋らしい。珍らしく朝下痢をしなかった。ずっと白米をたらふく御馳走になったためか。東京に移って激しい建設の時代をこの身に直に体験すべき時ではなかろうか。

小山大人と語る。国家の問題よりも家の新聞事業が心の上で重大らしい。それもよからん。南瓜一ケ収穫した。雨つづきで南瓜の下部がくさりかけた。からっと晴れた日を仰ぎたい。

星野が維持費を五円から二十円に値上げしたと通知があった。何のための値上か問い正してくれと申込を受けた。

九月十四日　金

今日も曇天である。今日からは午前中は勉強することにした。しかし、留守中の郵便に対して返事を書いた。六枚。それに加えて、神谷さんがトラックのことを頼みたいというので、宿へおりた。トラックは昨日長女が子供らしく往復の賃銀を出してもよいと言って申込んであったので、往復の賃銀を欲しいという。片道公定は八百五十円であるとか。平賀老人の家へ寄った。

書斎に梅干をほしてあるのが、におって困るから、多少天候も恢復したらしいので外へ出してみた。ふずれたのは煮たらどうであろうか。庭の大豆をとって枝豆として三時にゆでて食べた。新しくて、あまみがあってうまい。小さい大根や菜に下肥をやった。そこへ裕君が訪ねてくれた。三月十三日罹災したという。日本に軍閥がなくなったのでこれからは幸せになりますと言っていた。しかし、マッカーサーは日本は四等国になったと今日新聞記者に話していた。国運が衰えて文化がさかえるものであろうか。

大きな南瓜が地面にあたった部分がくさりかけて落ちた。惜しい。中野さんに招かれて、大戦以前の御馳走になる。談つきざるに家から迎えに来た。水野夫人と竹森夫人とが訪ねて来たという。竹森さんの娘が独りで上京したがっているが、その可否を問いに来たのである。

九月十五日　土

今日も降りそうな思わしくない天気だ。これで稲によいものだろうか。瓜をこいたあとへ大根でもまこうかと思ってできなかった。ともかく、大根や菜に下肥をうすめてかけておいた。

夕方学校からもどった次女は御代田から歩いて帰ったと言って泣いていた。御代田勤労奉仕に行ったが、帰途は汽車がなくて歩いて帰ったのだが、もう東京へ帰りたいと泣いていた。毎日のように東京へ帰りたいというが、帰るあてもなく、白百合時代の友人としきりに文通しているらしい。夕食がすむとすぐねてしまったが疲労したのだろう。

夕食がすむと間もなく宮坂勝君が訪ねてくれた。リュックに米四升、粉一貫匁、ジャガイモ二貫背負って来てくれた。

九月十六日　日

今日は天気だ。宮坂君と将来のことなど語る。軍がなくなった後に、ほんとうに活動すべきは芸術家だと語る。

午後二人で旧軽に出る。行きは歩き帰途はバス。旧軽は店は相変らず開かずに寂しい。テニスだけがさかんになった。宮坂君は大きな花壺を買う。

宮坂君が明朝帰るというので、ジャガイモを一貫用意する。種いもとして彼の兄さんが欲しいそうである。

マッカーサーの言に依れば日本は四流国になったそうだ。名士の自決する者相つぐ。悲しい毎日だ。敗戦が身にこたえる。日本は連合国に対等に接しられないのだとさえ通告を受けた。

九月十七日　月

又雨だ。昨夜の雷雨で今日は天気と思ったのに。宮坂君は八時で帰るのを雨のため十一時にした。追分から切符なので、駅長に頼んだ。

これから勉強だ。

九月十八日　火

朝から風雨だ。落着いて岡島氏に長い手紙を書いた。

昼近くに陽をみた。岡村さんから手紙で荻窪に借家があるというので速達で頼むことにしたが、次女が珍らしいことに自転車で郵便局へ行った。東京へ帰りたいので東京の家のことならば用をするというらしい。

米の配給は二日分が米で他は全部大豆である。悲しいと言おうか、明日から如何にして食べるのか、唖然とした。

何もすることなくして、徒に畑に出て草を刈ったりして日がくれた。これでいいのか。よい仕事をしたいのに、どうしても落着けない。食うことに追われているようでなさけない。みんながこんな状態であれば、日本は文化もくそもなくなってしまう。

九月十九日　水

みそがないと家人がいいつづける。配給所にチフス患者が出たためにずっと配給がない。青木村の女詩人にハガキで頼んであったので朝出掛けようと思ったが、急に中野君が上田へ行くというのでパスをかりられなくなった。

晴れて物悲しいまでの秋晴だ。久振りのことで小山との境にあったボヤを片付けた。リコウボウが出ればいいと思う。ボヤからおちた唐松の枯葉が埋肥のようである。元気なのを幸に梅ぼしをほした。梅ぼしというものは乾してもほしても次々にしめってしまう。たんせいよくほさなければならない。

『朝日新聞』が米軍のために二日間発行停止だ。言論の自由の限界があるのを知って、敗戦が身にしみるだろう。水野氏東京から帰って訪ねられて、米軍の装備のよさに感心して語る。

塩壺の主婦が牛肉を三貫分けてくれて、小山など四軒で分配した。百匁二十円。南瓜（貫十円）ジャガイモ（一俵二百五十円）さつまいも等分けてくれるといっていた。夕方になったら、みそを急に他の配給所で配給した。長崎君からの便りに、十八日にも高松さんが帰って来ないと書いて来た。今日上田へ行かないでよかった。

トマトの木は強い。種子が人間の腹を通って下肥のなかにはいっていたのであろう。なすやねぎ畑にやった下肥のあとに、たくさんトマトの葉がふき出た。面白いことだ。体験で知ることは面白い。

谷川君の書物を読みつづけているが、とりすました点が気にくわない。とりすましているのに拘はらず、周囲を見廻している。色々知っているが、知っていることが力になっていない。装飾であるよう。その点読んでいて面白い。

九月二十日　木

文部省が教科書の軍国的表現に墨塗りを指示（終戦ニ伴フ教科用図書取扱方ニ関スル件）

読書前には風が落葉松に唸っていた。ふと気がつくと風が凪ぎて、自分が何処か天上にでもいるように無為である。驚いて周囲を見廻すと、落葉松がそそりたっていた。それをじっと眺めていると、白霧だけが微かに動いて家の方へ上って来た。

もう家のことは関しないことにしよう。どうにかなって行くのだ。

家でできた南瓜を初めて食べたが、そのあまくおいしかったこと。子供等もそのうまいことを驚く。物事は何事によらずたんせいだ。ジャガイモのあとの大根や菜ももやのびたが、今日のように寒くては成長するか心配である。書くことの手はじめに手紙ばかり書いている。親様、石崎氏、岡村氏、内山基氏、土屋氏、長崎氏に書いた。何れも久振りの手紙だ。

和男君東京からもどられた、夕方。

九月二十一日　金　晴

宮坂君から手紙で三十日の夕と十月一日の午前午後二回話をせよと言って来た。三十日の夕は岩岡の蚕玉祭で区民に、一日は国民学校で。信州の人のすることはなかなか抜目ない。蚕玉祭の話には赤飯のご馳走、国民学校では物資を土産をくれるという。ああ食不足して、恥多しか。引受けなければ宮坂君の面目もつぶれるであろうし、文化人の引こみ思案もよくない、話など下手だが、要は話の上手下手ではない。

午後和男君と宿へおりた。和男君は明日帰京するので移動申告をしに行く。同君と歩くのもこれが最後だろう。同君の家のトラックをたのむのに私が行かなければいけなかった。トラックは往復の賃を出すことにしたので、行ってくれることになった。公定は八五〇円とか。和男君は二十五日に卒業式である。大学院へ入学することになったらしい。

夕方長女はキャベツを平賀老人の世話で三俵（家で一俵神谷さんが二俵）買うことになり、和男君と二人で取りに行き大八車をかりてつけて来た。去年まではキャベツなどいやになるほどあったのに、今年はどうしても店へ出ない。二人は暗くなって疲れ果ててもどって来た。

夜、浅野君の友人で大友君が自転車で旧軽から訪ねて来た。近衛で浅野君とともに四年間兵の生活をした日大出の青年である。新聞記事を抜いて熱心に語るような所があり、こちらが真面目に語ると、微笑をしている。その微笑が冷たい批判のようで語を熱意を殺いでしまう。人柄はよいのだから、恐らくこちらのなれないためであろう。月のなかを自転車で帰って行った。どこか兵隊らしくて後には颯爽たるものがのこった。大友君から聞いた浅野君の結婚問題は私を少なからず驚かせた。

九月二十二日　土　曇、霧雨

和雄君が明日帰京するというので、今日の昼家中の者を招待してくれた。赤飯に肉、テンプラ等。然し、そのテンプラの油はどうも椰子油らしくてくどくて食べた瞬間に臭気鼻をついた。夕には中野さんの長男の陽一君の七夜に招かれた。和男君と二人で。御馳走は戦前のもののように豊富であったが、お酒をいただいていると、不思議にも気持悪くなった。椰子油のゲップが出はじめた。神谷君も気持悪そうに厠に立って行ったし、終に蒼白の顔になって、中座して帰った。私も二回も厠に立って下痢をした。十時頃お暇したがその頃には気持はなおっていた。しかし、家にもどると次女があげてさわいでいた。家内も末女も夕食せずに寝たらしい。夜中に二回も厠に起きた。折角のお七夜の料理もいただかずに残念であり申訳なかったが、胃の中からは不快なゲップが出て弱った。どうも神谷夫人にはすまないが、椰子油にはこりた。

九月二十三日　曇

朝は朝食もしなかった。気分はそう悪くなかった。和男君が帰るというので家でできた南瓜と枝豆とを土産にする。小山先生が十日ぶりに帰られて寄ってくれた。財界や軍人の腐敗を聞いて、日本も敗戦の運命にあったことを益々感じたと。社会革命が必ず来ると。

午後小山さんと二人で水野さんを訪ねた。雨と風とがはげしくて暴風に似ていた。水野さんも仕事をアメリカ人と合弁にするか、支那人となってした方がよくはないかと、実質論をしていた。政治家も企業家も道を失ったような状態である。そしてみんな日本に悲観している。

九月二十四日　月　曇

中野君が休むと聞いてそのパスで上田行きを決心した。上田から青木までの木炭バスは二三度エンコして最後には遠く青木をのぞんで歩いてくれといい出した。汽車もバスも相変らずこんざつした乗物のなかで人の話を聞いているのは面白いものだ。汽車で偶然あったH温泉の主人の話では首相の宮に集る国民の手紙の内容はその七割が社会主義思想で、その或る者は天皇陛下のおたんちんが……という風に書いてあるとか。首相のところに気軽に手紙を出すような人にはそう真面目な国民は少ない。たとえ首相が国民に手紙をくれと言ったにしろ。作者のところへ来る手紙に依っても、最も良い読者は作者に手紙などよせないものである。

長崎君の家に寄ったところ高松さんへ行ったと奥さんの話である。奥さんは三人目の赤ちゃんに乳をふくませながら出て来られた。今度は母乳があるのかと秘かに喜んだ。二番目の赤ちゃんはそのそばに仰向にねて手足をばたばたさせていた。高松さんから二人で何処かへ行かないうちにと、下奈良本へいそいだ。稲はかなり黄ばんで、あちこちに蝗を取らぬようにと、青年会の立札があった。蝗はよい栄養食だが禁止されたものか、国校帰りの子供が草の葉をとって食べていた。高松さんに十二時に着いたが、神田さんへ行ったという。縁側で弁当を食べさせてもらって、神田さんの家へ行くことにした。向い山の山路をのぼったつきあたりの家だと沓掛宗吉さんが教えてくれた。あの風格のある講談師がどんな様子をしているか興味があったが、百姓屋の座敷に鶴がおりたように端然としていた。高松さんも長崎君もそこにおった。神田さんの奥さんもゆかたにモンペで、すぐにお茶に火をつけ、さつまいもを油であげてくれた。台所は座敷の前で、見える場所で、その向うが畑であり、柿の木の見える山である。座敷は壁がないらしく、天井も壁も紙をはって、天井の紙がおちないように縦横にはりがねをはってあり、それに風があたって微音をたてていた。

長崎君は赤坊の乳を届けなくてはと先に辞し、次に私達も高松さんの宿へ行った。林檎を三貫匁わけてもらった。一貫匁十五円。大小とりまぜて安いか高いか分らないが、これでたらふく家の子供等に林檎を食べさされる。高松さんは棒ばかりで（一貫五百匁ばかり）はかった。高松さんは一万円の懸賞小説を書くのだと言っていた。そこへ長崎君が来て、ついに五時半の上り列車をあきらめて、五時半の最後のバスで上田へ行った。帰りはガソリン車で三十分余で着いたが汽車は七時五十一分発というが三貫匁の林檎を背負っては西田さんを訪ねる訳にも行かなかった。

空腹で林檎を出して二ケ食べた。ベンチの隣の三十がらみの青年が大きな荷物から田舎まんじゅうを四つくれた。しんにはさつまいもがはいっていた。この青年は『朝日新聞』に勤めていると言っていたが、新聞社のことを工場というところをみると、植字工か何からしいが、長野の一つ手前に家族を疎開させてあったのが帰ったので荷物をまとめに来たとか。東京の生活の話をしていると、私の右のベンチにいた若いハイカラな男が話に加わった。自分自分という口調で、復員兵かと思ったが、後で私服の警兵だと分った。毎週東京から家族を疎開先たる田中に訪ねるが、その都度米を一斗ずつ東京から運ぶと自慢していた。米は半島人から升三十円で手に入れるそうであるが強権を恐れて半島人が三十円で米を出すらしい様子だった。上田で贈物用に松たけを貫八十円で三貫買ったところだとも自慢していた。洋服といい、靴下といい、しっくりしたものであった。この警兵さんは実に闇にあかるく、闇の実行家らしく、東京から田中に来るにしても警兵であるから切符を買うにも不便はなく、長野まで買って、途中下車をして便宜を得るのだと二等切符をみせてもいた。

警兵さんのあとへ赤坊をおぶった女が腰かけて、私と朝日の青年との話に口をいれた。アメリカ進駐軍では女中はいらないだろうかと真面目にきいた。昨年の夏軽井沢のロシア人の別荘に女中奉公したが、食糧が豊富で親切で忘れられないので、アメリカ人の処ならば赤坊を両親にあずけても女中をしたいということであった。「アメリカ人のところで働けば、きっと肥りますでしょう」と真顔で言っていた。みんなアメリカ歓迎らしい。

上田を八時二十分、九時半頃沓掛に着いたが、月がよくて夜道も暗くなかった。上田はまだ暑くてあいぎでは重い感がしたが、こちらは夜路は寒く、それに雨が降ったらしく路には水溜があった。家にもどって、たった一人で夕食を食べたが、給仕する者もない。

次女は相当悪くて終日うつらうつらしていたというのに、体温もはからず医者にも見せていない。宿にはチフスがしょうけつしているというのに。

九月二十五日　火　晴

晴れたのでこの一日に梅干をほして完成したいと努力した。

朝子の様子がおかしいので田中さんで体温器をかりてはかると三十九度あった。星野の女医に来診をもとめたが来てくれずに小便を見せろとのことであった。水便がにごっているから、じんうえんだとて、二日分のとんぷくをくれた。どうもじんうえんらしくないので――而も診察もしないで投薬するのが不安で、安心できなかった。疎開者に杉原博士という名医があり、藤谷さんに往診するというので、藤谷さんにたのんでおいた。

学校の父兄会の委員会があって、れん子女史はお茶や南瓜のゆでたものを土産に出席した。四十度近い病人に関心がなくなっているのか、何か女の人の責任感というものに疑惑を持った。私は四時半に早く辞した。委員会も二時に召集して会議は三時にはじまるしまつだった。

杉原先生が藤谷さんに往診がなかったというし、次女は夕方四十度の熱になったので、夕食後向い山に先生の家を探してたのみに行った。老先生は昼国民学校へ往診にバスなしで出て疲れていたが洋服に着換えて来てくれた。提灯の光で案内するには山路は暗くて大変である。診察の結果、幼児ならばえきりだったということで、じんうえんという病名を与える安易な合理性を笑っていた。風気味でもあるので、肺炎の用心と二本の注射をしてくれた。私は再びかばんをさげて見送って、五服のとんぷくをもらって帰った。最後に杉原さんの家を出る時には月が山の端から出るところで、秋の寒さが肌にしみた。

久保田忠夫君からやっと返事があって同君が応召していて二三日前にもどったことを初めて知った。

九月二十六日　水　快晴

寒かった。朝起きかねるほど寒かった。しかし珍しく晴れて急に向い山に黄葉した大樹が見えた。この快晴な秋をもたのしめない気持である。それは考えつめると東京の家が焼けて帰るところがないかららしい。それなのに、三木夫人から手紙で九月二十三日に神田に帰ることになり、例の八畳は神田へもって行って建てることにしたということである。あとの始末はどうなっているかさっぱり分らず、その無責任に腹が立った。思えば罹災したことは大きな不幸だった。子供等は帰京したいというし、冬に向って此処で如何にすごすべきか、あんたんたる思いである。

吉野夫人が貸した書物のうち三冊だけを返しに来たがよごれてみるかげもない。もう書物は他人に貸してはならない。夫人は米兵についての色々のデマにおどかされて東京に帰るという考は全くないらしかった。ともかく病人のある際に客に来られて而も昼食直前であるから、大に迷惑であった。勝手なマダムであるが、どうにもならない。昼食の用意をした。病人といえば、朝子は相変らず三十九度の熱である。困ったものだ。昼後に来診された杉原さんも頭をかしげていたが、絶対安静を命じて行かれた。

矢部さんへ半島人が二十俵の米を一俵千八百円で売りに来たが買ってくれないかと言って来た。小山でも欲しいが、米であるから、公になった場合に困ると躊躇した。梅干は今日もほして樽に入れて押入にしまった。これで一年ぐらい保存できるであろう。

新聞によると、米国の圧力がじわじわ加わって来たらしい。同盟も解体するであろうし、言論の統制もこれでくずれて、米国の思う方向に強いようとする。財閥も解体であろう。池田成彬が要職につくのを拒否されたという。この一二週間に日本政府も驚くような大事件が起きると外電は報じている。

岡村咲子さんに家のことを電報でたのむ。

九月二十七日　木

昭和天皇がマッカーサー元帥を訪問

昨夜十時頃まで長女のピアノを聴いて部屋へもどると、廊下に次女がうずくまってふるえていた。敵の大軍が攻めよせて来てこわいという。驚いてやっと床に入れた。熱は四十度あった。一晩中うわごとである。心配になって、今朝早く、長女を杉原博士の別荘へやる。私は洋服のまま昨夜からつきづめであった。霧のなかを博士は来られて、自家中毒だけではなくて、肺炎になる惧れがあるからとて、静脈注射をされて、高価で貴重な白い薬を用心にくれた。

次女のうわごとは頭に来た証拠のようで心配である。いうことは主として、小諸女学校でのつらい勤労奉仕のことである。疎開学生が如何に地方の女学校の生徒のみならず先生からもいじめられていたかそのうわごとを聞いていて寒々とした。可愛想なことをした。何とかして助けて東京へつれもどりたい。白百合へ入学させたい。

九月二十八日　金

　昨夜は次女は四十度であばれた。どうにも手がつけられない。精神病にでもなったのか。博士は静脈注射のみでなくて、腹部に多量の皮下注射をした。危篤だとさとらなければならない。色々うわごとも断片的なことが多く、而もそれが外国の出来事であるのが不可思議だ。聞いていて無気味になる。家内を枕下に呼びつけて、色々ざんげさせた。
　ともかく三十日の岩岡の講演に出席することなど不可能なことなので、宮坂君にむすめきとくという風に打電しておいた。

九月二十九日　土

　昨夜も一睡もしなかった。どうもこの様子ではむずかしいのではないか。医者は朝と午と来て、明かに困却していた。神谷夫人は東京から医者を呼んだらと言ってくれたが、私はどうとも決心がつきかねた。死ぬかもしれない子供の顔を見ていて、私は自分が五十にもなり、今こそ世の中の人のためになる人間、自分を神の殿堂としなければならないと、つくづく思った。そうした生き方をすることで、神様の思召に添い、娘を助けてもらえないものかと、幼い日のように神様に祈る気持になった。ようきに暮そう、神の子のようにと、意識をなくして狂っている娘に話した。娘もにっこり笑って私の手を握りしめた。しかし、無意識の娘の笑顔は余り美しい故に、寒気が背に走った。無意識で娘は言った。「神様に助けてもらいます」と。

九月三十日　日

いい天気だ。昨夜の娘のうわごとは全く文学的とでもいうのか詩を書きたいとも言った。上級学校へ行く勉強したいとも言った。娘らしい手記を出版したいとも言った。ふだん無口な彼女が思いをしゃべりたてること。そして、薬や茶をのませると、その都度「ありがとうございます。ごめんあそばせ、お手数かけて」というように感謝するのだ。しかし、今朝やや穏かにねむった。二十四日以来、病人は殆どねむったことがなかったので、それがよい前兆のような気がして嬉しかった。博士も早朝下へ礼拝に来た序に寄ってくれた。全体的にややよいような気持がした。

十月一日　月

昨夜も多少よくて、熱は三十八度にさがった。肺炎の方はやや下火らしい。土曜日の夜神谷さんがたえ子さんと運転士とをつれて突然来られて慌てた。しかし、家中騒然たるなかで、私は次女の生命を見守っていたが、今日の具合ではやや安心した。神谷さんは一人帰京した。長女は運転士をつれて岩村田へ林檎を買いに行って二貫匁ずつ背負って来た。次女の食糧品は全部林檎なので、林檎のいること。運転士はトラックをすぐ出してもらうように昨日から運動していたが、最後には部分品とガソリンが欲しいと申出たとか。而も月の半ばでなければ出ないというとか。神谷夫人も三日には永久に東京へ去ると申出た。それもよし。しかし、私達も東京へ帰りたいが、岡村さんからは電報で打合わせても貸家について返答がなくて心細いこと。

十月二日　火　連合国軍最高司令官総司令部（GHQ/SCAP）設置

次女の病気は益々よし。漸く畑へ出てみた。もろこしを五本折って神谷氏の土産とする。秋大根や菜の類にも肥料をやらなくてはならない。

十月三日　水

十月十七日　水

今日は祭日ということも知らなかった。長女に手紙を出しにやって初めて知る。(子供等は一週間収穫休みである) 天気もよし、次女の熱もやっとさがって、畑に出てソバをかり、もろこしを倒した。それにしても次女の病気は長引いたものだ。熱がないようなので、頭髪をすいてやると虱のいること、六十余匹捕えた。虱もこれほど多くなると捕えるのが面白い。熱がないのに、夢と現実とを混同するのは、衰弱しているからであろうし、気の強い彼女が不思議な泣声を出すのが心配である。夜、神谷さんのトラックが荷物をとりに来て運転士三人が泊った。

長女が宿の八百屋から林檎を貫五十円で買う約束して来たというので叱っておいた。

十月十八日　木

曇って寒い。杉原博士が福島に行かれて看護婦が代って来た。熱は三十六度～三十七度台になった。しかし、まだ夢と現実とをとりちがえている。尻にできた大きなふはい部もやや肉が上ったよう。

トラックは八時に出発した。長女はむやみに家の荷物を託したらしい。ともかく六畳が空いたためにやっと落着いて仕事ができそうな気がする。

家の焼けたことが近頃ほど悲しく感じられることはない。石丸君に電報で返電を待った。次女の病気さえなければ東京へ行って自ら探すのだが。

十月十九日　金

秋雨。秋色淋し。帰るに家のないことが日に痛い。虱五十匹も捕えたり。よくも増えたものだ。女の子たちは自由学園にでもお世話願おうと思う。

大内兵衛氏の大蔵大臣へという放送記事一面トップをかざる。戦争中の国家の債務を全部切すてろという意味。公債も何も彼も国家はすてるのである。近頃はみんな気の狂ったように、与えられた自由を享受するのか、色々の放言が多い。

十月二十日　土

病人よし、急に紅葉美し。しかし細雨けむる。夜手紙六通書く。

十月二十一日　日

十月二十九日　月

家兄は十時十六分で帰京した。医者の関係（往診の）で駅に見送らず、豆腐屋へ行く長女に送らせる。美しく晴れて、紅葉も今日が最後であろうか。今日よりは病床をはなれよう。

次女の病気もよく、医者も今日で終る。尻のデキモノさえよければ完成であるが、尻のデキモノがなかなかの難物だ。ガーゼのつめかえもこれから毎日困ったことだ。虱の方は卵が虫になって微生の白虫が頭髪の根元にいちめんに微動している。一日百尾から二百尾捕えても、たえる様子さえない。

疲れが出たのか、星野の山路でも息がきれる。さりとて病人だとしてもいられない。夕方大根畑に下肥をした。下肥がはんらんしそうであった。（『朝日新聞』に「農民に愬う」という悲痛な文章二面トップ記事をかざる）

十月三十日　火

今日も晴れて、朝子の虱かりに数時をすごす。

『離愁』の校正来たる。

風呂にはいって疲労とあかとを洗いおとす。二週間ぶりの風呂。秋風さつさつと吹いて枯葉しきりに地に微音をかなでて淋し。隣組にて二軒の子持の家族が東京に去る。三女はもう遊ぶ者がないという。

中野氏の定期をかりて上田に行かんと欲したが、中野氏は定期を持ちて上京して四日まで帰らずと、中野氏の思いやりなさが身にこたえたり。五日に上京の予定をはやめて、早くすべきかと子供等と語る。さて上田の切符を買うよりも東京までの方が便利であるとは、二十五日からの切符の発売の改正は改悪であろう。朝二三時から行列をつくらなければならない。

十月三十一日　水

朝から終日細雨。虱はとれどもつきず。

『少女の友』［「むすめ」昭和21年1月］へ作品を書きはじめた。原稿も幾月ぶりに書くのだろう。書けば原稿も愉し。

長女が新潟県の新井の切符の買いに行って買えず、東京と上田とを買ってもどる。長女は足に傷してびっこしながら買いに行ったらしい。山室光子女史から半年ぶりの便あり。

十一月二日　金

東京行きの切符があるので、十時発で東京へ出る。汽車は高崎から腰をかけられた。日本の負けたのは家族制度と米食とのためだと声を高くして論ずる男あり。

一雄を新橋に訪ねたが、ほどがやへ行って留守、恰度ほどがやへ電話中と言って、呼び出してくれた。新潟行きの切符を頼むつもりであったが電話では言えなかった。ほどがやへ今来ればさつまいもを一俵をわけてやると言ってくれたが午後四時で行く術もなかった。惜しいことだ。

浅野君に泊ろうとしたが、途中で心をかえて、荻窪の岡村さんに御厄介になる。夕食をすませそうな時なので持参の林檎を夜路で食べて、夕食をすませたからという。しかし夕食前ですいとんだからと言われてほっとする。みんなよい人達でなれてみると親類のような気がする。

十一月三日　土

明治節で晴れてよい日だ。くりめしをたいて下さる。しかし今日ほど悲しい明治節はあるまい。弁当を作ってもらって、出掛ける。木下女史が訪ねてくれた。駅へ送ってくれる。しかし落着かないことだ。石丸氏を訪ねる。貸家の件である。フランス人が荷を持ちこんでいるという。昼食をご馳走になって、ともかく三宿の家を見る。わびしい家であるが日当りのよいのを喜ぶ。前のことを思えば悲しい。瓦斯はなし、庭はなし、湯船もない。家内は不平をいうであろう。石丸君の処へ戻って、フランス人の問題で二度近藤氏を訪ねる。帰るのが七時だとわかり、赤羽にさわ女子を訪ねる。さわ子は七時頃でなければ帰らぬという。さわ女の家で、明子さんの作ってくれた弁当を食べて、再び麻布の石丸君の家に帰る。近藤氏を二人で訪ねた。若くてしゃべること、要件に入るまでに一時間かかった。ともかく十五日までに荷を持ち出してもらうことに決定する。その夜東京へ泊ろうか迷ったが、家で帰りを待つ朝子のことを思い、夜行で帰ることにする。約束通り再びさわ女を訪ねたが留守、次男が一人でいもをふかしてくれてある。六つばかり包んでもらって、急いて上野に向う。やっと最終の十時四十分の臨時列車に間に合う。しかし、座るところなく、通路にうずくまって、沓掛まで寝て来た。石丸君の家で食べたさつまの油あげで不快のゲップがしてこまる。

東京の街ではアメリカ兵が昼も夜もどこにも我物顔にいた。日本人もしきりにかたことの英語を話しかけていた。

十一月四日　日

朝四時沓掛に着いた。駅の待合室には切符を買う人が一ぱいだった。新井へ行くように、署名したところ、八時の十五人目であった。寒い夜路で路は霜の音がしていた。家では時計をまちがえて、もう起きていた。私はすぐねた。

下痢をした。ねていた。長女に駅へ行って切符を買ってもらう。小山より相談で、新井まで二枚今日切符を買ったので、小山老夫妻があす米をとりに行きたいという。新井駅長にたのんで、沓掛駅長気付に送ってもらうという。私は『少女の友』の原稿があるので、六日にしてもらうように話す。宮沢さんには電報を打つことにする。

石丸君の家のことを想うと戦災にあった不幸が身にしみてならない。焼けた者は不幸だ。

十一月五日　月

『少女の友』は久振の原稿であるが、生真面目に書けてしまった。物を書くことは愉しい。この勢で仕事をしたい。「むすめ」と題した。長女がシロタ氏の稽古に行くので軽井沢で出してもらう。

十一月六日　火　晴

小山夫妻と長女と四人で六時の一番で新潟県の新井へ米を背負いに行く。総て日誌に書くよりも印象に深い。帰途気持を悪くして弱った。夜十時に帰ったが寒い。

十一月七日　水　晴

気持悪くてねる。病人に力のつくものを食べさせてやりたし。

十一月八日　木　晴

秋強く寒く冬の風なり。冬の山なり、冬の林なり。『離愁』の校正を総て終る。

横田君来たる。菊池君が戦災で全焼したことを聞く。横田君は外務省の仕事をすると。

十一月十日　土

新潟の宮沢さんから手紙である。而も速達だ。十二日に駅へ出向くという。恐らく米をリヤカーにつけて来るのではないか。小山大人は、駅長から駅長に頼むという案を撤回したので、この手紙では困ることがありはしないか。小山さんに手紙のことを告げる。夜おそくなって、小山さんから迎えに来る。老夫婦二人で二三時間その問題であらそったらしい。兎も角、新井の町に米をあずけるところを探すというので、大人は六時半で下り、私は八時半で下って新井の十一家に泊って大人を待つことになる。万里子と小山夫人は十二日の一番で行くことに決定。

米屋が鯉をくれた。あらいと鯉こくとをつくる。これで、病人が栄養がつけばよい。

十一月十一日　日

昨夜病人には旅行のことを話さなかったので、今朝は悲観していた。一匹の鯉が死んだので、出発前にあらいをつくっておく。さつまいものきりぼしを作りたかったが、八時半では不可能であった。清く晴れていたのが、妙高が見え出す頃から曇り出し、新井は雨であった。この数日、こんな天候であったとか。大阪と本郷から疎開している男女と同車したが、二人とも新潟県へ米をもらいに行くのだと言っていた。

小山大人との約束通り十一家で待つ。わびしい部屋。隣室は半島人が数人一人の日本の女が別れ話を持出しているのをとめていた。数人で米を買いに来たらしい。三時頃なおえつから小山大人の電話があった。大人が来たのが五時。散髪師のところへ行けばよかったと後悔す。疲れて、よごれた畳の上にうたたねしていた。しなの屋という茶屋にあずける所を決めてくれた。夜板倉村へ行こうとしたが、自動車が行ってくれなかった。大人は歩いて行ったらという意向であったが闇夜に雨の路を二里歩くことは私にはできなかった。明日早く五時前に出ることにして、七時にねる。三食で米四合五勺出せとのことであったが、その夕食の米の量の少ないこと、茶碗一ぱいもなかった。隣室の半島人が戻ったらば騒々しくて眠れまいと心配したが、ついに戻らず、小山老人が落着かなくて数回厠に立った。その都度目がさめた。炭火もなく十燭光の電燈の光は寂しかった。夜具もかたく寒かった。

十一月十二日　月

五時一寸前に小山老人がおこした。もう日が出ますよ、晴天ですという。雨の音のないのに安心した。厠の窓からのぞくと外は暗く星がまばらに見えた。すぐ洋服にして顔を洗わずに出掛ける。国道を一本筋である。国道に添った農村では灯を煌々とつけて脱穀機の音もしていた。板倉村はどのくらいかと四度訊ねた。四度とも三十分だと言われたのには悲観した。進駐軍のために辻々に英語の木札が立っていたが、板倉村の中学校の奉仕のようであった。高野は板倉村でも最もはずれで遠く、二里はあった。七時近く宮沢さんの家に着く。朝食を爐のほとりでご馳走になった。北国らしい爐で、きたないが興味があった。米は一俵しかないが、玄米だと宮沢さんの方が悲観していた。二斗だけは向の家で白米とかえてくれた。用意して行った袋に入れた。九時頃自動車が迎えに来たが教会の前に停られても困るので出掛けて行って、村はずれで待ってもらった。一俵つんで十一家へやっともどった。宮沢さんの話だと、関東地方からトラックで買出しに来て、毎夜米をつんだ車がたえないがそのために価の上ること、百姓は欲深かになったと。今度は百円あがって八百五十円であった。次の二俵は九百円ぐらいだろうという。二俵分の追加二百円をおいて来る。長女と小山夫人十時三十分着。十一時二十分の汽車で帰ろうとあわてる。町でなたを二十五円で大騒して買う。クリームのはかり売をも買う。急いだが汽車は二三十分おくれた。そして案外すいていた。昨日、アメリカ進駐軍の運動会のために東京行きの乗車禁止があったためか。明るいうちに帰宅できて何よりだった。久振りに入浴したいとたのしみにして戻ると講談社の藤掛さんが東京から来て待っていた。『婦人倶楽部』へ書けという。書いてもいい気になる。夕食時になって全国書房の神尾収さんが来られた。『離愁』の検印紙を持参である。お茶のお土産。室生〔犀星〕さんの『山吹』出版について室生さんを訪ねての帰途である。室生さんから『山吹』をいただく。二人に塩壺に泊ってもらう。米五合とどけさせた。

十一月十三日　火

晴れて寒いこと、水道がこおって、十一時頃まで出なかった。九時頃に室内で零下五度であった。この地の冬のさきがけであろう。家中の者が寒い寒いというのを、日なたなら暖だと慰撫するに骨を折った。十二時駅であいたしという宮坂勝君の電報である。十二時に駅へ出向いたが、その上りには宮坂君は乗車していなかった。次は二時五分だという。一たん家へ帰って、朝子を奥の六畳に移し、八畳を掃除して、こたつをいれた。

朝小山には森さんが両国で電車事故のために怪我をして、両国病院に入院したという電報があった。十二時で夫妻が上京すると出掛けたが、駅で会わなかった。二時五分の列車に出向くと、小山夫人が小鳩さんの子供をおんぶしていた。今朝三時に死去したと駅に通知があって、小鳩さん達をつれて行くことになって、二時の汽車にしたと。この汽車が三十分もおくれた。宮坂君は小さい鞄をさげておりて来た。警察がやかましそうで、リュックはやめたと言ったが、私は失望した。鞄には白米が四升と柿が二十四はいっていた。次女のために、卵とラードを期待していたが。

宮坂君は風邪気味で、酒がないからと、とっておきの葡萄酒の栓を開けたところ三分の二をのんだ。おこたつに床を入れて、七時頃には寝てしまった。風邪にも拘わらず、おかゆにと白米を持参してくれた厚意を感謝した。お互いに仕事の上ではげましあった。

十一月十四日　水

今日も寒く、しかも日はあたらず、うすら寒い。宮坂君はくしゃみばかりしていた。もう一日休養するようにすすめたが、切符の期限が今日ぎりではあり、早く帰って木崎湖で制作したいと述べていた。十一時十分の汽車がおくれて、駅で待つ間に下半身が凍りついた。白米一俵を千円で買ってくれというので、千円渡した。お兄さんの家では、前年と殆ど同じ収穫であるが、全体的に一割の減収であるために、供出も一割減であるが、その一割が十俵になるので、一万円に売って、次男の馬力を買うのだとか。持参の四升は、その一俵のうちということにきまった。それから二十八日に講演ということにして帰られた。

駅からもどると、事務所が水をとめたとか言ってみな閉口していた。三時にしみどうふと下駄の配給を隣組にした。しみどうふは一人一ケ。その頃からしぐれて冷たい雨になった。水くみも容易でない。次女さえ起きられれば、あすにも上京したい。魚屋がまぐろのさしみをくれた。僅かで二十円である。

十一月十五日　木

朝から雨だ。しかし割合に暖かだ。一昨日藤掛さんに短篇の方をことわろうとしたが、藤掛さんは切符を買うからと言って五時に宿を出たとか、ついに家に寄らなかったので、ことわれなかった。不律物語の一部を短篇にしようと、不律の復員ともいうべき部分をおこたつで書きはじめた。六枚書き上げた。『オール讀物』の吉川君が一年八ケ月の徴用からもどって、再び再生の『オール讀物』の編集にあたるので、新年号に小説をと言って来た。これも書く決意をする。切符は十二月五日である。帰京のことなど考えると、二十八日の講演は無理だと思い、宮坂君に十二月にのばすように打電した。

次女、始めて座る。さいしょは背骨がいたいと泣いていたが、背を撫でて数回試みると、座れた。一時間も座った。しかし痩せたものだ。夕方激しい風になって雨はやむ。昨日物置の屋根をふきかえてよかった。

十一月十六日　金

戸倉の塚田さんが電報で早く林檎をとりに来るようにという電報であったのが一昨日で、今日行くことにしておいた。長女は昨日暗いうちから、さかき行きの切符を買いに行ったが、私は上までの定期を中野さんに借りた。一円二十銭払わされた。しかし今日は朝から日があたらずに寒い。さかきでは小雨も降っていた。塚田さんは東中野の時のようないでたちで、駅の外で自転車で待っていた。林檎園のある四谷というのは、駅からそう遠くなかった。だんだらの山路をのぼると広い農家の庭先に出たが、それが林檎園で、恰度収穫最中であった。実にみごとになって、枝が地に着きそうであった。家にあがってきびもちや柿のご馳走になって、長女と二人で十一貫二百目を背負って帰った。前日駅で警官が米を背負って来た者を捕えたそうだが、捕えられた人が数人になると、捕えられた人の方が元気になって、警官をやりこめてなぐりつけ、恰度到着した列車にのったから、今日は警官が怖れをなして、林檎の検査はあるまいと言っていた。五貫匁の林檎は重かったが家まで運び上げた。貫三十円、塚田には二十五円で売っていた。帰ったら金井さんから便りで夫人が十一日に亡くなられた。驚き悲しむ。清から電報ですぐ来いと言って来た。多事。

十一月十七日　土

二時で帰るのには、八時半で立つより他にない。夫人がいない家に訪ねる魅力は半減する。それに寒い風が吹き多少風邪気味だ。長瀬に出ずに大屋から歩いてみた。橋を渡ったところで、子供を背負った若い婦に会った。亡い金井夫人の姪で、私のことを知っていた。道案内をしてくれた。夫人の話を聞いたが、チフスで大屋の病院で亡くなったので、今日は初七日夜だとか。金井さんの力落もひどかった。お兄さんの家で昼のご馳走になり、読経の席にはべり、裏山の墓詣りもした。二時どころか三時の汽車にものれないので、ままよと覚悟する。医者の夫人と子供等とともに尾野山を下り、途中夫人の疎開宅に寄り、いもやねぎをもらって帰る。五時半頃の汽車しかないものと思ったのに四時半頃の軽井沢行きのりんじが貨物で大屋駅にはいっていたので急いで線路を横切って飛びのった。こんでいること。しかし暗くならずに帰宅できてよかった。

十一月十八日　日

急に長女も上京することにして、二人で八時十六分で立つ。雨だろうかと思ったが山を下ると快晴であった。一時一寸前におさわの家へ行ったが、炭を裏山へ取りに行ったとか言って留守、靖二君が二度も迎えに行った。ＭＰに銃砲で打たれたと言って慌てて帰って来た。実は三宿へ行ってもらいたかったが、疲れているらしかったので中止して、引越の時のことを頼んで、二人でともかく銘々の宿へ落着くことにした。長女は荻窪の岡村さんへ、私は中野の浅野さんへ。浅野さんが二日前にはがきで何故来ないかと言って来たので、二人別れ別れにしたが、浅野さんの家は駅から遠かった。リュックをおいて弁当を持って、石丸さんへ出掛けた。家主を訪ねるのに六時頃がいいからということであったからだが。中野の通りの闇市と

MPと、通りの街の声とはなかなか面白かった。プラットホームで弁当と林檎一つを急ぎ食べる。この弁当をのこしておくために、昼は一つの弁当を長女とわけあったのだ。石丸氏を訪ねたら三宿へは九日に仏人がはいったという。家賃の二重取りかも知れない。その不誠実に立腹したが喧嘩したらば、家は借りられない。困ったものだ。それにしても電車はこむし泣き出したいくらいであった。八時半に浅野さんへ帰り、十時寝る。浅野さんの借家もがたびしした家で、お気の毒だ。

十一月十九日　月

GHQ、戦争犯罪人の逮捕を指令

九時十分の沼津行列車に乗る。長女と中野駅で落合う。浅野君に駅まで見送らる。急行はこんで荷物を持ってはのれず、中野発の千葉行きにする。やっと九時に東京駅に着く。もちろんかけられない。（横浜から乗った五十ぐらいの女の話す）みかんをねぶ川へ買出しに行く闇屋が多くのっていた。

大岡の家では万里子が一緒なので驚いたらしいが歓待してくれた。我入道へ二人で行って魚のことをたのむ。月夜で漁はないというが道路には鰯がたくさん乾してある。おきわさんの家を訪ねたが、おばあさんの亡くなったことも知らず、おきわさんも言わず、石田へ帰って聞いて驚く。葬式に来たものを誰も知らせてくれなかったことが残念。木下君を見舞ったが、木下君の家はその隣近所五六軒とともに焼けていた。残念だと言っていたが、立派なバラックができていたし、木下君も増築を手伝っていた。光枝君がにぼしを包んで、途中まで送ってくれた。なかなか美しくなった。沼津から五時九分の大岡行き列車に乗るつもりだったが、とても間に合うまいと思ったところ、村はずれでトラックにたくさんの人が乗っている。駅まで行くのだというので、二人でのせてもらったおかげでやっと間にあった。切符を買おうとしていると、常夫君から詞をかけられた。おきわさんの家で、車掌がいやだと話を聞いたので会いたいと思った当人だ。明朝石田へ来るということで別れた。大岡の駅は便利だった。しかし沼津の復興は感心すべきだ。夕食は赤飯を亀太郎の家でご馳走になり、夜は清の家で招かれて、かき鍋とおしるこをご馳走になった。父や亀太郎も一緒で十一時まで話して、清の家に泊った。清の家は襖一枚を境に真一兄の家族が住んでいるのでやかましいこと。亀太郎の信仰は立派だし、清もそのあとをつづくであろう。寝たら枕もとへ砂糖を一斤ばかり細君がくれた。翌朝、又みかんをもらうからとて百円渡したが砂糖の礼金のつもりだ。

十一月二十日　火

ドイツで戦犯を裁くニュルンベルク裁判開廷

ずっとよく晴れて沼津は暖かい。山を降る時は風邪気味だったが、よい。茂君が自転車が故障しているので沼津へ行ってくれないので、常夫君が十時に魚を持って来るという言葉を信じて待った。屋敷で父や亀太郎と話した。父は痩せて顔色がよくない。ついに十時になっても来たらず、真一兄に昨日電報で二時東京へ着くからと知らせてあるので、私一人十一時の沼津発にして、長女を暁子さんと一緒に我入道へやって、後の汽車にさせる。二時に兄は東京駅に来ていない。みかんをいれたリュックを背負い、にぼしの包をさげて白百合女学校に行き、次女三女の学校の件をたのむ。尼さんの先生に会って出ると、校庭で校長先生にあう。お帰りをお待ち申しますという詞であった。飯田橋駅前の露天で男物と女物との下駄を買う。二十五円と十九円である。戦争中より安価だ。一応中野へ帰ろうとしたが石丸氏を訪ねて、近藤氏の住所氏名をきく。浅野君には六時半着。夕食がすんでの後でお気の毒であったが、その歓待振は感激する。十一時まで談る。あすは雨かと思うほど暖かい。東京はいいなアとつくづく思う。

十一月二十一日　水

余り早くさわがせてもと思って長女には九時頃神田駅に待つように電話する。背負ったみかんがつぶれるほどのこみかたで息もできなかった。上野駅もこんでいたが、十時四分の信越線まで七分しかなかった。それでも思ったよりもこんでいずに本荘でかけられた。東京の中央線の電車のなかで、質素な男が同じく中年の婦人と話して、もう暴動でも起きてくれた方がいいですよ。私なども真先に加わりますよ、と真顔で言っていた。

列車にはトラック島から帰る信州兵が数人いた。黙々としていたが、疲れきっているのであろう。私の横と前とは闇でもよし儲け口はないかとしきりに相談していた。

軽井沢へ着いたら霧で寒かった。運よく星野へのぼるバスがあって便乗した。朝子は私が発った日に三十九度もあったとか、やはり風邪らしかったが、今日は平熱であった。

十一月二十二日

今日はこの山でも暖かである。原稿がいそぐので早起きして、『婦人倶楽部』の短篇を一人称に改めた。沼津からの帰りの汽車のなかで考えたことである。「母の愛情」〔昭和26年1月〕と題することも、『オール讀物』に「父の愛情」〔不詳〕と題して、同じ不律物を書くことも。朝子に英語を教えなければならないが、まだ十分恢復していない。午後の暖な時間に初めて全身を熱いお湯で拭いてやったが、なかなかのやつれである。

小山大人は名古屋から東京へ出て一ケ月ぐらい留守をするとか。小山夫人が林檎のことでたのみに来る。松本の米、新井の米、小山さんは頼みが多い。小村の爺さんが馬力で大根を両家にはこんで来たが、一軒二百円だと。

十一月二十三日

暖かで晴れた。太根を処理しなければくさるので、葉をとり水で洗った。半日を要して半分。玲子が熱心に手伝ってくれた。さつまいもも耳取りから二俵分けてもらって小山さんの家にあるのを、くさらしそうなので、はこんで水洗にしてほした。だいぶくさっていたが、二俵洗いきる頃には、日もかげった。長女も三女も末女も一心に手伝ってくれたのに。昼一枚の原稿も書けないのは、不平をいいたいくらい。しかし、私は近頃不平をいうことを忘れた。ありがたいと思う。

十一月二十四日　土

朝霧のような曇天。太根洗もできず、さつまの切りぼしをつくる。十一時頃から晴天になる。子供等を手伝わせて大根を全部洗う。六十貫の太根も葉を落すと驚くほどの量でもなし。南瓜が三つくさりかけたのでわぎりにして乾し、太根のきりぼしも作った。

家内に任せておけば何もできないので私がやるより他にない。

子供等は昨日から家庭勤労のための休暇だ。冬越の野菜の支度をするためだそうだ。東京へ帰る人々は次々に去る。

万里閣の竹中さんと長崎君とから便がある。

毎日新聞は食糧難と米麦の供出でいっぱいだ。

十一月二十五日　日

割合に暖かである。さつまいもは耳取りから買ったのがどうも水漬いたものらしく、ふかすと腐敗している。すてるのが惜しいので、きりぼしにつくった。太根もきりぼしにして乾した。三女がアメリカ人をグリーンホテルに訪ねて、帰って風邪気味で真赤な顔をして元気がない。

次女も英語の勉強をはじめた。大根やきりぼしを乾したり、とりこんだりすることは忙しいことだ。星野の主人にトラックを十二月十日前後に出してもらうことを頼む。その帰途水野さんに寄る。商人はいつまでつきあっても商人である。財産税のことから脱税方法を東京まで研究に行ったという。おさわに米の世話をしてもらいたさそうな話である。

「母の愛情」書き終った。

十一月二十六日　月

三女風邪気味なので休ませた。昼頃日がかげって太根を出したり、きりぼしを作ったりした。水島君が便りで『世界文化』を電通から創刊するので二号に小説をと言われる。忙しくなった。「父の愛情」を書こうとして夜中までかかって半ぎれ二枚ぎり。昼頃──昼にさつまいもをふかして食べていると講談社の藤掛さんが来た。写真と作者の言葉が欲しいと。挿画についての相談である。どりごのを土産にもらった。二時の汽車で急いで帰られた。客があると食糧が心配だ。

十二月一日　土

寒い筈である。今朝起きたら、一面の雪だ。しかし宿へは降らなかったと薪割の人夫が言っていた。この人夫は昨日も来て、四時頃小雨になって帰って行き、今日昼までまきをわって六十円（一日日当四十円）を請求した。小諸女学校へ行き大原の教会へお礼によるつもりで出たが、出掛けにきりぼしを乾したりしていて、九時五十分におくれそうであわてた為に、弁当を忘れた。然し汽車は三十分延着、小諸女学校では校長職員が上田へ行って休校。弁当なしなので駅に引き返すと、十一時十分が一時間延着というので、十二時に着いたが間にあった。この数日十二時まで仕事をするので、やはり疲れが出ていかん。行きの列車で藤村さんの二女が親切にチーズの世話をすると言っていた。上り列車のこんでいたこと、そして、どれも延着だそうだ。石炭ききんのせいだろうか。

次女昨日から立つ練習。二三歩足をひろった。病床で新聞を精読して、十五坪以上の家も建てられることを知り、しきりに家を建てようという。

沼津の父より自転車をかせと言ってくる。駅で訊いたら送れないそうだ。コバルト社に検印紙一万送った。

十二月二日　日

三女は六年だけの送別会があるとて（星野で）朝から出掛けた。風強くして寒いこと、一面の氷である。三女はその送別会で三つの余興をするのだと張りきって行った。

長女は中野さんの切符が今日限りだとか言って、突然青木村へみそを取りに行った。寒いので早く帰ると言って出たが、上田で三列車のれなくて、夜八時頃帰った。外出をいとわない娘だ。今日からは一日に五六縄まきをたばねることにした。

十二月三日　月

昨夜、『オール讀物』の「若い人達」［昭和21年5月『小説と讀物』］を書いたのでやや気らくになった。太根のきりぼしを二時間つくる。小山夫人森さん宅へ行くと誘ってくれたが、荒木君が来るという電報なので待ったが来たらず。森一平さんに焼香に行くべきだった。しかし寒風身を切るほどで、多少へんとうせんもはれたので休む方がよかったかも知れない。

朝トラックを明日出すと言って来た。中野さんの誤りだろうが家中あわてて、家のことで心配し、近藤さんに電報を打つ。

見晴台の野草をこいて洗う。しかし大半は帰るまでそのままにすることにした。魚の自由販売だと言って来たが、隣組では買いに行く者がない。

末女の先生は小諸からかよっているが汽車が毎日おくれるので、九時半すぎになっても来れないとか。昨日今日の寒気は十二月としては例外だと土地の人はいう。してみるとここの寒気も□□がききすぎているのかも知れない。

十二月二十日——三十一日——

家のことで上京、馬鹿にされたような気持。

昭和二十一（一九四六）年

1946年、飢えていた頃

一月一日―九日

雪の中の正月。近藤氏の茶室へ移ることに決心して、トラックの出るまで待つような落着かない生活。九日。

トラックで軽井沢へ出て十二時二十分の軽井沢始発の列車で家族とも上京。万里子は明日トラックで来ることにして小山さんに残る。赤羽のさわ女の家へ五時頃寄って夕食して、神谷様に泊る。電灯が消えて、ローソクで、他人の家は心苦しい。暖かだ。

一月十日

北風で寒い。沓掛よりも寒い。午後まで神谷さんに厄介になって一時頃近藤氏の家へ行く。電報の行違いでまだ畳もしいてないという。今夜は何処かへ泊ってくれというのを、自分達でしくからと無理を言って落着こうとした。わびしい茶室生活だ。

一月二十日

九時にトラック来たる。

十時半三宿へトラックで来る。トラック代六百円、チップ百円。レスカ氏も引越さないでリヤカーやトラックが門に着いていて、荷物を持ち出していた。大騒だ。人足まで畳へ土足で上っている。家のよごれていること、障子などのきたないこと、全く話にならない。さわ女手伝ってくれて、大掃除。トラックの運転士は復員の学生兵で、トラックの運転士になって一稼するのだと言っていたが、そのトラックは九州で復員する時、軍から払下げてもらって、十六日間走らせて来たそうだが、気が荒くて、家のピアノを洋間に入れるのに手間がとれるというので茶の間にほうりこむようにして去る。

電灯が暗くて夜勉強できないので困る。

一月二十一日

隣家の鶏四時頃から鳴いて夢を破られる。困ったことなり。それに朝から雨音がして、東中野のバラックの家の雨もりを思う。朝から原稿を書こうと心いそぐ。しかし書けず。

実業之日本の倉崎君来たる。よく訪ねてくれたり。倉庫に電球を取りに行く。娘二人同行。『明日を逐うて』［昭和8年7月刊］を探しあてず。帰路娘二人と渋谷の闇市でいかのおでんを食う。一尾六円なり。三軒茶屋に出て、大阪の田中さんに打電す。会いたいというウナ電に対する返電である。

交番に移転して来たことを話す。愛読者だと若い巡査がいう。暖かで昼頃から雨もやみ照れて春の如し。留守中に偕成社の久保田君来訪。

一月二十二日　火　晴

昨夜も雨が降って今日は小春日和。子供等が此処から初めて登校するというので、玉電の混雑を怖れて六時半に食事だ。家人は隣家の鶏鳴におどろかされて二時半から目をさましたとか。家人は長女とともに午前は区役所、午後は神谷様を訪ねて、終日一人家にあって原稿書きと留守番。来客、石丸和雄君、万里閣、講談社の藤掛君、軽井沢の和田君、帝海の田中君。みな暖な縁側で会う。

夕方家人は神谷さんへ入浴に行く。夕食は手製のパンだけで、家の者は空腹をうったえて寝た。それから三時間以上起きている自分はどうなることか。

（「疎開日誌」了）

三月二十日　水　小雨

昨夜、「幸福紀」〔昭和21年3月～7月『サンデー毎日』〕書き終る。ほっとして税務署へ行く。五百円引出しのための証明書をもらいに。その足で、東中野へ出て、銀行で財産申告をたのむ。自分で書くようにとのことである。米通帳を持参しないので五百円もらえず。兄の家へ寄る。悦子君大きくなった。昨日来た時の兄の話とちがうことあり。新円百円かりて、共に菊池武一君を訪ねる。留守。岡林氏を訪ねる。荻窪駅前でなつみかん十円買う。五ケなり。新宿で小田急にのる。北沢からの道悪し。夜七時になる。ぶり五十円を魚屋がやみでとどけたりと。

夜仕事をしようと思ったが疲れて出来ず。夕食は自製のパンなり。

四月十九日　金　晴

「幸福紀」（四）を書きはじむ。すべり出し悪し。

「空腹の詩」〔昭和21年6月〕を『食と生活』社へ渡す。

『小説と讀物』の上田氏、稿料を千円現金を届けて、半年連載のことを話される。月曜日まで考えさせてもらう。

午後中央社に行く。『巴里に死す』の出版もらい下げについて。心よく承諾さる（小滝氏）。林達夫君来客中にて会わず。水島君を訪ねて、鳩というコーヒー店に行く、コーヒー一杯五円。

銀座に『春箋』〔昭和11年7月刊〕が出ていた。二十五円だと言っていた。地下鉄で帰る。新橋の地下鉄の売店でうなぎを二十五円買い、家中で喜ぶ。

水島君はいつあってもよい人である。

家に帰ると隣組では米が一日一合三勺になるというので大恐慌を来たしていたとか。寝ているより他にないと、家中悲しんでいた。

四月二十日　土　晴

午前中「幸福紀」。朝五時起きて仕事。

午後二時から湯川龍造氏のリューキューで戦死をいたむ会を京橋の東洋軒ですると。帰りに『讀賣報知』の藤井君を訪ねて、『巴里に死す』の話をする。藤井君は銀座楼の銀座グリルのコーヒーをのませてくれた。一杯六円らしい。

いたむ会で、湯川さんの戦友の話、涙をさそわれる。

銀座は後楽祭でにぎやかで通れないくらい。

四月二十一日　日　晴

本郷へ金井さんを訪ねる約束なので長女と行く。夕食をごちそうになった。こんな時には他人の処でご馳走になってはいけない。

四月二十三日　晴

午後、宮坂君が訪ねる約束なので待つ。「哀愁記」［昭和21年7月～9『紺青』］は一回分三十枚できあがった。できはいい。宮坂君来たらず心配する。「哀愁記」の挿画のためである。

朝、新宿のすみとも銀行で新円千円もらう。東中野へ出て、四月分の千百円をもらう。

米の配給は四日おくれて今日もなし。

九時過ぎ、宮坂君来たる。

四月二十四日　晴

宮坂君と挿画のことで打合わせる。柴田君来たる。明子さんラジオの技師と来たる。宮坂、柴田、明子さん昼食。台湾人の林さんが米三升持って来てくれる。升七十円。

米の配給なければ闇で買う以外になし。

三時、武夫君来たる。沓掛のねぎと大根とを背負って来てくれた。

四月二十九日　曇

八時四十分の汽車で沼津へ行く。父の見舞である。家人は米がなくて今死なれては困ると言っていた。座敷で、電気コンロで食事を作っていた（末弟が）。やはり気の毒だ。みてやるべき母がないことが、父をさびしくさせていた。むくみはとれて痩せていたが、気の毒である。食欲はなさそうだった。注射を一回六十五円していた。その六十五円が問題であった。

五時四十分の汽車で帰る。昼と夜との弁当持参。黄瀬川から沼津へ電車で出たが、二三台前のが中石田の坂下で脱線てんぷくしていた。

駅前の市でしらす十五円（十円に三合）、鰯十円（二十）、さくらえび十円（ごく僅）買う。汽車の中で、康成の『朝雲』一冊を読みおわる。

四月三十日　火　晴

「幸福紀」は六回目を書いて難航。

一時に毎日新聞でペン倶楽部の会合があった。三菱銀行支店と安田の銀座支店で、五百円ずつ新円をもらう。ペンクラブではロンドンの東京センターとするに決定。

銀座でバター半ポンド六十円で買う。バターは久振である。

五月一日　水　風

気持の悪い風である。郵便配達夫が米を売りにきた。一升七十円である。小麦粉は一貫百五十円。米の配給が九日おくれて僅かあった。

共立書店から来て『男の生涯』〔昭和22年6月復刊〕を出すという。十五円ぐらいで一万部するという。『少年倶楽部』の川口記者十回目ぐらいに来たる。苺五粒土産にもらう。静岡へ帰省して来たとか。『オール女性』の主題を考えあぐむ。

メーデーとしてはあれで悪い日だ。午後一時間昼寝した。

三軒茶屋に出た。渋谷駅の出張所ができたので、館山へ行こうと考えてのことである。たけのこ一本十円（負二十五円）で買う。本屋を探しあてた。『神信仰の生成』を買う。文庫本で八円である。

五月二日　木　風、小雨

朝起きぬけに藤掛君来たる。落着いてその後仕事ができない。政経春秋社から原稿料着。五百円は自由貯金でくれる、残りは封鎖、藤掛君の方は三百円が新円、残り千円が封さ。

昼から経堂に中野さんを訪ねて五時までいる。

経堂の駅前でぼら十七円（八切）買う。長女がたて山往復の切符を買って帰る。四日に行くかまだ決心がつかないのに。

極東国際軍事裁判所開廷

五月三日　金　曇、無風

朝、神山君来訪。原稿八日朝までに書けという。食と生活社、稿料五百円持って来た。朝散歩に三軒茶屋へ出て、靴すみを買う（三円五十銭）。

「命ながし」〔昭和21年7月～22年1月『オール女性』〕の原稿一回分を約十枚書き上ぐ。午後再び三軒茶屋に出て、『ソクラテス』を買う。二回とも末女と行く。末女、国民学校で長屋の子供と友人らしく、長屋の前を通ると、多くの子供に呼ばれた。

五月四日　土

雨であったら、出掛けないつもりが天気だったので、館山へ行くことにする。八時四十分の両国発の汽車があると思って出掛けたが、両国から汽車は出ずに千葉だという。千葉九時四十発にのれた。混雑したが半時間ばかりで掛けられた。いおう島生還者と古い中学校の先生とに会う。この二人との会話面白し。館山病院近くまでバスで行く。行った時は一寸後悔する。思ったより小さい教会だ。六十年祭は一時から。板倉本部員の話をきく。宗教家ではない。

天理教の人は、ようきづとめということをはきちがえているらしい。

一泊し、ご馳走になる。妹の喜久子はなかなか見ていて立派だ。

五月五日　日

五月十四日

毎日小雨が降って、これで麦がいいのだろうか。「幸福紀」の七回を書く。昼前に電報で父の死を知らせて来る。三軒茶屋へ出て切符を買い、黒靴の底をはりかえる。一時四十分の沼津行の列車にのる。毎日によって、第二回の稿料をもらう。ふと父の死のために沼津へ行くことを語ったために、香典五十円をもらう。

沼津へは夕方つく。小雨がそぼふる。

父は十三日の十時に息を引きとったという。喜久女が十分ばかり前に来たと言って、上端に座っていた。父の寝顔は美しかった。しかし、死したる者は口をきかず、死したる者を見るのはよくない。

米や酒をどうするかとみんな心配していた。

午前二時まで起きていた。ああ、一晩中徹夜すればよかった。教会の客間へ行ってねる。のみが多い。

五月十五日

昨夜は雨だった。心配したが朝は小雨で昼から天気になった。棺ができないので納棺ができなかった。武夫君が来ないので気にした。正午やっと武夫君来たり、兄弟これでそろう。

父の容貌やや変りて悲し。喜久女のなげき方に心惹かれる。座棺はどうもきゅうくつで、神道で座棺にする所以がよく分らない。

式は二時から四時まで、二三百人の人々が集って、みな夕食を食べて行くのには驚いた。一俵たいたと言っていた。四時半に十日祭をあっさりすませた。

五百円香典をあげる。いくらかかったのであろうか。その辺のことはきけなかった。

五月十六日

朝、墓参。

十一時の汽車で熱海へ出て一男の世話で入浴。武夫、喜久子大姉、悦子さん。二時半熱海発。五時半すぎ帰宅。沼津でキャベツ一貫（十円）、シラス一升（二十円）、いちご一箱（十二円）持って来る。キャベツは百姓屋。他は駅前の闇市で買う。

五月十七日

午前中に中野さん宅へ弟を訪ねる。小山老大姉が来ていた。「鶏の声」〔昭和21年7月『食と生活』〕を書くのに骨を折る。

五月十八日

雨、『新潮』ことわる。

午後、金井氏長男の結婚式。

五月十九日　日曜日

初めて快晴、五月のように爽やかである。朝湯を使ったために疲れて仕事できず。

正午、明子さん来訪。お別れである。二時、風が強いのに多聞国民学校から失火。一時大騒となる。学校が焼けて明日から玲子はどうするであろうか。

六時半、明子さんを送りながら中野邸に武夫君を訪ねた。めずらしい珈琲をのむ。追はぎが多いので夜、下北沢から帰るのも心配であった。

六月十五日　土　晴

「祈願」〔昭和21年2月～22年4月『婦人倶楽部』〕六回分書きにくくて閉口する。「命ながし」二回分の紛失事件のことで『オール女性』に電話したところ、編輯部では知らないという。十返〔肇〕君の無責任にあきれる。『マドモアゼル』の原稿は「巴里に生く」〔昭和21年9月～10月〕と題した。堀□子さんに渡す。

じゃがいもを盗まれるというので、畑で十株ばかり掘ってみると、二貫ばかりの収穫があった。しかし、どの株もこれから大きくなるというところだ。しかも、どこの畑も盗まれて、我が家のみ被害なしとか。

平賀政吉さんに五十円を送る。岡島さんへ手紙を書いて投函するのを忘る。

六月十六日　日　曇

朝湯。

「祈願」書けないで困る、書きにくい。「命ながし」をひろった人より原稿を返してくれた。

疲れてねていると、清水君来たる。鎌倉文庫にはいって『社会』を出すことになった由。女性についての忠告を半年書けという。考えさせてもらうことにする。

次女と四女とが、その間に二階で我部屋を掃除してくれた。書物も机の上も形づいた。

魚屋、鰯のあたらしいのを持って来る。十四十円、五十四買って神谷さんに二十五匹長女持参す。五匹魚屋がなますにしてくれたが、うまし。神谷さんは進駐軍で近く家の写真をとりに来るので家を探しているとか。三間の家でよしと言う。

全国書房から検印紙を送るようにうな電あり。

夕方、じゃがいも五株掘ったが雨になったので中止した。雨の夜に盗む人もあるまい。

六月十七日　月

梅雨のようにむしあつい。「祈願」六回目やっと書き終ったが不満。書く物に不満である。もう月々の雑誌は書かない方がいい。「幸福紀」十一回書きはじむ。

女性展望社から来たる。オール女性社電話をかけたらやっと原稿をとりに来たる。折角相川氏がひろって送ってくれたが、印刷所が間にあったかどうか。

朝と夕とパンにしたら空腹である。

小山武夫、土生明子、板倉重夫三氏に簡単な手紙を書く。

六月十八日　火

一時帰国中のジョセフ・キーナン主席検事が天皇を訴追しないとワシントンで表明

「幸福紀」最後の二回、非常によく書けた。昨日と二日で二回送る。珍しい。

朝、前田の妹来る。闇屋になって、肉と煙草とを買いに来る。

小山百合子、米を二升借りに来る。二人とも昼食をして行く。家では悲観する。

偕成社の久保田氏来たる。米はいつでも少しなら何とかするという話でやや愁眉をひらく。

宮坂君より速達あり。

六月二十六日　水　晴、涼し

おんどり社に「哀愁記」三回分を渡す。

毎日の柴田君来たり、新しく出版社を起して、小説を求められる。来月三日までに選択しておくことを話す。『希望の書』〔昭和15年9月刊〕を読んでみて、これにする。『希望紀』〔昭和22年1月復刊、原著『時を歩む子等』（昭和8年2月刊）〕としたい。

新婦人、原稿五日といって来る。

『トップライト』の「神様」〔巻号不詳、『パリの揺籠』（昭和22年10月刊）所収〕を書きかく。書く歓びなし。

日本社の出版部より『秋箋』〔昭和22年3月復刊〕の契約書を持参す。

百合子さん、基子ちゃんをつれておやつをもって来訪。二百円返してくれた。

六月二十七日　木

涼しくてしのぎよし、終日客なし、ほっとする。「神様」約十枚書く。城夏子さん、阿部光子さんより書信あり。城さんの手紙では福島さんの死を知らされる。しかし城さんの元気のことを知って喜ぶ。いつものじいさん米一升八百円で売りに来る。次からは升九十円だろうという。日の出工場より小麦六十円で売りに出たれどことわる。国民学校の先生の奥さん、もめん二ヤール四十五円で買って欲しいと言って、娘をよこす。奥さんは門前で待っていた。気の毒に思って、贈与するつもりで買う。

夕方三軒茶屋へ出て、キャベツ二個、十円のと五円のとを買う。きぶどう酒一瓶四十五円で買う。さばを買いに出て買わないで帰った。

六月二十八日　金

トップライト社員来訪。原稿はできたが宮坂君来たらず。沼津に□八会の幹事講演のことで来訪。

「朝」の原稿は書けず、日出工場、米を九十円でどうかと言って来る。

『オール女性』より稿料千円来たる。

夕、玲子をつれて目医者に行く。三軒茶屋にあり、博士というがかざらないでいい人だ。帰りに鯖二匹十五円で買う。

宮坂君、夜八時来訪、それから夕食というので家中大騒なり、三合四十五円で買いたる葡萄酒を一度に一人でのんでしまった。家人おどろく。

七月二日

『聖書』の読み方について考えさせられる。読んでも読まないような読み方をしていたのかも知れない。阿部光子さん、原稿を持って来られる。すてるような草履をはいて悲しげな恰好である。妊婦には見えず。「みさ」は思い切って書いたものであろう。

トップライト来たる。毎日原稿におわれてくらすのはよくない。夕、末女二人と三軒茶屋に出る。闇市は魚ばかりだ。桃六ケ（九十円）なり、卵一ケと桃一ケと同じ値ならば卵を買うべきだと家人言う。トマト（十二円）、人参（十円）、男下駄（三十八円）、□□（六円）買う。夜、帝大M君来たり十一時まで話す。

七月三日　雨、水

朝、藤井君、『巴里に死す』〔昭和22年1月復刊〕の校正全部をもって来た。アメリカ莨二箱くれる。アメリカ莨は持参していることだけでもMPにつれられて行くとか。

柴田君来訪、福島の帰りでうなぎをもらう。昼食して帰らる。

九月十九日　木　曇

午前中、「祈願」の九回分を書こうとしていたところへオイデネガフ」コ　と軽井沢発の電報である。沓掛の家に盗難でもあったか心配である。長女小山で電話をかけさす。大先生、今朝山へ帰られたという。要領を得ず、天理教管長〔中山正善〕上京。後藤氏とれんらくとれず。昼食後ことわりに行き、その足で南多摩郡タマ村へ行く。

辻山夫妻に久振りに会う。神社のあれた社務所にいる、夕食後、数町はなれた山よりの村の（□□方）杉田浦治氏のところで座談会、講演会を行う。集る者村の幹部、青年団幹部、男女四五十名。

夜一時風呂に入りて寝る。

九月二十日　金　晴

杉田氏邸で目ざむ。六時半、（辻山氏も一泊したが患者が待つというので早目に打上ぐ）。家広く庭も清々しい。次男小説を書くという。

九時おいとまして辻山氏の家に行く。すぐ帰る予定が、村の娘達を呼んであるというので昼をご馳走になり、二時出発、夫妻及嬢迄駅へ送る。

杉田氏、栗を土産にくれる。

レオ・シロタの音楽会へ行けず。

「美貌」［不詳］の稿料千円。

○辻山氏の静岡で経験した戦争談。丸やけの人、燃え上る母のそばで茫然としている子、父がいるとて死体室をのぞいていた人の話。熱風にうたれた話。

○帰りの京王電車で泣いていたおかみさんと三つの子。昨日、二十年六月八日、ミンダナオで戦死の公報があったという。どこで見てもらっても生きているというし、戦死した気がしないと言う。泣いて公報を見せていた。

九月二十一日

「祈願」。何となく書けない。世界社のM君来訪。西部新聞の柴田君来訪。一回二枚で書けという（今年一杯だという）。民報からも話があるが、書くことにするか。

辻山女史、さつまいもを持って来て下さる。

午後銀座へ出る。世界文化社を訪ねる。民報社に電話でことわる。

石川君、世界文化社に来合わせる。珈琲をのむ。管長を訪ねるのには少し早すぎたので石川君と倉崎君とavecに行く、ハイボール二杯ずつ。つまみ四、六枚、二百六十円である。

八時までいてしまったので、管長を訪ねるのを辞める。

帰るとS君来訪、夜半十一時まで詩について語る。

九月二十二日　日

朝、管長自動車で来られる。どこかだだった子らしくて面白い。辻さんと代議士とがお伴だ。梨、珈琲、自家製パンを出す。

午後、水野氏を柿木坂の新邸に訪ねる。

氏神様のお祭で、宵祭で、余興でにぎわしい。

『社会』の清水君夜来訪（七時）。昨夜石川君達の話では『社会』を辞めたという噂であるが、その様子もなく、『社会』の原稿について語る。同君を送って出ながら、社まで行く。余興見物の人をかきわけて行ってみると、末女一人で涙ぐんでいた。暫く見ていたが面白くないので引返す。

九月二十三日　月

お祭なのに小雨。寒いくらいである。創作するよろこび少なし。

昼、神谷母子来たる。

みかげ書房、『青春紀』の検印紙一万枚とどける。

夕、武夫君、社の帰りよられる。

沓掛の家で自転車のタイヤを盗難にあったことを語る。

十二月三日　水　晴

Their Excellencies, the apostolic Delegate to Japan, archbishop Paul Marella, and the Archbishop of Tokyo, Peter Tatsuo Doi, invite M.K. Serizawa Novelist to attend A reception in honors of his Eminence Norman Cardinal Gilray, Archbishop of Sidney, and of his Excellency Thomas Macabe, Bishop of pork Augusta, Australia, to be given of the Industry Club of Japan, Tuesday, the third December this year, from five to six o'clock, At four o'clock, preceding the reception, his Eminence will speak, in the lecture hall of the same club, on "The Vatican and World problems."

昭和二十二（一九四七）年

1947年8月、場所不明

一月三十一日　晴

『内外新聞』のために銀座へ出る。書家の鈴木氏と打合わせ会である。待合吉兆。電通ビルの裏手である。編集局長と社会部長と文化部の中山君と五人。

酒も料理もうまし。昼酒をのむのは不審。

内外新聞社の新社屋へ行く。屋上で写真をとる。鈴木さんとコーヒーをのむ。二杯ずつ、六十円支払う。

明日からのゼネストはマッカーサーの中止命令ありたりと、街の噂をききながら、電通へ水島君をたずぬ。

途中、中島〔健蔵〕君に会う。ペン倶楽部のことで立話す。中島君顔色悪し、戦災者の顔色は次第にわるくなる。

水島君より、鈴木文史朗氏にペンクラブの会長就任についてプースするように依頼さる。同君の必要に二時間いる。疲れたり。

帰りに武夫君を訪ねた。米二升に毛布を持って、ゼネストのために泊りこみの予定であったが、帰宅できそうだと言っていた。

銀座は案外静かで、六時に露店は灯をともしていた。ハム五十匁四十円買って帰る。

家の子供等はゼネストがあるかないか、九時のニュースがあるまでねないと言っていた。中止だと言っても信じなかった。

『内外新聞』の夕刊小説は題がきまらない。主人公だけできて、筋は決しない。

『巴里に死す』十部もらう。印税のうち一万円もらう。

二月一日

晴れて暖かである。

鈴木文史朗氏を神田の事務所に訪ねようとしている時、お宅から次男君自転車でおいでになって、父君が会いたいと言う。一時半頃、北沢のお宅を訪ねた。

やはりペンクラブ会長の就任の事で話をききたいということである。会員についての条件的な希望を持ち出された。

その条件をクラブに伝えたくて、すぐに銀座の電通ビルに行く。会員のせんこう委員会があることを知っていたので。

夜八時までクラブにいる。委員ではなかったが途中からぬけ出すことができなかった。

クラブが政治の上にあるようにするための苦心である。

二月二日

一高の記念祭へ行くことを柴田君と約束してあった。三人の子供も行くというので、九時半に柴田君に迎えられて行く。昼までに帰るつもりなのが二時までいてしまった。柴田君がこめてあちこち見せてくれた。

帰りに一幸という一高生の行くのみやへ寄って、しるこを食べる。

一高生が長髪になってもいいことになったそうだ。

このすばらしいコンクリートの建物に住みながら、野蛮人でいるのは、いいことか、わるいことか。日本人について考えなくてはならない。こんなことを嫌悪することからかからなければなるまい。

二月三日

寒波の関係だそうだが寒いことおびただしい。

朝からの来客は弱る。雑誌社、出版社、どれも不得要領にことわる。午前中仕事せず。

下駄箱を買おうとして三軒茶屋に出たが、七百八十円で中止して帰る。みかん二十円、林檎三十五円（三ケ）、アメ二十円（二十ケ）、しじみ五円買って帰る。星野、小山、高嶋君へ速達を出す。

夜、『内外新聞』の一回分を書く。

七月二十九日（沓掛にて、二十二日より沓掛である）

大丸の記者わざわざ来たる。『らふえみな』のために小説二十枚書けという。稿料二百円もらう。八時に上野を立って来たが、前夜上野の宿屋に泊るところなくて、上野駅ふきんにいたパンパンガールをつかまえて、得体の知れないところへ泊ったとか。若い画家で好意が持てたので、小説も書く気がしたのだが、星野に泊って、夕食後来て（再び）タバコをくれないかと言う。隣家の小山にたのんで、五本もらう。

江端さんが米二升世話してくれた。一升百五十円。東京より安い。

全国書房の田中氏より、「故国」〔昭和22年8・9〕を『新文學』に連載するようにと速達あり。

「結婚」〔昭和22年10月〜23年10月『婦人倶楽部』〕の構成暫く心のなかに完成す。明日より書きはじめること。

昭和二十三（一九四八）年

1948年、三宿門前で

五月二十六日

○ペン倶楽部、プレス倶楽部へ行ったが、キャフェとかわる。二時。三十一日の総会のための準備会。五時すぎ解散。とよしま［豊島與志雄］、青野［季吉］、水島などと別れかねて築地のバラックののみやへ行く。水島君の巣らしい。水島湯浅［克衛］両君はかすとり、他は酒。とうふ、てんぷら、かつれつ、二人で一人前ずつ食べる。佐藤のかんちゃんも途中からいっしょになる。九時まで。のみやのおかみさんは、太洋社の青木繁君が浜ではだかで殺されていたてんまつを話す。青木君は『丹頂』の最近号に小説を発表になっていたとか。七年も戦争に行っていて無事に帰ってあんな風に殺されてはたまんないと、おかみさんは幾度もいう。一人が二百円ずつ出したが、水島君の負担ではないかしら。のみ屋の前はバラック住者の共同便所だが、どこも嘔吐物で近づけない。

長谷川Ｎ［如是閑］のことを青野さんが面白いことをいっていた。谷川君もその長谷川君と同じだととよしまさんがいう。

○横浜市の社会科の人来たって講演をたのむ。

○万里子より電話で、ミシンを買って欲しいといったとか。もうミシンどころではなく、文筆業もあがったりで、食べない日が来ることを覚悟を要する。

五月二十七日

こんなことで一生がおわるのかと心細い。

正民の見舞に出掛けに宮坂君に会う。待ってもらうつもりでそのまま行って、帰ったら宮坂君はいない。がっかりする。自分に親切がたりなかったのだろう。正民は二十一日に退院したと。若い医者にあって、いろいろのことを質問した。ひげもそらないでいたようだが、親切な医者だった。

七時から小学校でＰＴＡの会、夜十時半までかかる。初めての議長。議長とは黙っていて、みんなに話させる役である。

五月二十八日

偕成社「巴里に生く」をとりに来たる。少女にはむずかしすぎるのではないだろうか。

午後、石川君の家へ内祝を持って行く。構成社の仕事が面白くないようである。芹沢純子氏の原稿のことで行ったのだが、話し出さなかった。『文學界』に長い作品を書くから出してもらいたいといっていた。損をするということを知らないのがいけない。

百合子氏、両手に野菜をさげて、下駄のはなおきって、みじめに歩いて来た。一時間ばかり話した。

七時、帰って夕食中柴田君来たる。九時すぎまで話して帰る。一度に不幸におしよせたようである。書いたものをのこして去る。それを読んでみた。女心をためしたようなのに気がつかなかったのだろうが、日本の女も友情を知らずに、すぐに結婚を考えるのは困ったものだ。

留守中に税務署から来たが玲子一人なので帰った由、また来るといって。

五月二十九日

もとの『文學界』編輯部来たる。『女性クラブ』、ゲラ刷をとどける。安部光子さんの弟来訪、どこかへ挿画をたのむとて絵の見本をおいて行く。永晃社検印紙を届く三千。

何となく疲れたり。三時頃より三軒茶屋に「よいどれ天使」を見る。日本の作品としては近頃もっとも批判のもの。そのきたなさにおどろく。

広島図書の津川さん、夕食中に来たる。三日までに小児のものを書けとか。十時までラジオを聞く。

五月三十日

さわやかな日曜日だ。

午後一時から有楽座に opera「椿姫」を見る。朝子、文子同行す。三階で一人七十円。大谷洌子は小柄なれどなかなかよし。晴天なれば銀座は人にうずまる。久々なれば二人とアイスクリーム（一人三十円）とようかん一切（二十円）を食べる。

留守中、浅野氏、レインコート地（朝子用）を持って来てくれた。一着分三千百円（ラシャにあらず）同君に会いたかった。激励したかった。

夕食後落合へ行く。お茶の代を払いに行く。キャベツ一ケ（庭でできた）をもらって夜十一時帰宅。薬の販売会社を組織するについてのいきさつを話していた。五月に播州より某氏来たって東京の信者にお力をさずけたりと。親様死して一年ならずしてこの不そんを敢てする。信仰を知らざることも甚だし。

五月三十一日

『女学生新聞』の原稿五枚程書く。博報堂氏来たる、地方紙に書くことにす、税先方もち一回四円とし挿画に硲〔伊之助〕君を紹介す。スタイル社より講座の原稿をたのみに来たる。ことわることにする。ペンクラブの大会に出席。時間があったので、サロンに寄り、「結婚の鐘の音」〔昭和23年5月『サロン』別冊〕稿料（一万五千七百円）もらう。

大会は盛大。レッドマン、テッシェ氏りんせきす。

新田君の細君が僕の愛読者であるが、「故国」はライフワークであると、新田君がほめた。

留守中に『紺青』と『婦人倶楽部』より使者あり。

六月一日　火曜日　寒いくらい、曇天

昨夜の□□がたたって今日はどうも仕事ができない。午前中床をのべてねていた。『婦人倶楽部』のいてい氏来訪す。八月号の稿料をとどける（六千五百円）。『主婦と生活』の稿料（六千五百円）とどく。「星空」〔昭和23年1月～9月『女性クラブ』〕十枚書こうと思うができない。深田〔久弥〕君の『知と愛』を読む。ジードの『贋金作り』を真似て拙い。深田氏はいい作家ではない。

六月二日　水曜日　雨そぼ降る

「星空」を書きたいと思いながら筆がすすまない。午後一時に文子の学校ＰＴＡの会で行く。一人五千円の校債を持てという。七百万円の復興資金がいるとのこと。話がまとまらない。ＰＴＡの会というが、寄附金のことしか話がない。ＰＴＡの会を組織しなければいけない。

気持がよくないので早く寝る。

六月三日　木曜日、晴

朝風呂にいる。気持がよかったが、客が朝からつづいた。展文社『春箋』の下巻の見本と印税一万円をとどける。天理教の宮内女史、講演をたのみに来る。三枝君来訪。『女性倶楽部』女記者来訪、七枚わたす。小説界記者来訪。桐書院記者来訪、『新女性』記者来訪。尾崎書店主来訪。ＰＸＹ社来訪。広島図書記者来訪。

これでは仕事ができない。

大山君から手紙で八月の神父様歓迎会。

六月四日　金曜日　晴

午後一時から講談社で宮城［タマヨ］女史との対談［「こんな結婚をさせたい」昭和23年9月『婦人倶楽部』］。女史の来るのが二時半。参議院議員でよく一人でしゃべるお婆ちゃん。終って、女史の帰って後、三人の社員、ウイスキー一本をあける。

前田君より来信、正民を京都へつれて行って教校へ入学させたと。この夜××

六月五日　土曜日　曇

「星空」書き上げんとあせる。中谷氏来訪、ＰＨＰ記者来訪。女性ライフ記者来訪。

一時より三枝君をつれて中野氏を□村に訪ねる。下宿の件。うまき珈琲をいただく。店の裏の珈琲店。緑屋で台所用たんすを買う。三千円。日本橋から新橋まで歩く。地下鉄一町目を出てから停電。闇の空道を神宮前まで歩きやっと外へ出た。切符は払いもどしていた。

三枝君とははじめから乗物は総て都合わるし。渋谷で別れたとたん、バスにのれた。七時半帰宅。一日に台所で千円支払ったといっていた。三枝君とは中日地下室でココア五十円、青柳で菓子九十円。

高島より『抒情』［昭和23年5月刊］の印税三万八百円着く。五千部分、1／2の割。

六月六日　日曜日　晴

午前中に浅野君来訪。みどりの洋服地を持って来る。一万三千五百円、見ただけでお返しする。わざわざお訪ねいただいて恐縮する。

昼から倉に風をいれに朝子と行く。ねずみの糞あり。戸を開けようとして、あちこちこわしたあとあり。

杉田さんでほうきをかりて掃除す。原稿用紙二三千枚あり。

『抒情』の印税三万八百円着く。

六月七日　月　晴、むしあつし

昨夜「星空」を書き上ぐ。今日わたす。六号の原稿料六千円受く。

昼寝。芝書店、東書店来たる。気分悪し。

全国書房より原稿料（「故国」三章〔昭和23年5月『新文學』〕）来たる。一枚二百円。

夜、多聞のＰＴＡの実行委員、七時から十時まで。

六月十五日　火

朝、宮内女史来たる。バラの記者来たる、今日書けないことをわびる。『文藝讀物』記者来たる。書けないことをわびるが十八日までに書けという。『新日本』記者来たる。書けないことをわびる。晃光社長来たる。辻山女史来たる。水野夫人来たる。中川君来たる（狂人の如し、五百円寄附す）。

キャラコ一ヤール四百円で六ヤール買う。

地方新聞の小説一回分できる。

六月十六日　水

朝から雨で誰も来ず、のんびりして、仕事ができた。万里子より初めて手紙が来た。しあわせで何より。

六月二十日　日　雨

雨で誰も来ない。朝と晩と二回入浴。瓦斯風呂が湧くので助かる。藤井英之よりハガキ、西沢登喜子より初めて長い手紙。

「花と神様」〔昭和23年8・9『文藝讀物』〕、書き終る。「夜毎の夢」〔昭和23年1月〜12月『主婦と生活』〕、九回一日で書く。太宰〔治〕君の死体あがったと新聞が大袈裟に書く。婦人がはだしでたたきを洗っていたと。

六月二十一日　月　曇

一週間ぶりに雨もなし。電車も通じたので、税務署に行く。土曜日に出頭を命じられていたが。財産税に、出版に関する著作権を計上しないということを詰問された。二十一年に『懺悔記』〔昭和21年9月刊〕一冊しか出版しなかったことを語ると了解した。かかりの青年は太宰氏の情死についてしきりにきいていたが、答えることができなかった。興味や好奇心できいているので――。廊下で所得税の柴田君に会ったので本年度のをきいてみた。もう二三日で行くだろうが、十万円ぐらいになっているといっていた。

税務署にいる間に気持がわるくなったが、帰ったら何ともなかった。『主婦と生活』、『文藝讀物』、新文藝社、平野さん、丹波君、徳増〔須磨夫〕君、等千客万来であったが、今年音楽学校出の秀才園田〔高弘〕君のピアノをききに末女をつれて、日比谷へ行った。園田君のピアノは若々しくてなかなかよい。次女も来ていた。中日によって、地下でココアをのんだ。須田君と平林さんとに会う。須田君は、やせて貧相になっていた。

七月三十日

朝八時十五分のバスで、『婦倶』の井出さんが出発した。そのため朝子が六時に起きなければならなかったが、朝子をおこすために、四時と五時に目がさめた。「結婚新書」〔昭和23年10月『婦人倶楽部』附録〕（七十枚）をわたし得たことで安心する。井出さんは米を一升五合土産にくれた。

午後入浴。来てから（二十三日来）はじめてである。新書のために忙しくて温泉へも行けなかった。地方新聞を夜十一時まで書く、明日柴田君が帰京する時持って帰ってもらうためである。

小山のおばあさんが千円持って来られた。去年おあずけした金だが畑や夜具代のつもりだったので、失礼であったが辞した。

朝子と玲子、宿へ買物に行った。豆腐をはじめて買う。みそ百匁ばかり江端さんにもらって帰る。今夜も夕立だった。

七月三十一日　土

柴田君、十二時で帰京。今度の柴田君の突然の来訪は閉口した。『婦倶』の編集長から、八十字の電文で「結婚新書」の原稿に感激したことを知らせて来た。

「生ける日の歓び」［初出不詳］四回分、柴田君に託する。虹がきれいだった。

八月一日　日

始めて夕立のない日であった。午後、玲子と宿へおりる。卵八ケ（一ケ七円五十銭）、林檎三ケ（三十五円）、プルム百円（二十五円）、肉五十匁（百十円）、す一合（十円）、玲子の下駄（四十九円）買う。上りはバス（一人五円）。バスで高沢君に会う。九月一杯、グリーンホテルにいるそうだ。

屋根屋三人で終日働く。「生ける日のよろこび」二回書く。

八月二日　月

朝寝してしまった。八時半。昨夜雨がしきりに降って目がさめたからであろう。寒いくらいで、昼から雨になる。前日の新聞を小山から借りたところ、四頁だ。読みでがある。

何となく健康がよくないらしく終日ベランダで寝椅子にいる。雨のなかを神谷君来訪。一寸東京に帰って、三宿の家から手紙の束を託されて帰る。そのなかに税務署のことがある。税務署とは面倒ばかり多い。

「生ける日のよろこび」を一回も書けない。

八月三日　火

今朝も雨で朝寝した。雨が降ると山は淋しく寒い。「生ける日の歓び」書ける（四回分できる）。五十回突破。文芸通信社から評判よしという便りあり。茂君から久振りにたよりがある。いいたいことを半分しかいわないような便りだ。

風呂に行く。昨夜、高沢君から電話で珈琲をのみに来るようにとの言葉があった由。風呂は今日は五円持って行ったところ、次からは十円にしてくれとの話。風呂で内村［祐之］博士に会う。まだ若々しい。御母堂は戦争中に亡くなられた由。

小山のもといた女中が米を二升持って来て、一升二百円で買って欲しいとのことであった。夕食に隣の姪達を二人よんで鮨をごちそうした。

八月四日　水

どうも体が疲れ易いが原因がわからない。

「生ける日のよろこび」が一回も書けない。

末女のピアノのことで中区の事務所に行く。赤尾さんに聞けということで教会による。金曜日の夜まで小学校できいておくという。教会には練習時間がないらしい。帰途、肉五十匁（百二十円）と林檎百円（四ケ四十円）買う。たまねぎ二ケひろった。夕方、数枚のはがきを書く。

八月八日

文芸通信社の福士君が朝早く発つというので子供を六時におこした。福士君は出発前に家のなかの電気をなおしてくれた。今日あたり『婦人倶楽部』の記者も来るというので待っていたが来なかった。午後ピアノのことで小学校へ行ったが誰もいないで、校庭ではオール沓掛と丸子との野球の試合でにぎわっていた。町の野球試合もなかなか面白い。

八月九日　月

「生ける日の歓び」六十―三回書く。峠を越えた感だ。今月ぎりでしばらく休むつもりだが、この小見出まで書いてしまおうか。

末子のピアノのことで今日も午後学校へ行く。土屋先生にあってたのむ。今日も校庭でマルコとノザワの野球の準決勝でにぎわっていた。末女と姪の寧子がみたいというのでみていた。見ていれば面白い。十一回の裏丸子が一点いれて勝つ。丸子の森投手おちついていてよし。地もと民がたくさん応援に来ていて、さわぎたてて面白かった。

朝いつも来る高崎のかつぎ屋、米やみそを持って来るといって持って来ないで、とまとと桃ばかり売りつける。とまと十円（百匁）桃一ケ十五円である。平賀さん卵十五ケ、瓜二十円持って来てくれた。平賀さんも正直者だが繊維類が欲しいらしい。

八月十二日　晴

玲子のピアノには朝子がついて行った。寧子ちゃんの誕生日に昼招かれていたので、昨日、高崎のかつぎ屋に西瓜をたのんでおいたら、やっと十一時に届けて来た（百二十円）。

三人で昼はおとなりによばれた。こわめしをふかし、みつ豆のご馳走になる。西瓜は赤くなかった。

四時頃、真光社の近藤七郎氏訪ねて来た。十和田君と武夫君との紹介状をもっていた。『夜毎の夢に』〔昭和23年10月刊〕を出したいというのだ。おぼんで汽車がこんでやっと来たらしい。講談社へ「結婚」の切抜きをたのんだ。

三岡の農夫が林檎をもって来た。米もいくらでも持って来るという言葉につられて、林檎を五百円（百匁二十五円）買った。トマトを売りに来た人は百匁六円でいいといっていた。

八月十三日　金

今朝も玲子のピアノに朝子が行った。その代り十六日まで行くから、五百円欲しいという。朝から野菜を売りに来る人が多く、千ケ滝の藤田はご用聞に来た。玲子は寧子ちゃんと十一時四十分のバスで豆腐を買いに行った。豆腐一丁三十円である。戦前豆腐一丁と卵一ケと同じ値だということを、平賀のじいさんがいっていた。豆腐も三十円になっては食べられないといっていた。平賀さんも林檎やなすを持って来たが売れないで困っていた。小豆一升（三百八十円）で買ってくれというので買った。

「見合」〔不詳〕という十六枚の作品をいやいや書きおわった。

八月十四日　土　雷雨

朝から雨だ。十時すぎ畳屋が来た。お茶の間の六畳を表がえしをしてもらい、雨もり畳の二畳を半畳ずつにして一枚つくってもらう。昼食に神谷柴田両君からよばれた。メニューは立派だが、量が多くて、食べるに閉口するものばかりだった。五時近く帰る。夕方美しい二色の虹を見る。東天一面赤くやけて美しかった。一日で「夜毎の夢に」の十一回を書こうとして果さず。

宮坂君からハガキあり、『婦人公論』より九月からでもいいという手紙をもらう。

Menu pour Serisawa

Pork stake, Baked Egg plants,

Sarade de vegetable, riz de Tomato

Le Desert pomme nouvelle, café,

Coco-nut de l'Eletrunis,

夕づく日さすや庵の柴の戸に
さびしくもあるかひぐらしの声
鳴く蟬のこえも涼しきゆうぐれに
秋をかけたる森の霧
郭公ふかき峰より出でにけり
外山のすそに声の落ち来る。

八月十九日

小山老人に起こされる。九時半のバスで出発して三岡へ行こうという。あわてて起きる。弁当持参で出発。同行者、小山老人、倉石君、高山老人。十一時半、小諸から塩目田行バスで耳取の小林さんの家へ行く。十四分である。

小諸の大通りには、林檎、桃、トマトがはんらんしていて安い。小林さんでもてなされて、森山の郵便局長の家へ行く（塩川）。そこで桃の馳走になり、畑を見物して、桃一貫五百匁（一貫百五十円）買って帰る。バスに乗りおくれて、三岡に出て（コーミ線）六時半の汽車にやっと間にあう。

七時半、沓掛につけてもらって帰ることにしたが、偶然バスが軽井沢から来て、それを利用できた。八時一寸前帰宅。七時半からビノグラードのピアノがあるので、いそいで下のホールへ行ってきく。

ここは朝から霧であったが、小諸は晴れてあつかった。五時から六時大夕立があったそうだ。三岡の駅で一時間待っている間遠雷をきいて噂をしていたが、そのとおりだった。

小林さんは次女が小諸の結核療養所につとめていて、不幸があったと、死亡してまだ二週間にもならなかったとか。

講談社から、やっと一万円来る。

八月二十日

今日も霧が強い。『世界文化』の作品を書かなければならないが姪の久美子ちゃんが来ているために落着かない。『新日本』の記者がわざわざ来る。二時頃来て、四時の汽車で帰った。一週間ぶりに塩壺温泉にはいる。六時半から七時まで玲子をむりに学園につれて行ってピアノをする。

八月二十一日　土

朝子が吉郎さんを訪ねるというので、久美子ちゃんも明日帰るというので、隣のやす子ちゃんもさそって、旧道へ行く。

十時半のバスがパンクして、トラックで行く。昔のアメリカンベーカリーで冷コーヒーをのんで昼食にする。あちこち歩いて見晴台へ途中まで行ったが、霧でやめる。冷コーヒー一杯二十五円。帰途みもさで有名なアイスクリームを食う。一杯二十五円。紅茶半ポンド九十円、買う。帰途三時五十五分の最後のバスのこんだこと！

帰って夕食は簡易にする。春日さんの会があるとて、玲子と久美子ちゃんは急いで行く。洗物と明朝の準備をする。

いんげん豆を一升五合うりに来た（升二百円）。

森山の横川銀作老人が桃をうりに来たが、買わなかった。

八月二十二日　日

久美子さん、朝早く起きて食事をつくってくれた。一時二十九分発で帰京した。昼食していると朝子帰る。二時、武夫君来たる。三時のお茶にお隣へまねかれる。五時までいた。帰ると夕立。今日も学園に行かない。

GHQ、追放教員11万人を発表

八月二十三日　月

今日は『世界文化』に原稿を送らなければならないのに、一行も書いてない。書こうとして書けない。昼すぎ武夫君来たりて二時間話す。すぐ後に中野好夫君来たる。五時まで話す。

中野氏は木崎湖の帰りに星野に泊っている。玲子のピアノについて行ったが、練習する気がなくて弱った。今日で一ヶ月だが一万五千円かかったと次女がいっていた。

八月二十四日　火

玲子は小山老人夫妻と九時半のバスで小諸へ行った。武夫君は朝六時のバスで発ったとか。昨夜三枚半書いた『世界文化』の小説［昭和23年10月「幽霊」］やっと十枚以上書いた。午前中、鈴木文史朗氏の長男がよってくれた。玲子の青山学院へ出した願書を見てくれたそうだ。入学できるようにたのんだ。

八月二十五日　水

終日白霧の寒い日であった。仕事。『世界文化』の仕事はできそうだ。林檎屋が三岡から来た。五百匁百で買う。十六ケあった。いそべせんべい一箱百八十円、平賀老人卵十ケ百七十円、なすうり二十八円買う。末女霧のために夕方のピアノに行くのをしぶって泣いたがむりにつれて行く。ソナチネ十八番と十五番のベートーヴェンのソナタ二楽章だ。

八月二十六日　木

寒い。前夜二時まで『世界文化』の「幽霊」を書いたが、三四枚のこった。午後やっと書き終った三十五枚。二十三日という約束なので、藤田へ肉を買いに行った序に駅に電話で、鉄道便のことをきいてみた。五時に玲子と駅まで歩いて降りて、たのんだ。送料五十円だ。帰って夕食中に水島君から原稿送ったかと電報が来た。小酒井氏も鉄道便でおくれという電報だった。水島君には上野へ二十七日朝取りに行くように打電した。

小諸から老婆が米を売りに来た。二百円というからないというと百九十円にまけるということだった。神谷君にたのまれているので六升買った。

前夜一時頃、空腹でたえられなくて生卵一ケのんだことがよくなかったか、午後八時頃から下痢だ。

八月二十七日

前夜便所におきたことと、雨のために、九時ごろまでねてしまった。「生ける日の歓び」を七十回まで、鉄道便で送った。下痢を心配して、あまり食べなかった。隣家へは雨のなか百合子さんが来た。

［解説］

不撓のユマニスト――芹沢光治良の戦中戦後

勝呂　奏

昭和二十（一九四五）年五月三十日の一節に、長野県北佐久郡軽井沢町千ケ滝（現・星野）の別荘に疎開生活を始めていた芹沢光治良は、次のように記している。二十三日夜から翌二十四日に掛けての東京への空襲で、中野区小滝町（現・東中野）の自宅の〈「ゼンショウス　クラヤケヌ」〉の電報を受け取った思いである。

倉庫は大丈夫だと思いつつ、収容すべくして入れない物が多かった。佐伯君の絵も惜しい。アランの像も惜しいことをした。十年つけた日誌を焼いたことが最も残念だ。巴里から持ちつづけた小さい寝台も。ピアノはいうまでもない。

数々の〈惜しい〉物の中に特に〈十年つけた日誌〉を挙げるように、焼け残った倉庫に収めていたのか、「中国取材日記（昭和十三年）」（勝呂奏・藤澤太郎、平成21年3月『桜美林大学紀要　日中言語文化』）以外は、確かに知られていない。しかし、疎開前からを記録した一冊の日誌は、軽井沢に持参して難を逃れたのだろう。縦20㎝横16㎝のクロス装ノートで、昭和十六（一九四一）年一月から二十年四月にかけてを、未記入は多いものの、万年筆で横書きに記している。

これは渡部芳紀が「未発表資料紹介「疎開日記」「疎開日誌」を読む」（平成18年5月『国文学解釈と鑑賞別冊　芹沢光治良――世界に発信する福音としての文学』）として、要を得た抄録をしたそれに先立つものである。「疎開日記」と「疎開日誌」は昭和二十年四月十九日から翌二十一（一九四六）年一月二十二日のもので、先の日誌と併せると約五年間に及ぶものになる。日本人が歴史上最も苦労した太平洋戦争の開戦から終戦までの時代に重なり、国民の一人としての芹沢の生活者の姿と、作家としての不撓のユマニスト精神を伝えている。

加えて本書には、右に引き続く昭和二十一年から二十三（一九四八）年にかけて、大学ノートに断続的に横書きに記した日誌も収録した。歴史記録の意味では不要とされるかも知れないが、これがあってこそ戦中の日誌の意味は増すだろう。戦争の苦難のどん底を、希望を失うまいと堪え忍んだ精神が、どのように立ち上がって行ったかを見届けることになるからである。

これらの日誌が出版される価値は、まず芹沢の伝記資料としてのそれにある。既知の年譜的事項の裏付けや、それを補足してくれる正確な記事に満ち、新たな事実をも教えてくれる。また、芹沢畢生の自伝的な大河小説『完全版　人間の運命』全十六巻（平成25年1月～8月刊）の終盤、「13　暗い日々」「14　夜明け」「15　再会」の創作の舞台裏を明らかにする意味でも貴重である。けれども、芹沢個人のそうした伝記資料とだけしてしまっては、真価を見失ってしまうことになろう。戦後七十年を迎える今日、ユマニスムを高潔な文学信条とした芹沢が、日本の戦中戦後をどのような試しとして生きたかが顧みられなければならない。

収録の芹沢日誌を、便宜的に戦中の前半と後半、そして戦後に分けることにしたい。「疎開日記」「疎開日誌」を戦中後半として挟んで、それ以前を戦中前半、それ以後を戦後とする。芹沢の居住地で言うなら、小滝町の自宅、軽井沢の別荘、世田谷区三宿町の借家ということになる。

まず、戦中前半であるが、昭和十六年十二月八日の太平洋戦争開戦前から食糧事情の悪化などの生活難が進み、すでに空襲を想定した防空演習の行なわれていたことが見え、すでに戦時色に染められている。しかし、昭和六（一九三一）年の満州事変以来、昭和十二（一九三七）年の日華事変を経た大陸での十五年戦争の捉え方からすれば、それは当然のことである。芹沢は短くない戦時に置かれ、その現実を肌身に覚えていたのである。しかし、それでもまだゴルフに出掛けたりする余裕を残し、作家としての面目を保つだけの文筆活動も可能だった。ところが、開戦と共に年を追って生活の窮迫は深まり、気付けば作家も名ばかりの事態に追い詰められて行っている。

芹沢の作家としてよりも、一家庭人としての思うようにならない妻や慈しむ四人の娘たちの暮らしを護っていこうとする姿は、日記に記された日々に譲る。その記述を縫って記される文学への取り組みには、代表作『巴里に死す』（昭和18年3月刊）や『孤絶』（昭和18年10月刊）他となる雑誌連載、少なくない短篇小説の執筆、再刊本や増刷本の検印の記録が見える。それらは芹沢の文学が戦時の暗い世相の中で、文学に渇いた読者にいかに灯火のように求められていたかを証するものだろう。芹沢はその思いに応えようと、ユマニスムに立脚する心の〝誠《まこと》〟を生きようとしたのである。その差し迫る思いは、日誌に繰り返し吐露されている。

私にはもう幸福はない。よい小説を創るという以外には。(昭和16年10月29日)

遺書を書くつもりの小説を書こう。(同年12月17日)

神様、立派な小説を書かせて下さい。それ以外もう生きる甲斐もなし。(同年12月20日)

戦時下に身を置いた作家の覚悟であるが、この思いはやがて悲壮を帯び始める。長引く戦争の現実は、芹沢の志を砕かんばかりに押し迫ったのである。右に引いた思いを心に握り締め、次のように書くに至っている。

支那の変から六周年目だ。日本もよく頑張りつづけている。(略)こんなことをして、死んでしまうのだろうか。いい作品を書くことしか考えないことにしよう。世界が終るともよい。作品を書いていよう。(昭和18年7月7日)

神様、戦争をやめて下さい。人間の自由意思と神というものについて考えること、これほど甚だしいことなし。(昭和19年6月1日)

早く戦争が終りますように。人類の理知に絶望してしまいそうだ。戦争をつくるのは民衆ではなくて、ごく僅かな人々で決定せられる、その人々が悪魔にみいられているからであろう。そう思う以外に絶望だ。(昭和19年6月14日)

僕も四十九年の老年を迎えた。もう金のことや生活のことを考えないで、ほんとうのよい仕事をしたい。思えばほんとうの人間に飢えている。ほんとうに人間らしくなりたい。(昭和20年1月13日)

芹沢は〈戦争はどんな言いわけがあるとも罪悪なり。〉(昭和17年9月8日)と書いている。それは戦争が作家として生きることを脅かすからというだけなく、戦場で多くの人間の命を奪い、国民の生活を食糧を始めとする物資の困窮に陥れ、人間性の無惨な荒廃に追い込んだからである。その現実を目の当たりにして、芹沢は戦争が国民の誰が望んだのではない、国家の一部の指導者による誤った不幸と考えている。その時、渾身《こんしん》の思いで〈神様〉に訴え、また〈人類の理知〉への問いを放たずにはいられなかったのである。

天理教を家の宗教として素朴に信じていた幼少年期、信仰に疑いを持つようになった青年期を経て、芹沢にとって神の問題は、決着を見ない重要な課題であった。神を否定するのでなく、その判断を留保して、フランス留学中にデュルケム学派に学んだ実証主義の精神を原理にして、正しく思考することに努めてきた。そこに近代的な合理主義を身に付けながら、同時に勝れて宗教的人間である芹沢の精神の独自さがある。日誌に〈親さん〉〈親様〉として何度も見える、天理教二代目教祖ともされる井出クニと私的な交際を保ち続けていたのは、そのために他ならない。だから、人間の陥っている不幸極まりない現実に対し、神があるのなら、神は沈黙するものとよくよく知りながら、その意思を聞きたかったのである。

このように神の問題をも視野に入れる芹沢が、生き方考え方の基本に据えていたのがユマニストの精神である。ただ、芹沢の場合のそれは、『文学者の運命』（昭和48年6月刊）に顕著に認められるように、モラリストの精神と不可分に理解されていることを断わっておくべきだろう。簡明に言えば、人間的であることを尊重し、理性による社会の進歩を疑わない希望の思想である。しかし、戦争の悲惨な現実は芹沢の信念を脅かし、激しく動揺させている。日誌に見える〈人類の理知に絶望してしまいそうだ〉や〈ほんとうに人間らしくなりたい〉は、その思いに堪え忍ぶ悲鳴のように映る。

こうして芹沢は、とうとう〈小説も書く元気がない〉（昭和20年3月1日）と記す日を迎える。作家としてあることの証しを、決して手放すまいとしていた芹沢も、ここまで追い詰められたのである。そして、度重なる空襲に見舞われる東京から、家族の安全を第一に図って軽井沢へ疎開することになった。

芹沢の戦中後半の「疎開日記」「疎開日誌」は、昭和二十年八月十五日の昭和天皇による終戦の詔勅を挟む九月頃まで、不慣れな農民になったも同然の日々を記録している。配給だけでは不足する食糧を、八方手を尽して買い出しに出向き、自らも耕作して収穫することを始めたのである。人の助けを当てにできず、自らが生活のために形振《なり》り構わず尽くさなければ、家族を護ることはできなくなっていた。開墾した畑に肥《こえ》桶を担ぎ、栄養不良のための下痢に悩ませられる芹沢に、もはや原稿の依頼はなく、したがって書くことも失われてしまった。

このような急迫を迎えて、芹沢の精神を高く保ってくれたのは読書である。戦中前半でもロマン・ロランやアンドレ・ジッドの諸作品を読み、バルザックの全集他を読み返している。それは戦争の現実に疲弊しても、信じる理性を見失わないための習慣だったのである。戦中後半の読書で眼を引かれるのは、幾度も言及されるパスカルである。いずれの著作の翻訳か、原書か明らかでないが、恐らくは『パンセ』を手にし続けたのであろう。六月二十九日に見え始め、凡そ一月半後の八月十八日に読了したとある。その読書からもたらされた感想は、次のようである。

神についてはいくら考えても足りない。考えるというよりも求めなくてはならないのだろう。恩寵

について考えよう。しかし、パスカルという偉大な魂には魅された。（昭和20年7月6日）

パスカルは読めば読むほどその魂の激しさに打たれる。（同年7月26日）

こんな時代にパスカルを読むことは心を浄めることである。（同年7月27日）

『パンセ』はキリスト教信仰の正当性を擁護する目的で書かれたことで知られるように、パスカルの神を巡っての真摯な思索である。芹沢はその読書の中で、有名な〝パスカルの賭け〟にも思いを致していたに違いない。理性で判断できない神の存在について、ある方に賭けるとするそれであるが、神に不審を覚えそうな芹沢は、パスカルの厚い信仰に撲たれ、絶望の淵に沈むことから支えられたのだろう。それが〈考えるというよりも求めなくてはならないのだろう〉として、〈恩寵〉に思いを廻らせていたのである。

もう一冊、芹沢に人間への希望を失わせなかった読書に、『ドミニック』があろう。ウージェーヌ・フロマンタンの自伝的小説で〈三回目を読みおわる〉（昭和20年7月30日）とあるそれは、既読であった市原豊太訳の岩波文庫（昭和12年11月刊）であったに違いない。青年期に捧げた年上の女性への精神的な愛の回顧を聞くそれは、芹沢にとっての『巴里に死す』に当たるような作品と言える。どのような現実にあっても、決して失ってはならない人間の高貴な精神に触れていたかったのだろう。

芹沢はこうして終戦を迎えたが、生活がすぐに以前に戻ったわけではない。〈将来について考うことあるも、総てははかるべからず、ただ仕事に己を打ちこむ以外になかろう。〉（昭和20年8月16日）と、見通しの立たない軽井沢で、相変わらずの窮乏生活を続けている。日誌にようやく作家の顔が取り戻され始めるのは、十月下旬になってからである。〈『離愁』の校正来たる〉（昭和20年10月30日）、〈『少女の友』へ作品を書きはじめた。原稿も幾月ぶりに書くのだろう。書けば原稿も愉し。〉(同31日)とあって、出版界の再始動を始めたのが判る。そして、十一月に入ると、編集者が次々と原稿の依頼に疎開先を訪ねてくるようになり、芹沢は書けないでいた戦中後半を過去のことにして、作家である本来を取り戻し始めた。また、家族の強い要望に応じて住宅難の東京に借家を求め、昭和二十一年一月九日になってようやく上京する。

以後の戦後生活の苦労の中で、芹沢が旺盛な執筆活動をしていることは、日誌の記述に明らかである。戦争は終わっても、戦後と呼び名を変えただけで、変わらぬ悲惨を生きる社会の人々に、心の声を届けようと努めたのである。挫けることのなかったユマニストは、そこに経験した戦争の不幸を問い、新たな社会の建設を求めて、人間の希望を探り当てようとした。長篇『祈願』(昭和22年8月刊)を例に見るなら、戦死したと思っていた恋人が、他の女性と結婚しているのを知った女性が、苦しみながら人生を切り開いて行く姿を描いている。同趣向の長篇には『幸福紀』(昭和22年8月刊)もあるが、いずれも戦争に人生を翻弄されながらも、その不幸に決して押し潰されない。まさに時代の象徴と言える女性像で、芹沢はそうした人々の思いをよく理解し、心の底から同伴しようとして作品を書いたのである。

昭和二十一年四月二十三日以降、「哀愁記」(昭和22年7月刊『哀愁記』所収)執筆の記事が数度見えるが、これにも一言して置きたい。ビルマ(現・ミャンマー)戦線に従軍して死んだ、リルケを愛読する若い新聞記者の菊池を描くこれは、芹沢が日誌中で異様なほどに死の悲しみを露わにした友人の安田晃にモデルを借りている。

安田晃君の戦死が悲しくて、仕事が手につかない。

私の仕事の弟子のような人であった。もっと彼の魂とむすびついていれば、或は助けられたのではなかったか。

（略）私は死後、家のことや仕事のことを託しようと思っていたのに残念でたまらない。（昭和17年4月14日）

これほどまでに信頼を寄せた安田について、残念ながら詳しいことは判らない。その安田を芹沢は鎮魂しないではいられずに、「哀愁記」をそこに〈この一篇をＹＡ君の霊に捧ぐ〉と献辞して書いたのである。これは反戦文学の傑作、「死者との対話　または啞の娘」（昭和23年12月刊『黒目の天使』所収）を思い出させる。そこに呼び掛けられる学徒動員されて、特攻隊の回天の訓練中に殉死した和田稔も、芹沢の若い知友である。安田や和田を例に、将来性のある多くの若者たちが、芹沢の知性を慕って集まっていたのである。戦中を生き延びて戦後を迎えた者として、芹沢は人間の行ないである戦争の愚かさを問うことを、責任として引き受けている。

戦後七十年、日本は平和を守ってきたが、世界へ眼を転じれば、悲しむべき戦争は繰り返され、これに近年頻発するようになったテロリズムを加えていい。その現実を前に、芹沢が戦争の現実に堪え忍ぶ中で日誌に記した言葉を忘れてはならないだろう。〈（人類はまだ幼年期を脱したのにすぎない。絶望することはない。高い理想をめざして努力すべきだ）〉（昭和20年8月10日）とある。近代の精神を支えたのは理性への信頼であるが、芹沢のユマニスムはそれを、どんな艱難に遭っても生き切ろうとしたのである。芹沢が記したこの言葉は、今も人間の理性の真価を問うて、いかに誠実に応えて行くべきかを投げ掛けている。

著者略歴

芹沢光治良（せりざわ　こうじろう）

明治29（1896）年５月４日、静岡県駿東郡楊原村（現・沼津市）我入道に生まれる。

楊原小学校から沼津中学校（現・沼津東高等学校）、第一高等学校を経て、東京帝国大学経済学部に入学。在学中に高等文官試験に合格し、卒業後、農商務省に入省したが、官を辞してフランスに留学。滞在中結核に冒され、スイスで療養生活を送り、帰国後書いた「ブルジョア」が雑誌『改造』の懸賞小説に当選して作家活動に入る。『巴里に死す』、『サムライの末裔』でフランス友好国際大賞、代表作である大河小説『人間の運命』で芸術院賞を受賞。また、多年に渡るユネスコ運動の功績で勲三等瑞宝章を、さらに日仏文化交流の功労者としてフランス政府からコマンドール章を受ける。日本ペンクラブ会長、文芸家協会理事、ノーベル賞推薦委員、日本芸術院会員などを歴任。昭和55（1980）年に沼津市名誉市民となる。89歳より『神の微笑』から始まる神シリーズ８冊を執筆。平成５（1993）年３月23日、東京都中野区東中野の自宅において逝去。享年96歳。

芹《せり》沢《ざわ》光《こう》治《じ》良《ろう》戦《せん》中《ちゅう》戦《せん》後《ご》日《にっ》記《き》

2015年３月23日　初版発行

著　者　芹沢光治良

発行者　池嶋洋次

発行所　勉誠出版 株式会社

〒101-0051　東京都千代田区神田神保町3-10-2

〈出版詳細情報〉 http://bensei.jp/

印刷　太平印刷社

製本　大口製本印刷

装丁　足立友幸（パラスタイル）

組版　一企画

ISBN 978-4-585-29086-5　C0095

昭和天皇の時代
元式部官の私記
武田龍夫　著

二十世紀は帝国主義を背景とする革命と戦争の世紀であり、アジアをめぐる欧米列強の角逐の過程で内外の重圧に抵抗された人間天皇の苦難の世紀でもあった。元宮内庁式部官が語る、昭和天皇の実像と激動の昭和史。

四六判上製・184 頁
本体 1500 円＋税

昭和天皇の教科書　国史
白鳥庫吉　著／所功　解説

本書は、一般の国史概説書とも日本史教科書とも異なる「帝王学の教科書」である。皇位継承の次第を簡潔に記述し、多くの天皇が学問に励み修養に努められ、天下万民の平安を祈念してこられた「聖徳」を丹念に例示する。ときには天皇の失政や欠点なども率直に指摘して、おのずから教訓を学びとることもできるように工夫されている。

四六判並製・800 頁
本体 2400 円＋税

昭和天皇の学ばれた教育勅語
杉浦重剛　著／所功　解説

近代日本の目覚しい発展は、明治天皇の御聖徳によるところが、きわめて大きい。本書は、その明治大帝が渙発され、みずから率先垂範に努められた「教育勅語」を満十三歳の少年皇太子のために杉浦重剛翁がわかりやすく説いた御進講の記録全文。「類い稀な二十世紀の名君」昭和天皇の道徳心を培ったテキストの読みやすい普及版！

新書判並製・216 頁
本体 1000 円＋税

決定版　東京空襲写真集
アメリカ軍の無差別爆撃による被害記録
早乙女勝元　監修／
東京大空襲・戦災資料センター　編

戦後七十年、東京空襲の全貌を明らかにする決定版写真集。一四〇〇枚を超える写真を集成。戦争の惨禍を知り、平和への願いを新たにする。これまで紹介されていなかった写真もふくめ、東方社、日本写真公社、石川光陽などの写真を日付ごとに網羅。詳細な解説と豊富な関連資料を付す。

A4 判上製・536 頁
本体 12000 円＋税